中國古典文學基本叢書

建安七子集

（修訂本）

俞紹初 輯校

中華書局

圖書在版編目(CIP)數據

建安七子集/俞紹初輯校. —修訂本. —北京:中華書局,2016.10(2024.7 重印)
(中國古典文學基本叢書)
ISBN 978-7-101-11632-8

Ⅰ.建… Ⅱ.俞… Ⅲ.中國文學-古典文學-作品綜合集-三國時代 Ⅳ.I213.51

中國版本圖書館 CIP 數據核字(2016)第 048500 號

責任編輯:馬　婧
責任印製:陳麗娜

中國古典文學基本叢書
建安七子集(修訂本)
俞紹初 輯校

*

中華書局出版發行
(北京市豐臺區太平橋西里 38 號　100073)
http://www.zhbc.com.cn
E-mail:zhbc@zhbc.com.cn
大廠回族自治縣彩虹印刷有限公司印刷

*

850×1168 毫米 1/32 · 16⅝印張 · 2 插頁 · 396 千字
2016 年 10 月第 1 版　2024 年 7 月第 4 次印刷
印數:6801-8000 册　定價:88.00 元

ISBN 978-7-101-11632-8

目録

建安七子集卷二　陳琳集

建安七子集卷三　王粲集

詩

賦

文

建安七子集卷四　徐幹集

建安七子集卷五　阮瑀集

建安七子集卷六 應瑒集

文

建安七子集卷七　劉楨集

詩

賦

文

建安七子集附録

前言

建安時期，在我國古代文學史上是一個創作繁榮、成就突出的重要時期。這一時期的著名作家，除「三曹」（曹操、曹丕、曹植）以外，當推曹丕在典論論文中提出的「七子」，即孔融、陳琳、王粲、徐幹、阮瑀、應瑒、劉楨等七人，世稱「建安七子」。

建安七子的生活年代，從漢桓帝永興元年（公元一五三）孔融出生，至漢獻帝建安二十三年（公元二一八）徐幹最後去世，前後共六十餘年，正處於漢末社會動亂的時期。東漢王朝自桓帝時起，宦官和外戚互相傾軋，輪流把持政權，政治日益腐敗黑暗，加以他們對人民進行殘酷的壓迫掠奪，激起了靈帝中平元年（公元一八四）的黄巾大起義。這次起義雖在地主階級聯合武裝力量的血腥鎮壓下失敗，但東漢王朝也因此而一蹶不振，氣息奄奄了。隨之而出現的便是持續近二十年的軍閥大混戰，嚴重地破壞了社會經濟，給人民帶來了深重的苦難。在軍閥混戰中，曹操表現了出色的才幹。他於建安元年（公元一九六)迎獻帝都許,挾天子以令諸侯,控制了朝政,成爲實際上的統治者。他又「外定武功,内興文學」(魏志荀彧傳注引彧别傳),舉凡在軍事、政治、經濟等方面都取得了顯著成績,終於削平了大小軍閥的割據,統一了北方,至建安二十五年(公元二二〇)與劉備、孫權各據一方,形成三國鼎立的局面。建安七子出身各不相同,但他們無一例外地都親身經歷了漢末的動亂,建安元年以後又相繼從各地投奔曹操,成了他手下的著名文士。隨着東漢王朝的崩潰,儒家思想失去了支配地位,漸趨衰微,這爲文學的發展提供了有利的條件。特别是由於曹氏父子對文學的喜愛和倡導,吸引了大量文士聚集於周圍積極從事文學創作,因此,在曹操統治的地區内文學取代了傳統的經術,得到了空前的繁榮。鍾嶸詩品序説:「降及建安,曹公父子,篤好斯文;平原兄弟,鬱爲文棟;劉楨、王粲,爲其羽翼;次有攀龍託鳳,自致于屬車者,蓋將百計,彬彬之盛,大備于時矣。」可見當時盛況。在爲數衆多的作家中,七子表現得十分活躍,也最引起時人的矚目。他們除孔融一人外,都是曹操所支持的鄴下文人集團的重要成員,常與曹氏兄弟詩賦酬酢,迭相唱和,寫出了大量的作品。建安文學繁榮局面的形成,主要是他們與曹氏父子共同努力的結果。

在七子中,孔融的情況與其餘六人頗有不同,他不是曹氏父子的僚屬,也未及參與鄴下文人集團的活動。孔融(公元一五三——二〇八)字文舉,魯國(今山東曲阜縣)人,是孔子的二十世孫。他年輕時以「逸才宏博」而名震遠近，靈帝光和、中平年間先後爲司徒楊賜和大將軍何進所辟。董卓專政時，以忤卓旨出爲北海太守。及至建安元年，因與曹操「有舊」（見通鑑卷六二漢紀五四），被徵召入許，任將作大匠，後遷少府。建安十三年，拜太中大夫，被曹操借故殺害，死時五十六歲。綜觀孔融的一生，在政治上缺乏遠見，無所建樹。他恪守儒家的所謂「君臣大義」，抱着「濟危靖難」的雄心，企圖挽社稷於將傾，竭力維護東漢王朝的統治。正因爲如此，他在建安之初把曹操看作「勤王將領」而表示衷心擁戴，但到晚年一旦發現曹操「雄詐漸著」，便「數不能堪」（後漢書本傳），事事加以反對，從而造成一生的悲劇。孔融爲人傲誕任性，不拘小節，是漢末清議之士向魏晉名士轉變的代表人物。他又具有不畏權勢、愛才敬賢的品質，這正是他常爲後世士大夫所稱道、敬仰之處。

孔融是七子中唯一没有賦作傳世的作家。他今存詩七首，其中離合作郡姓名字詩不過是「以文字示其巧」（葉夢得石林詩話卷中）的文字遊戲，嚴格來説不能算文學作品。雜詩二首，或感慨身世，或悼念亡子，都寫得慷慨激昂，淒楚動人，在建安詩作中也堪稱上乘，但真僞莫辨。六言詩三首，在藝術上無甚可取，不過詩中反映了漢末的現實，以及孔融初入許時對曹操的態度，是研究他生平思想的重要材料。臨終詩則是絶命之筆，痛叙自己忠而見讒，情辭憤切。總的説來，孔融的詩歌成就不高，胡應麟詩藪説：「北海不長於詩。」

是符合實際的評價。

孔融的文學成就主要表現在散文方面。他在北海時寫給僚屬的教令，被史書稱爲「辭氣温雅，可玩而誦」（魏志崔琰傳注引司馬彪九州春秋），看來是深受當時欣賞的。從現在保存下來的教令來看，大多以禮賢愛士爲其内容，顯得高雅雋永，確實别具一格。如繕治鄭公宅教、教高密令等都寥寥數語，便把那種渴慕賢才、急人所難的心情表露無遺，令人想見其氣度風采。一些與友人的書信，也寫得典麗温婉而又富有情趣，字裏行間洋溢着熱烈誠摯的感情，同教令一樣可以見出他爲人「寬容少忌」、坦率可親的一面。在孔融的散文中，最爲人所稱道的是那些帶有論辯性的文章，如與曹公論盛孝章書、薦禰衡表、難曹公禁酒書、汝潁優劣論等。這類文章，無論是陳述己見，還是駁難論敵，都感情充沛，鋒芒畢露，令人感到有一股强烈的氣勢流貫其間，大有不可阻遏之感。曹丕典論論文説：「孔融體氣高妙，有過人者。」文心雕龍風骨篇説：「公幹亦云：孔氏卓卓，信含異氣，筆墨之性，殆不可勝。」才略篇又説：「孔融氣盛於爲筆。」都説明了這些文章的風格特色。這種特色的形成，與孔融高邁剛毅的性格密切有關，此外在語言上駢散結合，排比句式的反復運用，因而取得音情頓挫，勁挺有力的效果，也是重要的因素。曹丕在肯定孔融文章的同時也指出了它的不足：「然不能持論，理不勝辭，以至乎雜以嘲戲。」這確實是孔融某些論説文的弱點。如劉勰在文心雕龍論説篇中曾舉出他的孝廉論，説「但談嘲戲」、「言不持正」就是一例。再如難曹公禁酒書，文中把酒的功用誇説到無所不及的程度，而且其所舉的事例又多是不根之談，就難免給人有持論不够嚴謹，近乎戲謔的感覺。儘管如此，他的散文感情濃烈，文字典雅流暢，具有鮮明的個性色彩，與東漢那些平板呆滯的散文相比，顯得生氣勃勃，是使人耳目一新的。

七子中以散文著稱的還有陳琳和阮瑀。陳琳（公元一五五？——二一七）字孔璋，廣陵射陽（在今江蘇寶應縣東）人。他知名頗早，中平年間爲大將軍何進主簿。何進被殺後，他便避難冀州，在袁紹手下任職。建安十年，袁氏敗亡，他才歸降曹操。阮瑀（公元一五九？——二一二）字元瑜，陳留尉氏（今河南尉氏縣）人。年輕時受學於著名學者蔡邕，深得其賞識。建安初年，他爲曹操所招，任司空軍謀祭酒，後與陳琳共掌記室，當時曹操的軍國文書，大多出自他倆的手筆。阮瑀於建安十七年病亡，陳琳則在建安二十二年與劉楨、應瑒同得疫癘而死。

陳琳、阮瑀二人的章表書檄聞名當時，典論論文稱：「琳、瑀之章表書記，今之儁也。」文心雕龍才略篇也説：「琳、瑀以符檄擅聲。」但他們的章表之作已悉數亡佚，現在所能見到的僅是數篇書檄，其中以陳琳的爲袁紹檄豫州、爲曹洪與魏文帝書，以及阮瑀的爲曹公作書與孫權最有影響。這些文章引古論今，陳説利害，都寫得洋洋洒洒，具有很大的鼓動性。尤其是陳琳的爲袁紹檄豫州，歷數曹操的罪惡，誇説袁紹的軍威，酣暢淋漓，一氣呵成，是廣泛傳誦的名作。比較而言，陳琳的文章更多地接受了戰國縱横家的影響，善於鋪張，氣勢奔放，但有時也存在着説事過當、語辭繁冗的缺點；阮瑀的文章則得力於蔡邕，顯得穩健沉着，然其才情筆力似不及陳琳。他們二人都好用典隸事，講究對偶辭藻，文章中已經明顯地表現出駢化的迹象。

在詩歌方面，陳琳的飲馬長城窟行、阮瑀的駕出北郭門行都是借用樂府舊題來揭露社會問題的篇什，十分引人注目。飲馬長城窟行寫封建統治者修築長城的勞役，給人民帶來深重的苦難。這在戰争頻繁、世道離亂的建安時期是具有深刻的現實意義的。在形式上，此詩成功地運用對話揭示勞役制度的罪惡，展現了人物的内心世界，構思新奇，别具匠心，即使放在漢樂府中也並不遜色。駕出北郭門行描述孤兒受繼母虐待的悲苦，從一個側面反映了封建社會家庭關係的冷酷無情，很容易使人聯想起漢樂府中的孤兒行。此外，他們二人還寫了一些抒情詩。如阮瑀的七哀詩、怨詩等抒發羈旅漂零、人生無常的感慨，較多地接受了古詩十九首消極方面的影響，情調不免過於傷感衰頽，但多少可以看出當時動亂現實所造成的人們心靈上的創傷。在這方面陳琳的人生態度要比阮瑀積極向上，如其遊覽詩之二：「騁哉日月逝，年命將西傾。建功不及時，鐘鼎何所銘？收念還房寢，慷慨詠墳經。庶幾及君在，立德垂功名。」在慨歎人生易過的同時，熱切希望及時建功立業，這種思想情緒在建安文人中很有代表性。

徐幹、劉楨、應瑒三人年歲比較接近，都曾當過曹丕、曹植兄弟的文學侍從。徐幹（公元一七一—二一八）字偉長，北海劇（在今山東壽光縣）人。他年輕時就博覽群書，「言則成章，操翰成文」（中論序），具有很高的文學修養。董卓亂起，便隱居不仕，以讀書自娛。約在建安十三年前不久，應曹操之命，出任司空軍謀祭酒，歷五官將文學、臨菑侯文學，於建安二十三年病亡。徐幹爲人淡泊少欲，晚年更托病居家，一心從事著述，有中論二十餘篇傳世。

徐幹的辭賦曾得到曹丕的推崇，認爲可與王粲匹敵，而上追張（衡）、蔡（邕）（見典論論文），但流傳至今的僅有數篇經過後人删節的殘文，已無法窺見其全貌。又據文心雕龍才略篇説「徐幹以賦論標美」，可知他的論説文與辭賦同樣是受前人重視的。從曹丕答吴質書極讚徐幹之中論推測，劉勰所説的「論」，可能是指中論。其實中論是一部「能考六藝，推仲尼、孟子之旨」（曾鞏中論目録序）的學術著作，並非文學作品。徐幹在文學創作上表現出特色，且對後世産生影響的是其詩歌。他今存詩四首，以叙閨情爲主要内容。如室思詩描寫女子對所愛之人的思念，表現她期望對方回到自己身邊，而又害怕他中途變心的複雜心理，顯得纏綿悱惻，情意真摯。其中特别是第三章「自君之出矣，明鏡暗不治。思君如流水，何有窮已時」四句，用淺近自然的語言傾吐至情，尤見出色，自劉宋以後模擬者代不乏人，「自君之出矣」也便成了專寫閨情的一個詩題。

劉楨（公元一七五？—二一七）字公幹，東平寧陽（在今山東寧陽縣南）人，父梁以文才著稱於世，爲漢宗室子孫。劉楨於建安初年應曹操之召入許，後曾隨軍北征袁紹，又參與赤壁之役。建安十六年，由丞相掾屬轉爲五官中郎將文學，以其聰敏多才而深得曹氏兄弟賞愛。他性格傲岸倔强，因在宴席上平視甄夫人激怒了曹操，以不敬被刑，刑滿復職，終爲臨菑侯庶子。

劉楨的五言詩向負盛譽，曹丕在與吴質書中說：「公幹有逸氣，但未遒耳。其五言詩之善者，妙絶時人。」鍾嶸詩品把劉楨列在上品，稱他的詩「仗氣愛奇，動多振絶，真骨凌霜，高風跨俗」。又說「自陳思已下，楨稱獨步」。可見在當時評價很高。從劉楨現存的十幾首五言詩來看，其取材的廣度及語言的豐富性比不上曹植和王粲，但也仍有他的特色。贈從弟三首採用比興手法，借物喻人。詩中通過對蘋藻、松柏、鳳凰的描寫，表現詩人對於身處貧苦而心懷大志、不畏外界壓力而傲然挺立的美好品質的追求，確有如鍾嶸所説的「真骨凌霜，高風跨俗」的氣概。後世左思、鮑照等那些表現睥睨世俗、孤高不群的詩都從這裏汲取過營養。劉楨的詩還善於描景狀物。如公讌詩寫月下的園林、泉流、花鳥、涼風，鮮明細膩，給人以清新秀麗之感。贈徐幹一詩，大約作於「不敬被刑」之際，主要抒發內心的苦悶，其中「步出北寺門，遥望西苑園。細柳夾道生，方塘含清源。輕葉隨風轉，飛鳥何翻翻」，把自然界寫得生機盎然，有力地襯托出他當時失意落寞的心境，取得了很好的藝術效果。他如鬬雞詩，刻畫鬬雞的姿態情狀也生動逼真，與應瑒的同題詩相比自要高出一籌。在散文方面，他的牋記之作曾被劉勰稱爲「麗而規益」，説是「有美於爲詩矣」（文心雕龍書記篇）。諫曹植書、答曹丕借廓落帶書等，文字簡約優美，往往通過精巧的比喻來點破事理，深刻而又形象，頗能發人深思，大概就是劉勰所指的作品。

應瑒（公元一七五？——二一七）字德璉，汝南南頓（在今河南項城縣西）人。祖父奉爲司隸校尉，伯父劭官泰山太守，都是知識淵博的學者。他早年因戰亂曾漂泊他鄉，歸依曹操後，歷任丞相掾、平原侯庶子、五官將文學等職。應瑒有二十多篇作品流傳今世。别詩二首描寫羈旅行役的悲苦，情意真切；弈勢以歷史上著名戰役來比喻圍棋的各種局勢，雖有班固弈旨、馬融圍棋賦先例可循，但寫來别出心裁，也可見出作者學識宏富。他其餘作品大都平平無足可觀。曹丕評論七子創作，於其他幾家多所肯定，而獨對應瑒只説「和而不壯」，别無讚詞，看來他的作品不甚爲當時所重。

七子中數王粲年輩最晚，而文學成就最高。王粲（公元一七七——二一七）字仲宣，山陽高平（在今山東鄒縣西南）人，出身於豪族官僚家庭。曾祖父龔、祖父暢都位至漢三公，父謙爲大將軍何進長史，後曾在朝廷執掌機密，又出任郡太守。王粲十四歲時，遇董卓之亂，由洛陽徙居長安，深得當時著名學者蔡邕的賞譽，稱他「有異才」。初平三年，董卓餘黨李傕、郭汜作亂長安，王粲流寓荆州，依附同郡劉表，在荆州十六年，始終不受重用。建安十三年，歸降曹操，任丞相掾，受爵關内侯。魏國建立後，以軍謀祭酒拜侍中，曾參與制訂曹魏政權的典章制度。建安二十二年，隨曹操東征孫權，道中病亡，時年四十一歲。

王粲擅長詩賦，被劉勰稱爲「七子之冠冕」（文心雕龍才略篇）。他早年處於社會大動亂的時期，面對現實，不時發出深沉慨歎：「天降喪亂，靡國不夷」（贈士孫文始），「悠悠世路，亂離多阻」（贈蔡子篤）。他對於軍閥混戰給人民帶來的苦難也表示深切同情。如七哀詩第一首，爲初離長安避亂荆州時所作，詩中先通過沿途所見所聞，生動深刻地描繪了大浩劫中的人間慘象，接着在篇末沉痛地唱出：「南登霸陵岸，回首望長安。悟彼下泉人，喟然傷心肝！」憫時傷世、憂國憂民之情溢於紙上，讀來覺得沉鬱悲涼，感人至深。由於王粲長期遭遇離亂，又痛感胸懷大志而無所施展，所以他在荆州後期的作品常常流露出身世不遇、有家難歸的苦悶，七哀詩第二首、登樓賦就是反映這方面内容的代表作。尤其是登樓賦，抒寫作者登上當陽麥城城樓四望時所引起的鄉關之思、離亂之感，同時又表現了他渴望國家統一的理想和建功立業的願望，見出作者積極進取的人生態度。通篇結構完整，造語精煉而又明白曉暢，具有很高的藝術成就，不愧爲魏晉抒情小賦的傑作。歸附曹操後，王粲的政治地位起了變化，他常與鄴下文人詩賦唱和，寫出了不少公讌、遊覽、述征、贈答一類的作品。這些作品，就其現實意義和藝術表現而言，比不上前期的深刻有力，但仍保持着前期那種積極進取的精神。其中從軍詩五首記述他跟隨曹操出征的經歷和心情，較有代表性。詩中熱烈歌頌曹操的統一事業，表示「不能效沮溺，相隨把鋤犂」，願爲曹魏政權「輸力竭忠貞」，流露出積極入世、奮發有爲的激昂情緒。儘管這種情緒多半出於報答曹操的知遇之恩，但曹操所從事的統一事業符合歷史發展的趨勢，反映了當時人民的普遍願望，理所當然應加以充分的肯定，王粲的這種情緒也就無可非議了。總的來說，王粲的詩賦感情深厚，境界闊大，語言也清朗簡净又富於文采，因而無論是反映現實，還是抒寫懷抱，往往顯得才情橫溢而文質兼俱。沈約宋書謝靈運傳論説：「子建、仲宣以氣質爲體，並標能擅美，獨映當時。」説明了他在建安文學中的地位。

王粲的散文傳世不多，却也自有其特色。其爲劉表與袁尚書及爲劉表諫袁譚書，從正反兩方面陳述利害，勸袁氏兄弟息兵修好，共同對付曹操，寫得有情有理，委婉懇切。有些文章針對時弊，提出自己的政治見解，也頗有見地。如務本論，强調發展農業生産必須獎勤罰惰；爵論則主張應不失時機地論功賜爵，使「慕進者逐之不倦」。這些見解自然是從鞏固封建統治出發的，但即使在今天也不無可供借鑑之處。王粲的散文駢散結合，簡明流暢，在七子中可與孔融媲美。

如上所述，建安七子的文學創作成就不一，各有特色，但在創作風格上存在着共同之處也是顯而易見的。七子身處亂世，曾目擊軍閥混戰給人民帶來的災難，各自也有過一段顛沛流離的生活經歷，對現實的苦難有着强烈而深刻的感受；加上他們大多出身於儒宦世家，受儒家「經世濟民」的思想影響較深，在政治上都有一定的抱負，不同程度表現出昂揚奮發、積極向上的進取精神。因此，他們的作品，不論是反映社會的動亂和民生的疾苦，還是抒寫自己身世不遇的感慨，以及對建功立業的追求，莫不充溢着慷慨激昂之情。劉勰在談到建安文學的時代特徵及其形成原因時指出：「觀其時文，雅好慷慨，良由世積亂離，風衰俗怨，並志深而筆長，故梗概而多氣也。」（文心雕龍時序篇）「慷慨多氣」也正是七子創作的共同風格，説明他們對建安文風的形成是作出了貢獻的。

七子在文學史上的貢獻，還在於通過他們的創作，促進了各體文學的發展。就詩歌而言，七子的成就主要在五言詩方面。五言詩起源於西漢，東漢時雖也產生了像古詩十九首這樣比較成熟的作品，但這種新興的詩歌樣式不爲當時文人所重，創作者甚少。到了建安時代，由於建安文人大量寫作，才打破沉寂的局面，把五言詩推向繁榮。文心雕龍明詩篇在描述建安詩歌創作總體特徵時說：「暨建安之初，五言騰踴。文帝、陳思，縱轡以騁節；王、徐、應、劉，望路而爭驅；並憐風月，狎池苑，述恩榮，叙酣宴；慷慨以任氣，磊落以使才。造懷指事，不求纖密之巧；驅辭逐貌，惟取昭晰之能，此其所同也。」由此也可以見出，這時五言詩的蓬勃發展是與七子和曹氏兄弟等人的共同努力分不開的。七子的五言詩，在古詩的基礎上繼承了漢樂府民歌「感於哀樂，緣事而發」的傳統，又吸取了漢賦善於鋪叙狀物的特點，在反映現實、抒寫懷抱及描摹景物上一般都能做到曲盡其意，質樸而不乏文彩，表現出强烈而深厚的感情。五言詩在七子和三曹手中，已經完全成熟，此後成爲我國古典詩歌的一種主要形式。

在建安時代辭賦也發生了轉折性的變化，以抒情詠物爲主要内容的小賦，取代了兩漢時期「鋪采摛文」的大賦，佔據了賦壇的主要地位。就七子現存的作品看，陳琳的大荒賦，宋人吴棫曾見過全文，稱其「幾三千言」（韻補書目），又劉楨的魯都賦、徐幹的齊都賦似模範班固、張衡的「兩都」、「二京」，當均屬於大賦，其餘則幾乎都是抒情小賦。這些抒情小賦或言志述懷，或紀行詠物，較之以往張衡、蔡邕的同類作品，題材範圍有所擴大，並且描寫細緻生動，文字清麗流暢，取得了長足的進步。值得注意的是，這時的詩賦互爲影響，二者除句式不同，在題材内容和表現手法上已無甚區别。這種詩賦合流的傾向，在七子的創作中有着明顯的反映，極大地提高了辭賦的藝術表現力，爲後來六朝抒情小賦的進一步發展提供了有利的條件。至於七子的散文，都好用典隸事，句式多用排比對偶，已經明顯駢化，他們在兩漢散文向六朝駢文的發展過程中起着承前啟後的作用，是大家公認的事實。總之，建安七子同三曹等建安文人一起，對於建安文風的形成、各類文體的發展，作出了努力，取得了成績。韓愈在薦士詩中説：「建安能者七，卓犖變風操。」對他們勇於變革的精神，以及在文學史上作出的貢獻，無疑是應加以充分肯定的。

建安七子諸家詩文集，隋書經籍志皆有著録，大約到宋代便先後亡佚，現在所能見到的是明清人從唐宋類書、總集及史乘中撮鈔而成的輯本。其中以明楊德周彙刻建安七子集本（有曹植而無孔融）、張溥漢魏六朝百三家集本（缺徐幹），以及清楊逢辰建安七子集本、丁福保漢魏六朝名家集本等較有代表性。此外，明馮惟訥古詩紀和清嚴可均全上古三代秦漢三國六朝文也分别輯存有七子的詩和文。以上各家爲當時客觀條件所限，不同程度存在着蒐羅未備、勘理欠精等缺失，但是，他們爲保存七子的詩文，並使之廣爲流佈，付出了辛勤的勞動，成績斐然，功不可沒。現在的建安七子集，就是在前人輯本的基礎上，參稽群書，搜采軼逸，辨僞訂訛，重新整理而成的。

本書所收七子詩文，人各一卷，合爲七卷。一卷之中，孔融無賦除外，按詩、賦、文分類編排，每類下的篇目則大體上依丁福保漢魏六朝名家集編次。每篇詩文都一一注明出處，首列的出處即爲輯録底本，其餘各書及馮惟訥古詩紀、張溥百三家集（簡稱「張輯本」）、嚴可均全後漢文（簡稱「嚴輯本」）則爲校本。散見於諸書的佚文，凡確與底本上下文字相銜接者，則徑爲搭接，並用方括號標示，同時在校記中説明出處，無法搭接者則另立一條。在輯校時用作底本的有：

文選　中華書局影印胡刻本

玉臺新詠　世界書局排印吴兆宜注本

文館詞林　適園叢書本

樂府詩集　中華書局校點本

章樵注古文苑　四部叢刊影宋本

玉燭寶典　叢書集成本

編珠　影印四庫全書珍本

北堂書鈔　清光緒孔廣陶校刊本

藝文類聚　上海古籍出版社排印本

初學記　中華書局排印本

太平御覽　中華書局影宋本

事類賦　明嘉靖無錫崇正書院刊本

海録碎事　明萬曆卓顯卿刊本

韻補　清光緒渭南嚴式誨校刊本

文鏡秘府論　人民文學出版社排印本

太平廣記　中華書局排印本

太平寰宇記　清光緒金陵書局刊本

九家集注杜詩　中華書局影宋本

分門集注杜工部詩　四部叢刊影宋本

後漢書　中華書局標點本

三國志　中華書局標點本

晉書 中華書局標點本
宋書 中華書局標點本
舊唐書 中華書局標點本
後漢紀 四部叢刊影明本
通典 「九通」合刻本

七子今存詩文，除文選、玉臺新詠、樂府詩集等所載各篇較爲完整外，其餘在前人輾轉引録過程中多經删節，脱、誤、衍、倒的情況相當嚴重，這給校勘工作帶來不少困難。我們在校勘中，除明顯版本錯訛，逕改不出校外，凡遇有重要異文，一概出校；可以斷定底本有訛誤的字句，逕行改正，並酌情在校記中説明理由；採用前人的校勘成果，也在校記中説明。

另外，本書附有建安七子佚文存目考、建安七子雜著彙編、建安七子著作考，以及建安七子年譜，意在爲進一步研究七子生平和著作提供較爲完備的材料。建安七子雜著彙編收有王粲英雄記、徐幹中論和劉楨毛詩義問共三種。其中英雄記以清黄奭黄氏逸書考本作底本，凡屬後漢書、三國志兩書注文所引的文字，均從中華書局標點本勘正，又增補了幾則遺文。中論以清錢培名小萬卷樓叢書本爲底本，又校以四部叢刊影明本、龍溪精舍本及郝經續後漢書所引中論之文，並吸取錢培名、俞樾、孫詒讓諸家校勘成果，寫成校勘記分別置於各篇之末。毛詩義問則採用清馬國翰玉函山房輯佚書本作底本，其所載各條已與原引之書對勘一過。

本書整理過程中，曾得到中華書局編輯部同志的熱情指導和幫助，又承啓功先生爲本書封面題簽，謹此一併致謝。限於水平，書中疏誤在所難免，敬請讀者批評指正。

俞紹初

一九八五年五月撰

二〇一六年修訂

建安七子集卷一　孔融集

詩

離合作郡姓名字詩〔一〕

漁父屈節，水潛匿方。離「魚」字。與時進止，出寺施張〔二〕。離「日」字。「魚」、「日」合成「魯」。呂公磯釣，闔口渭旁。離「口」字。九域有聖，無土不王。離「或」字。「口」、「或」合成「國」。好是正直，女回于匡〔三〕。離「子」字。海外有截〔四〕，隼逝鷹揚。當離「乙」字。恐古文與今文不同，合成「孔」也。六翮將奮〔五〕，羽儀未彰。離「鬲」字。虵龍之蟄，俾也可忘。離「虫」字。合成「融」。玟璇隱曜〔六〕，美玉韜光。去「玉」成「文」，不須合。無名無譽，放言深藏。離「與」字。按轡安行，誰謂路長。離「扌(手)」字。合成「舉」。章樵注本古文苑八。韓元吉本四。藝文類聚五六。石林詩話卷中引文類。

〔一〕類聚引作「離合詩郡姓名詩」。

〔二〕「出寺」，章注本古文苑原作「出行」，據石林詩話改。「施」，石林詩話作「弛」。

〔三〕「回于」，類聚作「固予」。

〔四〕「外」，章注本古文苑原誤作「内」，據韓元吉本、類聚、石林詩話改。此句出詩商頌長發。又錢熙祚古文苑校勘記引顧千里説，謂隸體「截」作「(截)」，見洪釋度尚碑。

〔五〕「將」，類聚作「不」。

〔六〕「隱」，章注本古文苑原作「陰」，今從韓元吉本、類聚、石林詩話。

雜詩二首

巖巖鍾山首，赫赫炎天路。高明曜雲門，遠景灼寒素。昂昂累世士，結根在所固。吕望老匹夫，苟爲因世故。管仲小囚臣，獨能建功祚。人生有何常？但患年歲暮。幸託不肖軀〔一〕，且當猛虎步。安能苦一身？與世同舉厝。由不慎小節，庸夫笑我度。吕望尚不希，夷齊何足慕！章樵注本古文苑八。韓元吉本四。

遠送新行客，歲暮乃來歸。入門望愛子，妻妾向人悲。聞子不可見，日已潛光輝。孤墳在西北，常念君來遲。褰裳上墟丘，但見蒿與薇。白骨歸黄泉，肌體乘塵飛〔二〕。生時不識

父，死後知我誰。孤魂遊窮暮，飄飄安所依？人生圖嗣息，爾死我念追。俛仰内傷心，不覺淚沾衣。人生自有命，但恨生日希。同上

〔一〕「幸託不肖軀」二句，文選三四曹植七啟、四三孫楚爲石仲容與孫皓書、四四陳琳爲袁紹檄豫州、五三陸機辨亡論李善注，皆作李陵詩，與古文苑不同，未知孰是。

〔二〕「體」，韓元吉本作「骨」。「乘」，古詩紀一三作「成」。

臨終詩〔一〕

言多令事敗，器漏苦不密〔二〕。河潰蟻孔端〔三〕，山壞由猿穴〔四〕。涓涓江漢流〔五〕，天窗通冥室。讒邪害公正，浮雲翳白日〔六〕。靡辭無忠誠，華繁竟不實。人有兩三心，安能合爲一？三人成市虎，浸漬解膠漆。生存多所慮，長寢萬事畢〔七〕。章樵注本古文苑八。韓元吉本四。北堂書鈔一五八略引。文選二九古詩十九首李善注引「讒邪」二句。

〔一〕書鈔引題作「折楊柳行」。

〔二〕「器」，書鈔作「語」。又「苦」作「坐」。

〔三〕「蟻孔端」，書鈔作「從蟻孔」。
〔四〕「山」，書鈔作「牆」。又「猿」作「郄」。
〔五〕「江」，古詩紀一三作「河」。
〔六〕「翳」，文選注作「蔽」。
〔七〕「萬」，古文苑章注：「萬一作方。」

六言詩三首

漢家中葉道微，董卓作亂乘衰，僭上虐下專威。萬官惶怖莫違，百姓慘慘心悲。章樵注本古文苑八。韓元吉本四。

郭李分争爲非，遷都長安思歸。瞻望關東可哀，夢想曹公歸來。同上

從洛到許巍巍〔一〕，曹公輔國無私〔二〕。減去厨膳甘肥，群僚率從祁祁。雖得俸禄常飢，念我苦寒心悲。同上

〔一〕「洛」，章注：「光武改『洛』爲『雒』，東漢人不用此『洛』字，魏初下詔去『隹』加『水』。」則融詩自當作「雒」，蓋魏人撰融集者改爲「洛」字。

〔三〕「輔」，韓元吉本作「憂」。

文

上書薦謝該

臣聞：高祖創業，韓、彭之將征討暴亂，陸賈、叔孫通進説詩書；光武中興，吴、耿佐命，范升、衛宏修述舊業，故能文武並用，成長久之計。陛下聖德欽明，同符二祖，勞謙戹運，三年乃讙。今尚父鷹揚，方叔翰飛，王師電鷙，群凶破殄，始有櫜弓臥鼓之次，宜得名儒，典綜禮紀。竊見故公車司馬令謝該，體曾、史之淑性，兼商、偃之文學，博通群藝，周覽古今，物來有應，事至不惑，清白異行，敦悦道訓。求之遠近，少有疇匹。若乃巨骨出吴，隼集陳庭，黄能入寢，亥有二首，非夫洽聞者，莫識其端也。雋不疑定北闕之前，夏侯勝辨常陰之驗，然後朝士益重儒術。今該實卓然，比跡前列。閒以父母老疾，棄官欲歸，道路險塞，無由自致。猥使良才抱璞而逃〔一〕，踰越山河，沈淪荆楚，所謂往而不反者也。後日當更饋樂以釣由余，尅像以求傅説，豈不煩哉？臣愚以爲可推録所在，召該令還。楚人止孫卿之去國，漢朝追匡衡於平原，尊儒貴學，惜失賢也。後漢書謝該傳。

〔二〕「璞」，原作「樸」，今據韓非子和氏校改。

上書薦趙臺卿〔一〕

趙岐博古。北堂書鈔三三。

〔一〕書鈔所引但作「孔融薦趙臺卿」。後漢書趙岐傳，岐字臺卿，「曹操時爲司空，舉以自代。光禄勳桓典、少府孔融上書薦之」。此篇蓋即孔融薦趙岐所上之書，據補「上書」二字。

上書請準古王畿制

臣聞先王分九圻〔一〕，以遠及近。春秋内諸夏而外夷狄。詩云：「封畿千里，惟民所止。」故曰天子之居，必以衆大言之。周室既衰，六國力征授賂，割裂諸夏。鎬京之制，商邑之度，歷載彌久，遂以闇昧。秦兼天下，政不遵舊，革剗五等，掃滅侯甸，築城萬里，濱海立門，欲以六合爲一區，五服爲一家〔二〕，關衛不要，遂使陳、項作難，家庭臨海〔三〕，擊柝不救。聖漢因循，未之匡改，猶依古法。潁川、南陽、陳留、上黨、三河近郡，不封爵諸侯。臣愚以爲千里國內，可略從周官六鄉六遂之文，分比北郡〔四〕，皆令屬司隸校尉，以正王賦〔五〕，以崇帝室。役自近以寬遠〔六〕，繇華貢獻，外薄四海。揆文奮武，各有典書。袁宏後漢紀二九。

〔一〕「王」，後漢紀原脱此字，據嚴輯本補。
〔二〕「一家」，後漢紀原作「羌」字，今從嚴輯本。
〔三〕「家庭臨海」，陳璞兩漢紀校記云此四字疑訛。今按，「海」似當作「淵」。詩小雅小旻「如臨深淵」，蓋後人避唐諱改「淵」爲「海」。
〔四〕「比」，後漢紀原作「取」，據嚴輯本改。
〔五〕「以正」，後漢紀原作「正以」，據嚴輯本改。
〔六〕「役」，後漢紀原作「投」，據嚴輯本改。

上書

先帝褒厚老臣，懼其殞越，是故扶接，助其氣力。三公刺腋，近爲憂之，非警戒也。云備大臣，非其類也。太平御覽三六九引孔融上書。嚴輯本「孔融上書」四字作「東觀漢記」，非。按東觀漢記成書在孔融之前，其必不得引述融文。檢御覽此上引有「東觀漢記曰江革」條，嚴氏蓋因連累及此條，以爲亦屬東觀漢記文耳。

上三府所辟稱故吏事

三府所辟，州郡所辟，其不謁署不得稱故吏。臣惟古典，春秋「女在其國稱女，在途稱婦」，然則在途之臣應與爲比。穀梁傳曰：「天子之宰，通于四海。」三公之吏，不得以未至爲差。狐突曰：「策名委質，二乃辟也。」奉命承教〔一〕，策名也。昔公孫嬰齊卒于貍蜃〔二〕，時未入國，魯公以大夫之禮加焉。傳曰：「吾固許之，返爲大夫。」延陵季子解劍帶徐君之墓，以明心許之信，況受三公之招，修拜辱之辭，有資父事君之志耶？臣愚以禮宜從重，三公所召，雖未就職，係爲故吏。通典六八。

〔一〕「命」，九通本通典原作「令」，據四庫本及嚴輯本改。

〔二〕「貍蜃」，魯地名，公羊傳成公十七年作「貍軫」。

薦禰衡表

臣聞洪水橫流，帝思俾乂，旁求四方，以招賢俊。昔世宗繼統〔二〕，將弘祖業，疇咨熙載，群士響臻。陛下睿聖，纂承基緒，遭遇厄運，勞謙日仄。維嶽降神，異人並出〔二〕。竊見處士平原禰衡〔三〕，年二十四，字正平，淑質貞亮，英才卓躒〔四〕。初涉藝文，升堂覩奥，目所一見，輒誦於口，耳所暫聞，不忘於心，性與道合，思若有神。弘羊潛計〔五〕，安世默識，以衡準之，誠不足怪。忠果正直，志懷霜雪，見善若驚，疾惡如讎。任座抗行，史魚厲節，殆無以過也。鷙鳥累百，不如一鶚，使衡立朝，必有可觀。飛辯騁辭，溢氣坌涌，解疑釋結，臨敵有餘。

昔賈誼求試屬國，詭係單于；終軍欲以長纓，牽致勁越：弱冠慷慨，前世美之〔六〕。近日路粹、嚴象，亦用異才，擢拜台郎，衡宜與爲比。如得龍躍天衢，振翼雲漢〔七〕，揚聲紫微，垂光虹蜺，足以昭近署之多士，增四門之穆穆。鈞天廣樂，必有奇麗之觀；帝室皇居，必蓄非常之寶。若衡等輩，不可多得。激楚、陽阿，至妙之容，掌技者之所貪；飛兔、騕褭，絶足奔放，良、樂之所急。臣等區區，敢不以聞！

陛下篤慎取士，必須效試，乞令衡以褐衣召見。無可觀采〔八〕，臣等受面欺之罪。文選三七。後漢書禰衡傳。魏志荀彧傳注引平原禰衡傳。北堂書鈔三三。藝文類聚五三。初學記二〇。太平御覽六三二。

〔一〕「世宗」，後漢書禰衡傳作「孝武」。按，漢孝武帝廟號世宗，疑李賢避唐太宗諱改爲「孝武」。

〔二〕「並」，五臣本文選作「間」。

〔三〕「竊」，書鈔、初學記、御覽皆作「伏」。

〔四〕「蹀」，魏志注、類聚、初學記皆作「舉」。

〔五〕「潛」，魏志荀彧傳注引平原禰衡傳作「心」。

〔六〕「世」，原作「代」。作「代」者，蓋後人所改。今據五臣本文選、後漢書、類聚改回。

〔七〕「振翼」，書鈔、御覽並作「奮翼」，初學記作「鳳奮」。

〔八〕「無」，五臣本文選上有「必」字。

崇國防疏

竊聞領荆州牧劉表桀逆放恣，所爲不軌，至乃郊祭天地，擬儀社稷。雖昏僭惡極，罪不容誅，至于國體，宜且諱之。何者？萬乘至重，天王至尊，身爲聖躬，國爲神器，陛級縣遠，禄位限絶，猶天之不可階，日月之不可踰也。每有一豎臣，輒云圖之，若形之四方，非所以杜塞邪萌。愚謂雖有重戾，必宜隱忍。賈誼所謂「擲鼠忌器」，蓋謂此也。是以齊兵次楚，唯責包茅；王師敗績，不書晉人。前以露袁術之罪，今復下劉表之事，是使跛牂欲闚高岸，天險可得而登也。案表跋扈，擅誅列侯，遏絶詔命，斷盗貢篚，招呼元惡，以自營衛，專爲群逆，主萃淵藪。郜鼎在廟，章孰甚焉！桑落瓦解，其勢可見。臣愚以爲宜隱郊祀之事，以崇國防。後漢書孔融傳。

馬日磾不宜加禮議

日磾以上公之尊，秉髦節之使[一]，銜命直指，寧輯東夏。而曲媚姦臣[二]，爲所牽率，章表署用，輒使首名，附下罔上，姦以事君。昔國佐當晉軍而不撓，宜僚臨白刃而正色，王室大臣，豈得以見脅爲辭[三]！又袁術僭逆，非一朝一夕，日磾隨從，周旋歷歲。漢律與罪人交關三日已上，皆應知情。春秋魯叔孫得臣卒，以不發揚襄仲之罪，貶不書日。鄭人討幽公之亂，斲子家之棺。聖上哀矜舊臣，未忍追案，不宜加禮。後漢書孔融傳。袁宏後漢紀二九。

〔一〕「髦」，後漢紀作「旄」。
〔二〕「姦」，後漢紀作「賊」。
〔三〕「豈」，後漢紀作「不」，又「得」下無「以」字。

肉刑議

古者敦庬，善否區別〔一〕，吏端刑清，政無過失〔二〕。百姓有罪，皆自取之〔三〕。末世陵遲，風化壞亂〔四〕，政撓其俗〔五〕，法害其民〔六〕。故曰「上失其道，民散久矣」。而欲繩之以古刑，投之以殘棄，非所謂與時消息者也。紂斮朝涉之脛，天下謂爲無道。夫九牧之地，千八百君，若各刖一人，是天下常有千八百紂也〔七〕。求世休和〔八〕，弗可得已〔九〕。且被刑之人，慮不念生〔一〇〕，志在思死〔一一〕，類多趨惡，莫復歸正。夙沙亂齊，伊戾禍宋，趙高、英布，爲世大患。不能止人遂爲非也〔一二〕，適足絶人還爲善耳。雖忠如鬻拳，信如卞和，智如孫臏，冤如巷伯，才如史遷，達如子政，一離刀鋸，没世不齒。是太甲之思庸，穆公之霸秦，南睢之骨立，衛武之初筵，陳湯之都賴，魏尚之守邊〔一三〕，無所復施也〔一四〕。漢開改惡之路，凡爲此也。故明德之君，遠度深惟，棄短就長，不苟革其政者也。後漢書孔融傳。袁宏後漢紀三〇。晉書刑法志。藝文類聚五四。通典一六八。太平御覽六四八引續漢書。

殺人無所，斫人有小瘡，故刖趾不可以報施，而髡不足以償傷。傷人一寸而斷人支體，爲罰已重，不厭衆心也。通典一六八夏侯太初答李勝肉刑議引。

〔一〕「區」，後漢書原作「不」，晉書刑法志、類聚、通典、御覽引續漢書皆作「區」。按後漢書酷吏傳論曰：「古者敦厖，善惡易分。」據此，則以作「區」爲是，因改。

〔二〕「政」，後漢紀、類聚並作「治」。「政」下晉書刑法志有「簡一」二字，則「政簡」二字當屬上句，讀作「吏端刑清政簡」，下句則讀作「一無過失」。「失」，後漢紀作「差」。

〔三〕「自取之」，後漢紀作「不之濫」。

〔四〕「化」，類聚作「俗」。

〔五〕「其俗」，類聚作「俗替」。

〔六〕「害」，後漢紀作「侮」。「民」，後漢書李賢原避唐諱改作「人」，今據後漢紀、類聚、御覽引續漢書改回。晉書刑法志、通典作「教」，蓋亦避唐諱改之。

〔七〕「天下」，後漢書原無「天」字，據後漢紀、晉書刑法志、通典補。

〔八〕「世」，後漢書李賢避唐諱作「俗」，據後漢紀、類聚、晉書刑法志改回。

〔九〕「弗」，後漢紀作「不」，又「已」作「也」。

〔一〇〕「念」，後漢紀、通典皆作「全」。

〔一一〕「思」，通典作「必」。

〔一二〕「止人」，御覽引續漢書作「正人」，類聚作「止其源」三字。「遂」，通典作「不」。

〔一三〕「守邊」，後漢紀作「邊功」，晉書刑法志作「臨邊」。

〔四〕「無所復施」，後漢紀作「無復悔」三字。

南陽王馮東海王祇祭禮對

聖恩敦睦，感時增思，悼二王之靈，發哀愍之詔，稽度前典，以正禮制。竊觀故事，前梁懷王、臨江愍王、齊哀王、臨淮懷王並薨無後〔一〕，同産昆弟，即景、武、昭、明四帝是也，未聞前朝修立祭祀。若臨時所施，則不列傳紀。臣愚以爲諸在沖齔，聖慈哀悼，禮同成人，加以號謚者，宜稱上恩，祭祀禮畢，而後絶之。至於一歲之限，不合禮意，又違先帝已然之法，所未敢處。後漢書孔融傳。

〔一〕後漢書李賢注：「臣賢案：齊哀王，悼惠王之子，高帝之孫，非昭帝兄弟，當爲懷王，作『哀』者誤也。臨淮公衡，明帝弟，建武十五年立，未及進爵爲王而薨。融家傳及本傳皆作『公』，此爲『王』者，亦誤也。」

告高密縣立鄭公鄉教

昔齊置「士鄉」，越有「君子軍」，皆異賢之意也。鄭君好學，實懷明德。昔太史公、廷尉吴公、謁者僕射鄧公，皆漢之名臣。又南山四皓有園公、夏黄公，潛光隱耀，世嘉其高，皆悉稱公。然則，公者仁德之正號〔一〕，不必三事大夫也。今鄭君鄉宜曰「鄭公鄉」。昔東海于公僅有一節，猶或戒鄉人侈其門閭。矧乃鄭公之德，而無駟牡之路！可廣開門衢〔二〕，令容高車，號爲「通德門」。後漢書鄭玄傳。太平御覽一五七引鄭玄別傳。

〔一〕「仁」，御覽引鄭玄別傳作「人」。

〔二〕「可廣開門衢」三句，藝文類聚六三引范曄後漢書作「鄭君里門，四方所由觀禮，其廣令容高車結駟，名爲『通德門』」，御覽一八二引同，唯「通德門」作「通德之門」。

教高密令

高密侯國牋言：鄭公增門之崇〔一〕，令容高車結駟之路，出麥五斛，以酬執事者之勞。

太平御覽八三八。

〔一〕「公」，御覽原作「國」，據嚴輯本改。按，嚴輯本置此條於告高密縣立鄭公鄉教文後，合爲一篇。

失題教

高密縣有一衙〔一〕，今欲爲鄭玄後專造一鄉，名曰「宗學」也。北堂書鈔八三引「孔融教」。

〔一〕「衙」，疑「衖」之訛。衖，里中道也，通「巷」。

繕治鄭公宅教

鄭公久遊南夏，今艱難稍平，儻有歸來之思，無寓人於室，毁傷其藩垣林木，必繕治牆宇，以俟還。太平廣記一六四引商芸小説。按，商芸，本作殷芸。宋人避太祖父弘殷偏諱改。下同。

告僚屬教

昔周人尊師，謂之「尚父」，今可咸曰「鄭君」，不得稱名也。太平廣記一六四引商芸小説。

又教高密令

志士鄧子然告困〔一〕，焉得愛釜庾之間，以傷烈士之心？今與豆三斛，後乏復言。太平御覽八四一。

〔一〕「鄧」，疑當作「甄」。按，甄子然，北海高密人。後漢紀三〇稱融「使甄子然配食縣社」，即其人也。王先謙後漢書集解引惠棟説，謂此令「當是恤子然之後也」。

告昌安縣教

邑人高幼，自言辟得井中鼎。夫鼎久潛于井〔一〕，得之休明，雖小，重也。黄耳金鉉，利貞之象。國遭凶荒，彝器出，或者明以饗人。初學記七。

〔一〕「夫鼎」，安刻本初學記作「失所」。

答王脩教

原之賢也，吾已知之矣。昔高陽氏有才子八人，堯不能用，舜實舉之。原可謂不患無位之士。以遺後賢，不亦可乎！魏志王脩傳注引融集。

重答王脩

掾清身絜己，歷試諸難，謀而鮮過，惠訓不倦。余嘉乃勳，應乃懿德，用升爾于王庭，其可辭乎！魏志王脩傳注引融集。

喻邴原書

修性保貞，清虛守高，危邦不入，久潛樂土。王室多難，西遷鎬京。聖朝勞謙，疇咨儁乂。我徂求定，策命懇惻。國之將隕，嫠不恤緯，家之將亡，緹縈跋涉，彼匹婦也，猶執此義。實望根矩，仁爲己任，授手援溺，振民於難。乃或晏晏居息，莫我肯顧，謂之君子，固如此乎！根矩，根矩，可以來矣！魏志邴原傳注引原别傳。

與邴原書

隨會在秦，賈季在翟，諮仰靡所，歎息增懷。頃知來至，近在三山。詩不云乎？「來歸自鎬，我行永久。」今遣五官掾，奉問榜人舟楫之勞，禍福動静告慰。亂階未已，阻兵之雄，若棊弈争梟。魏志邴原傳注引原别傳。

與王朗書

世路隔塞，情問斷絶，感懷增思。前見章表，知尋湯武罪己之迹，自投東裔同鯀之罰，覽省未周，涕隕潸然。主上寬仁，貴德宥過。曹公輔政，思賢並立。策書屢下，殷勤款至。知櫂舟浮海，息駕廣陵，不意黄熊突出羽淵也。談笑有期，勉行自愛！魏志王朗傳注。

遺張紘書

聞大軍西征，足下留鎮。不有居者，誰守社稷？深固折衝，亦大勳也。無乃李廣之氣，倉髮益怒〔一〕，樂一當單于，以盡餘憤乎？南北並定，世將無事，叔孫投戈〔二〕，絳灌俎豆，亦在今日。但用離析，無緣會面，爲愁歎耳。道直途清，相見豈復難哉？吴志張紘傳注引吴書。

〔一〕「倉髮」，張輯本作「循髮」。按，漢書李廣傳附李陵傳云：「陵墨不應，孰視而自循其髮。」師古曰：「循謂摩順也。」張氏蓋據以改之。然陵之事，不當用於李廣。吴金華易氏三國志補注今證謂，「倉」、「蒼」二字古通用。是蒼者，灰白色也。「倉髮益怒」，言身雖老而氣彌壯，則自當作「倉髮」。

〔二〕「叔孫」，吴志引吴書原作「孫叔」，非。按，揚雄解嘲曰：「叔孫通起於枹鼓之間，解甲投戈，遂作君臣之儀。」字當作「叔孫」，今正之。

又遺張紘書

前勞手筆，多篆書。每舉篇見字，欣然獨笑，如復覩其人也。吴志張紘傳注引吴書。

答虞仲翔書

示所著易傳，自商瞿以來，舛錯多矣。去聖彌遠，衆説騁辭。曩聞延陵之理樂，今覩吾子之治易〔一〕，乃知東南之美者，非但會稽之竹箭焉。又觀象雲物，察應寒温，原其禍福〔二〕，與神會契〔三〕，可謂探賾窮道者已〔四〕。方世清，聖上求賢者，梁丘以卦筮寧世，劉向以洪範昭名，想當來翔，追蹤前烈。相見乃盡，不復多陳。藝文類聚五五。吴志虞翻傳。太平御覽六〇九引後漢書。

〔一〕「吾子」，類聚原作「吾君」，御覽引後漢書同，今從吴志虞翻傳。

〔二〕「原其」，類聚原作一「本」字，當有脱文，御覽引後漢書作「原本」，張輯本作「推本」，今從吴志虞翻傳。

〔三〕「會」，吴志虞翻傳作「合」。

〔四〕「道」，吴志虞翻傳作「通」。又「已」作「也」。

與韋休甫書〔一〕

使君足下：懷遠垂勳，西戎即叙。前別意恨，甚多不悉。辛從事至，承獲所訊，喜而起居不恙而到也。云便結駟，徑至舊治。西土之人，宗服令德，解仇崇好，以順風化，萬里雍穆，如樂之和。雖爲國家威靈感應，亦實士穀堪事之效也。昔伯安由幽都而登上司，子琰以豫州而取宰相，近事未遠，當勉功業，以豐此慶耳。閒僻疾動〔二〕，不得復與足下岸幘廣坐，舉杯相於〔三〕，以爲邑邑。前日元將來，〔淵才亮茂〕〔四〕，雅度弘毅，偉〔世〕之器也〔五〕。昨日仲將復來，〔懿性貞實〕〔六〕，文敏志篤〔七〕，誠保家之主也。不意雙珠近出老蚌，甚珍貴之。遺書通心。藝文類聚五三。魏志荀彧傳注引三輔決録注。太平御覽五一八引三輔要録、又九四一引魏志。

〔一〕「休甫」，類聚原誤作「林甫」。按，涼州刺史韋康字元將，康弟誕字仲將，皆韋端之子。端字休甫，與同郡金元休、第五文休俱著名，號爲「三休」。見魏志呂布傳注引典略。嚴輯本已改作「休甫」，今從改。

〔二〕「閒」，類聚原作「聞」，今從張、嚴二輯本改。

〔三〕「於」，汪紹楹校曰：「馮校本作扢。」按，焦延壽易林：「良友相於。」曹植當來日大難：「廣情故，心相於。」「相於」爲漢魏時習語，有相親、相得之意。

〔四〕「淵才亮茂」，類聚原無此四字，據魏志荀彧傳注引三輔決録注、御覽引三輔要録補。

〔五〕「偉」，類聚原下脱「世」字，據魏志荀彧傳注引三輔決録注、御覽引三輔要録補。

〔六〕「懿性貞實」，類聚原無此四字，據魏志荀彧傳注引三輔決録注、御覽引三輔要録補。

〔七〕「志篤」，類聚原脱「志」字，據魏志荀彧傳注引三輔決録注、御覽引三輔要録補。

與宗從弟書〔一〕

同源派流，人易世疏，越在異域，情愛分隔。文鏡秘府論西卷文二十八種病。

知晚節豫學，既美大弟困而能痦〔二〕，又合先君加我之義。豈唯仁弟實專承之，凡我宗族，猶或賴焉。藝文類聚五五。

〔一〕文鏡秘府論引題作「與族弟書」，此題從類聚。按，二書所引蓋同屬一文。

〔二〕「困」，類聚原作「因」，從張輯本改。

與諸卿書

鄭康成多臆説，人見其名學，謂有所出也。證案大較，要在五經、四部書〔一〕。如非此文，近爲妄矣。若子所執，以爲郊天鼓必當麒麟之皮，寫孝經本當曾子家策乎？太平御覽六〇八。

先日多惠胡桃，深知篤意。太平御覽九七一。藝文類聚八七。

〔一〕「五經四部書」，或以爲群書分四部，自魏鄭默中經簿始，故疑融此書爲後世僞託。按，曹丕亦有「五經四部」之言，其典論自叙云：「余是以少誦詩、論，及長而備歷五經、四部，史漢、諸子百家之言，靡不畢覽。」所謂「四部書」，蓋指漢書藝文志六藝略中五經除外，包括樂、論語、孝經、小學等四類書。則「五經四部」爲漢末時人之習語，非誤也。

與許博士書

今足下遠以彝器金石並志〔一〕，爲國家格來儀之瑞，亦丈夫之大勳。北堂書鈔一〇五。

〔一〕「志」，陳禹謨本書鈔作「至」。

與曹公書薦邊讓

邊讓爲九州之被則不足〔一〕，爲單衣襜褕則有餘。北堂書鈔一三四、又一二九引邊讓別傳。太平御覽六九一、又六九三引邊讓別傳。

〔一〕「之」，御覽六九三作「衣」。「被」，書鈔一二九作「牧」。

與曹公論盛孝章書〔一〕

歲月不居，時節如流。五十之年，忽焉已至，公爲始滿，融又過二。海内知識，零落殆盡，惟會稽盛孝章尚存〔二〕。其人困於孫氏，妻孥湮没，單孑獨立，孤危愁苦。若使憂能傷人，此子不得復永年矣。

春秋傳曰：「諸侯有相滅亡者，桓公不能救，則桓公恥之。」今孝章實丈夫之雄也，天下譚士依以揚聲〔三〕，而身不免於幽執〔四〕，命不期於旦夕。是吾祖不當復論損益之友，而朱穆所以絶交也。公誠能馳一介之使，加咫尺之書，則孝章可致，友道可弘也〔五〕。

今之少年，喜謗前輩，或能譏平孝章〔六〕；孝章要爲有天下大名，九牧之民所共稱歎。燕君市駿馬之骨，非欲以騁道里，乃當以招絶足也。惟公匡復漢室，宗社將絶，又能正之。正之之術，實須得賢。珠玉無脛而自至者，以人好之也，況賢者之有足乎？昭王築臺以尊郭隗，隗雖小才，而逢大遇，竟能發明主之至心，故樂毅自魏往，劇辛自趙往，鄒衍自齊往。嚮使郭隗倒縣而王不解〔七〕，臨溺而王不拯〔八〕，則士亦將高翔遠引，莫有北首燕路者矣。凡所稱引，自公所知，而復有云者〔九〕，欲公崇篤斯義也。因表不悉。吴志孫韶傳注引會稽典録。文選四一。

〔一〕此題文選作「論盛孝章書」，據會稽典録所敘補「與曹公」三字。
〔二〕「惟」，胡刻本文選下有「有」字。「存」，五臣本文選作「在」。
〔三〕「譚」，胡刻本文選作「談」。
〔四〕「執」，胡刻本文選作「縶」。
〔五〕「也」，胡刻本文選作「矣」。
〔六〕「平」，胡刻本文選作「評」。
〔七〕「縣」，文選作「懸」。
〔八〕「溺」，胡刻本文選作「難」。
〔九〕「復」，吴志孫韶傳注引會稽典録原無此字，據文選補。

嘲曹公爲子納甄氏書

武王伐紂，以妲己賜周公。後漢書孔融傳。魏志崔琰傳注引魏氏春秋。

嘲曹公討烏桓書

大將軍遠征，蕭條海外。昔肅慎不貢楛矢，丁零盜蘇武牛羊，可併案也。後漢書孔融傳。

難曹公禁酒書

〔公當初來〔一〕，邦人咸抃舞踊躍，以望我后。亦既至止，酒禁施行。〕酒之爲德久矣。古先哲王，類帝禋宗，和神定人，以濟萬國，非酒莫以也。故天垂酒星之燿〔二〕，地列酒泉之郡〔三〕，人著旨酒之德〔四〕。堯不千鍾〔五〕，無以建太平。孔非百觚，無以堪上聖。樊噲解戹鴻門，非豕肩鍾酒〔六〕，無以奮其怒。趙之廝養，東迎其王，非引巵酒，無以激其氣。高祖非醉斬白蛇，無以暢其靈〔七〕。景帝非醉幸唐姬，無以開中興。袁盎非醇醪之力，無以脱其命。定國非酣飲一斛〔八〕，無以決其法〔九〕。故酈生以高陽酒徒，著功於漢；屈原不餔糟歠醨，取困於楚。由是觀之，酒何負於治者哉〔一〇〕！後漢書孔融傳注引融集。魏志崔琰傳注引張璠漢紀。北堂書鈔一四八引孔融別傳。藝文類聚七二。事類賦二七注引九州春秋。

〔一〕「公當初來」五句，據類聚補。「當初」，類聚原作「初當」，從嚴輯本改。

〔二〕「天垂酒星之燿」，類聚作「天垂酒旗之曜」，魏志崔琰傳注引張璠漢紀、書鈔引孔融別傳、事類賦注引九州春秋皆作「天有酒旗之星」。

〔三〕「列」，書鈔引孔融別傳作「有」。

〔四〕「著」，魏志崔琰傳注引張璠漢紀、書鈔引孔融别傳、類聚、及事類賦注引九州春秋皆作「有」。

〔五〕「不」，類聚作「非」。魏志崔琰傳注引張璠漢紀、書鈔引孔融别傳「不」下皆有「飲」字。

〔六〕「鍾」，類聚作「巵」。又「豖」作「㼌」。

〔七〕「暢」，類聚作「揚」。

〔八〕「非」，後漢書孔融傳注引融集原作「不」，類聚作「非」，據以上各句文例，以作「非」爲長，今據改。

〔九〕「其法」，類聚作「法令」。

〔一〇〕「治」，後漢書孔融傳注引融集原作「政」，今據類聚改。按，蓋李賢避高宗諱改「治」爲「政」。

又　書

昨承訓答，陳二代之禍，及衆人之敗，以酒亡者，實如來誨。雖然，徐偃王行仁義而亡，今令不絶仁義；燕噲以讓失社稷，今令不禁謙退；魯因儒而損，今令不棄文學；夏、商亦以婦人失天下〔一〕，今令不斷婚姻。而將酒獨急者，疑但惜穀耳，非以亡王爲戒也。後漢書孔融傳注引融集。魏志崔琰傳注引張璠漢紀。事類賦一七注引九州春秋。

〔一〕「夏商」二句，魏志崔琰傳注引張璠漢紀、事類賦注引九州春秋皆作「且桀、紂以色亡國，今令不廢婚姻」。

報曹公書

猥惠書教，告所不逮。融與鴻豫州里比郡，知之最早。雖嘗陳其功美，欲以厚於見私，信於爲國，不求其覆過掩惡，有罪望不坐也。前者黜退，懽欣受之。昔趙宣子朝登韓厥，夕被其戮，喜而求賀。況無彼人之功，而敢枉當官之平哉！忠非三閭，智非鼂錯，竊位爲過，免罪爲幸。乃使餘論遠聞，所以慙懼也。朱、彭、寇、賈〔一〕，爲世壯士，愛惡相攻，能爲國憂。至於輕弱薄劣〔二〕，猶昆蟲之相囓〔三〕，適足還害其身〔四〕，誠無所至也。晉侯嘉其臣所争者大，而師曠以爲不如心競。性既遲緩，與人無傷，雖出胯下之負，榆次之辱，不知貶毁之於己，猶蚊虻之一過也。子産謂人心不相似，或矜勢者欲以取勝爲榮，不念宋人待四海之客，大鑪不欲令酒酸也。至於屈穀巨瓠，堅而無竅，當以無用罪之耳。它者奉尊嚴教，不敢失墜。郗爲故吏，融所推進。趙衰之拔郤縠，不輕公叔之升臣也。知同其愛，訓誨發中〔五〕，雖懿伯之忌，猶不得念，況恃舊交，而欲自外於賢吏哉！輒布腹心，修好如初。苦言至意，終身誦之。後漢書孔融傳。太平御覽九三四引「朱、彭、寇、賈」至「誠無所至」數語作「孔融答路粹書」。嚴輯本注云：「案范書以此爲報曹公。據文選注，則曹公書乃路粹所作，御覽題爲答路粹，蓋融集如此。」

〔一〕「賈」，御覽下有「之徒」二字。

〔二〕「輕弱薄劣」，御覽作「輕薄力弱者」五字。

〔三〕「昆蟲」，御覽作「兩虺」。

〔四〕「害」，御覽作「災」。

〔五〕「訓誨發中」，文選三七羊祜讓開府表李善注上有「來書懇切」四字。

失題書

附此短章，聊申我素心。分門集注杜工部詩二毒熱寄簡崔評事十六弟王洙注。

周武王漢高祖論

武王從后稷以來，至其身，相承積五十世，俱有魚鳥之瑞。至高祖，一身修德，瑞有四〔一〕：呂公望形而薦女；呂后見雲知其處；白蛇分，神嫗哭〔二〕；西入關，五星聚。又武王伐紂，斬而刺之，高祖入秦，赦子嬰而遣之〔三〕，是寬裕又不如高祖也。藝文類聚一二。

〔一〕「瑞」，張輯本下有「遽」字。

〔二〕「嫗」，類聚原作「武」，張、嚴二輯本並作「母」。明梅鼎祚東漢文紀作「嫗」，與史記、漢書高帝紀所載文合，今據改。

〔三〕「遣」，類聚原作「遺」，從張、嚴二輯本改。

聖人優劣論〔一〕

荀愔等以爲聖人俱受乾坤之醇靈，稟造化之和氣，該百行之高善，備九德之淑懿，極鴻源之深閭，窮品物之情類。曠蕩出於無外，沉微淪於無内。器不是周，不充聖極。荀以爲孔子稱：「大哉……堯之爲君也，唯天爲大，唯堯則之。」是爲覆蓋衆聖，最優之明文也。孔以堯作天子九十餘年，政化洽於民心，雅頌流於衆聽，是以聲德發聞，遂爲稱首〔二〕。則易所謂「聖人久於其道，而天下化成」，百年然後勝殘去殺，必世而後仁者也。故曰「大哉，堯之爲君也」。堯之爲聖也，明其聖與諸聖同，但以人見稱爲君爾。藝文類聚二〇。初學記一七引兩條。

金之優者，名曰紫磨，猶人之有聖也。太平御覽八一一。

馬之駿者，名曰騏驥；犬之駿者，名曰韓盧。犬之有韓盧，馬之有騏驥，人之聖也〔三〕，名號等設。使騏驥與韓盧並走，寧能頭尾相當，八腳如一，無有先後之覺矣〔四〕？太平御覽八九七。事類賦二〇注。

〔一〕魏志荀攸傳注引荀氏家傳云：「（荀）愔與孔融論聖人優劣，並在融集。」

〔二〕「爲稱首」，初學記作「稱爲首」。

〔三〕「人之聖」，嚴輯本「人」上有「猶」字，「聖」上有「有」字。疑是。

〔四〕「矣」，事類賦注作「或」，當「哉」之誤。作「哉」字稍長。

汝潁優劣論

融以爲汝南士勝潁川士，陳長文難〔一〕，融答之曰：

汝南戴子高，親止千乘萬騎，與光武皇帝共〔揖〕於道中〔二〕；潁川士雖抗節，未有能頡頏天子者也。汝南許子伯，與其友人共說世俗將壞，因夜〔起〕〔三〕，舉聲號哭；潁川〔士〕雖〔頗〕憂時〔四〕，未有能哭世者也。汝南府許掾，教太守鄧晨圖開稻陂，〔灌〕數萬頃〔五〕，累世獲其功，夜有火光之瑞；韓元長雖好地理，未有成功見效如許掾者也。汝南張元伯，身死之後見夢范巨卿；潁川士雖有奇異，未有能神而靈者也〔六〕。汝南應世叔，讀書五行俱下；潁川士雖多聰明，未有能離婁並照者也。汝南李洪爲太尉掾〔七〕，弟煞人當死，洪自劾詣閣〔八〕，乞代弟命，便飲酖而死，弟用得全；潁川〔士〕雖尚節義〔九〕，未有能煞身成仁如洪者也。汝南翟文仲爲東郡太守〔一〇〕，始舉義兵以討王莽；潁川士雖疾惡，未有能破家爲國者也。汝南袁公著爲甲科郎〔中〕〔一一〕，上書欲治梁冀；潁川士雖慕忠讜〔一二〕，未有能投命直言者也〔一三〕。藝文類聚二二。太平御覽四四七略引。

〔一〕「陳長文難」，難，謂陳群論難之。按，文選四〇任昉到大司馬記室牋李善注引孔融汝潁優劣論：「陳群曰：頗有蕪菁，唐突人生也。」可見孔融論中轉述有陳群論難之文。陳群字長文，潁川許昌人，魏志荀彧傳注引荀氏家傳亦謂群「與孔融論汝、潁人物」。

〔二〕「揖」，類聚原脱此字，據御覽補。

〔三〕「起」，類聚原脱此字，據御覽補。

〔四〕「士」、「頗」，類聚原缺此二字，據御覽補。

〔五〕「灌」，類聚原脱此字，據御覽補。

〔六〕「能神而靈」，御覽作「鬼神能靈」。

〔七〕「李洪」，御覽作「李鴻」。

〔八〕「自劾詣閣」，御覽作「自縛詣門」。

〔九〕「士」，類聚原脱此字，據御覽補。

〔一〇〕「翟文仲」，類聚原作「翟子威」。御覽同。考史，翟子威名方進，未爲東郡太守，亦無討王莽事。以東郡太守起兵討莽者，翟義也。義字文仲。嚴輯本已改作「翟文仲」，今從之。

〔一一〕「中」，類聚原脱此字，據御覽補。

〔一二〕「慕」，御覽作「務」。

〔一三〕「投」，御覽作「没」。

肉刑論〔一〕

今之洛陽道橋作徒，困於斯役〔二〕，十死一生。故國家嘗遣三府齋詔〔三〕，月一案行。又置南甄官使者，主養病徒，僅能存之。語所謂洛陽豪徒韓伯密，加笞三百不中一，髡頭至耳髮詣膝。此自爲刑，非國法之意。太平御覽六四二。

古聖作犀兕革鎧，今有盆領鐵鎧，云絶聖人甚遠也。北堂書鈔一二一。太平御覽三五六引「置刑論」，當「肉刑論」之誤。

賢者所制，或踰聖人，水碓之巧，勝於斷木掘地〔四〕。太平御覽七六二。廣韻去聲一八。

〔一〕魏志荀攸傳注引荀氏家傳云：「(荀)祈與孔融論肉刑，……並在融集。」

〔二〕「困」，影宋本御覽原作「囚」，從嚴輯本改。
〔三〕「齎」，御覽原作「請」，從嚴輯本改。
〔四〕「勝於」，廣韻引孔融論下有「聖人之」三字。

同歲論

記吏、孝廉無裝帛也。北堂書鈔七九。

弊箄徑尺，不足以救鹽池之鹹。太平御覽七五七。

阿膠徑寸，不能止黄河之濁。太平御覽七六六。

儀鳳屯集，狂鳥穢之。太平御覽九二八引「周歲論」，「周」當「同」之誤。

衛尉張儉碑銘

其先張仲〔一〕，實以孝友，左右周室。晉主夏盟，而張老延君譽於四方。君稟乾綱之正性〔二〕，蹈高世之殊軌，冰絜淵清，介然特立，雖史魚之勵操，叔向之正色，未足比焉。中常侍同郡侯覽，專權王命，豺虎肆虐，威震天下。君以西部督郵〔三〕，上覽禍亂凶國之罪，鞠没賦姦〔四〕，以巨萬計。俄而制書案驗部黨，君爲覽所陷，亦章名捕逐。當世英雄，受命殞身，以籍濟君厄者，蓋數十人，故克免斯艱。旋宅舊宇，衆庶懷其德，王公慕其聲，州宰争命，辟大將軍幕府，公車特就家拜少府，皆不就也。復以衛尉徵，明詔嚴切，敕州郡，乃不得已而就之。〔惜乎不登泰階〔五〕，以尹天下，致皇代於隆熙。〕銘曰：

桓桓我君，應天淑靈。皓素其質，允迪忠貞。肆志直道，進不爲榮。赴戟驕臣，發如震霆。凌剛摧堅，視危如寧。〔聖王克亮〔六〕，命作喉脣。〕藝文類聚四九。文選五八王儉褚淵碑文李善注。又五九沈約齊故安陸昭王碑文李善注。

〔一〕「其先」，疑上有闕文，當據後漢書張儉傳補：「君諱儉，字元節，山陽高平人也。」

〔二〕「綱」，嚴輯本作「剛」。

〔三〕「西部」，類聚原作「西都」，據嚴輯本改。按，張儉傳作「東部」，與「西部」未知孰正。

〔四〕「賦」，斂也。張輯本作「贓」，亦通。

〔五〕「惜乎不登泰階」三句，據文選褚淵碑文注補。

〔六〕「聖王克亮」二句，據文選齊故安陸昭王碑文注補。嚴輯本「王」作「主」，「亮」作「愛」。

失題文　三則

晉有獻武之議，尊卑之序，以諱爲首也。北堂書鈔九四引孔融集。

在家永有攸諱，齊猶五皓，魯有卿對也〔一〕。同上

蚩尤，少昊之末九黎君名。尚書呂刑釋文引孔融曰。

〔一〕孔廣陶北堂書鈔校注云：「此條有誤。」

建安七子集卷二　陳琳集

詩

遊覽詩二首〔一〕

高會時不娱，羈客難爲心。慇懷從中發，悲感激清音。投觴罷歡坐，逍遥步長林。蕭蕭山谷風〔二〕，黯黯天路陰〔三〕。惆悵忘旋反，歔欷涕霑襟〔四〕。藝文類聚二八。

節運時氣舒，秋風涼且清。閑居心不娱，駕言從友生。翺翔戲長流〔五〕，逍遥登高城。東望看疇野，迴顧覽園庭。嘉木凋緑葉，芳草纖紅榮〔六〕。騁哉日月逝，年命將西傾。建功不及時，鐘鼎何所銘？收念還房寢，慷慨詠墳經。庶幾及君在，立德垂功名。同上。

〔一〕類聚人部遊覽類引此，並無題。古詩紀二六題作「遊覽」，蓋據類聚類目而補，今從之。
〔二〕「蕭蕭」，古詩紀二六作「肅肅」。
〔三〕「黯黯」，古詩紀二六作「默默」。
〔四〕「襟」，古詩紀二六注：「一作巾。」
〔五〕「翱翔」，古詩紀二六作「翱翱」。
〔六〕「纖」，疑當作「殲」。

宴會詩

凱風飄陰雲，白日揚素暉。良友招我遊，高會宴中闈。玄鶴浮清泉，綺樹焕青蕤。藝文類聚三九。

飲馬長城窟行

飲馬長城窟，水寒傷馬骨。往謂長城吏：「慎莫稽留太原卒！」「官作自有程，舉築諧汝聲！」男兒寧當格鬬死，何能怫鬱築長城！長城何連連，連連三千里。邊城多健少，内舍多寡婦。作書與内舍：「便嫁莫留住。善事新姑章〔一〕，時時念我故夫子。」報書往邊地〔二〕：「君今出語一何鄙！」「身在禍難中，何爲稽留他家子？生男慎莫舉，生女哺用脯〔三〕。君獨不見長城下，死人骸骨相撐拄。」「結髮行事君，慊慊心意關〔四〕。〔明知〕邊地苦〔五〕，賤妾何能久自全〔六〕！」玉臺新詠一。樂府詩集三八。

〔一〕「事」，古詩紀二六、張輯本作「侍」。

〔二〕「往」，古詩紀二六注：「一作與。」

〔三〕「用」，玉臺新詠吳注：「一作其。」

〔四〕「關」，古詩紀二六注：「一作間。」

〔五〕「明知」，據古詩紀二六補。

〔六〕「久」，徐仁甫古詩別解云當「終」字之誤，「終」古文作「冬」，與「久」形近易混。

失題詩 五則

春天潤九野，卉木涣油油。紅華紛曄曄，發秀曜中衢。韻補二「衢」字注。

沈淪衆庶間，與世無有殊。紆鬱懷傷結，舒展有何由。韻補二「殊」字注。

轗軻固宜然，卑陋何所羞。援兹自抑慰，研精於道腴。韻補二「腴」字注。

仲尼以聖德，行聘徧周流。遭斥厄陳蔡，歸之命也夫。韻補二「夫」字注。

二年江劍外。九家集注杜詩二一建都十二韻師尹注。

賦

大暑賦〔一〕

土潤溽以歊烝〔二〕，時澒涊以溷濁。温風鬱其彤彤，譬炎火之燭燭〔三〕。初學記三。

料救藥之千百兮，衹累熱而增煩。燿靈管之匪念兮，將損性而傷神。韻補一「煩」字注。

樂以忘憂，氣變志遷。爰速嘉賓，式燕且殷。韻補一「遷」字注。

〔一〕按，此篇及下神女賦、迷迭賦、瑪瑙勒賦、車渠椀賦、柳賦、鸚鵡賦等篇，鄴下文士多有同題賦，諒一時唱和之作。詳見王粲集各篇題注。

〔二〕「歊」，排印本初學記原作「敲」，據嚴可均、陸心源校宋本初學記改。歊，熱氣出貌。

〔三〕「燭燭」，排印本初學記原作「陶燭」，據嚴可均、陸心源校宋本初學記改。

止欲賦

媛哉逸女，在余東濱。色曜春華，豔過碩人。乃遂古其寡儔，固當世之無鄰。允宜國而寧家，實君子之攸嬪。伊余情之是悦，志荒溢而傾移。宵炯炯以不寐，晝舍食而忘飢。歎北風之好我〔一〕，美攜手之同歸。忽日月之徐邁，庶枯楊之生稊。〔欲語言於玄鳥〔二〕，玄鳥逝以差池。〕道悠長而路阻，河廣瀁而無梁。雖企予而欲往，非一葦之可航。展余轡以言歸，含憯瘁而就牀。忽假瞑其若寐，夢所歡之來征。魂翩翩以遥懷，若交好而通靈。藝文類聚一八。

惟今夕之何夕兮，我獨無此良媒。雲漢倬以昭回兮，天水混而光流。韻補二「媒」字注。

拂穹岫之蕭索兮，飛沙礫之濛濛。玄龍戰於幽野兮，昆蟲蟄而不藏。韻補二「濛」字注。

〔一〕「北風」，張輯本作「此風」，非。按，此二句化用詩邶風北風「北風其喈，雨雪其霏。惠我同好，攜手同歸」。

〔二〕「欲語言於玄鳥」二句，據文選三一江淹雜體詩三十首李善注補。「語言」，唐鈔集注本文選「語」作「誥」。疑是。説文：「誥，告也。」

武軍賦〔一〕并序

迴天軍，〔震雷霆之威〕〔二〕，于易水之陽，以討瓚焉。鴻溝參周，鹿箛十里〔三〕，薦之以棘。迺建脩櫓，干青霄，竁深隧，下三泉。飛梯、雲衝、神鈎之具，〔瑰異譎詭之奇〕〔四〕，不在吴、孫之篇，三略、六韜之術者，凡數十事，秘莫得聞也。乃作武軍賦曰：太平御覽三三六。北堂書鈔一二四、一二六。

赫赫哉！烈烈矣！于此武軍。當天符之佐運，承斗剛而曜震。漢季世之不辟，青龍紀乎大荒，熊狼競以拏攫，神寶播乎鎬京。於是武臣赫然，飇炎天之隆怒，叫諸夏而號八荒。爾乃擬北落而樹表，晞壘壁以結營〔五〕。百校羅峙〔六〕，千部列陳。彌方城，掩平原，〔耿目耶眇〔七〕，不同乎一邊。〕於是啟明戒旦，長庚告昏，火烈具舉，鼓角並震。千徒從唱〔八〕，億夫求和，聲訇隱而動山〔九〕，光赫奕以燭夜。其刃也則楚金越冶〔一〇〕，棠谿名工。清堅皓鍔〔一一〕，修刺鋭鋒〔一二〕。陸陷玄犀〔一三〕，水截輕鴻。鎧則東胡、闕鞏，百煉精剛。函師振椎〔一四〕，韋人制縫。〔玄羽縹甲〔一五〕，灼爚流光。〕弩則幽都筋角〔一六〕，恒山檿幹。通肌暢骨，崇緼曲煙〔一七〕。〔大黄沉紫〔一八〕，朱繡別緣。客機庭臂，直矢輕弦。〕〔當鋒摧決〔一九〕，貫遐洞堅。〕其弓則烏號、越棘〔二〇〕，繁弱角端。象弭繡質，晰弣文身〔二一〕。矢則申息、肅慎，箘簵空流〔二二〕。焦銅毒鐵，〔斡鏃鳴鍭〔二三〕。〕麗轂撻軜。馬則飛雲絶景，直鬐騊騮。〔走駿驚颸〔二四〕，步象雲浮。斂鞚則止〔二五〕，受銜斯遊。〕駁龍紫鹿，文的瞷魚〔二六〕。若乃清道整列，按節徐行。龍姿鳳峙，灼有遺英。藝文類聚五九。北堂書鈔一一七、一二一、一二二引三條、一二五。初學記二二引三條。太平御覽三四七、三四八、三五〇、三五六、三五八。事類賦一三引兩條。韻補四「夜」字注。

悵儼其特起〔二七〕，旍鉞裴以焜。矯矯虎旅，執戟撫弓。北堂書鈔一一七。

金春作〔二八〕，簫管起，靈鼓發，〔雷鼓奏〕〔二九〕，駭轟嘈囐，盪心懼耳。野夷懾而陵觸〔三〇〕，前後不相須候。北堂書鈔一一七、一二一。

整行案律，決敵中原。八部方置，山布星陳。□□法勁，旆勇殿堅。北堂書鈔一一七兩引。

魚麗納舒，鵝鶴翼分〔三一〕。裔裔驍騎，衛角守偏。北堂書鈔一一七。

元戎先馳，甲騎踵繼。雷師震激，虎夷電虒〔三二〕。燁若飈炎，熛熛九蔽〔三三〕。咻咤彭贔，不可當禦。北堂書鈔一一七。

猶猛虎之驅群羊，衝風之飛枯葉〔三四〕。北堂書鈔一一七。

緑沉之槍〔三五〕。分門集注杜工部詩一〇重過何氏五首之四薛夢符注。

鈎車轇轕，九牛轉牽，雷響電激〔三六〕，折櫓倒垣。其攻也，則飛梯行臨，雲閣虛構〔三七〕。上通紫霓〔三八〕，下過三壚〔三九〕。〔隆藴既備〔四〇〕，越有神鈎。排雷衝則高爐略，掣炬然則頓名樓。〔一〕太平御覽三三六。北堂書鈔一一八、一二六。

衝鈎競進，熊虎争先。墮垣百疊，弊樓數千。崇京魁而獨處，表完壑而殞顛。北堂書鈔一一八。

於是炎燧四舉，元戎齊登。探封蛇于窮穴，梟鯨桀而取巨。北堂書鈔一一八。

南轅反旆，爰振其旅。胡馬駢足，戎車齊軌。百隊方置〔四一〕，天行地止。干戈森其若林，牙旗翻以容裔〔四二〕。北堂書鈔一一七。

〔一〕此題初學記、文選注、事類賦注引皆作「武庫賦」，書鈔、類聚、韻補注引並作「武軍賦」，而御覽同書所引又或作「武軍」，或作「武庫」，頗不相一。吴志張紘傳注引吴書曰：「紘見陳琳作武庫賦、應機論，與琳書深歎美之。」抱朴子鈞世篇稱：「出車、六月之作，又何如陳琳武軍之壯乎？」則此賦之題在魏晉間已存歧異。按，左傳宣公十二年：「君盍築武軍。」杜預注：「築軍營以章武功。」武軍，蓋本此。今從類聚所引題作「武軍賦」。

〔二〕此句據書鈔一二六補。

〔三〕「箛」，御覽原作「菰」，據嚴輯本改。

〔四〕此句據書鈔一二四補。

〔五〕「晞」，類聚原作「睎」，據張輯本改。廣雅釋詁：「睎，視也。」

〔六〕「校」，書鈔一一七作「將」。「峙」，類聚原誤作「時」，今據書鈔一一七改。

〔七〕「耿目耶眇」二句，據書鈔一一七補。

〔八〕「從」，韻補注作「縱」。宋本韻補則同類聚作「從」。從，讀作「縱」。

〔九〕「山」，五百家注昌黎文集四豐陵行韓醇注作「天」。

〔一〇〕「刃」，孔本書鈔一二三同。陳本書鈔作「劍」。按，急就章三顔師古注：「刃，總言諸兵刃也。」

〔一一〕「堅」，書鈔一二三作「逕」。又「鍔」，陳本書鈔作「刃」。

〔一二〕「修刺」，書鈔一二三作「苗山」。

〔一三〕「玄」，類聚原作「藥」，據書鈔一二三改。

〔一四〕「椎」，類聚原誤作「旅」，書鈔一二一作「錐」，似亦未得。初學記二二作「椎」，今據改。又御覽三五六作「推」，當是「椎」之訛。

〔一五〕「玄羽縹甲」二句，據初學記二二、御覽三五六補。

〔一六〕「筋角」，類聚原作「筋骨」，今據書鈔一二五、御覽三四八改。爾雅釋地云：「北方之美者有幽都之筋角焉。」

〔一七〕「崇組曲煙」，書鈔一二五作「起崇曲彈」。

〔一八〕「大黄沉紫」四句，據書鈔一二五補。

〔一九〕「當鋒摧決」二句，據御覽三四八補。

〔二〇〕「越棘」，類聚原作「越耗」，據初學記二二、事類賦一三改。禮記明堂位：「越棘大弓，天子之戎器也。」疏：「越棘，是越國所有之棘。」

〔二一〕「晰弣」，類聚原「晢拊」，據初學記二二改。釋名釋兵：「弓中央曰弣。弣，撫也。」

〔二二〕「流」，類聚原作「疏」，書鈔一二五、初學記二二、御覽三五〇、事類賦一三皆作「流」，與下句「鏃」韻協，今從之。

〔二三〕此句據書鈔一二五、初學記二二、御覽三五〇補。句上下疑有脱文。

〔二四〕「走駿驚飈」四句，據御覽三五八補。

〔二五〕「斂鞚則止」二句，御覽原上下互置，張、嚴二輯本據韻乙轉，今從之。

〔二六〕「瞷」，張、嚴二輯本作「躙」。

〔二七〕「悵儼其特起」四句，陳本書鈔引作「武軍賦序」。又「焜」下似脱「煌」字。焜煌，光輝明盛貌。

〔二八〕「春」，疑當作「鉦」。

〔二九〕「雷鼓奏」，書鈔一一七原無此三字，書鈔一二一有「雷鼓」二字而無「奏」字。「奏」字，蓋書鈔一一七錯簡而誤入下文「野夷懾」句，以改「夷」字而作「野奏攝」，今據意復置「奏」字於「雷鼓」下，並補此三字。

〔三〇〕「夷」，書鈔一一七原誤作「奏」，書鈔一二一作「事」，而其標目作「夷」，「事」當「夷」之訛，今從標目改。又「懾」，書鈔一一七誤作「攝」，今從書鈔一二一改。

〔三二〕「鶴」，疑當作「鸖」。文選張衡東京賦「鶤鸖魚麗，箕張翼舒」。薛綜注：「鶤鸖、魚麗，並陣名也。」

〔三三〕「虎夷電蹏」，陳本書鈔作「霜仞犇利」。

〔三四〕「標標九蔽」，陳本書鈔作「閃如雲蔽」。

〔三五〕「猶猛虎之驅群羊」二句，疑在上條「虎夷電蹏」句下。

〔三六〕「緑沉之槍」，薛注引題僅作「武庫賦」，當陳琳之賦。

〔三七〕「響」，御覽原作「响」，又下脱一「電」字，今據嚴輯本改補。

〔三八〕「雲閣虚構」，書鈔一一八「雲」與上句末字「臨」字互易，又「虚」作「靈」。

〔三九〕「霓」，書鈔一二六作「電」。

〔四〇〕「過」，書鈔一二六作「追」，又「壚」作「埵」。

〔四一〕「隆蘊既備」四句，據書鈔一一八補。

〔四二〕「百隊方置」二句，陳本書鈔引作「百部方置，山布星陳」，張、嚴二輯本同，是則與「整行按律」條相混。

〔四三〕「容裔」，陳本書鈔作「如繪」。

神武賦　并序

建安十有二年，大司空、武平侯曹公東征烏丸。六軍被介，雲輜萬乘，治兵易水，次于北平，可謂神武奕奕，有征無戰者已。〔夫闕巢穴者〔一〕，未可與論六合之廣，遊潢汙者，又焉知滄海之深？大人之量，固非説者之所可識也〔二〕。〕藝文類聚五九脱「序」字。北堂書鈔一五八引陳琳神武賦序。

佇盤桓以淹次，乃申命而後征。覲狄民之故土，追大晉之遐蹤。惡先縠之懲寇，善魏絳之和戎。受金石而弗伐，蓋禮樂而思終。陵九城而上躋〔三〕，起齊軌乎玉繩。車軒轔于雷室，騎浮厲乎雲宫。暉曜連乎白日，旂旐繼于電光。旆既軼乎白狼，殿未出乎盧龍。威凌天地，勢括十衝。單鼓未伐，虜已潰崩。克俊馘首〔四〕，梟其魁雄。爾乃總輯瓌珍，茵氈幕幄。攘瓔帶佩，不飾雕琢。華璫玉瑶，金麟互琢。文貝紫瑛，縹碧玄緑。黼錦繢組，罽毦皮服。藝文類聚五九。韻補二「繩」字注。

〔一〕「夫闕巢穴者」六句，據書鈔補。

〔二〕「所可」，書鈔原作「可所」，從嚴輯本乙轉。

〔三〕「躋」，類聚原作「濟」，據韻補注改。

〔四〕「克俊」，類聚原下有「折」字，從張、嚴二輯本删。

神女賦

漢三七之建安〔一〕，荆野蠢而作仇。贊皇師以南假，濟漢川之清流。感詩人之攸歎，想神女之來遊。儀營魄於髣髴，託嘉夢以通精。望陽侯而瀵瀁，覩玄麗之軼靈。文絳虯之奕奕，鳴玉鸞之嚶嚶。〔紆玄靈之鬒髢兮〔二〕，珥明月之雙瑱。結金鑠之婀娜兮，飛羽袿之翩翩。〕答玉質於苕華，擬艷姿於蕣榮。〔深靈根而固蔕兮〔三〕，精氣育而命長。〕感仲春之和節，歎鳴雁之噰噰。申握椒以貽予，請同宴乎奥房。苟好樂之嘉合，永絶世而獨昌。既歎爾以艷采，又悦我之長期。順乾坤以成性，夫何若而有辭。藝文類聚七九。文選一六潘岳寡婦賦李善注。韻補二「噰」字、又「瑱」字注。

〔一〕「三七」，乃術數家之言，即所謂「漢有三七之厄」者也。見漢書路温舒傳、王莽傳。搜神記卷六云：「古志有曰：『赤厄三七。』三七者，經二百一十載。」又云：「自高祖建業，至於平帝之末，二百一十年，而王莽篡。」又云：「自光武中興，至黄巾之起，未盈二百一十年，而天下大亂，漢祚廢絶，方應三七之運。」然則，三七實爲漢處末世之謂。陳琳武軍賦有「漢季世之不辟」之言，蔡琰悲憤詩亦云：「漢季失權柄，董卓亂天常。」季世，即末世。可見建安時人已然稱建安爲漢之末世也。

〔二〕「紆玄靈之鬢髩兮」四句，據韻補「瑱」字注補。

〔三〕「深靈根而固蔕兮」二句，據韻補「嚾」字注補。靈，宋本韻補作「虚」。

大荒賦〔一〕

鍾鼓協於肆夏兮，步騶應乎采薺。聲啾鎗以儵忽兮，入南端之紫闈。韻補一「薺」字注。

華蓋建杠，招摇樹旆。攝提運杓，文昌承魁。韻補一「旆」字注。

建皇極以連衡兮〔二〕，布辰機而結紐。陽幹曜於乾門兮〔三〕，陰氣服於地户。韻補三「紐」字注。

考律曆於鳳鳥兮，問民事於五鳩。傷典墳之圮墜兮，闕大聖之顯符。韻補二「符」字注。

覽六五之咎休兮，乃貧尼而富虎。嗣反覆其若兹兮，豈云行之臧否？韻補三「否」字注。

廓寂寥而無人兮，雖獨存兮何補？追邃古之遐跡兮，唯德音兮爲不朽。韻補三「朽」字注。

仰閶風之城樓兮，縣圃邈以隆崇。垂若華之景曜兮，天門閌以高驤。韻補二「崇」字注。

帝告我以至賾兮，重訊我以童蒙。義混合於宣尼兮，理齊歸於文王。韻補二「蒙」字注。

越洪寧之蕩蕩兮，追玄漠之造化。跨五三其無偶兮，邈卓立而獨奇。韻補一「化」字注。
假龜筮以貞吉，問神諗以休祥。初學記二〇。
懼蓍兆之有惑兮，退齊思乎蘭房。魂營營與神遇兮，又診余以嘉夢〔四〕。韻補二「夢」字注。
過不死之靈域兮，仍羽人之丹丘。惟民生之每每兮〔五〕，佇盤桓以躊躇。韻補一「丘」字注。
曰延年其可留兮，何勤遠以苦躬。紛吾情之駘蕩兮，嗟有願而弗遑。韻補二「躬」字注。
雖遊目於西極兮，大道卷而未舒。仍皇靈之攸舒兮，爰稽余之所求。韻補一「求」字注。
懿淳燿之明德兮，願請閒於一隅。温風翕以陽烈兮，赤水汩以涌溥。韻補二「溥」字注。
天儻芒其無色兮，地潰坼而裂崩。心慇懃以伊感兮，愵永思以增傷。悵太息而攬涕兮，乃揮雹而淚冰。韻補二「崩」字及「冰」字注。
王父皤焉白首兮，坐清零之爽堂。塊獨處而無疇兮，願揖子以爲朋〔六〕。韻補二「朋」字注。

〔一〕陸雲與兄平原書云：「聞視大荒傳，欲作大荒賦，既自難工，又是大賦，恐交自困絕異。」又云：「陳琳大荒甚極，自雲作必過之，想終能自果耳。」是則陳琳大荒賦爲大賦，在魏晉間傳誦於世。

宋人吴棫韻補書目曰：「（陳琳）在建安諸子中字學最深。大荒賦幾三千言，用韻極奇古，尤爲難知。」據吴氏所言，大荒賦今之所存者，十不及二矣。

〔二〕「連」，宋本韻補作「運」。

〔三〕「幹」，宋本韻補作「斡」。

〔四〕「診」，宋本韻補作「訴」。

〔五〕「每每」，宋本韻補作「每在」。

〔六〕「子」，宋本韻補作「予」。

迷迭賦〔一〕

立碧莖之婀娜，鋪綵條之蜿蟺〔二〕。下扶疏以布濩，上綺錯而交紛。匪荀方之可樂，實來儀之麗閑。動容飾而微發〔三〕，穆斐斐以承顔。藝文類聚八一。太平御覽九八二。

竭歡慶於夙夜兮，雖幽翳而彌彰。事罔隆而不殺兮，亦無始而不終。韻補二「終」字注。

馨香難久，終必歇兮。棄彼華英，收厥實兮。韻補五「歇」字注。

〔一〕此題韻補作「迷迭香賦」，御覽作「迷送香賦」，「送」當「迭」之訛。

〔二〕「綵」，御覽作「緑」，又「蜿蟺」作「蟺蜿」。

〔三〕「微發」，嚴輯本作「發微」。

馬腦勒賦〔一〕并序

五官將得馬腦以爲寶勒，美其英綵之光艷也〔二〕，使琳賦之〔三〕。太平御覽三五八、北堂書鈔一二六。

託瑤溪之寶岸，臨赤水之珠波〔四〕。太平御覽八〇八。帝道匪康，皇鑒元輔。顧以多福，康以碩寶。韻補三「寶」字注。四賓之筲〔五〕，播以淳夏。色奮丹烏，明照烈火。韻補三「夏」字注。爾乃他山爲錯，荆和爲理，制爲寶勒，以御君子。太平御覽三五八。督以鉤繩，規模度擬。彫琢其章，爰發絢綵。韻補三「綵」字注。瑰姿瑋質，紛葩艷逸。英華内照，景流外越。韻補五「越」字注。令月吉日，天氣晏陽。公子命駕，敖讌從容。韻補二「容」字注。太上去華，尚素朴兮。所貴在人，匪金玉兮。初傷勿用，俟慶雲兮。遭時顯價，冠世珍兮。君子窮達，亦時然兮。韻補五「朴」字。又二「雲」字、又「珍」字注。

〔一〕曹丕馬瑙勒賦序：「馬瑙，玉屬，出自西域，文理交錯，有似馬腦，故其方人因以名之；或以繫頸，或以飾勒。余有斯勒，美而賦之，命陳琳、王粲並作。」粲賦見本集。

〔二〕「英綵」，書鈔作「華采」。

〔三〕「賦之」，書鈔作「爲之賦」三字。

〔四〕「珠波」，張輯本「珠」作「朱」。嚴輯本作「朱陂」。

〔五〕「管」，宋本韻補作「筸」。

車渠椀賦

廉而不劌，婉而成章。德兼聖哲，行應中庸。韻補二「庸」字注。

玉爵不揮，欲厥珍兮。豈若陶梓，爲用便兮。指今棄寶〔一〕，與齊民兮。韻補一「便」字注。

〔一〕「指」，宋本韻補作「惜」。疑是。

柳　賦

天機之運旋，夫何逝之速也〔一〕！文選二三潘岳悼亡詩李善注。

偉姿逸態，英艷妙奇。綠條縹葉，雜遝纖麗。初學記二八。

龍鱗鳳翼，綺錯交施。蔚曇曇其杳藹，象翠蓋之葳蕤。初學記二八。

有孤子之細柳，獨幺枰而剽殊。隨枯木於爨側，將並置于土灰。韻補一「灰」字注。

救斯民之絶命，擠山岳之隕顛。匪神武之勤恪，幾踣斃之不振。韻補二「振」字注。

文武方作，大小率從。旟旐藹藹，干戈戚揚。韻補二「從」字注。

重曰：穆穆天子，亶聖聰兮。德音允塞，民所望兮。宜爾嘉樹，配甘棠兮。韻補二「聰」字注。

〔一〕此二句疑爲賦序。

悼龜賦〔一〕

探賾索隱，無幽不闡。下方太祇〔二〕，上配清純。韻補一「闡」字注。

山節藻棁，既櫝且韞。參千鎰而不賈兮，豈十朋之所云？通生死以爲量兮，夫何人之足怨？韻補一「韞」字注、又「怨」字注。

〔二〕按，曹植集中有神龜賦，爲傷龜死而作，則自不得謂神龜也。陳琳答東阿王牋：「並示龜賦，披覽粲然。」所謂龜賦即悼龜賦之省文。蓋植、琳二賦爲同題倡和之作，植賦題之「神」字，當與「悼」形近而訛，可據琳此賦訂曹植集之誤。

〔三〕「祇」，宋本韻補作「祭」。

鸚鵡賦

咨乾坤之兆物，萬品錯而殊形。有逸姿之令鳥，含嘉淑之哀聲。抱振鷺之素質，被翠羽之縹精。藝文類聚九一。

文

諫何進召外兵

易稱「即鹿无虞」，諺有「掩目捕雀」。夫微物尚不可欺以得志，況國之大事，其可以詐立乎？今將軍總皇威，握兵要，龍驤虎步，高下在心，以此行事，無異於鼓洪爐以燎毛髮〔一〕。但當速發雷霆，行權立斷。違經合道〔二〕，天人順之〔三〕，而反釋其利器〔四〕，更徵於他〔五〕。大兵合聚〔六〕，强者爲雄，所謂倒持干戈，授人以柄，功必不成，祇爲亂階。魏志王粲傳。後漢書何進傳。

〔一〕此句，後漢書何進傳作「此猶鼓洪爐燎毛髮耳」。

〔二〕「違」，後漢書何進傳上有「夫」字。

〔三〕「順之」，後漢書何進傳作「所順」。

〔四〕「釋其」，後漢書何進傳作「委釋」。

〔五〕「於他」，後漢書何進傳作「外助」。

〔六〕「合聚」，後漢書何進傳作「聚會」。

答東阿王牋〔一〕

琳死罪、死罪！昨加恩辱命，並示龜賦，披覽粲然。君侯體高世之才，秉青萍、干將之器，拂鐘無聲，應機立斷，此乃天然異稟，非鑽仰者所庶幾也。音義既遠，清辭妙句，焱絶煥炳〔二〕，譬猶飛兔流星，超山越海，龍驥所不敢追，況於駑馬可得齊足〔三〕？夫聽白雪之音，觀緑水之節，然後東野巴人蚩鄙益著。載歡載笑，欲罷不能，謹韞櫝玩耽，以爲吟頌。琳死罪、死罪！文選四〇。初學記二一。

〔一〕按，據魏志，曹植於太和三年始封東阿王，時琳卒已十有餘年，且牋中稱植爲「君侯」，明其在建安未封王時，此題當後世追改。

〔二〕「炳」，初學記作「景」，蓋唐人避世祖李昞嫌名而改。

〔三〕「齊足」，初學記下有「哉」字。

易公孫瓚與子書

昔周末喪亂，僵屍蔽地，以意而推，猶爲否也。不圖今日親當其鋒。袁氏之攻，狀若鬼神，梯衝舞吾樓上，鼓角鳴於地中。日窮月急，不遑啟處。鳥戹歸人，滀水陵高，汝當碎首於張燕，馳驟以告急。父子天性，不言而動。且厲五千鐵騎於北隰之中，起火爲應，吾當自内出，奮揚威武，決命於斯。不然，吾亡之後，天下雖廣，不容汝足矣〔一〕。後漢書公孫瓚傳。

〔一〕後漢書李賢注曰：「獻帝春秋『侯者得書，（袁）紹使陳琳易其詞』，即此書。」按，魏志公孫瓚傳注引獻帝春秋及典略亦載此書，文與後漢書多有不同，難以悉校，今迻録於後，以資參比：「蓋聞在昔衰周之世，僵屍流血，以爲不然，豈意今日身當其衝。」（以上見獻帝春秋引。）「袁氏之攻，似若鬼神，鼓角鳴于地中，梯衝舞吾樓上。日窮月蹴，無所聊賴。汝當碎首於張燕，速致輕騎，到者當起烽火於北，吾當從内出。不然，吾亡之後，天下雖廣，汝欲求安足之地，其可得乎？」（以上見典略引。）

答張紘書

自僕在河北，與天下隔，此閒率少於文章，易爲雄伯，故使僕受此過差之譚，非其實也。今景興在此，足下與子布在彼〔一〕，所謂小巫見大巫，神氣盡矣。吴志張紘傳注引吴書。

〔一〕「景興」，王朗字。「子布」，張昭字。

爲曹洪與魏文帝書〔一〕

十一月五日洪白：前初破賊，情奓意奢，説事頗過其實。得九月二十日書，讀之喜笑，把玩無厭。亦欲令陳琳作報，琳頃多事，不能得爲。念欲遠以爲歡，故自竭老夫之思，辭多不可一一〔二〕，粗舉大綱，以當談笑。

漢中地形，實有險固，四嶽、三塗，皆不及也。彼有精甲數萬，臨高守要，一人揮戟〔三〕，萬夫不得進，而我軍過之，若駭鯨之決細網〔四〕，奔兕之觸魯縞，未足以喻其易。雖云王者之師，有征無戰，不義而彊，古人常有〔五〕。故唐虞之世，蠻夷猾夏，周宣之盛，亦讎大邦，詩書歎載，言其難也。斯皆憑阻恃遠，故使其然。是以察兹地勢，謂爲中才處之，殆難倉卒。來命陳彼妖惑之罪，叙王師曠蕩之德，豈不信然！是夏、殷所以喪，苗、扈所以斃，我之所以克，彼之所以敗也。不然，商、周何以不敵哉？昔鬼方聾昧，崇虎讒凶〔六〕，殷辛暴虐，三者皆下科也。然高宗有三年之征，文王有退修之軍，盟津有再駕之役，然後殪戎勝殷，有此武功焉〔七〕。未有星流景集，飈奮霆擊〔八〕，長驅山河，朝至暮捷，若今者也。由此觀之，彼固不逮下愚，則中才之守，不然明矣。在中才則謂不然，而來示乃以爲彼之惡稔，雖有孫、田、墨、氂，猶無所救，竊又疑焉。何者？古之用兵，敵國雖亂，尚有賢人則不伐也。是故三仁未去，武王還師；宫奇在虞，晉不加戎；季梁猶在，彊楚挫謀。暨至衆賢奔绌，三國爲墟。明其無道有人，猶可救也。且夫墨子之守，縈帶爲垣，高不可登；折箸爲械，堅不可入。若乃距陽平，據石門，攄八陣之列，騁奔牛之權，焉肯土崩魚爛哉？設令守無巧拙，皆可攀附，則公輸已陵宋城，樂毅已拔即墨矣！墨翟之術何稱？田單之智何貴？老夫不敏，未之前聞。

蓋聞過高唐者效王豹之謳，遊睢渙者學藻繢之綵。閒自入益部，仰司馬、楊、王遺風〔九〕，有子勝斐然之志，故頗奮文辭，異於他日。怪乃輕其家丘，謂爲倩人，是何言歟？夫緑驥垂耳於林坰〔一〇〕，鴻雀戢翼於汙池，褻之者固以爲園囿之凡鳥，外廄之下乘也。及整蘭筋〔一一〕，揮勁翮，陵厲清浮，顧盼千里，豈可謂其借翰於晨風，假足於六駮哉？恐猶未信丘言〔一二〕，必大噱也。洪白。文選四一。北堂書鈔一一七。太平御覽三五三。

〔一〕文選李善注曰：「陳琳集曰：『琳爲曹洪與文帝牋。』文帝集序曰：『上平定漢中，族父都護還書與余，盛稱彼方土地形勢。觀其辭，如（知）陳琳所叙爲也』。」按，魏志武帝紀，建安二十年三月曹操西征張魯，七月出陽平，十一月魯自巴中將其餘衆降，即此書所謂平定漢中者，時曹丕未及受禪，不得稱帝，題當後人所追改。

〔二〕「一一」，五臣文選作「一二」。按，韓非子外儲説右下：「善張網者引其綱，不一一攝萬目而後得，……引其綱而魚已囊矣。」即此文「不可一一，粗舉大綱」之所本，以作「一一」爲長。

〔三〕「一人」，五臣文選作「一夫」，下句「萬夫」作「萬人」。文選五六張載劍閣銘李善注所引與五臣本同。御覽則上「一夫」，下「千人」。

〔四〕「決」，書鈔作「突」。「細網」，御覽作「網罟」。
〔五〕「人」，五臣文選作「今」。
〔六〕「虎」，五臣文選作「虐」。按，此蓋五臣避唐太祖李虎名改。
〔七〕「有此武功焉」，胡刻本文選原「焉」字屬下句讀，又下句「未有」無「未」字。今從五臣本文選。
〔八〕「奮」，胡刻文選原作「奪」，今從五臣文選。
〔九〕「王」，五臣文選下有「之」字。
〔一〇〕「林坰」，五臣文選作「坰牧」。
〔一一〕「及」，五臣文選下有「其」字。
〔一二〕「丘言」，李善注：「孟康漢書注曰：『丘，空也。』此難假孔子名，而實以空爲戲也。或無『丘言』二字。」

爲袁紹檄豫州

左將軍領豫州刺史、郡國相守：蓋聞明主圖危以制變，忠臣慮難以立權。是以有非常之人，然後有非常之事；有非常之事，然後立非常之功。夫非常者，故非常人所擬也。曩者彊秦弱主，趙高執柄，專制朝權〔一〕，威福由己。時人迫脅，莫敢正言，終有望夷之敗〔二〕。祖宗焚滅，汙辱至今，永爲世鑒〔三〕。及臻呂后季年，產、禄專政，内兼二軍，外統梁、趙，擅斷萬機，決事省禁〔三〕，下凌上替，海内寒心。於是絳侯、朱虛，興兵奮怒〔四〕，誅夷逆暴〔五〕，尊立太宗，故能王道興隆〔六〕，光明顯融〔七〕。此則大臣立權之明表也。

司空曹操祖父，〔故〕中常侍騰〔八〕，與左悺、徐璜並作妖孽，饕餮放橫，傷化虐民。父嵩，乞匄攜養，因贓假位〔九〕，輿金輦璧〔一〇〕，輸貨權門，竊盜鼎司，傾覆重器。操贅閹遺醜，本無懿德〔一一〕，獛狡鋒協〔一二〕，好亂樂禍。幕府董統鷹揚〔一三〕，掃除凶逆〔一四〕。續遇董卓侵官暴國，於是提劍揮鼓，發命東夏，收羅英雄〔一五〕，棄瑕取用〔一六〕。故遂與操同諮合謀〔一七〕，授以裨師，謂其鷹犬之才，爪牙可任。至乃愚佻短略〔一八〕，輕進易退，傷夷折衄，數喪師徒。幕府輒復分兵命鋭，修完補輯，表行東郡〔太守〕〔一九〕、領兖州刺史，被以虎文〔二〇〕，獎蹴威柄，冀獲秦師一剋之報。而操遂承資跋扈，肆行凶忒〔二一〕，割剥元元，殘賢害善。故九江太守邊讓，英才俊偉〔二二〕，天下知名，直言正色，論不阿諂，身首被梟懸之誅〔二三〕，妻孥受灰滅之咎。自是士林憤痛，民怨彌重〔二四〕。一夫奮臂，舉州同聲，故躬破於徐方，地奪於吕布，彷徨東裔，蹈據無所。幕府惟彊幹弱枝之義，且不登叛人之黨，故復援旌擐甲〔二五〕，席卷起征〔二六〕，金鼓響振〔二七〕，布衆奔沮〔二八〕。拯其死亡之患，復其方伯之位〔二九〕，則幕府無德於兖土之民〔三〇〕，而有大造於操也。

後會鑾駕反旆〔三一〕，群虜寇攻〔三二〕。時冀州方有北鄙之警，匪遑離局，故使從事中郎徐勛就發遣操，使繕修郊廟，翊衛幼主。操便放志專行，脅遷當御省禁〔三三〕，卑侮王室〔三四〕，敗法亂紀，坐領三臺〔三五〕，專制朝政，爵賞由心，刑戮在口，所愛光五宗，所惡滅三族〔三六〕，群談者受顯誅〔三七〕，腹議者蒙隱戮，百僚鉗口〔三八〕，道路以目，尚書記朝會〔三九〕，公卿充員品而已。故太尉楊彪，典歷二司，享國極位〔四〇〕。操因緣眦睚，被以非罪，榜楚參并〔四一〕，五毒備至〔四二〕，觸情任忒〔四三〕，不顧憲網〔四四〕。又議郎趙彦，忠諫直言，義有可納〔四五〕，是以聖朝含聽，改容加飾〔四六〕。操欲迷奪時明〔四七〕，杜絶言路，擅收立殺，不俟報聞。又梁孝王，先帝母昆，墳陵尊顯，桑梓松柏〔四八〕，猶宜肅恭〔四九〕。而操帥將吏士〔五〇〕，親臨發掘，破棺裸尸，掠取金寶，至令聖朝流涕，士民傷懷。操又特置發丘中郎將〔五一〕、摸金校尉，所過隳突〔五二〕，無骸不露。身處三公之位〔五三〕，而行桀虜之態，汙國虐民〔五四〕，毒施人鬼〔五五〕。加其細政苛慘，科防互設，罾繳充蹊，坑穽塞路，舉手挂網羅，動足觸機陷〔五六〕，是以兖豫有無聊之民，帝都有吁嗟之怨。歷觀載籍〔五七〕，無道之臣貪殘酷裂〔五八〕，於操爲甚。

幕府方詰外姦，未及整訓，加緒含容〔五九〕，冀可彌縫。而操豺狼野心，潛包禍謀，乃欲摧撓棟梁〔六〇〕，孤弱漢室，除滅忠正〔六一〕，專爲梟雄。往者伐鼓北征公孫瓚〔六二〕，彊寇桀逆〔六三〕，拒圍一年。操因其未破，陰交書命，外助王師〔六四〕，内相掩襲，故引兵造河，方舟北濟。會其行人發露，瓚亦梟夷，故使鋒芒挫縮，厥圖不果。爾乃大軍過蕩西山〔六五〕，屠各、左校皆束手奉質，争爲前登，犬羊殘醜，消淪山谷。於是操師震慴，晨夜逋遁，屯據敖倉，阻河爲固，欲以螗蜋之斧〔六六〕，禦隆車之隧。幕府奉漢威靈，折衝宇宙，長戟百萬，胡騎千群，奮中黄、育、獲之士〔六七〕，騁良弓勁弩之勢，并州越太行，青州涉濟漯。大軍汎黄河而角其前，荆州下宛、葉而掎其後，雷霆虎步〔六八〕，並集虜庭，若舉炎火以焫飛蓬〔六九〕，覆滄海以沃熛炭〔七〇〕，有何不滅者哉〔七一〕？又操軍吏士，其可戰者，皆自出幽冀〔七二〕，或故營部曲，咸怨曠思歸，流涕北顧。其餘兗豫之民，及吕布、張揚之遺衆，覆亡迫脅，權時苟從，各被創夷，人爲讎敵。若迴旆方徂，登高岡而擊鼓吹，揚素揮以啟降路，必土崩瓦解，不俟血刃。

方今漢室陵遲〔七三〕，綱維弛絶〔七四〕。聖朝無一介之輔，股肱無折衝之勢，方畿之内，簡練之臣皆垂頭搨翼，莫所憑恃。雖有忠義之佐，脅於暴虐之臣，焉能展其節？又操持部曲精兵七百〔七五〕，圍守宫闕，外託宿衛〔七六〕，内實拘執〔七七〕，懼其篡逆之萌〔七八〕，因斯而作。此乃忠臣肝腦塗地之秋，烈士立功之會，可不勗哉！操又矯命稱制，遣使發兵，恐邊遠州郡，過聽而給與，彊寇弱主，違衆旅叛，舉以喪名，爲天下笑，則明哲不取也。即日，幽、并、青、冀四州並進。書到，荆州便勒見兵，與建忠將軍協同聲勢；州郡各整戎馬，羅落境界，舉師揚威，並匡社稷，則非常之功，於是乎著。其得操首者，封五千户侯，賞錢五千萬。部曲偏裨將校諸吏降者，勿有所問。廣宣恩信，班揚符賞，布告天下，咸使知聖朝有拘逼之難。

如律令。文選四四。後漢書袁紹傳。魏志袁紹傳注引魏氏春秋。藝文類聚五八。

〔一〕「權」，後漢書、魏志注並作「命」。按，後漢書載此篇，文有節略，其與魏志裴注所引大抵相同，蓋亦襲用晉孫盛魏氏春秋，而文選或采自琳集。

〔二〕「敗」，後漢書、魏志注並作「禍」。

〔三〕「省禁」，後漢書作「禁省」。

〔四〕「兵」，後漢書、魏志注並作「威」。

〔五〕「暴」，魏志注作「亂」。

〔六〕「王道」，後漢書、魏志注並作「道化」。

〔七〕「顯融」，五臣文選作「融顯」，與後漢書同。

〔八〕「祖父故中常侍騰」，文選原無「故」字，後漢書、魏志注並作「祖父騰故中常侍」，今據補「故」字。

〔九〕「假」，後漢書作「買」。

〔一〇〕「璧」，後漢書作「寶」。

〔一一〕「懿」，五臣文選作「令」，與後漢書、魏志注同。

〔一二〕「嘌」，後漢書、魏志注並作「僄」。又「協」作「俠」。

〔一三〕「董」，魏志注作「昔」。

〔一四〕「除」，後漢書、魏志注並作「夷」。

〔一五〕「收」，後漢書作「廣」。「收」上魏志注有「方」字。

〔一六〕「取」，後漢書、魏志注並作「録」。

〔一七〕「同諮合謀」，後漢書、魏志注並作「參咨策略」。

〔一八〕「略」，後漢書、魏志注並作「慮」。

〔一九〕「表行東郡太守」，胡刻本文選原無「太守」二字，今從五臣文選補。後漢書、魏志注亦有此二字。按，行，代任之謂也。蓋不知者妄删此二字，以成四字爲句耳。

〔二〇〕「被以虎文」，後漢書、魏志注下有「授以偏師」句，而無上文「授以裨師」句，與文選所載不同。按，偏師，即裨師。句既相同，則不當重出。考魏志武帝紀，初平元年，袁術等州郡將領「同時俱起兵，推袁紹爲盟主，太祖行奮武將軍」。裨師，蓋謂任奮武將軍也，則當以文選所載爲是。

〔二一〕「凶忒」，後漢書、魏志注並作「酷烈」，類聚作「凶慝」。慝即忒之借。

〔二二〕「偉」，後漢書、魏志注並作「逸」。

〔二三〕「誅」，後漢書、魏志注並作「戮」。

〔二四〕「彌重」，後漢書作「天怒」。

〔二五〕「旌」，後漢書作「旍」。

〔二六〕「起」，後漢書、魏志注作「赴」。

〔二七〕「振」，後漢書、魏志注並作「震」。

〔二八〕「奔」，後漢書、魏志注並作「破」。

〔二九〕「位」，後漢書、魏志注並作「任」。

〔三〇〕「則」，後漢書、魏志注上並有「是」字。又後漢書無「之民」二字。

〔三一〕「後會」，後漢書作「會後」。「反旆」，後漢書、魏志注並作「東反」。

〔三二〕「寇攻」，後漢書、魏志注並作「亂政」。

〔三三〕「脅遷」，後漢書作「威劫」。又「當御省禁」，後漢書、魏志注並無「當御」二字。

〔三四〕「室」，後漢書作「僚」，魏志注作「官」。

〔三五〕「領」，後漢書、魏志注並作「召」。

〔三六〕「惡」，後漢書作「怨」。

〔三七〕「受」，後漢書、魏志注並作「蒙」。

〔三八〕「百僚鉗口」，後漢書、魏志注引此句與下「道路以目」句互置。又「僚」，後漢書作「辟」。

〔三九〕「朝」，後漢書作「期」。

〔四〇〕「享國」，後漢書作「元綱」。

〔四一〕「參并」，後漢書、魏志注並作「并兼」。

〔四二〕「備」，後漢書、魏志注並作「俱」。

〔四三〕「任忒」，後漢書、魏志注並作「放慝」。

〔四四〕「網」，後漢書、魏志注並作「章」。

〔四五〕「義」，後漢書、魏志注並作「議」。

〔四六〕「飾」，後漢書、魏志注並作「錫」。

〔四七〕「明」，魏志注作「權」。

〔四八〕「桑梓松柏」，後漢書、魏志注作「松柏桑梓」。

〔四九〕「肅恭」，後漢書、魏志注作「恭肅」。

〔五〇〕「帥」，後漢書、魏志注並作「率」。又「將」下魏志注有「校」字。

〔五一〕「特置」，後漢書、魏志注並無「特」字，「置」作「署」。

〔五二〕「隳」，後漢書作「毀」，魏志注作「墮」，五臣文選、類聚同。

〔五三〕「位」，後漢書、魏志注並作「官」。

〔五四〕「汙」，魏志注作「殄」。

〔五五〕「施」，魏志注作「流」。

〔五六〕「觸」，後漢書、魏志注並作「蹈」。

〔五七〕「歷觀載籍」，後漢書、魏志注並作「歷觀古今書籍所載」。

〔五八〕「無道之臣」，後漢書、魏志注此四字並在「貪殘酷裂」下，又「酷裂」並作「虐烈」。
〔五九〕「緒」，後漢書、魏志注並作「意」。「容」，五臣文選作「覆」，與後漢書、魏志注同。
〔六〇〕「摧撓」，與後漢書、魏志注並作「橈折」。
〔六一〕「除滅忠正」，「忠」，魏志注作「中」。後漢書作「除忠害善」。
〔六二〕「者」，後漢書、魏志注並作「歲」。「征」下後漢書、魏志注並有「討」字。
〔六三〕「寇」，後漢書、魏志注並作「禦」。
〔六四〕「外助王師」二句，後漢書作「欲託助王師，以見掩襲」，魏志注同，惟「見」作「相」。
〔六五〕「爾」，贛州本六臣文選作「耳」，則當屬上句讀，恐誤。
〔六六〕「欲」，後漢書、魏志注上並有「乃」字，「螗蜋」作「螳蜋」。又「以」，後漢書作「運」。
〔六七〕「士」，五臣文選作「材」，與魏志注同。「中黄」，類聚作「虎賁」。
〔六八〕「霆」，五臣本文選作「震」，與後漢書、魏志注同。
〔六九〕「焫」，後漢書作「焚」。
〔七〇〕「以沃」，後漢書作「而注」。魏志注作「而沃」。
〔七一〕「滅」，五臣文選上有「消」字，與後漢書、魏志注同。
〔七二〕「自出」，五臣文選作「出自」。
〔七三〕「方」，後漢書、魏志注並作「當」。

〔七四〕「綱維弛絶」，後漢書作「綱弛網絶」，魏志注作「綱弛紀絶」。

〔七五〕「百」，五臣文選下有「人」字。

〔七六〕「託宿」，後漢書、魏志注並作「稱陪」。

〔七七〕「實」，後漢書、魏志注並作「以」。又「執」，後漢書作「質」。

〔七八〕「萌」，後漢書、魏志注並作「禍」。

檄吴將校部曲文

年月朔日子，尚書令彧告江東諸將校部曲，及孫權宗親中外：蓋聞「禍福無門，惟人所召」。夫見機而作〔一〕，不處凶危，上聖之明也；臨事制變，困而能通，智者之慮也；漸漬荒沈，往而不反，下愚之蔽也。是以大雅君子，於安思危，以遠咎悔；小人臨禍懷佚，以待死亡。二者之量，不亦殊乎〔二〕！

孫權小子，未辨菽麥，要領不足以膏齊斧〔三〕，名字不足以洿簡墨，譬猶鷇卵，始生翰毛，而便陸梁放肆，顧行吠主，謂爲舟楫足以距皇威，江湖可以逃靈誅〔四〕；不知天網設張，以在綱目，爨鑊之魚，期於消爛也。若使水而可恃，則洞庭無三苗之墟，子陽無荆門之敗，朝鮮之壘不刊，南越之旍不拔〔五〕。昔夫差承闔閭之遠跡，用申胥之訓兵，棲越會稽，可謂彊矣。及其抗衡上國，與晉争長，都城屠於句踐，武卒散於黄池，終於覆滅，身罄越軍〔六〕。及吴王濞驕恣屈强，猖猾始亂，自以兵彊國富，勢陵京城。太尉帥師，甫下滎陽，則七國之軍瓦解冰泮。濞之罵言未絶於口，而丹徒之刃以陷其胸。何則？天威不可當，而悖逆之罪重也，且江湖之衆不足恃也。

自董卓作亂，以迄於今，將三十載。其間豪傑縱横，熊據虎跱，彊如二袁，勇如吕布，跨州連郡，有威有名者〔七〕，十有餘輩。其餘鋒捍特起，鸇視狼顧，争爲梟雄者，不可勝數。然皆伏鈇嬰鉞，首腰分離，雲散原燎，罔有孑遺。近者，關中諸將復相合聚，續爲叛亂，阻二華，據河渭，驅率羌胡，齊鋒東向，氣高志遠，似若無敵。丞相秉鉞鷹揚，順風烈火，元戎啟行，未鼓而破，伏尸十萬〔八〕，流血漂櫓，此皆天下所共知也。是後大軍所以臨江而不濟者，以韓約、馬超逋逸迸脱，走還涼州，復欲鳴吠。逆賊宋建，僭號「河首」，同惡相救，並爲脣齒。又鎮南將軍張魯，負固不恭，皆我王誅所當先加。故且觀兵旋旆，復整六師，長驅西征，致天之誅〔九〕。偏將涉隴，則建、約梟夷，旍首萬里〔一〇〕；軍入散關，則群氐率服，王侯豪帥，奔走前驅；進臨漢中，則陽平不守，十萬之師，土崩魚爛。張魯逋竄，走入巴中，懷恩悔過，委質還降。巴夷王朴胡、賨邑侯杜濩，各帥種落，共舉巴郡，以奉王職。鉦鼓一動，一方俱定，利盡西海，兵不鈍鋒。若此之事，皆上天威明，社稷神武，非徒人力所能立也。聖朝寬仁覆載，允信允文，大啟爵命，以示四方。魯及胡、濩皆享萬户之封，魯之五子，各受千室之邑；胡、濩子弟、部曲將校，爲列侯、將軍已下千有餘人。百姓安堵，四民反業。而建、約之屬〔一二〕，皆爲鯨鯢；超之妻孥，焚首金城，父母嬰孩，覆屍許市。非國家鍾禍於彼〔一三〕，降福於此也，逆順之分，不得不然。

夫擊鳥先高〔一三〕，攫鷙之勢也；牧野之威，孟津之退也。今者枳棘翦扞〔一四〕，戎夏以清，萬里肅齊，六師無事，故大舉天師百萬之衆，與匈奴南單于呼完廚，及六郡烏桓、丁令屠各、湟中羌僰，霆奮席卷，自壽春而南。又使征西將軍夏侯淵等，率精甲五萬，及武都氐羌，巴漢鋭卒，南臨汶江，搤據庸蜀；江夏、襄陽諸軍，横截湘沅，以臨豫章；樓船、横海之師，直指吴會。萬里剋期，五道並入，權之期命，於是至矣。丞相銜奉國威，爲民除害，元惡大憝，必當梟夷，至於枝附葉從，皆非詔書所特禽疾。故每破滅彊敵，未嘗不務在先降後誅，拔將取才，各盡其用。是以立功之士，莫不翹足引領，望風響應。昔袁術僭逆，王誅將加，則廬江太守劉勳，先舉其郡，還歸國家。吕布作亂，師臨下邳，張遼、侯成率衆出降。還討眭固，薛洪、樛尚開城就化。官渡之役，則張郃、高奂舉事立功。後討袁尚，則尚都督將軍馬延〔一五〕、故豫州刺史陰夔、射聲校尉郭昭，臨陣來降。圍守鄴城，則將軍蘇游反爲内應，審配兄子開門入兵。既誅袁譚，則幽州大將焦觸攻逐袁熙，舉縣來服〔一六〕。凡此之輩數百人，皆忠壯果烈，有智有仁，悉與丞相參圖畫策，折衝討難，芟敵搴旗，静安海内，豈輕舉措也哉！誠乃天啟其心，計深慮遠，審邪正之津，明可否之分，勇不虚死，節不苟立，屈伸變化，唯道所存。故乃建丘山之功，享不訾之禄，朝爲仇虜，夕爲上將，所謂臨難知變，轉禍爲福者也。若夫説誘甘言，懷寶小惠，泥滯苟且，没而不覺，隨波漂流，與熛俱滅者〔一七〕，亦甚衆多，吉凶得失，豈不哀哉？昔歲軍在漢中，東西懸隔，合肥遺守，不滿五千，權親以數萬之衆，破敗奔走。今乃欲當禦雷霆，難以冀矣！

夫天道助順，人道助信，事上之謂義，親親之謂仁。盛孝章，君也，而權誅之；孫輔，兄也，而權殺之。賊義殘仁，莫斯爲甚。乃神靈之逋罪，下民所同讎，辜讎之人，謂之凶賊。是故伊摯去夏，不爲傷德；飛廉死紂，不可謂賢。何者？去就之道，各有宜也。丞相深惟江東舊德名臣，多在載籍。近魏叔英秀出高峙，著名海内；虞文繡砥礪清節，耽學好古〔一八〕；周泰明當世儁彦，德行修明；皆宜膺受多福，保乂子孫。而周、盛門户，無辜被戮〔一九〕，遺類流離，湮没林莽，言之可爲愴然。聞魏周榮、虞仲翔各紹堂構，能負析薪〔二〇〕。及吴諸顧、陸舊族長者，世有高位，當報漢德，顯祖揚名。又諸將校〔二一〕、孫權婚親，皆我國家良寶利器，而並見驅迮，雨絶於天，有斧無柯，何以自濟？相隨顛没，不亦哀乎！

蓋鳳鳴高岡，以遠罻羅，賢聖之德也〔二二〕；鸋鴂之鳥，巢於葦苕，苕折子破，下愚之惑也。今江東之地，無異葦苕，諸賢處之，信亦危矣。聖朝開弘曠蕩，重惜民命，誅在一人，與衆無忌。故設非常之賞，以待非常之功，乃霸夫烈士奮命之良時也，可不勉乎！若能翻然大舉，建立元勳，以膺顯禄〔二三〕，福之上也。如其未能，算量大小，以存易亡，亦其次也。夫係蹄在足，則猛虎絶其蹯；蝮蛇在手，則壯士斷其節。何則？以其所全者重，以其所棄者輕。若乃樂禍懷寧，迷而忘復，闇大雅之所保，背先賢之去就，忽朝陽之安，甘折苕之末，日忘一日，以至覆没，大兵一放，玉石俱碎，雖欲救之，亦無及已。故令往購募爵賞科條如左。檄到，詳思至言。如詔律令〔二四〕。文選四四。藝文類聚五八。

〔一〕「機」，五臣文選作「幾」。

〔二〕「殊」，五臣文選作「異」。

〔三〕「齊」，類聚作「蕭」。

〔四〕「靈」，類聚作「嚴」。

〔五〕「南越」，類聚作「兩越」。「旍」，五臣文選作「旌」，與類聚同。又「拔」下五臣文選有「也」字，亦與類聚同。

〔六〕「越」，五臣文選作「六」。

〔七〕「有威有名者」，胡刻本文選原無「者」字，從五臣文選補。

〔八〕「十」，胡刻文選原作「千」，今從五臣文選作「十」。

〔九〕「致天之誅」，文選原作「致天下誅」，據梁章鉅文選旁證引郝經續漢書所引改。

〔一〇〕「旍」，五臣文選作「旌」。

〔一一〕「之」，五臣文選作「支」。疑是。劉良注：「支屬，謂親黨也。」

〔一二〕「禍」與下句之「福」，五臣文選互易。

〔一三〕「夫擊鳥先高」，胡刻文選原作「夫鷙鳥之擊先高」，今從唐鈔集注本及六臣本文選。

〔一四〕「扞」，五臣文選作「刊」。按當以五臣本爲長。

〔一五〕「尚都督將軍馬延」，胡刻文選原脱「尚」字，據唐鈔集注本及五臣文選補。

〔一六〕「縣」，胡刻本文選原訛「事」，善注不誤。五臣文選作「縣」，今據改正。

〔一七〕「熛」，五臣文選作「煙」。

〔一八〕「耽」，五臣文選作「博」。

〔一九〕「被」，五臣文選作「受」。

〔二〇〕「能」，五臣文選作「克」。

〔二一〕「又」，胡刻本文選原作「及」，今從六臣本文選。

〔二二〕「賢聖」，五臣文選作「聖賢」，類聚引同。

〔二三〕「膺」，胡刻本文選原作「應」，孫志祖文選考異謂「當從五臣作『膺』」，今從改。

〔四〕「如詔」，五臣文選作「詔如」。

失題檄 二則

單于震駭，交臂受事，屈膝請和。海録碎事一〇上引「陳孔璋檄」。

（目袁紹爲）虵虺〔一〕。顔氏家訓文章篇。

〔一〕顔氏家訓文章篇云：「陳孔璋居袁裁書，則呼操爲豺狼；在魏製檄，則目紹爲虵虺。」按，「居袁裁書」，當指爲袁紹檄豫州文，内有「操豺狼野心」之句；「在魏製檄」，則爲曹操討袁紹檄，題失考。

應　譏〔一〕

客有譏余者，云：「聞君子動作周旋，無所苟而已矣。今主君鍾陰陽之美，總賢聖之風，固非世人所能及。遭豺狼肆虐，社稷隕傾，既不能抗節服義，與主存亡，而背枉違難，耀兹武功，徒獨震撲山東，剥落元元，結疑本朝。假拒群姦，使已蒙噂沓之謗，而他人受討賊之勳，捐功棄力，以德取怨。今賤文德而貴武勇，任權譎而背舊章，無乃非至德之純美，而有闕於後人哉！」主人曰：「是何言也？夫兵之設亦久矣，所以威不軌而懲淫慝也。夫申鳴違父，樂羊食子，季友鴆兄，周公戮弟，猶忍而行之，王事所不得已也。而況將避讒慝之嫌，棄社稷之難，愛暫勞之民，忘永康之樂，此庸夫猶所不爲，何有冠世之士哉？昔洪水滔天，汎濫中國，伯禹躬之，過門而不入，率萬方之民，致力乎溝洫。及至簫韶九成，百獸率舞，垂拱無爲，而天下晏如。夫豈前好勤而後媮樂乎？蓋以彼勞，求斯逸也。夫世治責人以禮，世亂則考人以功，斯各一時之宜。故有論戰陣之權於清廟之堂者，則狂矣〔二〕；陳俎豆之器於城濮之墟者，則悖矣。是以達人君子，必相時以立功，必揆宜以處事。孝靈既喪，妖官放禍，棟臣殘酷，宮室焚火。主君乃芟凶族，夷惡醜，蕩滌朝姦，清澄守職也。既乃卓爲封虵，幽鴆帝后，强以暴國，非力所討，違而去之，宜也。是故天贊人和，無思不至，用能合師百萬，若運諸掌者，義也。今主君以寬弘爲宇，仁惠爲廬〔三〕，若地之載，如天之燾。故當其聞管籥之聲，則恐己之病也〔四〕；見羽旄之美，則懼士之勞也；察稼穡之不時，則惟民之匱也〔五〕；臨臺觀之崇高，則恤役之病也。是以虛心恭己，取人之謨，闢四門，廣諫路，貴讜言，賤巧僞，慮不專行，功不擅美，咨事若不及，求譽恐不聞，用能使賢智者盡其策，勇敢者竭其身。故舉無遺闕，而風烈宿宣也。」藝文類聚二五。

治刃銷鋒，偃武行德。文選四六王融三月三日曲水詩序李善注。

〔一〕吴志張紘傳注引吴書，謂陳琳有應機論，蓋即此篇。「機」當「譏」字之訛。
〔二〕「則」，藝文原無此字，據張、嚴二輯本補。
〔三〕「惠」，張、嚴二輯本並作「義」。
〔四〕「己」，嚴輯本作「民」。
〔五〕「則」，藝文原無此字，據張、嚴二輯本補。又「惟」，嚴輯本作「推」。

答客難

六合咸熙，九州來同。倒載干戈，放馬華陽。韻補二「同」字注。

太王築室，百堵俱作。西伯營臺，功不浹日〔一〕。韻補五「作」字注。

〔一〕此條韻補引題作「客難」，「客」上當脱「答」字。

韋端碑

撰勒洪伐，式昭德音。文選三五張協七命李善注。

附

爲袁紹上漢帝書

臣聞昔有哀歎而霜隕，悲哭而崩城者。每讀其書，謂爲信然，於今況之，乃知妄作。何者？臣出身爲國，破家立事，至乃懷忠獲釁，抱信見疑，晝夜長吟，剖肝泣血，曾無崩城隕霜之應，故鄒衍、杞婦何能感徹。

臣以負薪之資，拔於陪隸之中，奉職憲臺，擢授戎校。常侍張讓等滔亂天常，侵奪朝威，賊害忠德，扇動姦黨。故大將軍何進忠國疾亂，義心赫怒，以臣頗有一介之節，可責以鷹犬之功，故授臣以督司，諮臣以方略。臣不敢畏憚强禦，避禍求福，與進合圖，事無違異。忠策未盡而元帥受敗，太后被質，宫室焚燒，陛下聖德幼沖，親遭戹困。時進既被害，師徒喪沮，臣獨將家兵百餘人，抽戈承明，竦劍翼室，虎叱群司，奮擊凶醜，曾不浹辰，罪人斯殄。此誠愚臣效命之一驗也。

會董卓乘虚，所圖不軌。臣父兄親從，並當大位，不憚一室之禍，苟惟寧國之義，故遂解節出奔，創謀河外。時卓方貪結外援，招悦英豪，故即臣勃海，申以軍號，則臣之與卓，未有纖芥之嫌。若使苟欲滑泥揚波，偷榮求利，則進可以享竊禄位，退無門户之患。然臣愚所守，志無傾奪，故遂引會英雄，興師百萬，飲馬孟津，歃血漳河。會故冀州牧韓馥懷挾逆謀，欲專權勢，絶臣軍糧，不得踵係，至使猾虜肆毒，害及一門，尊卑大小，同日併戮。鳥獸之情，猶知號呼。臣所以蕩然忘哀，貌無隱戚者，誠以忠孝之節，道不兩立，顧私懷己，不能全功。斯亦愚破家徇國之二驗也。

又黄巾十萬，焚燒青、兖，黑山、張楊蹈藉冀域。臣乃旋師，奉辭伐畔。金鼓未震，狡敵知亡，故韓馥懷懼，謝咎歸土，張楊、黑山同時乞降。臣時輒承制，竊比竇融，以議郎曹操權領兖州牧。會公孫瓚師旅南馳，陸掠北境，臣即星駕席卷，與瓚交鋒。假天之威，每戰輒克。臣備公族子弟，生長京輦，頗聞俎豆，不習干戈；加自乃祖先臣以來，世作輔弼，咸以文德盡忠，得免罪戾。臣非與瓚角戎馬之勢，争戰陣之功者也。誠以賊臣不誅，春秋所貶，苟云利國，專之不疑。故冒踐霜雪，不憚劬勤，實庶一捷之福，以立終身之功。社稷未定，臣誠恥之。太僕趙岐銜命來征，宣明陛下含弘之施，蠲除細故，與下更新，奉詔之日，引師南轅。是臣畏怖天威，不敢怠慢之三驗也。

又臣所上將校，率皆清英宿德，令名顯達，登鋒履刃，死者過半，勤恪之功，不見書列。而州郡牧守，競盜聲名，懷持二端，優游顧望，皆列土錫圭，跨州連郡，是以遠近狐疑，議論紛錯者也。臣聞守文之世，德高者位尊；倉卒之時，功多者賞厚。陛下播越非所，洛邑乏祀，海内傷心，志士憤惋。是以忠臣肝腦塗地，肌膚横分而無悔心者，義之所感故也。今賞加無勞，以攜有德；杜黜忠功，以疑衆望。斯豈腹心之遠圖？將乃讒慝之邪説使之然也？臣爵爲通侯，位二千石。殊恩厚德，臣既叨之，豈敢闚覬重禮，以希彤弓玈矢之命哉？誠傷偏裨列校，勤不見紀，盡忠爲國，飜成重愆。斯蒙恬所以悲號於邊獄，白起歔欷於杜郵也。太傅日磾位爲師保，任配東征，而耗亂王命，寵任非所，凡所舉用，皆衆所捐棄。而容納其策，以爲謀主，令臣骨肉兄弟，還爲讎敵，交鋒接刃，搆難滋甚。臣雖欲釋甲投戈，事不得已。誠恐陛下日月之明，有所不照，四聰之聽，有所不聞，乞下臣章，咨之群賢，使三槐九棘，議臣罪戾。若以臣今行權爲釁，則桓、文當有誅絶之刑；若以衆不討賊爲賢，則趙盾可無書弑之貶矣。臣雖小人，志守一介。若使得申明本心，不愧先帝，則伏首歐刀，褰衣就鑊，臣之願也。惟陛下垂尸鳩之平，絶邪諂之論，無令愚臣結恨三泉。後漢書袁紹傳。

與公孫瓚書

孤與足下，既有前盟舊要，申之以討亂之誓，愛過夷、叔，分著丹青，謂爲旅力同軌，足踵齊、晉，故解印釋紱，以北帶南，分割膏腴，以奉執事，此非孤赤情之明驗邪？豈寤足下棄烈士之高義，尋禍亡之險蹤，輟而改慮，以好易怨，盜遣士馬，犯暴豫州。始聞甲卒在南，親臨戰陳，懼于飛矢迸流，狂刃横集，以重足下之禍，徒增孤之咎釁也，故爲薦書懇惻，冀可改悔。而足下超然自逸，矜其威詐，謂天罔可吞，豪雄可滅，果令貴弟殞于鋒刃之端。斯言猶在於耳，而足下曾不尋討禍源，克心罪己，苟欲逞其無疆之怒，不顧逆順之津，匿怨害民，騁於余躬。遂躍馬控弦，處我疆土，毒徧生民，辜延白骨。孤辭不獲已，以登界橋之役。是時足下兵氣霆震，駿馬電發；僕師徒肇合，機械不嚴，彊弱殊科，衆寡異論，假天之助，小戰大克，遂陵躡奔背，因壘館穀，此非天威棐諶，福豐有禮之符表乎？足下志猶未厭，乃復糾合餘燼，率我蛑賊，以焚爇勃海。孤又不獲寧，用及龍河之師。羸兵前誘，大軍未濟，而足下膽破衆散，不鼓而敗，兵衆擾亂，君臣並奔。此又足下之爲，非孤之咎也。自此以後，禍隙彌深，孤之師旅，不勝其忿，遂至積屍爲京，頭顱滿野，愍彼無辜，未嘗不慨然失涕也。後比得足下書，辭意婉約，有改往修來之言。僕既欣於舊好克復，且愍兆民之不寧，每輒引師南駕，以順簡書。弗盈一時，而北邊羽檄之文，未嘗不至。孤是用痛心疾首，靡所錯情。夫處三軍之帥，當列將之任，宜令怒如嚴霜，喜如時雨，臧否好惡，坦然可觀。而足下一二三其德，彊弱易謀，急則曲躬，緩則放逸，行無定端，言無質要，爲壯士者固若此乎！既乃殘殺老弱，幽土憤怨，衆叛親離，孑然無黨。又烏丸、濊貊，皆足下同州，僕與之殊俗，各奮迅激怒，争爲鋒鋭；又東西鮮卑，舉踵來附。此非孤德所能招，乃足下驅而致之也。夫當荒危之世，處干戈之險，内違同盟之誓，外失戎狄之心，兵興州壤，禍發蕭牆，將以定霸，不亦難乎！前以西山陸梁，出兵平討，會麴義餘殘，畏誅逃命，故遂住大軍，分兵撲蕩，此兵孤之前行，乃界橋搴旗拔壘，先登制敵者也。始聞足下鐫金紆紫，命以元帥，謂當因兹奮發，以報孟明之恥，是故戰夫引領，竦望旌旆，怪遂含光匿影，寂爾無聞，卒臻屠滅，相爲惜之。夫有平天下之怒，希長世之功，權御師徒，帶養戎馬，叛者無討，服者不收，威懷並喪，何以立名？今舊京克復，天罔云補，罪人斯亡，忠幹翼化，華夏儼然，望於穆之作，將戢干戈，放散牛馬，足下獨何守區區之土，保軍内之廣，甘惡名以速朽，亡令德之久長？壯而籌之，非良策也。宜釋憾除嫌，敦我舊好。若斯言之玷，皇天是聞。魏志公孫瓚傳注引漢晉春秋。

拜烏丸三王爲單于版文

使持節大將軍督幽、青、并領冀州牧阮鄉侯紹，承制詔遼東屬國率衆王頒下、烏丸遼西率衆王蹋頓、右北平率衆王汗盧：維乃祖慕義遷善，款塞内附，北捍玁狁，東拒濊貊，世守北陲，爲百姓保障，雖時侵犯王略，命將徂征厥罪，率不旋時，悔愆變改，方之外夷，最又聰惠者也。始有千夫長、百夫長以相統領，用能悉乃心，克有勳力於國家，稍受王侯之命。自我王室多故，公孫瓚作難，殘夷厥土之君，以侮天慢主，是以四海之内，並執干戈以衛社稷。三王奮氣裔土，忿姦憂國，控弦與漢兵爲表裏，誠甚忠孝，朝所嘉焉。然而虎兕長蛇，相隨塞路，王官爵命，否而無聞。夫有勳不賞，俾勤者怠。今遣行謁者楊林，齎單于璽綬車服，以對爾勞。其各綏静部落，教以謹慎，無使作凶作慝。世復爾祀位，長爲百蠻長。厥有咎有不臧者，泯於爾禄，而喪於乃庸，可不勉乎！烏桓單于都護部衆，左右單于受其節度，他如故事。魏志烏丸傳注引英雄記。

按，右列三文，張溥收録於百三家集陳記室集中，嚴可均則編入全後漢文袁紹文，並謂「此三篇出琳手容或有之，但無實證」。今遂録於陳琳集之末，以備考證。

建安七子集卷三　王粲集

詩

贈蔡子篤詩〔一〕

翼翼飛鸞，載飛載東。我友云徂，言戾舊邦。舫舟翩翩，以泝大江。蔚矣荒塗，時行靡通。慨我懷慕，君子所同。悠悠世路，亂離多阻。濟岱江衡〔二〕，邈焉異處。風流雲散，一別如雨。人生實難，願其弗與。瞻望遐路，允企伊佇。烈烈冬日〔三〕，肅肅淒風〔四〕。潛鱗在淵，歸雁載軒〔五〕。苟非鴻鵰，孰能飛飜？雖則進慕〔六〕，予思罔宣。瞻望東路，慘愴增歎。率彼江流，爰逝靡期。君子信誓，不遷于時。及子同寮，生死固之。何以贈行？言授斯詩。中心孔悼，涕淚漣洏〔七〕。嗟爾君子，如何勿思！文選二三。藝文類聚三一。初學記三。韻補二「飜」

字注。

〔一〕文選李善注引晉官名曰：「蔡睦字子篤，爲尚書。」按，晉官名，蓋即隋書經籍志所載魏晉百官名。五臣呂向注曰：「仲宣與之爲友，同避難荆州，子篤還會稽，仲宣故贈之。」按晉書蔡謨傳，謨，陳留考城人，曾祖睦，魏尚書。是蔡子篤即蔡謨之曾祖。子篤既「戾舊邦」，則歸陳留郡也，而五臣謂「還會稽」，不知其所據。

〔二〕「江衡」，胡刻本文選原作「江行」，五臣文選作「江衡」。胡克家文選考異謂「江行」絶不可通，「行」當作「衡」。類聚亦作「江衡」。今據改。

〔三〕「烈烈」，初學記作「冽冽」。

〔四〕「淒風」，初學記作「祁寒」。黄侃文選平點云：「風，與下不韻，此有誤。」

〔五〕「載」，古詩紀二五作「在」。

〔六〕「進慕」，胡刻本文選原作「追慕」。五臣文選作「進慕」。胡克家文選考異據李善注引法言以注「進慕」，謂此「追」當是「進」傳寫之誤。韻補注亦作「進慕」。今據改。

〔七〕「漣洏」，胡克家文選考異據李善注引左氏傳杜預注：「而，語助也。」謂正文必作「而」。按，今李善本作「洏」者，或後人依五臣本改之。五臣呂延濟注：「洏，亦流涕也。」蓋本玉篇，則作「漣洏」亦可通。

贈士孫文始詩〔一〕

天降喪亂，靡國不夷。我暨我友，自彼京師。宗守盪失，越用遁違。遷于荆楚，在漳之湄。在漳之湄，亦克宴處〔二〕。和通篪塤，比德車輔。既度禮儀〔三〕，卒獲笑語。庶茲永日，無諐厥緒。雖曰無諐，時不我已。同心離事，乃有逝止。横此大江，淹彼南汜。我思弗及，載坐載起。惟彼南汜，君子居之。悠悠我心，薄言慕之。人亦有言，靡日不思〔四〕。矧伊嬿婉，胡不悽而！晨風夕逝，託與之期。瞻仰王室，慨其永歎。良人在外，誰佐天官？四國方阻，俾爾歸蕃。爾之歸蕃，作式下國。無曰蠻裔，不虔汝德。慎爾所主〔五〕，率由嘉則。龍雖勿用，志亦靡忒。悠悠澹澧〔六〕，鬱彼唐林。雖則同域，邈其迥深。白駒遠志，古人所箴。允矣君子，不遐厥心。既往既來，無密爾音。文選二三。水經澧水注。太平御覽一六八。

〔一〕文選李善注引三輔決録趙岐注曰：「士孫萌，字文始。少有才學，年十五，能屬文。初董卓之誅也，父瑞知王允必敗，京師不可居，乃命萌將家屬至荆州，依劉表。去無幾，果爲李傕等所殺。及天子都許昌，追論誅董卓之功，封萌爲澹津亭侯。與山陽王粲善，萌當就國，粲等各作詩以贈萌，于今詩猶存也。」又見魏志董卓傳注引，其有云：「萌有答詩，在粲集中。」按，今萌詩已亡。

〔二〕「尅」，五臣文選作「克」。又「處」作「起」。

〔三〕「儀」，胡刻本文選原作「義」。梁章鉅文選旁證云：「毛本作『儀』。」張輯本亦作「儀」。按，李善注引毛詩「禮儀」，則其正文自應作「儀」。作「義」者，蓋後人依五臣本改，今改回。

〔四〕「日」，五臣文選作「哲」。

〔五〕「主」，五臣文選作「之」。孫志祖文選考異引何焯校云：「此篇似應作『之』。」

〔六〕「澧」，御覽作「灃」。按，水經澧水注曰：「澹水東注澧。」並引粲此詩爲證，是字當作「澧」。

贈文叔良詩〔一〕

翩翩者鴻，率彼江濱。君子于征，爰聘西鄰。臨此洪渚，伊思梁岷。爾往孔邈〔二〕，如何勿勤？君子敬始，慎爾所主。謀言必賢〔三〕，錯説申輔。延陵有作，僑肸是與〔四〕。先民遺跡，來世之矩。既慎爾主，亦迪知幾。探情以華，睹著知微。視明聽聰，靡事不惟。董褐荷名，胡寧不師？衆不可蓋，無尚我言。梧宫致辯，齊楚構患。成功有要，在衆思歡。人之多忌，掩之實難。瞻彼黑水，滔滔其流。江漢有卷，允來厥休。二邦若否，職汝之由。緬彼行人，鮮克弗留。尚哉君子，于異他仇〔五〕。人誰不勤？無厚我憂。惟詩作贈，敢詠在舟。文選二三。

温温恭人，稟道之極。文選二〇顔延之皇太子釋奠會作詩注。

〔一〕顔師古漢書叙例曰：「文穎字叔良，南陽人，後漢末荆州從事，魏建安中爲甘陵丞。」文選李善注曰：「獻帝初平中，王粲依荆州劉表，然叔良之爲從事，蓋事劉表也。詳其詩意，似聘蜀結好劉璋也。」

〔二〕「往」，五臣文選作「行」。

〔三〕「賢」，五臣文選作「貞」。

〔四〕「僑」，六臣本文選作「喬」，其校語云：「五臣作『僑』。」是李善本原作「喬」，今胡刻本作「僑」者，蓋後人依五臣校改。

〔五〕「于異」，五臣文選作「異于」。

贈楊德祖詩

我君餞之，其樂洩洩。顔氏家訓文章篇。

爲潘文則思親詩〔一〕

穆穆顯妣〔二〕，德音徽止。思齊先姑，志侔姜姒。躬此勞瘁〔三〕，鞠予小子。小子之生，遭世罔寧。烈考勤時，從之于征。奄遘不造，殷憂是嬰。咨予靡及，退守祧祊。五服荒離，四國分争。禍難斯逼，救死於頸。嗟我懷歸，弗克弗逞！聖善獨勞，莫慰其情。春秋代逝，于兹九齡。緬彼行路，焉託予誠？予誠既否，委之于天。庶我顯妣〔四〕，克保遐年。亹亹惟懼，心乎如懸。如何不弔？早世徂顛。於存弗養，於後弗臨。遺慼在體，慘痛切心。形景尸立，魂爽飛沉。在昔蓼莪，哀有餘音。我之此譬，憂其獨深。胡寧視息，以濟于今。巖巖叢險，則不可摧。仰瞻歸雲，俯聆飄回。飛焉靡翼，超焉靡階。思若流波，情似坻頹。詩之作矣，情以告哀！古文苑八。顔氏家訓文章篇。藝文類聚二〇。初學記一七。

〔一〕古文苑題作「思親爲潘文則作」，章樵注引摯虞文章流别云：「王粲所作與蔡子篤及文叔良、士孫文始、楊德祖詩，及所爲潘文則思親詩，其文當而整，皆近乎雅矣。」此題類聚引作「思親詩」，古詩紀二五同，惟題下有小注「爲潘文則作」五字，初學記引作「思親四言詩」，顔氏家訓文章篇引作「爲潘文則思親詩」。今題從文章流别集及顔氏家訓。

〔二〕「顯」，初學記作「皇」，蓋避唐中宗諱改。

〔三〕「瘁」，初學記作「瘠」。顔氏家訓作「悴」，通「瘁」。

〔四〕「顯」，古文苑原作「剛」，蓋亦後人避唐諱改。今據顔氏家訓文章篇及古詩紀二五改回。

雜詩五首〔一〕

日暮遊西園，冀寫憂思情〔二〕。曲池揚素波，列樹敷丹榮。上有特棲鳥，懷春向我鳴。褰衽欲從之，路險不得征。徘徊不能去，佇立望爾形。風飈揚塵起〔三〕，白日忽已冥。迴身入空房，託夢通精誠。人欲天不違〔四〕，何懼不合併！文選二九。藝文類聚二八引「日暮」以下六句。

吉日簡清時，從君出西園。方軌策良馬，並驅厲中原。北臨清漳渚〔五〕，西看柏楊山。回翔遊廣囿，逍遥波水間。藝文類聚二八。古文苑八。按，此後四首，疑文皆有節略。古文苑蓋據類聚輯録。

列車息衆駕，相伴緑水湄。幽蘭吐芳烈，芙蓉發紅暉。百鳥何繽翻，振翼群相追。投網引潛鯉〔六〕，强弩下高飛。白日已西邁，歡樂忽忘歸。藝文類聚二八。古文苑八。

聯翩飛鸞鳥〔七〕，獨遊無所因。毛羽照野草，哀鳴入青雲〔八〕。我尚假羽翼，飛睹爾形身。願及春陽會〔九〕，交頸遘殷勤。藝文類聚九。古文苑八。

鷙鳥化爲鳩，遠竄江漢邊。遭遇風雲會〔一〇〕，託身鸞鳳間。天姿既否戾，受性又不閑。邂逅見逼迫，俛仰不得言。藝文類聚九二。古文苑八。

〔一〕此五首類聚所引皆無題目，古詩紀二五分爲二題：其第一首，依文選題「雜詩」；其第二、第三、第四、第五諸首，依古文苑合題「雜詩四首」。按，守山閣本古文苑章樵注曰：「粲集雜詩五首，皆托物寓情，得詩人比興遺意，其一詩已入選。」是今此五首皆爲宋本粲集所有，原不分題，合稱「雜詩五首」，今從之。

〔二〕「冀寫」，五臣文選作「寫我」。

〔三〕「飈」，五臣文選作「飄」。

〔四〕「人」，疑原作「民」，蓋唐人避太宗諱而改，此句本尚書泰誓「民之所欲，天必從之」。

〔五〕「渚」，古文苑作「水」。

〔六〕「鯉」，古文苑作「魚」。

〔七〕「翩」，古文苑作「翻」。

〔八〕「青」，古文苑作「層」。

〔九〕「及」，類聚原作「乃」，據古文苑改。

〔一〇〕「雲」，影宋本古文苑原誤作「雪」，守山閣本不誤。

七哀詩三首〔一〕

西京亂無象，豺虎方遘患。復棄中國去，遠身適荆蠻〔二〕。親戚對我悲，朋友相追攀〔三〕。出門無所見，白骨蔽平原。路有飢婦人，抱子棄草間。顧聞號泣聲，揮涕獨不還。「未知身死處〔四〕，何能兩相完？」驅馬棄之去，不忍聽此言。南登霸陵岸，迴首望長安。悟彼下泉人，喟然傷心肝！文選二三。藝文類聚三四。韻補二「完」字注。

荆蠻非我鄉，何爲久滯淫？方舟溯大江〔五〕，日暮愁我心。山崗有餘暎〔六〕，巖阿增重陰。狐狸馳赴穴，飛鳥翔故林。流波激清響，猴猿臨岸吟〔七〕。迅風拂裳袂，白露霑衣衿〔八〕。獨夜不能寐，攝衣起撫琴。絲桐感人情，爲我發悲音。羈旅無終極，憂思壯難任。文選二三。北堂書鈔一五八。藝文類聚三四。太平御覽七七〇。

邊城使心悲，昔吾親更之。冰雪截肌膚，風飄無止期。百里不見人，草木誰當遲？登城望亭隧，翩翩飛戍旗〔九〕。行者不顧返，出門與家辭。子弟多俘虜，哭泣無已時。天下盡樂土，何爲久留兹？蓼蟲不知辛，去來勿與諮。古文苑八。

〔一〕古文苑章樵注曰：「粲集，七哀詩六首，其二詩入選。」按，今存此三首，知粲之七哀詩已亡去三首。

〔二〕「遠」，古詩紀二五作「委」，張輯本同。

〔三〕「相追」，類聚作「追相」。

〔四〕「處」，韻補作「所」。

〔五〕「溯」，五臣文選作「泝」，類聚作「遡」，御覽作「浮」。

〔六〕「暵」，五臣文選、書鈔、類聚皆作「暎」。字同。

〔七〕「猴猿」，五臣文選作「猨猴」，類聚作「猴猨」。

〔八〕「衿」，五臣文選作「襟」。

〔九〕「戍」，一作「羽」。升庵詩話二：「劉歆遂初賦『望亭隧之曒曒兮，飛旗幟之翩翩』，王粲七哀詩『登城望亭隧，翩翩飛羽旗』，實用劉歆語。」

詠史詩二首

自古無殉死，達人所共知〔一〕。秦穆殺三良，惜哉空爾爲。結髮事明君，受恩良不訾。臨殁要之死，焉得不相隨？妻子當門泣，兄弟哭路垂。臨穴呼蒼天，涕下如綆縻。人生各有志，終不爲此移。同知埋身劇，心亦有所施。生爲百夫雄，死爲壯士規。黃鳥作悲詩〔二〕，至今聲不虧。文選二一。

荆軻爲燕使〔三〕，送者盈水濱。縞素易水上，涕泣不可揮〔四〕。韻補二「揮」字注。

〔一〕「所共」，胡刻本文選原作「共所」，今從五臣文選。古詩紀二五、張輯本亦作「所共」。

〔二〕「悲」，古詩紀二五、張輯本作「哀」。

〔三〕「荆軻」，宋本韻補作「荆卿」。

〔四〕「揮」，當讀作「渾」，與今音不同。按，此首韻補原引無題目，文有删略，據意亦當詠史之什。阮瑀有詠史詩二首，其一詠三良，其二詠荆軻，恰與王粲此二首相符，蓋一時唱和之作。曹植集中有三良詩，其恐亦應有詠荆軻之作，惜乎不得而見。

公讌詩〔一〕

昊天降豐澤〔二〕，百卉挺葳蕤。涼風撤蒸暑〔三〕，清雲卻炎暉〔四〕。高會君子堂，並坐蔭華榱。嘉肴充圓方，旨酒盈金罍。管絃發徽音，曲度清且悲。合坐同所樂，但愬杯行遲。常聞詩人語，不醉且無歸。今日不極歡，含情欲待誰？見眷良不翅，守分豈能違？古人有遺言，君子福所綏。願我賢主人，與天享巍巍。克符周公業，奕世不可追。文選二〇。藝文類聚三九。海録碎事一、二。

〔一〕此題類聚作「公宴會詩」。
〔二〕「昊」，海録碎事一作「上」。
〔三〕「撤」，五臣文選作「徹」。類聚、海録碎事二同。字通。
〔四〕「清」，類聚作「青」。

從軍詩五首〔一〕

從軍有苦樂，但問所從誰〔二〕。所從神且武，焉得久勞師〔三〕？相公征關右，赫怒震天威。一舉滅獯虜，再舉服羌夷。西收邊地賊，忽若俯拾遺。陳賞越丘山，酒肉踰川坻。軍中多飫饒〔四〕，人馬皆溢肥。徒行兼乘還，空出有餘資。拓地三千里〔五〕，往返速若飛〔六〕。歌舞入鄴城，所願獲無違。晝日處大朝〔七〕，日暮薄言歸。外參時明政，内不廢家私。禽獸憚爲犧，良苗實已揮〔八〕。〔竊慕負鼎翁〔九〕，願厲朽鈍姿。〕不能效沮溺，相隨把鋤犂。孰覽夫子詩〔一〇〕，信知所言非。文選二七。樂府詩集三二。魏志武帝紀注。北堂書鈔一三、藝文類聚五九。太平御覽三二八。

涼風厲秋節，司典告詳刑。我君順時發，桓桓東南征。汎舟蓋長川，陳卒被隰坰。征夫懷親戚，誰能無戀情〔一一〕？拊襟倚舟檣，眷眷思鄴城〔一二〕。哀彼東山人，喟然感鸛鳴。日月不安處，人誰獲常寧〔一三〕？昔人從公旦，一徂輒三齡〔一四〕。今我神武師，暫往必速平。棄余親睦恩，輸力竭忠貞。懼無一夫用，報我素餐誠。夙夜自恲性，思逝若抽縈。將秉先登羽，豈敢聽金聲！文選二七。樂府詩集三二。藝文類聚五九。

從軍征遐路，討彼東南夷。方舟順廣川，薄暮未安坻。白日半西山，桑梓有餘暉。蟋蟀夾岸鳴，孤鳥翩翩飛。征夫心多懷〔一五〕，惻愴令吾悲〔一六〕。下船登高防，草露沾我衣。迴身赴牀寢，此愁當告誰？身服干戈事，豈得念所私〔一七〕？即戎有授命，兹理不可違。文選二七。樂府詩集三二。藝文類聚五九。太平御覽三二八。

朝發鄴都橋，暮濟白馬津。逍遥河堤上，左右望我軍。連舫踰萬艘，帶甲千萬人。率彼東南路，將定一舉勳。籌策運帷幄，一由我聖君。恨我無時謀〔一八〕，譬諸具官臣。鞠躬中堅内，微畫無所陳。許歷爲完士〔一九〕，一言猶敗秦〔二〇〕。我有素餐責，誠愧伐檀人。雖無鉛刀用，庶幾奮薄身。文選二七。樂府詩集三二。北堂書鈔四五。藝文類聚五九。史記廉頗藺相如列傳索隱。

悠悠涉荒路，靡靡我心愁。四望無煙火，但見林與丘。城郭生榛棘，蹊徑無所由。萑蒲竟廣澤，葭葦夾長流。日夕涼風發，翩翩漂吾舟。寒蟬在樹鳴，鸛鵠摩天遊。客子多悲傷〔二一〕，淚下不可收。朝入譙郡界，曠然消人憂。雞鳴達四境，黍稷盈原疇。館宅充廛里，士女滿莊馗〔二二〕。自非賢聖國〔二三〕，誰能享斯休？詩人美樂土，雖客猶願留。文選二七。樂府詩集三二。藝文類聚二八引「王粲詩」。韻補三「馗」字注。

被羽在先登，甘心除國疾。文選二七王粲從軍詩李善注。

樓船淩洪波，尋戈刺群虜。太平御覽三五一。

〔一〕樂府詩集作「從軍行五首」。按魏志武帝紀，建安二十年三月操西征張魯，十二月自南鄭還。裴松之注曰：「是行也，侍中王粲作五言詩以美其事，曰：『從軍有苦樂……』」即是此五首其一。又李善注文選從軍詩「涼風厲秋節」句曰：「魏志曰：建安二十一年粲從征吴，作此四篇。」

〔二〕「問」，胡刻本文選原作「聞」，今從五臣文選。樂府詩集、魏志注、類聚、御覽亦皆作「問」。

〔三〕「焉」，魏志注作「安」。

〔四〕「中」，胡刻本文選原作「人」，今從五臣文選。胡克家文選考異云「人」但傳寫誤，魏志注、類聚、樂府詩集亦作「中」。「飫饒」，魏志注作「饒飫」，古詩紀二五作「沃饒」。

〔五〕「地」，魏志注、書鈔並作「土」。

〔六〕「速若」，五臣文選、魏志注並作「速如」，樂府詩集作「一如」。

〔七〕「晝日」，胡刻本文選原作「盡日」，今從五臣文選。按，此蓋即周易晉「晝日三接」之晝日。樂府詩集亦作「晝日」。「處」，樂府詩集作「獻」。

〔八〕「揮」，李善注云當作「輝」。

〔九〕「竊慕負鼎翁」二句，胡刻本文選原脱，據五臣文選、樂府詩集補。

〔一〇〕「孰」，六臣本文選作「熟」，樂府詩集同。字通。

〔一一〕「戀」，五臣文選、類聚、樂府詩集皆作「此」。

〔一二〕「眷眷」，樂府詩集作「眷言」。

〔一三〕「常」，五臣文選、樂府詩集並作「恒」。

〔一四〕「徂」，樂府詩集作「征」。

〔一五〕「多」，五臣文選、類聚、樂府詩集皆作「兩」。

〔一六〕「惻」，五臣文選、類聚、樂府詩集皆作「悽」。

〔一七〕「得」，六家本文選有校語云：「五臣作『能』」。按，今五臣陳八郎本、正德本並作「得」，御覽、樂府詩集亦同，未見有作「能」者，疑校語有誤。

〔一八〕「恨」，類聚作「限」。

〔一九〕「完士」，孫志祖文選考異引何焯説，云：「史記云『軍士許歷請以軍事諫』，『完』當作『軍』，傳寫誤也。」然書鈔、類聚、史記索隱引此詩亦作「完」，蓋唐時粲集已如此。完士，爲四歲刑士，見漢書刑法志，若然，則粲詩所云可補史之闕。

〔二〇〕「猶」，胡刻本文選原作「獨」，今從六臣本文選。書鈔、類聚、史記索隱、樂府詩集亦作「猶」。

〔三〕「客子」,類聚作「遊客」。

〔三〕「士女」,胡刻本文選原作「女士」,今從五臣文選。韻補注、古詩紀二五、張輯本亦作「士女」。「馗」,五臣文選作「馗」。字同。楊慎云:王粲集古本作「馗」,馗音求,九交之道也。按,馗,今讀作逵,古音讀求,與上下協韻。

〔三〕「賢聖」,胡刻本文選原作「聖賢」,今從五臣文選。張銑注:「賢聖,謂曹公。」古詩紀二五、張輯本亦作「賢聖」。

俞兒舞歌四首〔一〕

矛俞新福歌

漢初建國家,匡九州。蠻荆震服,五刃三革休。安不忘備武樂修。宴我賓師,敬用御天,永樂無憂。子孫受百福,常與松喬遊。烝庶德,莫不咸歡柔。宋書樂志。樂府詩集五三。

弩俞新福歌

材官選士,劍弩錯陳。應桴蹈節,俯仰若神。綏我武烈,篤我淳仁。自東自西,莫不來賓。

同上。

安臺新福歌

我功既定〔二〕，庶士咸綏。樂陳我廣庭，式宴賓與師。昭文德，宣武威。平九有，撫民黎。荷天寵，延壽尸，千載莫我違。同上。

行辭新福歌

神武用師士素厲，仁恩廣覆，猛節横逝。自古立功，莫我弘大。桓桓征四國，爰及海裔。漢國保長慶，垂祚延萬世。同上。

〔一〕晉書樂志上：漢高祖定秦中，「其俗喜舞，高祖樂其猛鋭，數觀其舞，後使樂人習之。閬中有渝水，因其所居，故名曰巴渝舞。舞曲有矛渝本歌曲、安弩渝本歌曲、安臺本歌曲、行辭本歌曲，總四篇。其辭既古，莫能曉其句度。魏初，乃使軍謀祭酒王粲改創其詞。粲問巴渝帥李管、种玉歌曲意，試使歌，聽之，以考校歌曲，而爲之改爲矛渝新福歌曲、弩渝新福歌曲、安臺新福歌曲、行辭新福歌曲，行辭以述魏德」。

〔二〕「我」，樂府詩集作「武」。

失題詩　四則

探懷授所歡，願醉不顧身。文選二五謝靈運還舊園作見顔范二中書詩李善注。

長夜何冥冥。九家集注杜詩五遣興五首其五郭知達注。

散策高堂上。九家集注杜詩一三鄭典設自施州歸師尹注。

盜賊如豺狼。分門集注杜工部詩三畫夢趙次公注。按，張載七哀詩有此句，唯「狼」作「虎」。又按，逯欽立先秦漢魏晉南北朝詩據草堂詩箋九蘇端詩注輯得「哀笑動梁塵，急觴蕩幽默」二句，入爲王粲遺詩。此二句乃謝靈運擬魏太子鄴中集詩陳琳詩所有，杜詩注者誤爲粲詩，逯氏偶失考耳。

賦

大暑賦〔一〕

惟林鍾之季月，重陽積而上昇。熹潤土之溽暑〔二〕，扇温風而至興。〔或赫爔以瘅炎〔三〕，或鬱術而燠蒸〔四〕。〕獸狼望以倚喘，鳥垂翼而弗翔。〔根生苑而焦炙〔五〕，豈含血而能當?〕遠昆吾之中景，天地翕其同光。征夫瘼於原野〔六〕，處者困于門堂〔七〕。患衽席之焚灼，譬洪燎之在牀。起屏營而東西，欲避之而無方。仰庭槐而嘯風〔八〕，風既至而如湯〔九〕。〔氣呼吸以祛和〔一〇〕，汗雨下而沾裳。就清泉以自沃，猶淟涊而不涼。體煩茹以於悒，心憤悶而窘惶。〕於是帝后順時，幸九嵕之陰岡〔一一〕，託甘泉之清野，御華殿于林光，潛廣室之邃宇，激寒流於下堂。重屋百層，垂陰千廡，九闥洞開，周帷高舉。堅冰常奠，寒饌代敘。藝文類聚五。章樵注本古文苑二一。初學記三。太平御覽三四。

雄風颯然兮，時動帷帳之纖羅。北堂書鈔一三二。

〔一〕按，楊修答臨菑侯牋曰：「又嘗見執事，握牘持筆，有所造作，若成誦在心，借書於手，曾不斯須少留思慮。仲尼日月，無得踰焉。脩之仰望，殆如此矣。是以對鶡而辭，作暑賦彌日而不獻。」所言暑賦即大暑賦，除曹植、王粲、楊脩外，同作者尚有陳琳、應瑒、劉楨及繁欽等人。

〔二〕「熹」，類聚原作「喜」，今據嚴輯本改。匡謬正俗五：「熹，熾盛也。末世傳字誤爲『喜』字。」

〔三〕「或赫𤒻以癉炎」二句，據御覽補。「𤒻」，張輯本作「熾」，嚴輯本作「爔」。

〔四〕「術」，鮑刻本御覽作「衎」。按，字當作「術」，「鬱術」即「鬱律」，煙上貌。古術、律音義同。

〔五〕「根生苑而焦炙」二句，據御覽補。

〔六〕「瘼」，張輯本作「瘁」。

〔七〕「門」，嚴輯本作「高」。

〔八〕「槐」，初學記作「熠」。

〔九〕「至」，御覽作「生」。「而」，初學記、御覽並作「其」。

〔一〇〕「氣呼吸以祛和」六句，據御覽補。「祛和」，御覽原作「祛短」。今從初學記改。按，祛，去也，通祛。祛和，謂呼吸急促失去平和。章注本古文苑及張輯本並作「怯短」，意皆欠通，嚴輯本作「祛裾」，當屬臆改，不足爲據。

〔一一〕「九嵕」，類聚原誤作「九峻」，據古文苑改。張、嚴二輯本亦作「九嵕」。

遊海賦〔一〕

〔含精純之至道兮〔二〕，將輕舉而高厲。遊余心以廣觀兮，且彷徉乎西裔〔三〕。〕乘菌桂之方舟〔四〕，浮大江而遥逝。翼驚風以長驅，集會稽而一睨〔五〕。登陰隅以東望兮〔六〕，覽滄海之體勢。吐星出日，天與水際。其深不測，其廣無臬。〔尋之冥地〔七〕，不見涯洩。〕章亥所不極，盧敖所不届。〔洪洪洋洋〔八〕，誠不可度也。處嵎夷之正位兮，同色號於穹蒼。苞納污之弘量〔九〕，正宗廟之紀綱。總衆流而臣下，爲百谷之君王。〕〔洪濤奮蕩〔一〇〕，大浪踊躍。山隆谷窳，宛亶相搏。〕懷珍藏寶，神隱怪匿。或無氣而能行，或含血而不食，或有葉而無根，或能飛而無翼。鳥則爰居孔鵠，翡翠鷫鸘，繽紛往來，沉浮翱翔。魚則橫尾曲頭，方目偃頟，大者若山陵〔一一〕，小者重鈞石。乃有賁蛟大貝，明月夜光，蠵鼊瑇瑁，金質黑章。若夫長洲別島，碁布星峙〔一二〕，高或萬尋，近或千里；桂林叢乎其上〔一三〕，珊瑚周乎其趾〔一四〕。群犀代角，巨象解齒。黃金碧玉，名不可紀。藝文類聚八。北堂書鈔一三七題「浮海賦」。初學記六兩引。文選一二郭璞江賦李善注。事類賦六。

匈匈礚礚，汾澆濆薄〔一五〕。唐鈔文選集注九左思吳都賦李善注。

乘菌桂之舟，晨鳧之舸〔一六〕。太平御覽七七〇引「王粲海賦」，「海」上脱「遊」字。又見事類賦一六。

〔一〕按，初學記六引隋杜臺卿淮賦序云：「魏文帝有滄海賦，王粲有游海賦。」此二賦均見類聚八引，細審之，其內容多互有照應，諒亦一時之作。

〔二〕「含精純之至道」四句，據初學記補。「道」下原脱「兮」字，據嚴輯本補。

〔三〕「西裔」，嚴輯本作「四裔」。

〔四〕「菌桂」，孔廣陶本書鈔作「桂檝」，陳禹謨本書鈔作「桂棹」，初學記作「蘭桂」。「方」，孔本書鈔作「舫」，陳本書鈔作「安」，初學記作「輕」，張輯本作「芳」。

〔五〕「睨」，書鈔作「憩」，初學記作「眂」。

〔六〕「東望兮」，原無「兮」字，據初學記補。

〔七〕「尋之冥地」二句，據初學記補。

〔八〕「洪洪洋洋」八句，據初學記補。

〔九〕「納污」，嚴輯本作「吐納」。

〔一〇〕「洪濤奮蕩」四句，嚴輯本據文選江賦注補入於此，今從之。

〔一一〕「山」，嚴輯本作「丘」。

〔一二〕「碁」，類聚原作「旗」，初學記同，今據事類賦注改。張輯本作「基」，字同「碁」。

〔一三〕「林」，初學記作「蘭」。

〔一四〕「周」，事類賦注作「生」。

〔一五〕此二句疑在「洪洪洋洋」句上。

〔一六〕此二句疑是遊海賦之序文。

浮淮賦〔一〕

從王師以南征兮，浮淮水而遐逝。背渦浦之曲流兮，望馬丘之高澨。泛洪櫓於中潮兮〔二〕，飛輕舟乎濱濟。建衆檣以成林兮，譬無山之樹藝〔三〕。於是迅風興，濤〔波動〔四〕，長瀨潭渨，滂沛汹溶。〕鉦鼓若雷，旌麾翳日。飛雲天迴，□□□□。蒼鷹飄逸〔五〕，遞相競軼。凌驚波以高騖，馳駭浪而赴質。加舟徒之巧極，美榜人之閑疾。白日未移，前驅已屆。群師按部，左右就隊。軸轤千里，名卒億計。運茲威以赫怒，清海隅之蔕芥。濟元勳於一舉，垂休績於來裔〔六〕。初學記六。章樵注本古文苑七。韓元吉本三。北堂書鈔一三七、一三八。藝文類聚八。

〔一〕按，曹丕浮淮賦序：「建安十四年，王師自譙東征，大興水軍，浮舟萬艘。時余從行，始入淮口，行泊東山，睹師徒，觀旌帆，赫哉盛矣。雖孝武盛唐之狩，軸轤千里，殆不過也，乃作斯賦云。」蓋命王粲同作。

〔二〕「艪」，書鈔一三七作「榜」，又「中潮」作「内湖」。

〔三〕「無山」，書鈔一三七、一三八並作「巫山」，恐誤。按，徐幹中論民數篇亦有「譬由無田而欲樹藝」之言，可印證此作「無山」是也。又句下書鈔一三七有「衝奔湍以檮杌」六字。

〔四〕「波動」至「滂沛洶溶」十字，據類聚補。

〔五〕「蒼」，嚴輯本作「若」。

〔六〕「於來」，章注本及韓元吉本古文苑並作「乎遠」，張輯本同。

閑邪賦

夫何英媛之麗女，貌洵美而豔逸。横四海而無仇，超遐世而秀出。發唐棣之春華，當盛年而處室。恨年歲之方暮，哀獨立而無依。情紛挐以交横，意慘悽而增悲。何性命之奇薄，愛兩絶而俱違〔一〕！排空房而就衽，將取夢以通靈。目炯炯而不寐，心忉怛而惕驚。

藝文類聚一八。

關山介而阻險。文選二六謝朓暫使下都夜發新林贈西府同僚詩李善注。

願爲環以約腕。北堂書鈔一三六引「王粲閑居賦」，當是「閑邪」之誤。

〔一〕「兩絶」，疑「兩」當作「雨」。按「雨絶」，離别之謂。王粲贈蔡子篤詩「風流雲散，一别如雨」，是也。陳琳檄吴將校部曲文亦有「雨絶于天」之言。文選禰衡鸚鵡賦「何今日之兩絶」，「兩」乃「雨」之訛，由同書江淹擬潘黄門詩「雨絶無雲還」，李善注引鸚鵡賦正作「雨絶」可證。此粲賦作「兩絶」者，蓋亦傳寫之訛。

出婦賦〔一〕

既僥倖兮非望，逢君子兮弘仁。當隆暑兮翕赫，猶蒙眷兮見親。更盛衰兮成敗，思彌固兮日新〔二〕。竦余身兮敬事，理中饋兮恪勤。君不篤兮終始，樂枯荑兮一時。心摇蕩兮變易，忘舊姻兮棄之。馬已駕兮在門，身當去兮不疑。攬衣帶兮出户，顧堂室兮長辭。藝文類聚三〇。

〔一〕按，曹丕代劉勳妻王氏詩序云：「王宋者，平虜將軍劉勳妻也。入門二十餘年，後勳悦山陽司馬氏女，以宋無子出之，還于道中作。」丕與曹植又各作出婦賦寫其事。粲此賦當是應命和作。

〔三〕「彌」，張、嚴二輯本並作「情」。

傷夭賦〔一〕

惟皇天之賦命，實浩蕩而不均。或老終以長世，或昏夭而夙泯。物雖存而人亡，心惆悵而長慕。哀皇天之不惠，抱此哀而何愬？求魂神之形影，羌幽冥而弗迕。淹低徊以想像〔二〕，心彌結而紆縈。晝忽忽其若昏，夜炯炯而至明。藝文類聚三四。

〔一〕按，曹丕悼夭賦序云：「族弟文仲亡時年十一，母氏傷其夭逝，追悼無已。余以宗族之愛，乃作斯賦。」蓋粲亦受命而和之。同作者有應瑒、楊脩等。

〔二〕「低徊」，張、嚴二輯本皆作「徘徊」。

思友賦

登城隅之高觀，忽臨下以翱翔。行遊目於林中，覩舊人之故場。身既没而不見，餘迹存而未喪。滄浪浩兮迴流波，水石激兮揚素精。夏木兮結莖，春鳥兮愁鳴。平原兮泱莽，緑草兮羅生。超長路兮逶迤，實舊人兮所經。身既逝兮幽翳，魂眇眇兮藏形。藝文類聚三四。

寡婦賦〔一〕

闔門兮卻掃，幽處兮高堂。提孤孩兮出户，與之步兮東廂。顧左右兮相憐，意悽愴兮摧傷。觀草木兮敷榮，感傾葉兮落時。人皆懷兮歡豫，我獨感兮不怡。日掩曖兮不昏，朗月皎兮揚暉〔二〕。坐幽室兮無爲，登空牀兮下幃。涕流連兮交頸，心憯結兮增悲。藝文類聚三四。

欲引刃以自裁，顧弱子而復停〔三〕。文選一六潘岳寡婦賦李善注。

〔一〕按，曹丕寡婦賦序曰：「陳留阮元瑜與余有舊，薄命早亡。每感存其遺孤，未嘗不愴然傷心，故作斯賦，以叙其妻子悲苦之情。命王粲等並作。」同作者尚有曹植、丁儀（按，一作丁廙妻）

等人。

〔二〕「朗月」，張、嚴二輯本皆作「明月」。按，此蓋宋人避始祖玄朗諱改「朗」爲「明」，兩家所見或出自宋本。

〔三〕「而」與上句之「以」，依全文句法疑原皆當作「兮」。

初征賦

違世難以迴折兮〔一〕，超遥集乎蠻楚。逢屯否而底滯兮，忽長幼以羈旅。賴皇華之茂功，清四海之疆宇。超南荆之北境，踐周豫之末畿。野蕭條而騁望，路周達而平夷。春風穆其和暢兮，庶卉焕以敷蕤。行中國之舊壤，實吾願之所依。當短景之炎陽，犯隆暑之赫曦。薫風温温以增熱，體燁燁其若焚。藝文類聚五九。

〔一〕「迴」，類聚原作「迵」，今從張、嚴二輯本改。

征思賦〔一〕

在建安之二八，星步次於箕維。文選四六顔延之三月三日曲水詩序李善注。

〔一〕「征思」，文選注原作「思征」，今從胡克家文選考異説改，與曹丕典論論文所稱「王粲之征思」合。

登樓賦

登茲樓以四望兮，聊暇日以銷憂〔一〕。覽斯宇之所處兮，實顯敞而寡仇。挾清漳之通浦兮〔二〕，倚曲沮之長洲。背墳衍之廣陸兮，臨皋隰之沃流。北彌陶牧，西接昭丘。華實蔽野，黍稷盈疇。雖信美而非吾土兮，曾何足以少留！

遭紛濁而遷逝兮，漫踰紀以迄今。情眷眷而懷歸兮，孰憂思之可任？憑軒檻以遥望兮，向北風而開襟。平原遠而極目兮，蔽荆山之高岑。路逶迤而修迥兮，川既漾而濟深。悲舊鄉之壅隔兮，涕横墜而弗禁。昔尼父之在陳兮，有「歸歟」之歎音。鍾儀幽而楚奏兮，莊舄顯而越吟。人情同於懷土兮，豈窮達而異心？

惟日月之逾邁兮，俟河清其未極〔三〕。冀王道之一平兮，假高衢而騁力。懼匏瓜之徒懸兮，畏井渫之莫食。步棲遲以徙倚兮，白日忽其將匿〔四〕。風蕭瑟而並興兮，天慘慘而無色。獸狂顧以求群兮，鳥相鳴而舉翼〔五〕。原野闃其無人兮，征夫行而未息。心悽愴以感發兮，意忉怛而憯惻。循階除而下降兮，氣交憤於胸臆。夜參半而不寐兮，悵盤桓以反側。文選一一。水經漳水注。北堂書鈔一四九。藝文類聚六三。太平御覽六五。

〔一〕「暇」，五臣文選作「假」，李善注亦云「暇」或爲「假」。

〔二〕「挾」，水經漳水注作「夾」，御覽同，類聚作「接」。

〔三〕「未」，類聚作「何」。五臣文選「清」下有「乎」字。

〔四〕「將」，書鈔、類聚皆作「西」。

〔五〕「舉」，類聚作「鼓」。

羽獵賦〔一〕

濟漳浦而横陣，倚紫陌而並征。樹重罝於西址〔二〕，列駿騎乎北垌〔三〕。遵古道以游豫兮，昭勸助乎農圃。因時隙之餘日兮〔四〕，陳苗狩而講旅。相公乃乘輕軒，駕四駱〔五〕，拊流星，屬繁弱。選徒命士，咸與竭作〔六〕。旌旗雲擾〔七〕，鋒刃林錯。揚輝吐火，曜野蔽澤。山川於是乎摇蕩，草木爲之以摧落〔八〕。禽獸振駭，魂亡氣奪。舉首觸絲〔九〕，摇足遇挂〔一〇〕。陷心裂胃，潰頸破頰〔一一〕。鷹犬競逐，奕奕霏霏。下韝窮緤，搏肉噬肌。墜者若雨，僵者若坻。清野滌原，莫不殲夷。章樵注本古文苑七。韓元吉本三。藝文類聚六六。初學記二二引三條。

叢華雜沓，焕衍陸離。文選四六顔延之三月三日曲水詩序李善注。

〔一〕按，古文苑題下章樵注引摯虞文章流别論云：「建安中，魏文帝從武帝出獵，賦（按，下當有「校獵」二字，類聚六六引有曹丕校獵賦），命陳琳、王粲、應瑒、劉楨並作。琳爲武獵，粲爲羽獵，瑒爲西狩，楨爲大閲，凡此各有所長，粲其最也。」章樵自注云：「此賦首尾有缺文，以粲集補。」按，此篇實據類聚、初學記所引拼湊而成，則宋人所見粲集，已非原本。

〔二〕「罝」，初學記作「圍」。

〔三〕「北」，初學記作「東」，嚴輯本作「平」。以上四句嚴輯本置於「昭勸助乎農圃」句下。

〔四〕「因」，初學記作「用」。

〔五〕「駱」，初學記同。類聚作「輅」，疑是。

〔六〕「咸與」，章注本、韓元吉本古文苑並作「威興」，初學記作「咸與」，類聚同，今據改。

〔七〕「擾」，類聚作「橈」。

〔八〕「以」字，據初學記補。「落」，類聚作「撥」。

〔九〕「舉首」，類聚作「興頭」。「絲」，初學記作「網」，類聚作「系」。按，張衡西京賦「鳥驚觸絲」，字似當作「絲」。

〔一〇〕「足」，守山閣本古文苑作「尾」，張輯本同，近是。

〔二〕「頸」，類聚作「腦」。又「頞」，原作「頗」，類聚作「顙」，今從初學記。章樵注云：「粲集作『顋』，音遏。」顋，即頞。説文：「頞，鼻莖也。」則似以章樵所見粲集爲是。

酒賦〔一〕

帝女儀狄，旨酒是獻。苾芬享祀，人神式宴。〔麴蘗必時〔二〕，良工從試。〕辯其五齊，節其三事。醍沉盎泛〔三〕，清濁各異。章文德於廟堂，協武義於三軍。致子弟之孝養，糾骨肉之睦親。成朋友之歡好，贊交往之主賓。既無禮而不入，又何事而不因。賊功業而敗事，毁名行以取誣。遺大恥於載籍，滿簡帛而見書。孰不飲而羅兹，罔非酒而惟事。昔在公旦，極兹話言。濡首屢舞，談易作難。大禹所忌，文王是艱。〔暨我中葉〔四〕，酒流猶多。群庶崇飲，日富月奢。〕藝文類聚七二。北堂書鈔一四八引三條。

酒正膳夫，冢宰是司。處濯器用，敬滌蘊饎。韻補四「司」字注。

〔一〕按，曹植酒賦序云：「余覽揚雄酒賦，辭甚瑰瑋，頗戲而不雅，聊作酒賦，粗究其終始。」粲或同時有此作。

〔二〕「麴蘗必時」二句，據書鈔補。「必時」，孔廣陶本書鈔作「必□」。按，此襲用禮記月令成句，今從陳禹謨本書鈔。

〔三〕「沉」，書鈔作「酖」。又「泛」作「沉」。

〔四〕「曁我中葉」四句，據書鈔補。

神女賦〔一〕

惟天地之普化，何產氣之淑真。陶陰陽之休液，育夭麗之神人。稟自然以絶俗，超希世而無群。體纖約而方足〔二〕，膚柔曼以豐盈。髮似玄鑒，鬢類刻成〔三〕。〔質素純皓〔四〕，粉黛不加。朱顏熙曜，曄若春華。口譬含丹，目若瀾波。美姿巧笑，靨輔奇牙〔五〕。〕戴金羽之首飾，珥照夜之珠璫〔六〕。襲羅綺之黼衣，曳縟繡之華裳。錯繽紛以雜佩，袿熠爚而焜煌〔七〕。退變容而改服，冀致態以相移。〔登筵對兮倚牀垂〔八〕，〕税衣裳兮免簪笄〔九〕，施華的兮結羽儀〔一〇〕。揚娥微眄，懸藐流離。婉約綺媚，舉動多宜。稱詩表志，安氣和聲。探懷授心，發露幽情。彼佳人之難遇，真一遇而長別。顧大罰之淫愆，亦終身而不滅。心交戰而貞勝，乃回意而自絶。藝文類聚七九。北堂書鈔一三五。文選一六潘岳寡婦賦李善注。史記五宗世家索隱。太平御覽三八一、七一九。

〔一〕按，陳琳、應瑒及楊脩亦有神女賦，蓋一時之作。

〔二〕「方」，類聚原作「才」，張、嚴二輯本作「方」，今從之。

〔三〕「刻」，嚴輯本作「削」。

〔四〕「質素純皓」八句，據御覽三八一補。

〔五〕「奇牙」，嚴輯本作「奇葩」。按，楚辭大招：「靨輔奇牙，宜笑嘕只。」爲粲此二句之所本，作「奇牙」是。

〔六〕「照」，類聚原作「昭」，據張、嚴二輯本改。

〔七〕「袿」，類聚此字與上句末「佩」字互置，今據嚴輯本乙轉。

〔八〕此句據文選注補。句上或下有脱文。

〔九〕「税衣裳」，史記索隱作「脱袿裳」。

〔一〇〕「華的」，陳本書鈔、史記索隱並作「玄的」。又「羽儀」，書鈔、史記索隱、御覽七一九皆作「羽釵」。

彈棊賦序〔一〕

夫注心鋭念〔二〕，自求諸身，投壺是也。太平御覽七五三工藝部投壺類引魏粲棊賦，按「棊」上當脱「彈」字，「賦」下宜有「序」字。清靈體道，稽謨玄神，圍棊是也。太平御覽七五三工藝部圍棊類引魏粲圍棊賦序，按「圍」當作「彈」字，蓋涉類目誤。因行騁志，通權達理，六博是也〔三〕。太平御覽七五五工藝部彈碁類引魏王粲彈碁賦序。

〔一〕按，曹丕典論自叙云：「余於他戲弄之事少所喜，惟彈棊略盡其巧，乃爲之賦。」其彈棊賦見類聚七四引，粲蓋同時有此作。

〔二〕「念」，張輯本作「志」。

〔三〕按，以上三條，核其句式文義，當屬一篇之序。張、嚴二輯本將此三條分指爲投壺、圍碁、彈碁三賦之序，恐誤。

附

彈碁賦〔一〕

文石爲局，金碧齊精。隆中夷外，緻理肌平〔二〕。卑高得適，既安且貞。碁則象齒，選乎南藩。禮身重〔三〕。腹隱頭騫。驍悍説敏〔四〕，不輕不軒。列數二六，取象官軍。微章采列，爛焉可觀。於是二物既設，主人延賓。粉石霧散，六師列陳。跡行王首，左右相親。

成列告誓，三令五申。事中軍政，言含禮文。號令既通，兵碁啟路。運若迴飈，疾似飛兔。前中卻舞，賈其餘怒。風馳火燎，令牟取五。恍哉忽兮，誠足慕也。若夫氣竭力殘，弱膽怯心。進不及敵，中路爲擒。仁而不武，春秋所箴。剛優勁勇，忿速輕急。推敵阻隧，我廢彼立。君子去是，過猶不及。藝文類聚七四。太平御覽七五五。

〔一〕此賦類聚題作丁廙，而御覽引首「文石爲局」四句，則題作王粲（按，張輯本此四句入魏文帝集，殊誤），未詳孰是。今録以備考。

〔二〕「緻理」，御覽作「理緻」。

〔三〕「禮身重」，汪紹楹校云：「句有脱文。」嚴輯丁廙此賦作「禮密身重」，「禮」疑作「體」。

〔四〕「説」，疑「鋭」之訛。

迷迭賦〔一〕

惟遐方之珍草兮，産昆崙之極幽。受中和之正氣兮，承陰陽之靈休。揚豐馨於西裔兮，布和種於中州。去原野之側陋兮，植高宇之外庭。布萋萋之茂葉兮，挺苒苒之柔莖。色光潤而采發兮，似孔翠之揚精〔二〕。藝文類聚八一。

〔二〕按，曹丕迷迭賦序云：「余種迷迭於中庭，嘉其揚條吐香，馥有令芳，乃爲之賦。」曹植及陳琳、應瑒皆有同題賦，蓋亦一時唱和之作。

〔三〕「似」，類聚原作「以」，張輯本作「似」，今從改。

馬瑙勒賦〔一〕

游大國以廣觀兮，覽希世之偉寶。總衆材而課美兮，信莫臧於馬瑙。被文采之華飾，雜朱緑與蒼皁〔二〕。於是乃命工人，裁以飾勒。因姿象形，匪彫匪刻。厥容應規，厥性順德。御世嗣之駿服兮，表騄驥之儀則〔三〕。藝文類聚八四。太平御覽三五八、八〇八、韻補三「瑙」字注。

〔一〕按，曹丕馬瑙勒賦序云：「馬瑙，玉屬，出自西域，文理交錯，有似馬腦，故其方人因以名之；或以繫頸，或以飾勒。余有斯勒，美而賦之，命陳琳、王粲並作。」御覽八〇八引古今注曰：「魏武帝以馬瑙石爲馬勒。」

〔二〕「皁」，類聚、韻補作「阜」，今從嚴輯本。按，玉篇：「皁，色黑也。」今作「皂」。

〔三〕「則」，御覽三五八作「式」。

車渠椀賦〔一〕

侍君子之宴坐，覽車渠之妙珍。挺英才於山岳，含陰陽之淑真。飛輕縹與浮白，若驚風之飄雲。光清朗以内曜，澤温潤而外津。體貞剛而不撓，理修達而有文。〔雜玄黄以爲質〔二〕，似乾坤之未分。〕兼五德之上美，超衆寶而絶倫〔三〕。藝文類聚八四。太平御覽八〇八略引。

援柔翰以作賦。文選二一左思詠史詩李善注。

〔一〕按，曹丕車渠椀賦序云：「車渠，玉屬也。多纖理縟文，生於西國，其俗寶之。」粲蓋受命而同有此作，陳琳亦有同題賦。御覽七六〇引崔豹古今注曰：「魏帝以車渠石爲酒盌。」

〔二〕「雜玄黄以爲質」二句，據御覽補。

〔三〕「超」，類聚原作「起」，今據御覽改。

槐　賦〔一〕

惟中唐之奇樹〔二〕，稟天然之淑姿〔三〕。超疇畝而登殖，作階庭之華暉。形禕禕以暢條，色采采而鮮明。豐茂葉之幽藹，履中夏而敷榮。既立本於殿省，植根柢其弘深。鳥取棲而投翼〔四〕，人望庇而披衿。藝文類聚八八。初學記二八略引。

〔一〕此題類聚、初學記並作「槐樹賦」，惟張輯本作「槐賦」，今從改。按，類聚八八引曹丕槐賦序云：「文昌殿中槐樹，盛暑之時，余數遊其下，美而賦之。王粲直登賢門，小閣外亦有槐樹，乃就使賦焉。」粲既奉教而作，其題當與曹丕賦同。又曹丕典論論文亦稱粲之槐賦，則以張輯本所題爲是。曹植亦有槐賦，當同時所作。

〔二〕「中唐」，初學記作「中堂」。

〔三〕「姿」，初學記作「資」。

〔四〕「取」，初學記作「願」。

柳　賦〔一〕

昔我君之定武，致天屆而徂征。元子從而撫軍，植佳木於兹庭。歷春秋以逾紀，行復出於斯鄉。覽兹樹之豐茂〔二〕，紛旖旎以修長。枝扶疏而覃布，莖槮梢以奮揚〔三〕。人情感于舊物，心惆悵以增慮。行游目而廣望，覩城壘之故處〔四〕。悟元正之話言〔五〕，信思難而存懼。嘉甘棠之不伐，畏取累於此樹〔六〕。苟遠迹而退之，豈駕馳而不屢〔七〕！章樵注本古文苑七。韓元吉本古文苑三。藝文類聚八九。初學記二八。

〔一〕古文苑章樵注曰：「魏文帝柳賦序云：『昔建安五年，上與袁紹戰於官渡。時余從行，始植斯柳。自彼迄今，十五載矣。感物傷懷，乃作斯賦。』蓋命粲同作。」按，陳琳、應瑒、繁欽亦各有柳賦，爲與丕、粲同時作否，無可確考。

〔二〕「兹」，章注本古文苑原作「竝」，韓元吉本同。類聚、初學記並作「兹」，今據改。

〔三〕「槮梢」，類聚、初學記並作「森梢」。按，此二者並爲雙聲聯綿詞，音近義同。

〔四〕「觀」，類聚、初學記並作「靚」。

〔五〕「元正」，古文苑及類聚皆作「元正」。初學記作「無生」，張輯本同。嚴輯本作「元子」。按，元子，謂曹丕。元正，則指曹操。此似作「元正」爲是，其「話言」之内容則未詳。

〔六〕「取」，章注本、韓元吉本古文苑並作「敢」，與初學記同。今從張、嚴二輯本。

〔七〕「馳」，初學記作「遲」。

白鶴賦〔一〕

白翎稟靈龜之修壽，資儀鳳之純精。接王喬於湯谷，駕赤松於扶桑。餐靈岳之瓊蘂，吸雲表之露漿。藝文類聚九〇。

〔一〕按，曹植有白鶴賦，蓋命粲同作。

鶡　賦〔二〕

惟兹鶡之爲鳥，信才勇而勁武。服乾剛之正氣，被淳駹之質羽。愬晨風以群鳴，震聲發乎外宇。厲廉風與猛節，超群類而莫與。惟膏薫之焚銷，固自古之所咨。逢虞人而見獲，遂因執乎緤纍。賴有司之圖功，不開小而漏微。令薄軀以免害，從孔鶴於園湄。藝文類聚九〇。

〔二〕按，曹植鶡賦序云：「鶡之爲禽猛氣，其鬭終無勝負，期於必死，遂賦之。」楊脩答臨菑侯牋有「對鶡而辭」云，即謂作此賦，粲亦受命同作。

鸚鵡賦〔三〕

步籠阿以躑躅，叩衆目之希稠。登衡幹以上干，噭哀鳴而舒憂。聲嚶嚶以高厲，又憀憀而不休。聽喬木之悲風，羨鳴友之相求〔二〕。藝文類聚九一。

〔一〕按，曹植及陳琳、阮瑀、應瑒皆有同題賦，蓋一時唱和之作。

〔二〕「相求」，類聚原下有「日奄藹以西邁，忽逍遥而既冥，就隅角而斂翼，倦獨宿而宛頸」四句，當爲鶯賦文誤入，張、嚴二輯本同誤，今删去。

鶯　賦〔一〕

覽堂隅之籠鳥，獨高懸而背時。雖物微而命輕，心悽愴而愍之。日掩藹以西邁，忽逍遥而既冥。就隅角而斂翼，倦獨宿而宛頸〔二〕。歷長夜以向晨，聞倉庚之群鳴。春鳩翔於南甍，戴鵀集乎東榮〔三〕。既同時而異憂，實感類而傷情。藝文類聚九二。

〔一〕按，曹丕鶯賦序曰：「堂前有籠鶯，晨夜哀鳴，悽苦有懷，憐而賦之。」粲此篇蓋亦受命同作。

〔二〕「倦」，類聚九二原作「眷」，據同書九一所引鸚鵡賦改。

〔三〕「鵀」，類聚原作「紝」，據嚴輯本改。

文

爲劉表諫袁譚書

天降災害〔一〕，禍難殷流。初交殊族，卒成同盟，使王室震蕩，彝倫攸斁。是以智達之士，莫不痛心入骨，傷時人不能相忍也。然孤與太公志同願等，雖楚魏絶邈，山河迥遠，戮力乃心，共奬王室，使非族不干吾盟，異類不絶吾好，此孤與太公無貳之所致也。功績未卒，太公殂隕〔二〕，〔四海悼心。〔三〕〕賢胤承統，以繼洪業，〔遐邇屬望。〔四〕〕宣奕世之德，履丕顯之祚，摧嚴敵於鄴都，揚休烈於朔土。顧定疆宇，虎視河外，凡我同盟，莫不景附，〔咸欲展布旅力〔五〕，以投盟主，雖亡之日，猶存之願也。〕何悟青蠅飛於竿旌〔六〕，無忌游於二壘〔七〕，使股肱分成二體，匈膂絶爲異身〔八〕！初聞此問，尚謂不然，定聞信來，乃知閼伯、實沈之忿已成，棄親即讎之計已決，旃旆交於中原，暴尸累於城下。聞之哽咽，若存若亡。

昔三王五伯，下及戰國，君臣相弑，父子相殺，兄弟相殘，親戚相滅，蓋時有之。然或欲以成王業，或欲以定霸功，〔或欲以顯宗主〔九〕，或欲以固冢嗣，〕皆所謂逆取順守，而徼富强於一世也。未有棄親即異，兀其根本〔一〇〕，而能〔崇業濟功，〔一一〕〕全於長世者也〔一二〕。昔齊襄公報九世之讎〔一三〕，士匄卒荀偃之事，是故春秋美其義，君子稱其信。夫伯游之恨於齊，未若太公之忿於曹也；宣子之臣承業，未若仁君之繼統也。且君子違難不適讎國，交絶不出惡聲，況忘先人之讎〔一四〕，棄親戚之好〔一五〕，而爲萬世之戒，遺同盟之恥哉！蠻夷戎狄將有誚讓之言，況我族類，而不痛心邪！

夫欲立竹帛於當時，全宗祀於一世，豈宜同生分謗，争校得失乎？若冀州有不弟之傲，無慚順之節，〔既已然矣。〔一六〕〕仁君當降志辱身，以濟事爲務〔一七〕。事定之後，使天下平其曲直，不亦爲高義邪？今仁君見憎於夫人，未若鄭莊之於姜氏；昆弟之嫌，未若重華之於象敖。然莊公卒崇大隧之樂，象敖終受有鼻之封。願捐棄百痾〔一八〕，追攝舊義〔一九〕，復爲母子昆弟如初。今整勒士馬，瞻望鵠立。後漢書袁紹傳，注云「書見王粲集」。魏志袁紹傳注引魏氏春秋，與後漢書互有删節。

〔一〕「降災」，魏志注作「篤降」。

〔二〕「太公」，魏志注作「尊公」，則上文「孤與太公」當同此。按，自「初交殊族」至「功績未卒」一節，魏志注删去，下凡所删節，不再一一列舉。

〔三〕「四海悼心」一句，據魏志注補。

〔四〕「遐邇屬望」一句，據魏志注補。

〔五〕「咸欲展布旅力」四句，據魏志注補。

〔六〕「悟」，魏志注作「寤」。又「竿旌」，作「干旍」。

〔七〕「無忌」，魏志注作「無極」。按，費無忌讒惡楚太子建事，見史記楚世家，左傳昭公十五年作「無極」。

〔八〕「匈」，魏志注作「背」。

〔九〕「或欲以顯宗主」二句，據魏志注補。

〔一〇〕「兀」，魏志注作「扤」。又「根本」作「本根」。

〔一一〕「崇業濟功」四字，據魏志注補。

〔一二〕「全於長世者也」，黄山後漢書校補謂「於」字誤，當作「族」字。魏志注引此句作「垂祚後世者也」。

〔一三〕「昔」，魏志注作「若」。

〔一四〕「況」，魏志注作「豈可」二字。又「先人之讎」作「先君之怨」。

〔一五〕「親戚」，魏志注作「至親」。

〔一六〕「既已然矣」一句，據魏志注補。
〔一七〕「濟事」，魏志注作「匡國」。
〔一八〕「百痾」，魏志注作「前忿」。
〔一九〕「追攝」，魏志注作「遠思」。

爲劉表與袁尚書

表頓首，頓首！將軍麾下：勤整六師，芟討暴虐，戎馬厮養，罄無不宜。甚善，甚善！河山阻限，狼虎當路，雖遣驛使，或至或否，□使引領，告而莫達。初聞郭公則、辛仲治通内外之言，造交遘之隙，使士民不協，姦釁並作，聞之愕然，爲增忿怒〔一〕。校尉劉堅、皇河、田買等前後到荆〔二〕，得二月六日所起書，又得賢兄貴弟顯雍及審别駕書〔三〕，陳叙事變本末之理。乃知變起辛、郭，禍結同生，追閼伯、實沈之蹤，忘棠棣死喪之義，親尋干戈，僵尸流血〔四〕，聞之哽咽，若存若亡〔五〕。乃追案書傳，思與古比。昔軒轅有涿鹿之戰，周公有商奄之軍〔六〕，皆所以翦除災害而定王業者也〔七〕，非强弱之争，喜怒之忿也。是故雖滅親不爲尤，誅兄不傷義也。

今二君初承洪業，纂繼前軌，進有國家傾危之慮，退有先公遺恨之負，當惟曹是務〔八〕，不争雄雌之勢，惟國是康，不計曲直之利。雖蒙塵垢罪，賤爲隸圉，析入汙泥，猶當降志辱身，方以定事爲計。何者？夫金木水火，以剛柔相濟，然後克得其和，能爲民用。若使金與金相迕，火與火相爛，則燋然摧折，俱不得其所也。今青州天性峭急，迷於目前〔九〕，曲直是非，昭然可見。仁君智數弘大〔一〇〕，綽有餘裕〔一一〕，當以大包小，以優容劣，歸是於此，乃道教之和，義士之行也。縱不能爾，有難忍之忿，且當先除曹操，以卒先公（之）恨〔一二〕，事定之後，乃議兄弟之怨，使記注之士，定曲直之評，不亦上策邪〔一三〕？

且初天下起兵，以尊門爲主，是以衆寡喁喁，莫不樂袁氏之大也。今雖分裂，有存有亡，嚮然景附，未有革心。若仁君兄弟，能悔前之繆，克己復禮〔一四〕，以從所歡，則弱者自以爲强，危者自以爲寧；誠欲勠力長驅〔一五〕，共奬王室，雖亡之日，猶存之願，則伊、周不足參，五霸不足六也。若使迷而不返，遂而不改〔一六〕，則戎狄蠻夷將有誚讓之言〔一七〕，況我同盟，復能勠力爲君之役哉〔一八〕？則是太公墳壠，將有汙池之禍，夫人弱小，將有滅族之變。彼之與此，豈可同日而論之哉？且行違道以自存，猶尚不可，況失義以自亡，而遺敵之禽哉？此韓盧、東郭自困於前，而遺田父之獲也〔一九〕。昔齊公孫竈卒，晏子知子期之不免也，故曰「二惠競爽猶可，又弱一個，姜氏危哉！」表與劉左將軍及北海孫公佑共說此事，未嘗不痛心入骨，相爲悲傷也。

今整勒士馬，憤踊鶴立〔二〇〕，冀聞和同之聲，約一舉之期，故復遣信，並與青州書。若其泰也，則袁族其與漢升降乎？若其否也，則同盟永無望矣！臨書愴恨，不知所言。劉表頓首！古文苑一〇，韓元吉本無。後漢書袁紹傳注引魏氏春秋，注云「書見王粲集」。魏志袁紹傳注引魏氏春秋。二注並有刪節。

〔一〕「忿怒」，古文苑誤作「忿定」，今從張、嚴二輯本改。

〔二〕「到荆」，古文苑誤作「到到」，今從張、嚴二輯本改。

〔三〕「賢兄貴弟顯雍」，張、嚴二輯本同。按，後漢書袁紹傳云：「紹有三子：譚字顯思，熙字顯雍，尚字顯甫。」魏志袁紹傳裴注同，惟云熙字顯奕，與後漢書異。裴注又引吴書曰：「尚有弟名買。」章樵古文苑注此句云：「賢兄，指譚。」是也。章氏又謂後漢書「熙字顯雍，乃尚兄」，與此「貴弟」不合，故據魏志所載，疑「顯雍」爲買之字。（王先謙後漢書集解引惠棟説同。）然若依章氏此説，則譚及買各有一書與劉表。然則其「賢兄」下理必有「顯思」二字，始與「貴弟顯雍」相配成文。而今原文無此二字，章氏强爲之説可知也。其實，「賢兄貴弟顯雍」當作「賢兄之貴弟顯雍」讀，即指譚弟熙字顯雍者，與後漢書正相合，而魏志裴注「熙字顯奕」誤也。

〔四〕「尸」，古文苑原作「屍」，今據後漢書、魏志二注改。

〔五〕「若存」，魏志注作「雖存」。「亡」，古文苑誤作「忘」，今據後漢書、魏志二注改。

〔六〕「周公」，魏志注作「周武」。「軍」，後漢書、魏志二注並作「師」。

〔七〕「災」，後漢書、魏志二注並作「穢」。

〔八〕「惟曹是務」，「曹」下古文苑原有「氏」字，張、嚴二輯本同。王先謙後漢書集解引惠棟説，謂：「曹，衆也。王粲集云『惟曹氏是務』，此後人妄加。」後漢書注正無「氏」字，今據删。魏志注作「惟義是務」。

〔九〕「目前」，後漢書、魏志二注並作「曲直」。

〔一〇〕「智數弘大」，後漢書、魏志二注並作「度數弘廣」。

〔一一〕「綽有餘裕」，後漢書、魏志二注並作「綽然有餘」。

〔一二〕「卒」，後漢書注作「平」。「公」下古文苑原無「之」字，今據後漢書、魏志二注補。

〔一三〕「上策邪」，後漢書、魏志注並作「善乎」二字。

〔一四〕「克己復禮」，後漢書、魏志二注句上並有「留神遠圖」四字。

〔一五〕「勠力」，後漢書注作「振旅」，魏志注作「振旆」。

〔一六〕「遂」，後漢書注作「遵」，魏志注作「違」。

〔一七〕「戎狄蠻夷」，後漢書、魏志二注並作「胡夷」二字。

〔一八〕「爲」，後漢書注作「仁」。

〔一九〕「獲」，後漢書、魏志注字下並有「者」字。

〔二〇〕「踊」，後漢書注作「躍」。「立」，後漢書、魏志二注並作「望」。

爲荀彧與孫權檄

故使周曜、管容、李恕、張涉、陳光勳之徒〔一〕，將帥戰士，就渤海七八百里，陰習舟檝〔二〕。四年之内，無日休解。今皆擊櫂若飛，回柁若環〔三〕。北堂書鈔一三七、一三八。

〔一〕「故使」至「之徒」十五字，陳本書鈔作「昨令」二字，張輯本同。

〔二〕「陰」，陳本書鈔作「演」，張輯本同。

〔三〕「回」，書鈔一三八作「迴」。

七釋八首〔一〕

潛虚丈人，違世遁俗〔二〕。恬淡清玄，渾沌淳樸。薄禮愚學，無爲無欲。均同死生，混齊榮辱。不拔毛以利物，不拯溺以濡足。濯身乎滄浪，振衣乎嵩嶽〔三〕。於是文籍大夫聞而歎曰：「於呼！聖人居上，國無室士。人之不訓，在列之恥。我其釋諸，弗革乃已。」遂造丈人而謁之，曰：「蓋聞君子不以志易道，不以身後時。進德修業，與世同期〔四〕。一物有蔽，大人恥之。今子深藏其身，高棲其志。外無所營，内無所事。有目而不視，有心而不思。顒若窮川之魚，梢若槁木之枝。鄙夫惑焉，請爲子言大倫，叙時務，宣導情性，啟授達趣。雖謬雅旨，殆其有助。抑可陳乎？」丈人曰：「可哉！」

大夫曰：「道在養志，志在實氣。將定其氣，莫先五味。湅縹玄酎，醴白齊清。肴以多品，羞以珍名。鯆鱐鮐鮿〔五〕，桂蠹石鰒〔六〕。鼈寒鮑熱，異和殊馨。紫梨黄甘，夏柰冬橘。枇杷都柘，龍眼荼實。河隈之穌，泗濱盧鱖。名工砥鍔，因皮卻切。纖而不茹，紛若紅綷。乃有西旅遊梁，御宿青粲〔七〕。瓜州紅麱〔八〕，參糅相半。柔滑膏潤〔九〕，入口流散。黿羹蠵臛，晨鳧宿鷚。五黄擣珍，腸胹肺爛。旄象葉解，胎豹臠斷。霜熊之掌，茸麋之腱〔一〇〕。齊以甘酸，隨時代獻。芬芳滋液，方丈兼案。此五味之極也，子其饗諸？」丈人曰：「否。膏粱雖旨，厚味腊毒。子之所甘，於我爲慼。」

大夫曰：「名都之會，土勢敞麗。乃營顯宇，極兹弘侈。重殿崛起，疊搆複施。欒栭錯峙，飛抑四刺。結楝舒宇，翼若鳥企。雲枌虹帶，華桷鏤檻。綺寮頳幹，芙蓉披英。文軒彫楯，承以拘欄。雲幄垂羽，山根紫莖。高門洞開，闈闥四通。陰陽殊制，温涼異容。班輸之徒，致巧展功。土畫黼繡〔一一〕，木刻虬龍。幽房廣室，密牖疏窗。閭術相關，閨巷錯重。窈窕遷化，莫識所從。爾乃層臺特起，隆崇嵳峩。戴甗反宇，參差相加。屬延閣以承梠，表曲觀於四阿。徑園囿而外折，臨寒泉之激波。清沼澹淡，列植菱荷。芳卉奇草，垂葉布柯。竹木叢生，珍果駢羅。青葱幽藹，含實吐華。孕鱗群躍，衆鳥喧譁。熙春風而廣望，恣心目之所嘉。此宮室之美也，子其宅諸？」丈人曰：「否。水土交勝，是謂殃神。子之所安，我則未聞。」

大夫曰：「邯鄲才女，三齊巧士，名倡祕舞，承閒並理。七槃陳於廣庭，疇人儼其齊俟。坐二八於後行，盛容飾而遞起。揄皓袖以振策，竦並足而軒跱。邪睨鼓下，抗音赴節。清歌流響，依違繞結。安翹足以徐擊，馺頓身而傾折。揚蛾眉而顧指〔三〕，儀閒暇以超絕。飆駭機發，雜沓遄促。投身放迹，邀聲受曲。便娟婉娩，紛綸連屬。忽捐桴而揮袂，聊徘徊以容與。坐列雜其俱興，遂駢進而連武。轉騰浮蹀，逐激和柎。足不空頓，手不徒舉。仆似崩崖，起若飛羽。翩飄徽霍，亂精蕩神。巴渝代起，鞞鐸響振。羽旄奮靡，奕奕紛紛。於是白日西移，轉即閒堂。號鐘組瑟，列乎洞房。管簫繁會，雜以笙簧。夔、牙之師，呈能極方。奏白雪之高均，弄幽徽與反商。聲流暢以清哇，時忼慨而激揚。虞公含詠，陳惠清徵〔三〕。新聲變詞，慘悽增悲。聽者動容，梁塵爲飛。此音樂之至也，子其聽諸？」丈人曰：「否。淫聲慆心，心放生害。我之所畏，惟此爲大。」

大夫曰：「農功既登，玄陰戒寒。鳥獸鳩萃，川濱涸乾。乃致衆庶，大獵中原。植旌樹表〔一四〕，班校行曲〔一五〕。結網連罝〔一六〕，彌山跨谷。輕車布於平陸，選騎陳於林足。散蒸徒以成圍，漫雲興而相屬。鼓鳴旗動，雷發飆逝。流鋒四射，罼罕横厲。奮干殳而捎擊，放鷹犬以搏噬。羽毛群駭，喪魂失勢。飛遇矰矢，走逢遮例。中創被痛，金夷木斃。俛仰翕響，所獲無藝。於是剛禽狡獸，驚斥跋扈，突圍負阻，莫能嬰禦。乃使晉馮、魯卞，注其贔怒。徒搏熊豹，袒暴兕武。頓犀掎象，破脰裂股。當足遇手，摧爲四五。若夫輕材高足，光飛電去。踵奔逸之散跡，荷良弓而長驅。淩原隰以升降，捷蹊徑而邀遇。弦不虛控，矢不徒注。僵禽連積，隕鳥若雨。紛紛藉藉，蔽野被原。含血之蟲，莫不畢殫。罷圍陳饗，旋旆迴轅。從容四郊，棲遲圃園。娱遊往來，唯意所安。此遊獵之娱也，子其從諸？」丈人曰：「否。是於道忌，實曰心狂。聞子屢誨，彌失所望。」

大夫曰：「麗材美色，希世特生〔一七〕。都冶閒靡，窈窕娥娙。豐膚曼肌，弱骨纖形。鬒髮玄鬢，修項秀頸。紅顏熙曜，曄若苕榮。西施之疇，莫之與呈。盛容象而致飾，昭令質之艷姿。戴明月之羽雀，雜華鑷之葳蕤。珥照夜之雙璫，焕煒爚以垂暉。襲藻繡之縟彩，振纖縠之袿徽。紛綢繆而雜錯，忽猗靡以依徽。於是釋服墮容，微施的黛。承閒嬿御，攜手同戴。和心善性，柔顏婥態。便姸姆媚，不可忍耐。一顧迮精，傾城莫悔。此美色之選也，子其悦諸？」於是丈人心疾意忘，氣怒外凌，艴然作色，謚爾弗應。

大夫曰：「觀海然後知江河之淺，登嶽然後見丘陵之狹。君子志乎其大，小人玩乎所狎。昔在神聖，繼天垂業，指象畫卦，陳疇叙法。經緯庶典，作謨來葉。天人之事，靡不備浹。乃有應期叡達之師，開方敏學之友。朋徒自遠，童冠八九。觀禮杞宋，講誨曲阜。浴乎沂洙之上，風乎舞雩之右。棲遲誦詠，同車攜手。論載籍，叙彝倫，度八索，考三墳，升堂入室，温故知新。上不爲悠悠苟進，下不與鳥獸同群。近不逼俗，遠不違親。從容中和，與時屈申。焕然順叙，粲乎有文。子曾此之弗欲，而猶遂彼所遵，不以過乎？」於是丈人變容，降色而應曰：「夫言有殊而感心，行有乖而悟事。大夫斯誨，實誘我志。道若存亡，請獲容思。」

大夫曰：「大人在位〔一八〕，時邁其德。先天弗違，稽若古則。叡哲文明，允恭玄塞。旁施業業，勤釐萬機。闡幽揚陋，博采疇咨。登儁乂於壟畝，舉賢才於仄微，置彼周行，列於邦畿。九德咸事，百寮師師。乃建雍宮，立明堂，考憲度，修舊章。綴故訓之紀〔一九〕，綜六藝之綱。下理九土，上步三光。制禮作樂，班叙等分。明恤庶獄，詳刑淑問。百揆無廢，五品克順。形中情於俎豆，宣德教於四邦。布休風以偃物，馳淳化而玄通。於是四海之内，咸變時雍。仁澤洽於心，義氣蕩其匈。父慈子孝，長惠幼恭。推畔讓路，重信貴公。五辟偃措，囹圄闃空。普天率土，比屋可封。聲暨海外，和充天宇。越裳重譯而來獻，肅慎納貢於王府。日月重光，五徵時叙。嘉生繁殖，祥瑞蔽野。是以棲林隱谷之夫，逸迹放言之士，鑒乎有道，貧賤是恥，踊躍泉田之閒，莫不載贄而興起。」於是丈人蹴然動顔，乃歎而稱曰：「美哉言乎！吾聞辭不必繁，以義爲貴；道苟不同，聽言則醉。子之前論，多違德類。槃遊耽色，美室侈味。薰心慆耳，俾我感悴。既獲改誨，踰以學林。師友玄穆，我固有心。況乃聖人之至化，大道之上功！嘉言聞耳，廓若發蒙。老夫雖蔽，庶能斯通。敬抱衣冠，以及後蹤。」文館詞林四一四。編珠一。北堂書鈔一〇、九六、一〇六、一一二、一四二、一四四、一四八。藝文類聚五七。初學記二六。文選二一左思詠史詩，又一七陸機文賦、傅毅舞賦李善注。太平御覽三五三、二六八、八五〇。韻補三「時」字注。

〔一〕曹植七啟序曰：「昔枚乘作七發，傅毅作七激，張衡作七辯，崔駰作七依，辭各美麗，余有慕之焉，遂作七啟，並命王粲作焉。」按，文館詞林載此序，「王粲」下有「等並」二字，則並作者除王粲，蓋尚有楊修等人。傅玄七謨序云：「自大魏英賢迭作，有陳王七啟、王氏七釋、楊氏（修）七訓、劉氏（邵）七華、從父侍中（傅巽）七誨，並陵前而邈後，揚清風于儒林，亦數篇焉。」又云：「七釋之精密閑理，亦近代之所希也。」

〔二〕「世」，文館詞林原作「時」，當唐許敬宗避太宗諱改。類聚作「世」，今回改。

〔三〕「嵩嶽」，文選詠史詩注作「高嶽」。

〔四〕「世」，原避唐諱改作「俗」，今據類聚、韻補注回改。又「期」，類聚、韻補注作「理」。

〔五〕「鯆鱅鮐魮」，孔本書鈔一四二作「脯鮪桂蠹」。

〔六〕「桂蠹石鰒」，孔本書鈔一四二作「石夔瓊晶」，陳本書鈔作「玉屑瓊晶」。按，「鰒」疑作「鰽」。古文苑四揚雄蜀都賦「石鰽水螭」章注：「石鰽，猶石燕石蟹之類。」

〔七〕「青」，初學記、御覽八五〇並在「素」。

〔八〕「鷸」，初學記、御覽八五〇並作「麴」，疑是。

〔九〕「柔」，書鈔一四四作「軟」，御覽八五〇同。

〔一〇〕「茸麋」，書鈔一四二作「文鹿」。又「腱」作「茸」，失韻，非。

〔一一〕「黼繡」，編珠作「黼黻」。

〔一二〕「顧指」，御覽三六八作「頤指」，近是。

〔一三〕「陳惠清徵」，書鈔一〇六作「陳情徵聽」，非。按，漢書史丹傳：「若乃器人於絲竹鼓鼙之間，則是陳惠、李微。」顏師古注引如淳曰：「器人，取人器能也。陳惠、李微，是時好音者也。」又引服虔曰：「二人皆黃門鼓吹也。」疑「清徵」乃化用李微之名。

〔一四〕「樹」，類聚作「拊」。

〔一五〕「校」，類聚作「授」。

〔一六〕「結」，類聚作「組」。

〔一七〕「世」，原避唐諱改作「出」，今據類聚回改。「生」，類聚作「立」，失韻，非。

〔一八〕「大人」，類聚作「聖人」。

〔一九〕「故訓」，書鈔九六作「詁訓」。

顯廟頌〔一〕

思皇烈祖〔二〕，時邁其德。肇啟洪源，貽宴我則。我休厥成，聿先厥道。丕顯丕欽〔三〕，允時祖考。

於穆清廟，翼嚴休徵〔四〕。祁祁髦士，厥德允升。懷想成位，咸奔在宮。無思不若，永觀厥崇〔五〕。

綏庶邦，和四宇。九功備，彝樂序。建崇牙，設璧羽。六摘奏〔六〕，八音舉。昭大孝，衎妣祖。念武功，收醇祜。初學記一三。章樵注本古文苑一二。韓元吉本六。

〔一〕「顯廟」，初學記原作「太廟」。古文苑同之，章樵注曰：「粲集作『顯廟』。」按，建安十八年，曹操爲魏公，加九錫，始建社稷宗廟，令粲作此頌以享其先祖。是時未敢僭稱，故止曰「顯廟」。今題「太廟」者，蓋唐人避中宗諱改。今據宋人所見粲集回改，以存粲舊。

〔二〕「思皇烈祖」，排印本初學記原重一句，嚴、陸校宋本不重，章注本、韓元吉本古文苑同，今從删。

〔三〕「丕顯」，初學記原作「丕明」，韓元吉本古文苑同，章注本古文苑作「顯」，今據改。按周書：「丕顯哉，文王謨。」語本此。蓋唐人避中宗諱改「顯」爲「明」。

〔四〕「翼嚴」，章注本、韓元吉本古文苑並作「翼翼」。

〔五〕「永」，章注本、韓元吉本古文苑並作「允」。按，此首古文苑列於「綏庶邦」首之後。

〔六〕「六拊」，章注本、韓元吉本古文苑作「六佾」。疑非。

靈壽杖頌

兹杖靈木，以介眉壽。奇幹貞正，不待矯輮。據貞斯直，杖之爰茂。藝文類聚六九。

正考父讚

恂恂正父，應德孔盛。身爲國卿，族則公姓。年在耆耋〔一〕，三葉聞政。誰能不怠？申慈約敬。饘粥予口，傴僂受命。名書金鼎，祚及後聖。初學記一七。章樵注本古文苑一三。韓元吉本六。

〔一〕「在」，初學記原作「則」。章注本、韓元吉本古文苑並作「在」，今從之。

反金人讚

君子亮直，行不柔辟。友賤不恥，誨焉是益。我能發蹤，彼用遠迹。一言之賜，過乎璵璧。末世不敦〔一〕，義與茲易。面言匪忠〔二〕，退有其讁。藝文類聚一九。韻補五「讁」字注引末四句。

〔一〕「敦」，韻補注作「取」。

〔二〕「面」，類聚原作「而」，韻補注作「面」，今從改。按，此二句從書益稷「女毋面從，退有後言」化出。

難鍾荀太平論

聖莫盛於堯，而洪水方割，丹朱淫虐，四族凶佞矣。帝舜因之，而三苗畔戾矣。禹又因〔之〕〔一〕，而防風爲戮矣。此三聖，古之所大稱也，繼踵相承；且二百年，而刑罰未嘗一世而乏也。然則此三聖能平，三聖不能平〔二〕，則何世能致之乎？孔子稱曰：「唯上智與下愚不移。」不移者，丹朱、四凶、三苗之謂也。當紂之世，殷罔小大，好草竊姦宄。周公遷殷頑民於洛邑，其下愚之人，必有之矣。周公之於三聖，不能踰也。三聖有所不化矣，有所不移矣，周公之不能化殷之頑民，所可知也。苟不可移，必或犯罪；罪而弗刑，是失所也；犯而刑之，刑不可錯矣。孟軻有言：「盡信書，不如無書。」有大而言之者，刑錯之屬也。豈億兆之民，歷數十年，而無一人犯罪、一物失所哉？謂之無者，盡信書之謂也。藝文類聚一一。

〔一〕「因之」，類聚原脱「之」字，據文意補。

〔二〕「三聖不能平」，「聖」下類聚原無「不」字，畏友葉愛國云「不」字錯入下文「殷罔不小大」句「罔」下。今據移正。此及上句二「平」字，張輯本並作「乎」。

爵　論

依律，有奪爵之法。此謂古者爵行之時，民賜爵則喜，奪爵則懼，故可以奪賜而法也。今爵事廢矣，民不知爵者何也。奪之民亦不懼，賜之民亦不喜，是空設文書而無用也。今誠循爵，則上下不失實，而功勞者勸，得古之道，合漢之法。以貨財爲賞者，不可供；以復除爲賞者，租稅損減；以爵爲賞者，民勸而費省〔一〕，故古人重爵也。藝文類聚五一。

爵自一級，轉登十級而爲列侯，譬猶秩自百石，轉遷而至於公也。而近世賞人，皆不由等級，從無爵封爲列侯〔二〕，原其所以，爵廢故也。司馬法曰：「賞不踰時，欲民速觀爲善之利也。」近世爵廢，人有小功無以賞也，乃積累焉，須事足乃封侯〔三〕，非所以速爲而及時也。上觀古昔〔四〕，高祖功臣，及白起、衛鞅，皆稍賜爵爲五大夫、客卿、庶長以至於侯，非一頓而封也。夫稍稍賜爵，與功大小相稱而俱登，既得其義，且侯次有緒，使慕進者逐之不倦矣。太平御覽一九八。北堂書鈔四六。

〔一〕「費」，類聚原下有「者」字，今從張、嚴二輯本删。

〔二〕「封爲」，御覽原「爲」作「無」，今從書鈔改。

〔三〕「須」，御覽原作「頒」，今從嚴輯本改。

〔四〕「昔」，影宋本御覽作「比」，今從鮑刻本御覽。

儒吏論

士同風於朝，農同業於野，雖官職務殊，地氣異宜，然其致功成利，未有相害而不通者也。〔古者八歲入小學〔一〕，學六甲五方書計之事；十五入大學，學君臣朝廷王事之紀〔二〕。然則文法典藝，具存於此矣〔三〕。〕至乎末世則不然矣，執法之吏，不窺先王之典；搢紳之儒，不通律令之要。彼刀筆之吏，豈生而察刻哉？起於几案之下，長於官曹之間，無温裕文雅以自潤，雖欲無察刻，弗能得矣。竹帛之儒，豈生而迂緩也？起於講堂之上，遊於鄉校之中，無嚴猛斷割以自裁，雖欲不迂緩，弗能得矣。先王見其如此也，是以博陳其教，輔和民性，達其所壅，祛其所蔽，吏服訓雅，儒通文法，故能寬猛相濟，剛柔自克也。

藝文類聚五二。北堂書鈔八三。太平御覽六一三。

〔一〕「古者八歲入小學」六句，據御覽補。

〔二〕「王事」，書鈔作「三事」。按當作「王事」。漢書食貨志上：「十五入大學，學先聖禮樂，而知朝廷君臣之禮。」漢紀引「先聖」作「先王」。則此「王事」，即先王禮樂之事。

〔三〕「具」，影宋本御覽作「其」，今從鮑刻本御覽。

三輔論

湘潛先生、江濱逸老將集論，雲夢玄公豫焉。先生稱曰：「蓋聞戎不可動，兵不可揚。

今劉牧建德垂芳，名烈既彰矣。曷乃稱兵舉衆，殘我生靈〔二〕？」逸老曰：「是何言與？天生五材，金作明威。長沙不軌，敢作亂違。我牧覩其然，乃赫爾發憤，且上征下戰，去暴舉順。州牧之兵，建拂天之旌，鳴振地之鼓，玄冑曜日，犀甲如堵。以此衆戰，孰能禦禦！劉牧之懿，子又未聞乎？履道懷智，休迹顯光，洒掃群虜，艾撥穢荒。走袁術於西境，馘射貢乎武當，遏孫堅於漢南，追楊定於析商。」藝文類聚五九。

〔二〕「生」，類聚原作「沴」，嚴輯本作「波」。今從張輯本。

安身論〔一〕

蓋崇德莫盛乎安身〔二〕，安身莫大乎存政〔三〕；存政莫重乎無私，無私莫深乎寡欲。是以君子安其身而後動，易其心而後語，定其交而後〔求，篤其志而後〕行〔四〕。然則，動者吉凶之端也，語者榮辱之主也，求者利病之幾也，行者安危之決也。故君子不妄動也，必適於道〔五〕；不徒語也，必經於理〔六〕；不苟求也，必造於義〔七〕；不虛行也，必由於正〔八〕。夫然，用能免或繫之凶〔九〕，享自天之祐〔一〇〕。故身不安則殆，言不順則悖，交不審則惑，行不篤則危。四者存乎中，則患憂接乎外矣。憂患之接，必生於自私，而興於有欲。自私者不能成其私，有欲者不能濟其欲，理之至也〔一一〕。藝文類聚二三。晉書潘尼傳。

〔一〕困學紀聞一七引類聚此王粲安身論文，翁元圻注云：「晉書潘尼傳載尼著安身論，與此文同，類聚王粲著，未知孰是。」

〔二〕「盛」，晉書作「大」。

〔三〕「大」，晉書作「尚」。又「政」作「正」。下句「政」字同。

〔四〕「求篤其志而後」，類聚原脱此六字，今據晉書補。

〔五〕「必」，晉書上有「動」字。

〔六〕「必」，晉書上有「語」字。

〔七〕「必」，晉書上有「求」字。

〔八〕「必」，晉書上有「行」字。

〔九〕「繫」，類聚原作「擊」，據晉書改。

〔一〇〕「享」，類聚原作「厚」，據晉書改。

〔一一〕按，類聚所引至于此，其下晉書尚有近千言，以作者歸屬未定，不復迻録。

務本論

古者之理國也，以本爲務；八政之於民也，以食爲首。是以黎民時雍，降福孔皆也〔一〕。故仰伺星辰以審其時〔二〕，俯耕籍田以率其力，封祀農稷以神其事，祈穀報年以寵其功。設農師以監之，置田畯以董之，黍稷茂則喜而受賞，田不墾則怒而加罰。都不得有伏民〔三〕，室不得有懸耜〔四〕。野積踰冬，奪者無罪；場功過限，竊者不刑：所以競之於閉藏也。先王籍田以力，任力以夫，議其老幼，度其遠近，種有常時，耘有常節，收有常期，此賞罰之本。種不當時、耘不及節、收不應期者，必加其罰；苗實踰等，必加其賞也。農益地辟，則吏受大賞也；農損地狹〔五〕，則吏受重罰。夫火之焚人也〔六〕，甚於怠農；慎火之力也，輕於耘秬〔七〕。通邑大都，有嚴令則火稀，無嚴令則燒者數，非賞罰不能齊也〔八〕。藝文類聚六五。

末世之吏，負青幡而令春〔九〕，有勸農之名，無賞罰之實。北堂書鈔一二〇、七七、一五四。

吏不徇功，民不私力。北堂書鈔二七。

〔一〕「皆」，張輯本作「嘉」，非。按「降福孔皆」，爲詩周頌豐年成句。

〔二〕「伺」，類聚原作「司」，今從張輯本改。

〔三〕「伏民」，張、嚴二輯本並作「游民」。

〔四〕「耜」，類聚原作「秬」，張、嚴二輯本並作「耜」，今從改。

〔五〕「狹」，類聚原作「挾」，嚴輯本作「辟」，今從張輯本改。

〔六〕「夫」，類聚原作「天」，今從張、嚴二輯本改。「焚」，嚴輯本作「災」。
〔七〕「耘耟」，類聚原作「耟耘」，今從張輯本改。
〔八〕「齊」，嚴輯本作「濟」。按，齊讀作濟。
〔九〕「令春」，陳本書鈔一二〇作「布春令」三字。

荆州文學記官志〔一〕

有漢荆州牧劉君，〔稽古若時〔二〕，將紹厥績，乃〕稱曰：於先王之爲世也，則象天地，軌儀憲極，設教導化，叙經志業，用建雍泮焉，立師保焉。作爲禮樂，以節其性，表陳載籍，以持其德〔三〕。上知所以臨下，下知所以事上，官不失守，民聽無悖〔四〕，然後太階平焉。〔故曰物生而蒙〔五〕，事屯而養。天造草昧，屯而養之。利有攸適，猶金之銷鑪，水之從器也。是以聖人實之於文，鑄之於學。〕夫文學也者，人倫之首〔六〕，大教之本也。乃命五業從事宋忠新作文學〔七〕，延朋徒焉，宣德音以贊之，降嘉禮以勸之，五載之間，道化大行。耆德故老綦毋闓等〔八〕，負書荷器，自遠而至者，三百有餘人。於是童幼猛進，武人革面，總角佩觿，委介免胄，比肩繼踵，川逝泉涌，亹亹如也，兢兢如也。遂訓六經，講禮物，諧八音，協律吕，修紀曆，理刑法，六略咸秩，百氏備矣。

天降純嘏，有所底授。臻於我君，受命既茂。南牧是建，荆衡作守。時邁淳德，宣其丕繇。厥繇伊何？四國交阻。乃赫斯威，爰整其旅。虔夷不若，屢戡寇侮。誕啟洪軌，敦崇聖緒。典墳既章，禮樂咸舉。濟濟搢紳，盛兹階宇。祁祁髦俊，亦集爰處。和化普暢，休徵時叙。品物宣育，百穀繁蕪。勳格皇穹，聲被四宇。藝文類聚三八。太平御覽六〇七。

〔一〕此題御覽作「荆州文學官志」。

〔二〕「稽古」至「乃」九字，據御覽補。

〔三〕「持」，類聚原作「特」，今據御覽改。「德」，嚴輯本作「志」。

〔四〕「聽」，類聚原作「德」，今據御覽改。

〔五〕「故曰物生而蒙」九句，據鮑刻本御覽補。

〔六〕「首」，御覽與類聚引同，張、嚴二輯本作「守」，近是。

〔七〕「五業從事」，或作「五等從事」，見唐陸德明經典釋文叙録，未知孰正。又「宋忠」，類聚誤作「宋哀」，張、嚴二輯本作「宋衷」。按，魏志劉表傳注引英雄記及後漢書劉表傳皆記有此事，其人名宋忠。蓋後人避隋文帝父諱，改爲「衷」，唐初人陸德明猶如此也。今改回，以存槩舊。又「新」，嚴輯本作「所」。

〔八〕「綦毋闓」，類聚原作「綦毋闔」。按，後漢書劉表傳「闔」作「闓」，魏志劉表傳注引英雄記同，今據改。

倣連珠[一]

臣聞明主之舉也[二]，不待近習；聖君用人，不拘毁譽。故呂尚一見而爲師，陳平烏集而爲輔。

臣聞記功誌過[三]，君臣之道也；不念舊惡，賢人之業也。是以齊用管仲而霸功立，秦任孟明而晉耻雪。

臣聞振鷺雖材，非六翮無以翔四海；帝王雖賢，非良臣無以濟天下。

臣聞觀於明鏡，則瘕瑕不滯於軀[四]；聽於直言，則過行不累乎身。藝文類聚五七。北堂書鈔一三六、一〇二。

〔一〕此題陳本書鈔作「演連珠」，孔本書鈔作「効連珠」，孔氏校注云：「『効』當是『倣』之訛。」按，曹丕作有連珠，蓋粲仿之而有是作。

〔二〕「之舉也」，陳本書鈔一〇二作「舉士」二字，張輯本同，疑是。

〔三〕「誌」，張輯本作「忘」，疑是。

〔四〕「軀」，書鈔一三六作「體」。

蕤賓鐘銘〔一〕

蕤賓鐘，建安二十一年九月十七日作，重二千八百鈞十有二斤〔二〕。北堂書鈔一〇八。

有魏匡國，誕成天功。底綏六合，纂定庶邦。烝民靡戾〔三〕，休徵惟同。皇命孔昭，造茲衡鐘。紀之以三，平之以六。度量允嘉，氣齊允淑。表聲韶和，民聽以睦。時作蕤賓，永享遐福。古文苑一三章樵注引。

〔一〕章樵注云：「粲集二銘，一曰蕤賓鐘銘，一曰無射鐘銘。」又引左思魏都賦劉逵注稱：「歲月並銘各鑄於鐘之甬。」

〔二〕「八百」，書鈔原作「百八」，其標目則作「八百」，陳本書鈔同。今據改。

〔三〕「烝」，古文苑章注原作「承」，今從張輯本改。

無射鐘銘

無射鐘，建安二十一年九月十七日作，重三千五十鈞有八斤。北堂書鈔一〇八。

有魏匡國，成功允章。格于上下，光于四方。休徵時序，民悦時康〔一〕。造兹衡鐘，有命自皇。三以紀之，六以平之。厥量孔嘉，厥齊孔時。音聲和協，民德同熙。聽之無射，用以啟期。章樵注本古文苑一三。初學記一六「無射」誤「蕤賓」，韓元吉本古文苑六誤「延賓」。

〔一〕「民」，古文苑作「人」。章樵注云：「粲集『人』字並作『民』，可見此編唐人手抄避太宗諱。」今據章注所言回改。下文「民德同熙」句之「民」，與此同。

鐘簴銘

惟魏四年〔一〕，歲在丙申，龍次大火，五月丙寅作蕤賓鐘，又作無射鐘。文選六左思魏都賦張載注「文昌殿前有鐘簴，其銘曰」云云。

〔一〕按，魏四年，即建安二十一年丙申。其年五月丙寅，當二十八日，則月日與二鐘銘所言不在同時。張載未明言此銘作者爲誰，張溥以爲是王粲，入於王侍中集中，今從之。

硯銘〔一〕

昔在皇頡，爰初書契，以代結繩。民察官理，庶績誕興。在世季末，華藻流淫。文不寫行〔二〕，書不盡心。淳朴澆散，俗以崩沉。墨運翰染〔三〕，榮辱是若〔四〕。念兹在兹，惟玄是宅〔五〕。藝文類聚五八。初學記二一。事類賦一五注。

〔一〕摯虞文章流别論曰：「後世以來，器銘之佳者，有王莽鼎銘、崔瑗机銘、朱公叔鼎銘、王粲硯銘，咸以表顯功德。」

〔二〕「寫」，初學記作「爲」。

〔三〕「翰染」，類聚原作「翰藻」，今從初學記。

〔四〕「若」，事類賦注作「懲」。

〔五〕「玄」，初學記作「正」。

刀銘　并序

侍中、關内侯臣粲言：奉命作刀銘，及示以其叙。叙報〔一〕，誠必朝氏之刀，而張常爲工矣。輒思作銘，謹奉陋不足覽。

相時陰陽，制兹利兵。和諸色劑，考諸濁清。灌辟以數〔二〕，質象有呈〔三〕。附反載穎，舒中錯形。陸剸犀兕，水截鯢鯨。君子服之，式章威靈。無曰不虞，戒不在明。章樵注本古文苑一三。藝文類聚六〇。文選三五張載七命李善注。初學記二二。太平御覽三四六。

〔一〕「叙報」，原「叙」作「二」。按，報，告白也。「二」字疑是上「叙」之重文號，則此當作「叙報」，章注云：「叙報，叙述作刀之始屬朝氏，作刀之工爲張常。蓋叙不明言其人，按其文知之。」是也。今據改。上「叙」字當句絶。

〔二〕「辟」，章注本古文苑作「襞」，據文選七命注改。

〔三〕「有」，文選七命注作「以」。

弔夷齊文

歲旻秋之仲月，從王師以南征。濟河津而長驅，踰芒阜之崢嶸。覽首陽於東隅，見孤竹之遺靈。心於悒而感懷，意惆悵而不平。望壇宇而遥弔，抑悲古之幽情。知養老之可歸，忘除暴之爲仁〔一〕。絜己躬以騁志，愆聖哲之大倫。忘舊惡而希古，退採薇以窮居。守聖人之清概，要既死而不渝。厲清風於貪士，立果志於懦夫。到于今而見稱，爲作者之表符。雖不同於大道，合尼父之所譽〔二〕。藝文類聚三七。

〔一〕「仁」，類聚原作「世」，與上下韻不協，從張輯本改。嚴輯本作「念」，亦非。

〔三〕「合」，類聚誤作「今」，從張、嚴二輯本改。按，全晉文一〇二陸雲與兄平原書論王粲弔夷齊文，謂「文中有『於是』、『爾乃』，於轉句誠佳，然得不用之益快，有故不如無」云。今類聚所載此文，無「於是」、「爾乃」等詞，是引録時多有删略。

阮元瑜誄〔一〕

既登宰朝，充我秘府。允司文章，爰及軍旅。庶績維殷，簡書如雨。强力成敏〔二〕，事至則舉。北堂書鈔一〇三。

〔一〕書鈔引題原作「王傑集阮瑜誄」，當係「王粲集阮元瑜誄」之誤。今改正。

〔二〕「成敏」，陳本書鈔作「敏成」。

尚書問〔一〕

（王粲稱）伊、洛已東，淮、漢之北，（康成）一人而已，莫不宗焉。咸云先儒多闕，鄭氏道備。粲竊嗟怪，因求其學，得尚書注。退而思之，以盡其意。意皆盡矣，所疑之者，猶未喻焉。舊唐書元行沖傳載釋疑引。

〔一〕按，王應麟困學紀聞，謂此即是顔氏家訓所云「王粲集中難鄭玄尚書事」。姚振宗後漢藝文志著録王粲尚書問二卷，云：「元行沖言，此二卷嘗編入本集，其後鄭氏弟子田瓊、韓益有釋問四卷，見隋、唐志，即爲此書而作。」

失題文

胡越之異區。分門集注杜工部詩一苦雨奉寄隴西公兼呈王徵士趙次公注。

建安七子集卷四　徐幹集

詩

答劉楨詩

與子別無幾，所經未一旬。我思一何篤，其愁如三春〔一〕。雖路在咫尺，難涉如九關。陶陶朱夏別〔二〕，草木昌且繁。藝文類聚三一。北堂書鈔一五四。文選二五謝瞻於安城答靈運詩李善注。

〔一〕「如」，文選注作「兼」。

〔二〕「朱夏」，古詩紀二六「朱」作「諸」，非。按，初學記三引梁元帝纂要曰：「夏曰朱明，亦曰朱夏、炎夏。」「別」，書鈔作「德」。

情　詩〔一〕

高殿鬱崇崇，廣廈淒泠泠。微風起閨闥，落日照階庭。峙𡾰雲屋下〔二〕，嘯歌倚華楹〔三〕。君行殊不返，我飾爲誰榮？鑪薰闔不用，鏡匣上塵生。綺羅失常色，金翠暗無精。嘉肴既忘御，旨酒亦常停。顧瞻空寂寂，惟聞燕雀聲。憂思連相屬〔四〕，中心如宿酲。玉臺新詠一。

文選五九沈約齊故安陸昭王碑文李善注。

〔一〕此題文選注作「陳情詩」。

〔二〕「峙𡾰」，文選注作「踟躕」，古詩紀二六同。「雲屋」，文選注云：「『屋』或爲『甍』。」

〔三〕「嘯」，古詩紀二六作「笑」。

〔四〕「屬」，玉臺新詠原作「矚」，注云：「一作『屬』。」古詩紀二六正作「屬」，今從之。

室思詩一首〔一〕

沉陰結愁憂〔二〕，愁憂爲誰興？念與君相别〔三〕，各在天一方〔四〕。良會未有期〔五〕，中心摧且傷。不聊憂飡食，慊慊常饑空〔六〕。端坐而無爲，髣髴君容光。其一峨峨高山首，悠悠萬里道。君去日已遠，鬱結令人老。人生一世間，忽若暮春草。時不可再得，何爲自愁惱？每誦昔鴻恩，賤軀焉足保！其二

浮雲何洋洋，願因通吾辭〔七〕。飄飄不可寄〔八〕，徙倚徒相思。人離皆復會，君獨無還期〔九〕。自君之出矣，明鏡暗不治〔一〇〕。思君如流水，何有窮已時〔一一〕！其三

慘慘時節盡，蘭華凋復零。喟然長歎息，君期慰我情〔一二〕。展轉不能寐，長夜何緜緜！躡履起出户，仰觀三星連。自恨志不遂，泣涕如涌泉。其四

思君見巾櫛〔一三〕，以益我勞勤〔一四〕。安得鴻鸞羽，覯此心中人。誠心亮不遂，搔首立悁悁。何言一不見，復會無因緣？故如比目魚，今隔如參辰。其五

人靡不有初，想君能終之。別來歷年歲，舊恩何可期〔一五〕？重新而忘故，君子所尤譏〔一六〕。寄身雖在遠〔一七〕，豈忘君須臾〔一八〕。既厚不爲薄〔一九〕，想君時見思。其六　玉臺新詠一。藝文類聚三二。太平御覽七一四引「涂岑詩」。樂府詩集六九解題。古文苑九章樵注。韻補二「興」字、又「空」字注。韻補一「思」字注。

〔一〕此詩古詩紀前五章作「雜詩」，末一章作「室思」。玉臺新詠吴兆宜注云：「按後六章宋本統作室思一首。郭茂倩樂府詩集云徐幹有室思詩五章，據此則後一章不知何題。諸本多作雜詩五首、室思詩一首，然據樂府云徐幹室思詩第三章曰：『自君之出矣，明鏡暗不治。』知諸本誤，當

以宋本爲正。」

〔二〕「結愁憂」，韻補二「興」字注作「增憂愁」。下句「愁憂」亦作「憂愁」。

〔三〕「相」，韻補二「興」字注作「生」。

〔四〕「各」，韻補二「興」字注作「乃」。

〔五〕「未」，韻補二「空」字注作「無」。

〔六〕「慊慊」，韻補二「空」字注作「嗛嗛」。按，嗛嗛，不足貌。束晳家貧賦：「食草葉而不飽，常嗛嗛于膳珍。」慊，爲嗛字之借。

〔七〕「吾」，類聚作「我」，古詩紀二六同。

〔八〕「飄飄不可寄」二句，類聚作「一逝不可歸，嘯歌久踟躕」。「飄飄」，古詩紀二六作「飄飄」。

〔九〕「君」，類聚作「我」。又「還」作「反」。

〔一〇〕「暗」，類聚作「閑」，古文苑章注同。「治」，章注作「知」。

〔一一〕「何」，樂府詩集解題作「無」。

〔一二〕「君期」，紀容舒玉臺新詠考異云：「『君期』二字未詳，疑爲『期君』之誤。又傅玄秋蘭篇『君期歷九秋』句，樂府詩集作『其』，或此篇亦當作『君其』歟？」

〔一三〕「君見」，御覽作「見君」。

〔一四〕「益」，御覽作「弭」。又「勤」作「慙」，非是。

〔五〕「恩」，玉臺新詠明活字本作「思」。

〔六〕「尤」，玉臺新詠明活字本作「猶」。

〔七〕「寄」，韻補一「思」字注作「妾」。

〔八〕「忘」，韻補一「思」字注作「違」。

〔九〕「爲」，韻補一「思」字注作「中」。

爲挽船士與新娶妻别詩〔一〕

與君結新婚，宿昔當别離。涼風動秋草，蟋蟀鳴相隨。冽冽寒蟬吟〔二〕，蟬吟抱枯枝。枯枝時飛揚，身體忽遷移。不悲身遷移〔三〕，但惜歲月馳〔四〕。歲月無窮極〔五〕，會合安可知。願爲雙黄鵠，比翼戲清池〔六〕。玉臺新詠二。藝文類聚二九。

〔一〕此詩玉臺新詠作魏文帝，題云「於清河見輓船士新婚與妻别」，類聚作徐幹，今從之。按，魏文帝别有見挽船士兄弟辭别詩，見初學記十八，書鈔一三八亦節引之。

〔二〕「冽冽」，類聚作「蛚蛚」。

〔三〕「遷」，類聚作「體」。

〔四〕「但」，類聚作「當」。

〔五〕「歲月」，類聚作「月馳」。

〔六〕「比翼」，類聚作「悲鳴」。

賦

齊都賦

齊國〔者，元龜之精，降爲厥野〔一〕〕，實坤德之膏腴，而神州之奧府。其川瀆則洪河洋洋，發源崑崙，〔九流分逝〔二〕，北朝滄淵，〕驚波沛厲，浮沫揚奔。南望無垠，北顧無鄂。蒹葭蒼蒼，莞菰沃若。〔駕鵝鶬鴰〔三〕，鴻雁鷺鳿，連軒翬霍，覆水掩渚。〕瑰禽異鳥，群萃乎其間。戴華蹈縹，披紫垂丹。應節往來，翕習翩翻。靈芝生乎丹石，發翠華之煌煌。其寶玩則玄蛤抱璣，駮蚌含璫。構夏殿以宏覆，起層榭以高驤。龍楹螭角，山巴雲牆。其後宮內庭，嬪妾之館，衆偉所施，極巧窮變〔四〕。然後修龍榜，遊洪池，折珊瑚，破琉璃，日既仄而西舍，乃反宮而棲遲。歡幸在側，便嬖侍隅。含清歌以詠志，流玄眸而微眄〔五〕。竦長袖以合節，紛翩翻其輕迅〔六〕。〔往如飛鴻〔七〕，來如降燕。〕王乃乘華玉之輅，駕玄駮之駿。〔翠幄浮遊〔八〕，金光皓旰。戎車雲布，〕武騎星散。鉦鼓雷動，旌旆虹亂〔九〕。盈乎靈圃之中。於是羽族咸興〔一〇〕，毛群盡起，上蔽穹庭〔一一〕，下被皋藪。藝文類聚六一。水經河水注。北堂書鈔一二一。文選五左思吴都賦、二二陸機招隱詩李善注。太平寰宇記一八。太平御覽三三八。韻補三「起」字注、「鴇」字注。韻補四「迅」字注。

罛鱣鮷，網鯉鯊，拾蠙珠，籍蛟螭。韻補一「鯊」字注。

若其大利，則海濱博諸，溲鹽是鍾，僉賴其膚。皓皓乎若白雪之積，鄂鄂乎若景阿之崇。北堂書鈔一四六兩引。

宗屬大同，鄉黨集聚。濟濟盈室，爵位以齒。韻補三「齒」字注。

磬管鏘鏘，鍾鼓喈喈。制度之妙，非衆所奇。韻補一「喈」字注。

主人盛饗，期盡所有。三酒既醇，五齊惟醹。爛豕胹羊〔一二〕，炰鼈鱠鯉。〔嘉旨雜還〔一三〕，豐實左右。前徹後著，惡可勝數。〕韻補三「有」字注、「鯉」字注。北堂書鈔一四二。

傾杯白水，沅肴如京。玉燭寶典三。

青陽季月，上除之良。無大無小，祓於水陽。初學記四。

纖纚細縰〔一四〕，輕配蟬翼。尊曰元飾，貴爲首服。〔自尊及卑〔一五〕，須我元服。〕君子敬愼，自强不忒〔一六〕。初學記二六。北堂書鈔一二七。太平御覽六八六。

歷陰堂，行北軒。編珠二。

彤玉隈兮金鋪鍬鎗。編珠二。

窗櫺參差，來景納陽〔一七〕。文選二四曹植贈徐幹詩李善注。

隨珠荆寶〔一八〕，磲起流爛。彫琢有章，灼爍明煥。生民以來，非所視見。韻補四「爛」字注、「煥」字注。

既墜反升〔一九〕，將絶復胤。昭晰神化，傀巧難徧。韻補四「胤」字注。

日不遷晷，玄澤普宣。鶉火南飛，我后來巡。韻補一「宣」字注。

栞梗林，燎圃草，驅禽翼獸，十千惟旅。韻補三「草」字注。

矢流鏑，絓張羅，鑾飛鋋，抱雄戈。太平御覽三三九。

砏殷嬰戾，壯氣無倫。陵高越險，追遠逐遯。韻補一「遯」字注。

〔一〕「者元龜之精降爲厥野」九字，據太平寰宇記補。

〔二〕「九流分逝」二句，據水經河水注補。

〔三〕「駕鵝鶬鴇」四句，據韻補三「鴇」字注補。

〔四〕「巧」，韻補四「館」字注作「功」。

〔五〕「微」，類聚原作「徵」，據嚴輯本改。

〔六〕「翩翻」，韻補四「迅」字注作「翩翻（躚）」，宋本韻補作「翩飄」。

〔七〕「往如飛鴻」二句，據韻補四「迅」字注補。宋本韻補「鴻」作「晨」。

〔八〕「翠幄浮遊」三句，據御覽補。

〔九〕「虹」，孔本書鈔作「虬」。

〔一〇〕「咸」，韻補三「起」字注作「盛」。

〔一一〕「穹庭」，韻補三「起」字注作「雲穹」。

〔一二〕「爛」，陳本書鈔作「蒸」。「羊」，書鈔作「羔」。

〔一三〕「嘉旨雜遝」四句，據書鈔補。「勝」，嚴輯本作「悉」。

〔一四〕「纚」，初學記原作「麗」，據書鈔、御覽改。

〔一五〕「自尊及卑」二句，據書鈔、御覽補。「我」，陳本書鈔作「此」。

〔一六〕此條初學記所引作「魏齊幹賦」，當「魏徐幹齊都賦」之誤，嚴、陸校宋本初學記作「徐幹冠賦」，嚴輯本因別出冠賦一篇，誤。

〔一七〕「來景納陽」，胡刻本文選注原脱「來」字，今從唐鈔文選集注四七李善注引補正。

〔一八〕「隨」，宋本韻補作「隋」。

〔九〕「墜」，原作「隊」，今從宋本韻補改。按，北堂書鈔八三引齊都賦曰：「濟濟稷下。」又史記司馬相如傳所載子虛賦「浮渤澥」句下，索隱曰：「案齊都賦：『海旁曰渤，斷水曰澥。』」此二則賦文均不標示作者姓名，而左思亦作有齊都賦，不知其何屬，存以待考。

西征賦

奉明辟之渥德，與遊軫而西伐。過京邑以釋駕，觀帝居之舊制。伊吾儕之挺劣〔一〕，獲載筆而從師。無嘉謀以云補，徒荷禄而蒙私。非小人之所幸，雖身安而心危〔二〕。庶區宇之今定，入告成乎后皇。登明堂而飲至，銘功烈乎帝裳。藝文類聚五九。

〔一〕「劣」，嚴輯本作「力」。

〔二〕「危」，嚴輯本作「違」。

序征賦

余因茲以從邁兮，聊暢目乎所經。觀庶士之繆殊，察風流之濁清。沿江浦以左轉，涉雲夢之無陂。從青冥以極望，上連薄乎天維。刊梗林以廣塗，填沮洳以高蹊。擥循環其萬艘，亘千里之長湄。行兼時而易節，迄玄氣之消微。道蒼神之受謝，逼鶉鳥之將栖。慮前事之既終，亦何爲乎久稽？乃振旅以復蹤，泝朔風而北歸。及中區以釋勤，超栖遲而無依。藝文類聚五九。

從征賦〔一〕

總螭虎之勁卒，即矯塗其如夷〔二〕。北堂書鈔一一八，又一三。

〔一〕此題孔本書鈔一一八作「從西戎征賦」，今從陳本書鈔。書鈔一三引無題目。

〔二〕「矯」，陳本書鈔作「險」。

哀别賦

秣余馬以侯濟兮〔一〕，心儃恨而内盡〔二〕。仰深沉之晻藹，重增悲以傷情。初學記一八。

〔一〕「侯」，嚴輯本作「俟」。

〔二〕「内」，嚴輯本作「不」。「盡」，唐類函三〇〇引作「營」。

喜夢賦序〔一〕

昔嬴子與其交游於漢水之上，其夜夢見神女。初學記七。

〔一〕此題初學記引原無「序」字，據嚴輯本加。「喜」，嚴輯本作「嘉」，非。按，喜夢，謂喜悦而夢。見周禮春官占夢。

圓扇賦〔一〕

惟合歡之奇扇，肇伊洛之纖素〔二〕。仰明月以取象，規圓體之儀度。太平御覽七〇二、八一四。北堂書鈔一三四。事類賦一四。

〔一〕此題御覽、事類賦注、嚴輯本並作「團扇賦」，惟書鈔作「圓扇賦」。按，曹丕典論論文稱幹有圓扇賦，則字當作「圓」。今從書鈔。

〔二〕「肇」，書鈔作「非」。

車渠椀賦

圜德應規，巽從易安。大小得宜，容如可觀[一]。盛彼清醴，承以琱盤。因歡接口，媚于君顔。藝文類聚七三。

[一]「容」，類聚原作「客」，今從嚴輯本改。

文

四孤祭議

祭所生之父母於門外，不如左右邊特爲立宫室别祭也。通典六九。

七喻〔一〕

有逸俗先生者，耦耕乎巖石之下，栖遲乎穹谷之岫〔二〕。萬物不干其志，王公不易其好，寂然不動，莫之能懼。賓曰：大宛之犧，三江之魚，雲鶬水鵠，熊蹯豹胎〔三〕。鱐幬施於宴室，華薦布乎象牀。懸明珠於長韜，燭宵夜而爲陽。玄鬢擬於雲霧，艷色過乎芙蓉。揚蛾眉而微睇，雖毛、施其不當。藝文類聚五七。北堂書鈔一四二引二條。韻補一「魚」字注。

豐屋廣廈，崇闕百重〔四〕。文選五六陸倕石闕銘李善注。

連觀飛榭，旋室迴房。文選一一王延壽魯靈光殿賦李善注。又一三謝莊月賦李善注。

若乃日異如饑，聊膾美鮮。橫者毫析，縱者縷分。白蹢委毒，赤過擒丹。北堂書鈔一四五引三條。

南土之秔，東湖之菰。初學記二六。

戰國之際，秦、儀之徒，智略兼人，辯利軼軌，倜儻挾義，觀釁相時。圖爵位則佩六紱，謀貨財則輸海內。一怒而諸侯懼，安居而天下惖。人主見弄於股掌之上，而莫之知惡也。太平御覽四六四。

〔一〕唐鈔文選集注六八曹子建七啟序：「（余）遂作七啟，並命王粲等並作焉。」陸善經注曰：「時王粲作七釋、徐幹作七諭、楊脩作七訓。」

〔二〕「穹」，嚴輯本作「窮」。

〔三〕「熊蹯」，類聚原作「禽蹯」，書鈔、韻補並作「熊蹯」，嚴輯本同，今從之。

〔四〕「重」，嚴輯本作「里」，當因六臣本文選李善注而誤。

建安七子集卷五　阮瑀集

詩

駕出北郭門行〔一〕

駕出北郭門，馬樊不肯馳〔二〕。下車步踟躕〔三〕，仰折枯楊枝〔四〕。顧聞丘林中，噭噭有悲啼。借問啼者出：「何爲乃如斯？」「親母舍我殁，後母憎孤兒。飢寒無衣食，舉動鞭捶施。骨消肌肉盡，體若枯樹皮。藏我空室中，父還不能知。上塚察故處，存亡永別離。親母何可見？淚下聲正嘶。棄我於此間，窮厄豈有貲！」傳告後代人，以此爲明規。樂府詩集六一。初學記二八。

〔一〕初學記作「樂府詩」。

〔二〕「樊」，初學記作「行」。

〔三〕「步踟躕」，初學記作「少躑躅」。

〔四〕「枯楊」，初學記作「楊柳」。

琴歌〔一〕

奕奕天門開，大魏應期運。青蓋巡九州，在東西人怨〔二〕。士爲知己死，女爲悅者玩〔三〕。恩義苟敷暢〔四〕，他人焉能亂〔五〕？魏志王粲傳注引文士傳。文選六〇任昉齊竟陵文宣王行狀李善注。太平御覽五七二引文士傳。樂府詩集六〇。韻補四「運」字注，又「玩」字注。

〔一〕魏志王粲傳注引文士傳曰：「太祖雅聞瑀名，辟之不應，連見偪促，乃逃入山中。太祖使人焚山，得瑀，送至，召入。太祖時征長安，大延賓客，怒瑀不與語，使就技人列。瑀善解音，能鼓琴，遂撫弦而歌，因造歌曲曰……爲曲既捷，音聲殊妙，當時冠坐，太祖大悅。」裴松之注云：「案魚氏典略、摯虞文章志並云瑀建安初辭疾避役，不爲曹洪屈，得太祖召，即投杖而起。不得有逃入山中，焚之乃出之事也。又典略載太祖初征荊州，使瑀作書與劉備，及征馬超，又使瑀作書與韓遂，此二書今具存。至長安之前，遂等破走，太祖始以十六年得入關耳。而張騭云初得瑀時太祖在長安，此又乖戾。瑀以十七年卒，太祖十八年策爲魏公，而云瑀歌舞辭稱『大魏應期運』，愈知其妄。又其辭云『他人焉能亂』，了不成語。瑀之吐屬必不如此。」是此詩爲後人僞託，然流傳既久，今姑存以備覽。題從樂府詩集。

〔二〕「東西」，文選注、韻補注皆作「西東」。按，尚書仲虺之誥：「東征，西夷怨；南征，北狄怨。曰：奚獨後予？」爲此句之所本。當以「東西」爲是。

〔三〕「者」，文選注、韻補「玩」字注皆作「己」。

〔四〕「敷」，文選注、御覽、樂府詩集皆作「潛」。

〔五〕「焉」，樂府詩集作「豈」。

詠史詩二首〔一〕

誤哉秦穆公，身没從三良。忠臣不違命〔二〕，隨軀就死亡〔三〕。低頭闚壙户，仰視日月光〔四〕。誰謂此可處〔五〕？恩義不可忘。路人爲流涕，黄鳥鳴高桑。藝文類聚五五。

燕丹養勇士，荆軻爲上賓。圖盡擢匕首〔六〕，長驅西入秦。素車駕白馬，相送易水津。漸離擊筑歌，悲聲感路人。舉坐同咨嗟，歎氣若青雲。同上。

〔一〕此二首類聚入雜文部史傳類，原皆無題，今題從古詩紀二七。
〔二〕「逵」，類聚原作「達」，古詩紀二七作「逵」，今從之。
〔三〕「驅」，古詩紀二七作「軀」。
〔四〕「視」，張輯本作「觀」。
〔五〕「可」，古詩紀二七作「何」，張輯本同。
〔六〕「盡擢」，類聚原作「擢盡」，今從張輯本乙轉。

七哀詩二首

丁年難再遇，富貴不重來。良時忽一過，身體爲土灰。冥冥九泉室，漫漫長夜臺。身盡氣力索，精魂靡所能〔一〕。嘉肴設不御，旨酒盈觴杯。出壙望故鄉，但見蒿與萊。藝文類聚三四。初學記一四引首句至「旨酒」句。

臨川多悲風，秋日苦清涼。客子易爲戚，感此用哀傷〔二〕。攬衣久躑躅〔三〕，上觀心與房。三星守故次，明月未收光。雞鳴當何時？朝晨尚未央。還坐長歎息，憂憂難可忘〔四〕。藝文類聚三四。藝文類聚二七無題。

〔二〕「能」，古詩紀二七注：「今本作『迴』。」按，能讀作耐。玉篇而部：「耐，能也，任也。」靡所能，謂不堪其任，即無所適從之意。蓋後人因「能」作如字讀，以爲與韻不協，故妄改爲「迴」耳。

〔三〕「感」，古詩紀二七注：「一作『對』。」

〔三〕「久」，類聚二七作「起」。

〔四〕「難」，類聚二七作「安」。按，此首古詩紀作「雜詩」。

雜　詩〔一〕

我行自凜秋，季冬乃來歸。置酒高堂上，友朋集光輝。念當復離別，涉路險且夷。思慮益惆悵，淚下霑裳衣。藝文類聚二七。

〔一〕此詩類聚入人部行旅類，原無題，古詩紀二七合七哀詩「臨川多悲風」一首作「雜詩二首」，今依以題「雜詩」。

隱士詩〔一〕

四皓潛南岳，老萊竄河濱。顏回樂陋巷，許由安賤貧。伯夷餓首陽，天下歸其仁。何患處貧苦？但當守明真。藝文類聚三六。

〔一〕此詩類聚入人部隱逸類，原無題，古詩紀二七作「隱士」，今從之。

苦雨詩〔一〕

苦雨滋玄冬，引日彌且長。丹墀自殲殪，深樹猶沾裳。客行易感悴，我心摧已傷。登臺望江沔，陽侯沛洋洋。藝文類聚二。

〔一〕此詩類聚入天部雨類，原無題，古詩紀二七作「苦雨」，今從之。

公讌詩〔一〕

陽春和氣動，賢主以崇仁。布惠綏人物，降愛常所親。上堂相娛樂，中外奉時珍。五味風雨集，杯酌若浮雲。初學記一四。

〔一〕此詩初學記入禮部饗讌類，原無題，古詩紀二七作「公讌」，今從之。

怨詩〔一〕

民生受天命，漂若河中塵。雖稱百齡壽，孰能應此身？猶獲嬰凶禍，流離恒苦辛〔二〕。藝文類聚三〇。樂府詩集四一。

〔一〕此詩類聚入人部怨類，原無題，樂府詩集作「怨詩」，古詩紀二七同，今從之。

〔二〕「流離」，樂府詩集作「流落」，古詩紀二七同。

失題詩 三則

白髮隨櫛墜，未寒思厚衣。四支易懈倦，行步益疎遲。常恐時歲盡，魂魄忽高飛。自知百年後，堂上生旅葵。藝文類聚一八。

箭紐鐵絲剛，刀插銀刃白。九家集注杜詩一三久雨期王將軍不至注。

春岑藹林木。杜工部草堂詩箋二五又於韋處乞大邑瓷盌詩注。

賦

紀征賦

仰天民之高衢兮，慕在昔之遐軌。希篤聖之崇綱兮，惟弘哲而爲紀。同天工而人代兮，匪賢智其能使。五材陳而并序，静亂由乎干戈。惟蠻荆之作讎，將治兵而濟河。遂臨河而就濟，瞻禹蹟之茫茫〔一〕。距疆澤以潛流，經崑崙之高岡。目幽蒙以廣衍，遂霑濡而難量。藝文類聚五九。

〔一〕「禹蹟」，類聚原作「禹績」。今改「績」爲「蹟」。按，左傳襄公四年：「芒芒禹迹。」爲此句之所本。茫與芒、蹟與迹並通。

止欲賦

夫何淑女之佳麗，顏炯炯以流光。歷千代其無匹，超古今而特章。執妙年之方盛，性聰惠以和良。稟純潔之明節，後申禮以自防。重行義以輕身，志高尚乎貞姜。予情悦其美麗，無須臾而有忘。思桃夭之所宜，願無衣之同裳。懷紆結而不暢兮，魂一夕而九翔。出房户以躑躅，覩天漢之無津。傷匏瓜之無偶，悲織女之獨勤。還伏枕以求寐，庶通夢而交神。神惚怳而難遇，思交錯以繽紛。遂終夜而靡見，東方旭以既晨。知所思之不得，乃抑情以自信。藝文類聚一八。文選一九曹植洛神賦李善注。

佇延首以極視兮，意謂是而復非。文選二九曹攄思友人詩李善注。

思在體爲素粉，悲隨衣以消除。文鏡秘府論西卷文二十八種病。

箏賦

惟夫箏之奇妙，極五音之幽微。苞群聲以作主，冠衆樂而爲師。稟清和於律吕，籠絲木以成資。身長六尺，應律數也；〔絃有十二〔一〕，四時度也；柱高三寸，三才具位也。〕故能清者感天，濁者合地。五聲並用，動静簡易。大興小附，重發輕隨。折而復扶，循覆逆開。浮沉抑揚，升降綺靡。殊聲妙巧，不識其爲。平調定均〔二〕，不疾不徐。遲速合度，君子之衢也〔三〕。慷慨磊落，卓礫盤紆，壯士之節也。曲高和寡，妙妓雖工，伯牙能琴，於兹爲朦。皦繹翕純〔四〕，庶配其蹤。延年新聲。豈此能同〔五〕？陳惠、李文，曷能是逢？藝文類聚四四。北堂書鈔一一〇。初學記一六引三條。

〔一〕「絃有十二」四句，據書鈔補。

〔二〕「定」，類聚原作「足」，據初學記改。

〔三〕「衢」，張輯本作「行」。

〔四〕「繹」，類聚原作「懌」。今改「懌」爲「繹」。按，此句出自論語八佾：「樂其可知也。始作翕如也，從之純如也，皦如也，繹如也，以成。」朱熹集注：「繹，相續不絕也。」

〔五〕「此」，嚴輯本作「比」。

鸚鵡賦

惟翩翩之豔鳥，誕嘉類于京都。穢夷風而弗處，慕聖惠而來徂。被坤文之黃色，服離光之朱形。配秋英以離綠，苞天地以耀榮。藝文類聚九一。

文

謝太祖牋

一得披玄雲，望白日，唯力是視，敢有二心。文選三〇謝靈運擬魏太子鄴中集詩李善注。

爲曹公作書與孫權〔一〕

離絶以來，於今三年，無一日而忘前好，亦猶姻媾之義〔二〕，恩情已深，違異之恨，中間尚淺也。孤懷此心，君豈同哉？

每覽古今所由改趣，因緣侵辱，或起瑕豐，心忿意危〔三〕，用成大變。若韓信傷心於失楚，彭寵積望於無異，盧綰嫌畏於已隙，英布憂迫於情漏，此事之緣也。孤與將軍恩如骨肉，割授江南，不屬本州，豈若淮陰捐舊之恨？抑遏劉馥，相厚益隆，寧放朱浮顯露之奏？無匿張勝貸故之變，匪有陰構賁赫之告，固非燕王、淮南之豐也。而忍絶王命，明棄碩交，實爲佞人所構會也。夫似是之言，莫不動聽，因形設象，易爲變觀。示之以禍難，激之以恥辱，大丈夫雄心[四]，能無憤發[五]！昔蘇秦説韓，羞以牛從[六]，韓王按劍，作色而怒；雖兵折地割，猶不爲悔，人之情也。仁君年壯氣盛，緒信所嬖，既懼患至，兼懷忿恨，不能復遠度孤心，近慮事勢，遂齎見薄之決計，秉翻然之成議。加劉備相扇揚，事結釁連，推而行之，想暢本心，不願於此也。孤之薄德[七]，位高任重，幸蒙國朝將泰之運，蕩平天下，懷集異類，喜得全功，長享其福。而姻親坐離，厚援生隙。常恐海内多以相責，以爲老夫苞藏禍心，陰有鄭武取胡之詐，乃使仁君翻然自絶，以是忿忿，懷慙反側。常思除棄小事，更申前好，二族俱榮，流祚後嗣，以明雅素中誠之效，抱懷數年，未得散意。

昔赤壁之役，遭離疫氣，燒船自還，以避惡地，非周瑜水軍所能抑挫也；江陵之守，物盡穀殫，無所復據，徙民還師，又非瑜之所能敗也[八]。荆土本非己分，我盡與君，冀取其餘，非相侵肌膚，有所割損也。思計此變，無傷於孤，何必自遂於此，不復還之？高帝設爵以延田横，光武指河而誓朱鮪[九]，君之負累，豈如二子？是以至情，願聞德音。往年在譙，新造舟船，取足自載，以至九江[一〇]，貴欲觀湖漅之形[一一]，定江濱之民耳，非有深入攻戰之計。將恐議者大爲己榮，自謂策得，長無西患，重以此故，未肯迴情。然智者之慮，慮於未形；達者所規，規于未兆。是故子胥知姑蘇之有麋鹿，輔果識智伯之爲趙禽，穆生謝病以免楚難，鄒陽北遊不同吴禍。此四士者，豈聖人哉？徒通變思深，以微知著耳。以君之明，觀孤術數，量君所據，相計土地，豈勢少力乏，不能遠舉，割江之表，宴安而已哉？甚未然也。若恃水戰，臨江塞要，欲令王師終不得渡，亦未必也。夫水戰千里，情巧萬端，越爲三軍，吴曾不禦，漢潛夏陽，魏豹不意。江河雖廣，其長難衛也。

凡事有宜，不得盡言。將修舊好而張形勢，更無以威脅重敵人〔一二〕。然有所恐，恐書無益。何則？往者軍逼而自引還，今日在遠而興慰納，辭遜意狹，謂其力盡，適以增驕，不足相動，但明效古，當自圖之耳。昔淮南信左吴之策，隗囂納王元之言〔一三〕，彭寵受親吏之計，三夫不寤，終爲世笑；梁王不受詭、勝，竇融斥逐張玄，二賢既覺，福亦隨之，願君少留意焉。若能内取子布，外擊劉備，以效赤心，用復前好〔一四〕，則江表之任，長以相付，高位重爵，坦然可觀，上令聖朝無東顧之勞，下令百姓保安全之福，君享其榮，孤受其利，豈不快哉！若忽至誠，以處僥倖，婉彼二人，不忍加罪，所謂小人之仁，大仁之賊〔一五〕，大雅之人不肯爲此也。若憐子布，願言俱存，亦能傾心去恨，順君之情，更與從事〔一六〕，取其後善，但禽劉備，亦足爲效。開設二者，審處一焉。

聞荆、揚諸將，並得降者，皆言交州爲君所執，豫章距命，不承執事，疫旱並行，人兵減損，各求進軍，其言云云。孤聞此言，未以爲悦。然道路既遠，降者難信，幸人之災，君子不爲。且又百姓，國家之有，加懷區區，樂欲崇和，庶幾明德，來見昭副，不勞而定，於孤益貴。是故按兵守次，遣書致意。古者兵交，使在其中，願仁君及孤，虚心回意，以應詩人「補袞」之歎，而慎周易「牽復」之義〔二七〕。濯鱗清流，飛翼天衢，良時在兹，勗之而已。文選四二。藝文類聚二五。

〔一〕此題類聚作「爲魏武與孫權書」。
〔二〕「亦」，五臣文選無此字。
〔三〕「意」，五臣文選作「氣」。
〔四〕「大丈夫」，五臣文選無「大」字。
〔五〕「憤發」，五臣文選作「發憤」。
〔六〕「牛從」，五臣文選作「牛後」。按，文選李善注據戰國策，謂當作「牛從」。
〔七〕「之」，五臣文選作「以」。
〔八〕五臣文選「敗」上有「侵」字。
〔九〕「光武」，類聚作「世祖」。按，光武帝廟號世祖。
〔一〇〕「至」，五臣文選作「並」。
〔一一〕「湖濼」，五臣文選無「湖」字。

〔一三〕「無以」，五臣文選作「似爲」，又「人」下有「之心」二字。胥重，黄侃文選平點云：「二字當乙。」
〔一三〕「隗囂」，胡刻文選原上有「漢」字，審上下文例當衍，五臣本文選亦無此字，今據刪。
〔一四〕「好」，五臣文選下有「者」字，類聚同。
〔一五〕「仁」，五臣文選作「人」。
〔一六〕「與」，五臣文選作「以」。
〔一七〕「慎」，疑當作「順」。按，五臣吕延濟注以「言相引復歸順道」釋此句，則其所見文選自作「順」字，古鈔無注本文選正作「順」，白孔六帖四八引文選亦同。今各刊本皆作「慎」者，恐是後人所改。

爲魏武與劉備書

披懷解帶，投分託意。文選二〇潘岳金谷集作詩李善注。

文質論

蓋聞日月麗天，可瞻而難附；群物著地，可見而易制。夫遠不可識，文之觀也；近而得察〔一〕，質之用也。文虚質實，遠疏近密。援之斯至，動之應疾。兩儀通數，固無攸失。

若乃陽春敷華，遇衝風而隕落；素葉變秋，既究物而定體。麗物苦僞〔二〕，醜器多牢，華璧易碎，金鐵難陶。故言多方者，中難處也；術饒津者，要難求也；意弘博者，情難足也；性明察者，下難事也。通士以四奇高人，必有四難之忌。且少言辭者，政不煩也；寡知見者，物不擾也；專一道者，思不散也；混濛蔑者，民不備也。質士以四短違人，必有四安之報。故曹參相齊，寄託獄市，欲令姦人有所容立；及爲宰相，飲酒而已。故夫安劉氏者周勃，正嫡位者周勃。大臣木强，不至華言。孝文上林苑欲拜嗇夫，釋之前諫，意崇敦朴。自是以降，其爲宰相，皆取堅强一學之士，安用奇才，使變典法。藝文類聚二二。

〔一〕「得」，張、嚴二輯本作「易」。

〔二〕「苦」，張、嚴二輯本作「若」。

弔伯夷文〔一〕

余以王事，適彼洛師。瞻望首陽，敬弔伯夷。東海讓國，西山食薇。重德輕身，隱景潛暉。求仁得仁，報之仲尼〔二〕。没而不朽，身沈名飛。〔稽首憑弔〔三〕，嚮往深之。〕藝文類聚三七。北堂書鈔一〇二。

〔一〕此題類聚無「文」字，今從書鈔。
〔二〕「報之」，書鈔作「見歎」。
〔三〕「稽首憑弔」二句，據書鈔補。

建安七子集卷六　應瑒集

詩

報趙淑麗詩〔一〕

朝雲不歸，久結成陰〔二〕。離群猶宿〔三〕，永思長吟。有鳥孤栖，哀鳴北林。嗟我懷矣，感物傷心。藝文類聚三一。

〔一〕古詩紀二七注云：「一作『報趙叔嚴』。」按，應璩有與趙叔潛書，見文選二四陸機贈馮文羆斥丘令詩李善注引，「叔嚴」或「淑麗」，疑皆「叔潛」傳寫之誤。

〔二〕「久」，古詩紀作「夕」。

〔三〕「猶」，古詩紀注云：「疑作『獨』。」按，此當作「獨」是。

公讌詩

巍巍主人德，嘉會被四方。開館延群士，置酒于新堂〔一〕。辨論釋鬱結〔二〕，援筆興文章。穆穆衆君子，好合同歡康〔三〕。〔促坐褰重帷〔四〕，傳滿騰羽觴。〕初學記一四。藝文類聚三九。

〔一〕「新」，類聚作「斯」，古詩紀二七同。

〔二〕「鬱」，類聚作「常」。

〔三〕「歡」，古詩紀二七作「安」。

〔四〕「促坐褰重帷」二句，據類聚補。

侍五官中郎將建章臺集詩

朝雁鳴雲中，音響一何哀！問子遊何鄉？戢翼正徘徊。言我寒門來〔一〕，將就衡陽棲。往春翔北土〔二〕，今冬客南淮。遠行蒙霜雪〔三〕，毛羽日摧頹。常恐傷肌骨，身隕沈黄泥。簡珠墮沙石〔四〕，何能中自諧？欲因雲雨會，濯翼陵高梯。良遇不可值，伸眉路何階？公子敬愛客，樂飲不知疲。和顏既以暢〔五〕，乃肯顧細微。贈詩見存慰，小子非所宜。爲且極歡情〔六〕，不醉其無歸。凡百敬爾位，以副飢渴懷。文選二〇。藝文類聚九一。

〔一〕「寒門」，五臣文選作「塞門」，類聚同。

〔二〕「北」，類聚作「朔」。

〔三〕「雪」，類聚作「露」。

〔四〕「墮」，五臣文選作「隨」。

〔五〕「以」，古詩紀二七作「已」。

〔六〕「爲且」，古詩紀作「且爲」。

別詩二首

朝雲浮四海〔一〕，日暮歸故山〔二〕。行役懷舊土，悲思不能言。悠悠涉千里，未知何時旋。

藝文類聚二九。北堂書鈔一五〇。太平御覽八。

浩浩長河水，九折東北流。晨夜赴滄海，海流亦何抽。遠適萬里道，歸來未有由。臨河累太息〔三〕，五内懷傷憂。藝文類聚二九。

〔二〕「朝雲」，御覽作「清朝」。「浮」，書鈔作「流」。

〔三〕「日暮」，陳本書鈔作「暮雲」。

〔三〕「累」，古詩紀二七注云：「一作『竟』。」

鬭雞詩〔一〕

戚戚懷不樂，無以釋勞勤。兄弟游戲場，命駕迎衆賓。二部分曹伍，群雞焕以陳。雙距解長緤，飛踊超敵倫。芥羽張金距，連戰何繽紛！從朝至日夕，勝負尚未分。專場驅衆敵，剛捷逸等群。四坐同休贊，賓主懷悦欣。博弈非不樂，此戲世所珍。藝文類聚九一。

〔一〕鄴中記云：「漳水南有玄武池，次東北五里有鬭雞臺。曹植詩（按，名都篇）曰：『鬭雞東郊道，走馬長楸間。』」（顧炎武歷代宅京記卷十二引。）曹植及劉楨亦各有同題詩，蓋一時唱和之作。

失題詩

戰士志敢決。九家集注杜詩一三王兵馬使二角鷹注。

賦

愁霖賦

聽屯雷之恒音兮，聞左右之歎聲。情慘憒而含欷兮，起披衣而遊庭。三辰幽而重關，蒼曜隱而無形。雲曖曖而周馳，雨濛濛而霧零。排房帳而北入，振蓋服之沾衣。還空牀而寢息，夢白日之餘暉。惕中寤而不效兮，意悽悷而增悲。藝文類聚二。

靈河賦

咨靈川之遐原兮〔一〕，于崑崙之神丘。〔凌增城之陰隅兮〔二〕，賴后土之潛流。〕銜積石之重險兮〔三〕，披山麓而溢浮〔四〕。〔蹶龍門而南邁兮〔五〕，紆鴻體而因流〔六〕。〕涉津洛之阪泉兮〔七〕，播九道乎中州。汾澒涌而騰鶩兮〔八〕，恒亹亹而徂征。肇乘高而迅逝兮〔九〕，陽侯沛而振驚〔一〇〕。有漢中葉，金隄隤而瓠子傾。興萬乘而親務，董群后而來營。下淇園之豐篠，投玉璧而沉星。若夫長杉峻櫝，茂栝芬橿，扶疏灌列〔二〕，暎水蔭防。隆條動而暢清風，白日顯而曜殊光。藝文類聚八。水經河水注。初學記六。韓元吉本古文苑三。章樵注本古文苑二一。

龍艘白鯉，越艇蜀舲。泝游覆水〔三〕，帆柂如林。北堂書鈔一三八兩引。又一三七。

〔一〕「兮」，類聚原無此字，據初學記補。下文各「兮」字同。

〔二〕「淩增城之陰隅」二句，據初學記補。

〔三〕「衝」，初學記作「行」。

〔四〕「而」，初學記作「之」。

〔五〕「蹶龍門而南邁兮」二句，據初學記、古文苑補。「龍門」，原此二本「門」並作「黄」，嚴輯本同。淵鑑類函三六注云：「『黄』一作『角』。」皆非。張輯本作「門」，今據改。按，晉成公綏大河賦「有積石之嵯峨，登龍門而南遊」，瑒賦與之意合，則自當作「龍門」，「黄」字乃傳寫之誤。

〔六〕「因」，初學記原作「四」。今從古文苑改。張、嚴二輯本亦作「因」。

〔七〕「洛」，類聚原作「路」。水經河水注、初學記皆作「洛」，古文苑同，今從之。又「阪」，類聚原作「峻」，亦從同上。水經注引魏土地記云：「下洛城東有阪泉。」即此也。

〔八〕「澒」，類聚原作「鴻」，今從古文苑改。初學記作「傾」，當「澒」之誤。

〔九〕「逝」，嚴、陸校宋本初學記並作「邁」。

〔一〇〕「沛」，初學記作「怖」。「振」，古文苑作「震」。
〔一一〕「疏」，類聚原作「流」，據章注本古文苑改。
〔一二〕「游」，陳本書鈔作「沿」，又「覆」作「蔽」。

正情賦

夫何媛女之殊麗兮，姿温惠而明哲。應靈和以挺質，體蘭茂而瓊潔。方往載其鮮雙，曜來今而無列。發朝陽之鴻暉，流精睇而傾泄。既榮麗而冠時，援申女而比節。余心嘉夫淑美，願結歡而靡因。承窈窕之芳美，情踊躍乎若人。魂翩翩而夕遊，甘同夢而交神。晝彷徨于路側，宵耿耿而達晨。清風厲於玄序，涼飇逝於中唐〔一〕。聽雲鴈之翰鳴，察列宿之華煇。南星晃而電隕，偏雄肅而特飛。冀騰言以俯首〔二〕，嗟激迅而難追。傷往禽之無偶〔三〕，悼流光之不歸。愍伏辰之方逝，哀吾願之多違。步便旋以永思，情憀慄而傷悲。還幽室以假寐，固展轉而不安，神眇眇以潛翔〔四〕，恒存遊乎所觀。仰崇夏而長息，動哀響而餘歎。氣浮踊而雲館，腸一夕而九煩。藝文類聚一八。

思在前爲明鏡，哀既餙於替□〔五〕。北堂書鈔一三六。

〔一〕「涼」，類聚原作「因」，今從張、嚴二輯本改。

〔二〕「首」，類聚原作「音」，今從嚴輯本改。

〔三〕「往」，類聚原作「住」，今從張、嚴二輯本改。「偶」，類聚原作「隅」，今從張輯本改。

〔四〕「眇眇」，類聚原作「妙妙」，今從嚴輯本改。

〔五〕「餙」，嚴輯本作「往」。按，餙爲飾之俗字。

讚德賦

抗六典之崇奧，辨九籍之至言。北堂書鈔九七。

撰征賦

奮皇佐之豐烈，將親戎乎幽鄰。飛龍旗以雲曜，披廣路而北巡。崇殿鬱其嵯峨，華宇爛而舒光。摛雲藻之雕飾，流輝采之渾黃。辭曰：烈烈征師，尋遐庭兮。悠悠萬里，臨長城兮。周覽郡邑，思既盈兮。嘉想前哲，遺風聲兮。藝文類聚五九。

西征賦

鑾衡東指，弭節逢澤。水經渠水注。

西狩賦

伊炎漢之建安，飛龍躍乎天衢〔一〕。皇宰奔而陶運，樹匡翼而大摹。盪无妄之氛穢，揚威靈乎八區。開九土之舊迹，暨聲教於海隅。時霜淒而淹野，寒風肅而川逝。草木紛而搖蕩，鷙鳥別而高厲。既乃揀吉日，練嘉辰，清風矢戒，屏翳收塵。於是魏公乃乘彤輅，驅飛黄，擁簫鉦，建九斿〔二〕，按轡清途，颯沓風翔。〔屬車轇轕〔三〕，羽騎騰驤。〕於是圍網周合，雷鼓天震。千乘長羅，萬表星陳。雙翼伉旌，八校祖分。長燧電舉，高煙蔽雲。爾乃徒輿並興，方軌連質。驚飈四駭，衝禽驚溢。騁獸塞野，飛鳥蔽日。爾乃赴玄谷，陵崇巒，俯掣奔猴，仰捷飛猿。雲幕被於廣野，京燎照乎平原。醴炰充給，洪施普宣。藝文類聚六六。

北堂書鈔一四。蒼隼煩翼而懸。玉燭寶典六。

〔一〕「躍」，類聚原作「耀」，今從嚴輯本。

〔二〕「九斿」，類聚原脱「斿」字，嚴輯本作「九幢」，非。今從張輯本補。按，後漢諸侯乘安車，旗九斿。見通典六五。

〔三〕「屬車轇轕」三句，嚴輯本據書鈔補入於此，今從之。

馳射賦

於是陽春嘉日，講肆餘暇，將逍遥於郊野，聊娛遊於騁射。延賓鞠旅，星言夙駕。樹應鞞於路左，建丹旗於表路。群駿籠茸於衡首〔一〕，咸皆騕褭與飛菟。〔攏修勒而容與〔二〕，並軒翥而厲怒。〕爾乃結翻仵〔三〕，齊倫匹，良、樂授馬，孫臏調駟。籌筭克明，班次均壹。左攬繁弱，右接湛衛，控滿流睇，應弦飛碎。擔動鼓震，譟聲雷潰。重破累礫，流景倏忽。紛紜絡繹，次授二八。騂騮激騁〔四〕，神足奔越。終節三驅，矢不虚發。進截飛鳥，顧摧月支。須紆六鈞〔五〕，口彎七規。觀者屏氣而傾竦〔六〕，咸側企而騰移〔七〕。爾乃縈迴盤厲，按節和旋。翩翩神厲，體若飛仙。奕奕騂牡，既佶且閑。揚驪沛艾，蠖略相連。藝文類聚六六。太平御覽三五八引兩條。

百兩彌塗，方軌連衡。朱騎風馳，雕落層城。北堂書鈔一一七。

藻飾齊明。文選一四顏延之赭白馬賦李善注。

窮百氏之玄奧。文選一八成公綏嘯賦李善注。

〔一〕「籠茸」，類聚原無「茸」字，據御覽補。按，「籠」通「蘢」。漢書司馬相如傳：「攢羅列聚叢以蘢茸兮。」師古注：「蘢茸，聚貌。」

〔二〕「攏修勒而容與」二句，嚴輯本據御覽補入於此，今從之。

〔三〕「翻仵」，「仵」，張輯本作「伍」，嚴輯本作「侔」，皆非。按，翻，反也，動貌。仵，通「迕」。穆天子傳六：「白鹿迕牾乘逸出走。」郭璞注：「迕，猶驚也。」結翻仵，謂拴結翻然驚逸之馬匹。

〔四〕「驊騮激騁」，御覽作「放鞚長騁」。

〔五〕「六鈞」，嚴輯本「鈞」作「釣」，非。按，六鈞，謂六鈞之弓。左傳定公八年：「顏高之弓六鈞。」杜預注：「顏高，魯人。三十斤爲鈞，百八十斤古稱重，故以爲異强。」

〔六〕「屛」，類聚原作「并」，從張輯本改。

〔七〕「企」，類聚原作「仚」，從張、嚴二輯本改。

校獵賦

乃命有司，巡士周尋。二虞萊野，三扈表禽。北彌大陸，南厲黃涔〔一〕。初學記二二兩引。

〔三〕「黄涔」，疑作「黄岑」。張載七命有「陵黄岑，挂青巒」之言。

神女賦

騰玄眸而眺青陽〔一〕，離朱脣而耀雙輔。紅顔曄而和妍，時調聲以笑語。太平御覽三八一。夏姬曾不足以供妾御，况秦娥與吴娃。文選三〇陸機擬古詩李善注。

〔一〕「眺」，御覽原作「俄」，今從嚴輯本改。

車渠椀賦

惟兹椀之珍瑋，誕靈岳而奇生。扇不周之芳烈，浸瓊露以潤形。蔭碧條以納曜，噏朝霞而發榮。紛玄黄以彤裔，曄豹變而龍華。象蜿虹之輔體，中含曜乎雲波。若其衆色鱗聚，卓度詭常。絪緼雜錯，乍圓乍方。蔚術繁興，散列成章。揚丹流縹〔一〕，碧玉飛黄。華氣承朗，内外齊光。藝文類聚七三。北堂書鈔一五二誤作「車渠盌銘」。

〔一〕「揚」，類聚原作「楊」，今從張、嚴二輯本改。

迷迭賦〔一〕

列中堂之嚴宇，跨階序而駢羅。建茂莖以竦立，擢修幹而承阿。燭白日之炎陽，承翠碧之繁柯。朝敷條以誕節，夕結秀而垂華。振纖枝之翠粲，動綵葉之莓莓〔二〕。舒芳香之酷烈，乘清風以徘徊。藝文類聚八一。太平御覽九八二。

〔一〕此題御覽作「迷送香賦」，「送」當「迭」之訛。嚴輯本作「竦迷迭賦」，亦非。

〔二〕「莓莓」，御覽作「菲菲」。

楊柳賦

赴陽春之和節，植纖柳以承涼。攄豐節而廣布，紛鬱勃以敷陽〔一〕。三春倏其奄過，景日赫其垂光。振鴻條而遠幬〔二〕，迴雲蓋於中唐。藝文類聚八九。

〔一〕「敷」，張輯本作「登」，非。

〔二〕「幬」，類聚原作「壽」，不可通，今據意改。廣雅釋詁二：「幬，覆也。」歷代賦彙作「翳」。

鸚鵡賦

何翩翩之麗鳥，表衆艷之殊色。被光耀之鮮羽，流玄黄之華飾。苞明哲之弘慮，從陰陽之消息。秋風厲而潛形，蒼神發而動翼。藝文類聚九一。

愍驥賦

愍良驥之不遇兮，何屯否之弘多！抱天飛之神號兮，悲當世之莫知。赴玄谷之漸塗兮，陟高崗之峻崖。懼僕夫之嚴策兮，載悚慄而奔馳。懷殊姿而困逼兮，願遠迹而自舒。思奮行而驤首兮，叩纆絏之紛拏。牽繁轡而增制兮，心慉結而槃紆。涉通逵而方舉兮，迫輿僕之我拘。抱精誠而不暢兮，鬱神足而不攄。思薛翁於西土兮，望伯氏於東隅。願浮軒於千里兮，曜華軛乎天衢。瞻前軌而促節兮，顧後乘而踟蹰。展心力於知己兮，甘邁遠而忘劬。哀二哲之殊世兮，時不遘乎良、造。制銜轡於常御兮，安獲騁於遐道。藝文類聚九三。

文

報龐惠恭書

夫「蕭艾」之歌，發於信宿；「子衿」之思，起于嗣音〔一〕。況實三載，能不有懷！雖萱草樹背，皋蘇在側，悒憤不逞，秖以增毒。朝隱之官，賓不往來，喬木之下，曠無休息，抱勞而已。足下剖符南面，振威千里。行人子羽，朝夕相繼，曾不枉咫尺之路，問蓬室之舊；過意賜書，辭不半紙，慰藉輕於繒縞，譏望重於丘山，是角弓之詩所以爲刺也。值鷺羽於宛丘〔二〕，騁駿足於株林，發明月之輝光，照妖人之窈窕，斯亦所以眩耳目之視聽，亡聲命於知友者也〔三〕。藝文類聚二一。

〔一〕「起于」，類聚原「于」作「不」。張輯本作「起于」，注云：「一作『寧不』。」嚴輯本亦作「起于」。按，詩鄭風子衿：「青青子衿，悠悠我心。縱我不往，子寧不嗣音。」當作「起于」爲是。今據改。

此文首句「蕭艾」，則出詩王風采葛：「彼采蕭兮，一日不見，如三秋兮。彼采艾兮，一日不見，如三歲兮。」

〔二〕「值」，類聚原作「植」，嚴輯本作「值」，今從改。按，詩陳風宛丘「值其鷺羽」，爲此語之所出。

〔三〕「聲命」，嚴輯本作「身命」。按，當作「聲命」。命，通「名」。曹丕典論論文謂古人籍文章而「聲名自傳于後」。聲名，今言名聲。

檄文〔一〕

長戟百萬，胡騎千群〔二〕。北堂書鈔一一七。太平御覽三五三。

〔一〕御覽作「應瑒表」，今從書鈔作「檄文」。按，所引二句又見陳琳集爲袁紹檄豫州文中，疑書鈔鈔録時誤爲應瑒，御覽又因之；或陳、應二人同有此語，亦未可知。

〔二〕「騎」，御覽作「馬」。張、嚴二輯本同。

釋賓

聖人不違時而遯迹，賢者不背俗而遺功。文選三五張協七命李善注。

九有威夷，始失其政。文選四七袁宏三國名臣序贊李善注。

子猶不能騰雲閣，攀天衢。文選五五劉峻廣絶交論李善注。

文質論

蓋皇穹肇載，陰陽初分。日月運其光，列宿曜其文。百穀麗於土，芳華茂於春。是以聖人合德天地，禀氣淳靈。仰觀象於玄表，俯察式於群形。窮神知化，萬國是經〔一〕。故否泰易趍，道無攸一。二政代序，有文有質。若乃陶唐建國，成周革命。九官咸乂，濟濟休令。火龍黼黻，暐韡於廊廟；衮冕旂旒，舃奕乎朝廷。冠德百王，莫參其政。是以仲尼歎「焕乎」之文，從「郁郁」之盛也。夫質者端一，玄静儉嗇，潛化利用。承清泰，御平業，循軌量，守成法，至乎應天順民，撥亂夷世。摛藻奮權，赫奕丕烈。紀禪協律，禮儀焕別。覽墳丘於皇代，建不刊之洪制；顯宣尼之典教，探微言之所弊。若夫和氏之明璧，輕縠之袿裳，必將遊玩於左右，振飾於宫房，豈争牢僞之勢，金布之剛乎？且少言辭者，孟僖所以不能答郊勞也；寡智見者，慶氏所以困相鼠也。今子棄五典之文，闇禮智之大〔二〕，信管望之小，尋老氏之蔽，所謂循軌常趍，未能釋連環之結也。且高帝龍飛豐沛，虎據秦楚，唯德是建，唯賢是與。陸、酈摛其文辯，良、平奮其權譎，蕭何創其章律，叔孫定其庠序，周、樊展其忠毅〔三〕，韓、彭列其威武，明建天下者非一士之術，營造宫廟者非一匠之矩也。逮自高后亂德，損我宗劉，朱虚軫其慮，辟强釋其憂，曲逆規其模，酈友詐其遊，襲據北軍，實賴其疇。家嗣之不替，誠四老之由也〔四〕。夫諫則無義以陳，問則服汗沾濡，豈若陳平敏對，叔孫據書？言辨國典，辭定皇居，然後知質者之不足，文者之有餘。藝文類聚二二。

〔一〕「國」，張、嚴二輯本並作「物」。

〔二〕「智」，張輯本作「義」。

〔三〕「毅」，張、嚴二輯本並作「教」。

〔四〕「誠」，張、嚴二輯本並作「實」。

弈勢

蓋棊弈之制，所〔由來〕尚矣〔一〕。有像軍戎戰陣之紀：旌旗既列，權慮蜂起，駱驛雨集，魚鱗鴈峙，奮維闡翼〔二〕，固衛邊鄙。或飾遁僞旋，卓轢絣列，羸師延敵，一乘虚絶，歸不得合，兩見擒滅。淮陰之謨，拔旗之勢也。或匡設無常，尋變應危，寇動北壘，備在南麾〔三〕，中棊既捷，四表自虧。亞夫之智，耿弇之奇也。或假道四布，周爰繁昌，雲合星羅，侵逼郊埸，師弱衆寡，臨據孤亡，披掃彊禦，廣略土疆。昆陽之威，官渡之方也。挑誘既戰，見欺敵對，紛拏相救，不量進退，群聚俱隕，力行唐突，瞋目恚憤，覆局崩潰。項將之咎，楚懷之悖也。時或失謬，收奔攝北，還自保固，完聚補塞，見可而進，先負後剋。燕昭之賢，齊頃之德也。長驅馳逐，見利忘害，輕敵寡備，所喪彌大，臨疑猶豫，算慮不詳，苟貪少獲，不知所亡，當斷不斷，還爲所謀。項羽之失，吴王之尤也。持棊相守，莫敢先動，由楚漢之兵，相拒索罕也。藝文類聚七四。太平御覽七五三。

〔一〕「由來」，類聚原無此二字，據御覽補。
〔二〕「闌」，御覽作「闔」，張輯本同。
〔三〕「麾」，御覽作「尾」。

失題文

汝南召陵王申，爲郡五官掾，太守有私財、百事以委付之〔一〕，夫人、郎君皆莫之知〔二〕。太守卒，申以金銀悉還之，人貴其節行〔三〕。北堂書鈔七七引應瑒集。

〔一〕「百事」二字，陳本書鈔作「悉」。

〔二〕「夫人郎君」四字，陳本書鈔作「家人」二字。

〔三〕「人」，孔本書鈔原無此字，而下「貴其節行」四字則入爲標目，今從陳本書鈔。

建安七子集卷七　劉楨集

詩

公讌詩

永日行遊戲，歡樂猶未央。遺思在玄夜，相與復翺翔。輦車飛素蓋〔一〕，從者盈路傍。月出照園中，珍木鬱蒼蒼〔二〕。清川過石渠，流波爲魚防。芙蓉散其華，菡萏溢金塘。靈鳥宿水裔〔三〕，仁獸遊飛梁。華館寄流波，豁達來風涼。生平未始聞〔四〕，歌之安能詳？投翰長歎息，綺麗不可忘。文選二〇。藝文類聚三九。

〔一〕「車」，五臣文選作「居」。

〔二〕「木」，類聚作「樹」。

〔三〕「靈」，類聚作「珍」。

〔四〕「平」，五臣文選作「年」。

贈五官中郎將詩四首

昔我從元后，整駕至南鄉〔一〕。過彼豐沛都，與君共翺翔。四節相推斥，季冬風且涼。衆賓會廣坐〔二〕，明鐙熺炎光。清歌製妙聲，萬舞在中堂。金罍含甘醴，羽觴行無方。長夜忘歸來，聊且爲大康。四牡向路馳，歎悦誠未央〔三〕。文選二三。初學記一四。

余嬰沈痼疾，竄身清漳濱。自夏涉玄冬〔四〕，彌曠十餘旬〔五〕。常恐遊岱宗，不復見故人。所親一何篤，步趾慰我身。清談同日夕，情眄叙憂勤〔六〕。便復爲别辭，遊車歸西鄰。素葉隨風起，廣路揚埃塵。逝者如流水，哀此遂離分。追問何時會？要我以陽春。望慕結不解，貽爾新詩文。勉哉修令德，北面自寵珍。文選二三。説文解字繫傳疒部「痁」字注。

秋日多悲懷，感慨以長歎。終夜不遑寐，叙意於濡翰。明鐙曜閨中，清風淒已寒。白露塗前庭，應門重其關。四節相推斥，歲月忽欲殫。壯士遠出征，戎事將獨難。涕泣灑衣裳〔七〕，能不懷所歡？文選二三。

涼風吹沙礫〔八〕，霜氣何皚皚〔九〕！明月照緹幕，華燈散炎輝〔一〇〕。賦詩連篇章，極夜不知歸。君侯多壯思，文雅縱橫飛。小臣信頑鹵，僶俛安能追！文選二三。太平御覽七〇〇。韻補一「皚」字注。

〔一〕「至」，張輯本作「出」。

〔二〕「會廣坐」，初學記作「咸會坐」。「坐」，五臣文選作「座」。

〔三〕「歎」，五臣文選作「歡」。

〔四〕「涉玄冬」，説文解字繫傳注作「及徂秋」。孫志祖文選考異云：「若自夏涉冬，則不止十餘旬矣；且詩三章明云『秋日多悲懷』，是秋而非冬也。楚金所據本當不誤。」按，當以説文解字繫傳爲正。今作「涉玄冬」者，恐是後人依上首「季冬風且涼」句而妄改之。

〔五〕「彌曠」，説文解字繫傳注作「曠爾」，五臣文選作「彌廣」。

〔六〕「眄」，古詩紀二六作「盼」。

〔七〕「涕泣」，古詩紀二六作「泣涕」。

〔八〕「沙礫」，韻補注作「礫礫」。

〔九〕「霜氣」，五臣文選作「氛霜」。

〔一〇〕「燈」，御覽作「燭」。

贈徐幹詩

誰謂相去遠？隔此西掖垣。拘限清切禁〔一〕，中情無由宣。思子沉心曲，長歎不能言。起坐失次第，一日三四遷。步出北寺門，遥望西苑園〔二〕。細柳夾道生，方塘含清源。輕葉隨風轉，飛鳥何翻翻〔三〕。乖人易感動〔四〕，涕下與衿連〔五〕。仰視白日光，皦皦高且懸〔六〕。兼燭八紘内，物類無頗偏。我獨抱深感，不得與比焉。文選二三。藝文類聚一。初學記一一引三條。

〔一〕「拘」，初學記作「所」。
〔二〕「望」，初學記作「見」。
〔三〕「翻翻」，初學記作「翩翩」。
〔四〕「動」，文選三一江淹雜體詩注作「慟」。
〔五〕「涕」，五臣文選作「淚」。
〔六〕「皦皦」，類聚作「皎皎」。

又贈徐幹詩〔一〕

猥蒙惠咳唾，貺以雅頌聲〔二〕。高義厲青雲，灼灼有表經〔三〕。北堂書鈔一〇〇。

〔一〕書鈔引作「贈徐幹」，唯韻與上首不同，當别是一首。
〔二〕「雅頌」，陳本書鈔作「大雅」。
〔三〕「有表經」，陳本書鈔作「粲華星」。

贈從弟詩三首

汎汎東流水，磷磷水中石。蘋藻生其涯，華葉紛擾溺〔一〕。采之薦宗廟，可以羞嘉客。豈無園中葵？懿此出深澤。文選二三。

亭亭山上松〔二〕，瑟瑟谷中風。風聲一何盛〔三〕，松枝一何勁。冰霜正慘悽〔四〕，終歲常端正〔五〕。豈不羅凝寒〔六〕？松柏有本性。文選二三。藝文類聚八八。文鏡秘府論南卷。

鳳凰集南嶽，徘徊孤竹根。於心有不厭〔七〕，奮翅凌紫氛〔八〕。豈不常勤苦〔九〕？羞與黄雀群〔一〇〕。何時當來儀？將須聖明君〔一一〕。文選二三。藝文類聚九〇。初學記三〇題作「劉楨鳳凰詩」。

〔一〕「華葉紛擾溺」，胡刻本文選原作「華紛何擾弱」，今從五臣文選。
〔二〕「亭亭」，文鏡秘府論作「青青」。又「山」作「陵」。
〔三〕「聲」，文鏡秘府論作「弦」。

〔四〕「冰」，類聚作「風」。「悽」，胡刻本文選原作「愴」，今從類聚、五臣文選。
〔五〕「常」，類聚作「恒」。
〔六〕「羅」，古詩紀二六、張輯本作「罹」。「凝寒」，類聚作「霜雪」。
〔七〕「有不厭」，初學記作「存不厭」。
〔八〕「淩」，初學記作「騰」。
〔九〕「勤」，初學記作「辛」。
〔一〇〕「黄雀」，初學記作「雀同」。
〔一一〕「將」，初學記作「要」。

雜詩〔一〕

職事相填委〔二〕，文墨紛消散。馳翰未暇食〔三〕，日昃不知晏。沈迷簿領書〔四〕，回回自昏亂。釋此出西城，登高且遊觀。方塘含白水，中有鳧與雁。安得肅肅羽，從爾浮波瀾〔五〕。

文選二九。北堂書鈔三六引兩條。文選三〇沈約詠湖中雁詩、又四三丘遲與陳伯之書李善注。

〔一〕此題文選三〇注引作「雜詠詩」。
〔二〕「相」，五臣文選作「煩」。

〔三〕「暇」，書鈔作「遑」。

〔四〕「簿領」，文選四三注作「領簿」。「書」，書鈔作「間」。

〔五〕「從爾浮」，五臣文選作「爾從游」。

鬬鷄詩

丹鷄被華采，雙距如鋒芒。願一揚炎威，會戰此中唐。利爪探玉除，瞋目含火光。長翹驚風起，勁翮正敷張。輕舉奮勾喙，電擊復還翔。藝文類聚九一。

射鳶詩

鳴鳶弄雙翼，飄飄薄青雲〔一〕。我后横怒起，意氣陵神仙。發機如驚猋，三發兩鳶連。流血灑牆屋，飛毛從風旋。庶士同聲贊，君射一何妍！藝文類聚九二。

〔一〕「雲」，唐類函四二七作「天」。近是。

失題詩 十四則

昔君錯畦時，東土有素木。條柯不盈尋，一尺再三曲。隱生寘翳林，倥傯自迫束〔一〕。得託芳蘭苑，列植高山足。藝文類聚八八。

青青女蘿草，上依高松枝。幸蒙庇養恩〔二〕，分惠不可貲〔三〕。風雨雖急疾，根株不傾移。藝文類聚八一。太平御覽九九三。

天地無期竟，民生甚局促。爲稱百年壽，誰能應此録？低昂倏忽去，炯若風中燭。太平御覽八七〇。

翩翩野青雀，棲竄茨棘蕃。朝拾平田粒，夕飲曲池泉。猥出蓬蒿中〔四〕，乃至丹丘邊。事類賦一九。太平御覽九二二。

旦發鄴城東，暮次淇水旁。三軍如鄧林，武士攻蕭牆〔五〕。北堂書鈔一一七。

初春含寒氣，陽氣匿其暉。灰風從天起，砂石縱横飛。北堂書鈔一五四。

和風從東來，玄雲起西山。夜中發此氣，明旦飛甘泉。太平御覽一一。事類賦三。

玄雲起高岳，終朝彌八方。北堂書鈔一五〇。藝文類聚一。

攬衣出巷去，素蓋何翩翩。北堂書鈔一三四。

曒月垂素光，玄雲爲髣髴。文選二九傅玄雜詩、又左思雜詩李善注。海録碎事一。

散禮風雨起。北堂書鈔一〇〇。

供膳敕中厨。九家集注杜詩一三鄭典設自施州歸注。

朝發白馬，暮宿韓陵。太平寰宇記五五。

大廈雲構。文選二二陸機招隱詩、又四六王融三月三日曲水詩序李善注。

〔一〕「倥偬」，類聚原作「控偬」，今從古詩紀二六。

〔二〕「養」，御覽作「眷」。

〔三〕「分」，御覽作「爲」。又「貲」作「訾」。

〔四〕「蓬蒿」，御覽作「蔚萊」。

〔五〕「武士攻蕭壯」，陳本書鈔作「劍戟凜秋霜」。

賦

大暑賦

其爲暑也，羲和總駕發扶木，太陽爲輿達炎燭，靈威參乘步朱轂〔一〕。赫赫炎炎，烈烈暉暉，若熾燎之附體，又温泉而沉肌。獸喘氣於玄景〔二〕，鳥戢翼於高危。農畯捉鎛而去疇〔三〕，織女釋杼而下機。温風至而增熱，歊悒熠而無依。披襟領而長嘯，冀微風之來思。

藝文類聚五。韓元吉本古文苑三。章樵注本古文苑二一。北堂書鈔一五六。

實冰漿於玉盞。玉燭寶典六。

〔一〕「乘」，類聚原作「垂」，今從古文苑。

〔二〕「氣」，書鈔作「遽」。

〔三〕「鎛」，類聚、古文苑作「鎛」，張、嚴二輯本並同。今從四庫全書所收張輯本改。按，説文金部：「鎛，柲（戈柄）下銅也。」釋名釋田器：「鎛，亦鋤田器也。」是前者屬兵器，當從後者爲是。古文苑章注云：「鎛，農器，鐵首。」則屬望文生訓，臆斷無憑。

黎陽山賦

自魏都而南邁，迄洪川以揭休。想王旅之旍旐，望南路之遐修。御輕駕而西徂，過舊塢之高區。爾乃踰峻嶺，超連岡〔一〕，一登九息，遂臻其陽。南蔭黄河，左覆金城，青壇承祀，高碑頌靈。珍木騈羅，奮華揚榮。雲興風起，蕭瑟清泠。延首南望，顧瞻舊鄉，桑梓增敬，惨切懷傷。河源汩其東遊，陽烏飄而南翔。睹衆物之集華，退欣欣而樂康。藝文類聚七。

水經河水注引「南蔭」四句。

良遊未厭，白日潛輝。文選二二謝混游西池詩、又二四陸機答賈長淵詩李善注。

〔一〕「岡」，類聚原作「罡」，今從張、嚴二輯本。

魯都賦

昔大廷氏肇建厥居，少昊受命，亦都茲焉。山則連岡屬嶺，瞦魁峽北。紫金揚暉於鴻崖〔一〕，水精潛光乎雲穴。岱宗邈其層秀，干氣霧以高越。其木則赤楝青松，文莖蕙棠，洪幹百圍，高徑穹皇。竹則填彼山陔〔二〕，根彌阪域〔三〕，夏篠攢包，勁條並殖，〔蒙雪含霜〔四〕，不渝其色，〕翠實離離，鳳皇攸食〔五〕。水產衆夥，各有彝倫：頒首莘尾〔六〕，豐顱重斷，戴兵挾刃，盤甲曲鱗。且觀其時謝節移，和族綏宗，招歡合好，肅戒友朋。〔衆媛侍側〔七〕，鱗附盈房。〕蛾眉清眸，顏若雪霜〔八〕。〔含丹吮素〔九〕，巧笑妍詳。〕〔玄髮曜粉〔一〇〕，芳澤不□。〕插曜日之珍笄〔一一〕，珥明月之珠璫。〔袿裾紛緋〔一二〕，振珮鳴璜。〕舞人就列，整飾容華。〔妖服初工〔一三〕，刻畫綺紗。〕和顏揚眸，眄風長歌〔一四〕。飄乎焱發〔一五〕，身如轉波。尋虛騁迹，顧與節和。縱修袖以終曲〔二六〕，若奔星之赴河〔二七〕。及其素秋二七，天漢指隅。民胥祓禊〔一八〕，國子水嬉〔一九〕。〔工祝掩渚〔二〇〕，揚葪陳詞。〕緹帷彌津〔二一〕，丹帳覆洲〔二二〕。〔日暮宴罷〔二三〕，車騎就衢。〕蓋如飛鶴〔二四〕，馬如遊魚〔二五〕。應門巖巖，朱扉含光。路殿巋其隆崇，文陛巇其高驤。聽迅雷於長除，若有聞而復亡。其園囿苑沼，駢田接連。淥池分浪，以帶石垠。文隅瓊岸，華玉依津。邦乃大狩，振揚炎威。教民即戎，講習興師。落幕包括，連結營圍。〔長罼掩罊〔二六〕，大羅被罩。〕毛群隕殪，羽族殲剥，填崎塞畎，不可勝録〔二七〕。藝文類聚六一。宋書禮志二。編珠二引三條。北堂書鈔一〇六、一〇七、一三六、一三五兩引、一五五、一五八。文選五五劉峻廣絶交論李善注。初學記四、二八。太平御覽三八一、七〇〇、七〇二、八三二。韻補一「嬉」字注、「詞」字注，又二「鈔」字注，又五「剥」字注。

巨海分焉，傾瀉百川。初學記六。

旁厲四邑，延於休溷。冠蓋交錯，隱隱轔轔。韻補一「溷」字注。

又有鹽池漭沆，煎炙賜春。燋暴漬沫，疏鹽自殷。挹之不損，取之不勤〔二八〕。北堂書鈔一四六兩引。

其鹽則高岔連冉，波酌海臻。素鹺凝結，皓若雪氛。北堂書鈔一四六。

湯鹽池〔二九〕，東西長七十里，南北七里，鹽生海内，暮取朝復生。北堂書鈔一四六。

其女工則絳綺縠〔三〇〕。太平御覽八一六。

纖纖絲履，燦爛鮮新。靈草尋夢，華榮奏□。表以文組〔三一〕，綴以珠蠙。步履安審，接趾承身。北堂書鈔一三六。初學記二六。太平御覽六九七。

龍燭九枝，逸稻壽陽。賦湛露以留客，召麗妙之新倡〔三二〕。初學記一五。北堂書鈔一一二。

伊歲之冬，雲氣清晞。水沍露凝，冰雪皚皚。初學記三。

金陛玉砌，玄柘雲阿。文選四六王融三月三日曲水詩序李善注。

陽牕含輝，陰牖納光。編珠二。

芳果萬名，攢羅廣庭。霜滋露熟〔三三〕，時至則零。太平御覽九六四。

黍稷油油，秔稌垂芒。殘穟滿握，一穎盈箱。初學記二七。

綠鵠葱鶩〔三四〕。太平御覽九二五。

蘋藻漂於陽侯，芙蕖出乎渚際。奮紅葩之熗熗，逸景燭於崖水。韻補四「水」字注。

鼁螭潛滑於黃泥，文魚游踊於清瀨。浚迅波以遠騰，正泌瀄乎湄濟。韻補四「瀨」字注。

戢武器於有炎之庫，放戎馬於巨野之坰。水經泗水注。

建燕尾之飛旌。編珠二。

巖險迴隔，峻巘隱曲。猛獸深潛，介禽竄匿。韻補五「曲」字注。

猰窳猛容，舉父猴玃，戰鬬陵岡，瞋怒奮赫。韻補五「玃」字注。

晝藏宵行，俯仰哮咆，禽獸怖竄，失偶喪儔。韻補二「咆」字注。

彼齊、〔魯〕諸儒〔三五〕，皆繪弁端衣，散佩垂紳。金聲玉色，温故知新。訪魯都之區域，弔先生之遺真。太平御覽一五六。北堂書鈔九六。

若乃考王道之去就〔三六〕，覽萬代之興衰。發龍圖於金縢，啟洛典乎石扉〔三七〕。崇七經之旨義，删百氏之乖違。北堂書鈔一〇一、九六。

覃思圖籍，闡迪德謨。蘊包古今，撰集丘素。韻補四「謨」字注。

舉成均之舊志，建學校乎泗濱。表泮宮之憲肆，有唐虞之三墳。韻補一「墳」字注。

採逸禮於殘竹，聽遺詩乎達路。覽國俗之盛衰，求群士之德素。北堂書鈔一〇一。

至于日昃，體勞怠倦。一張一弛，文武之訓。韻補四「倦」字注。

曳髮編芒，蔚若霧烟。九采灼爍，青藻紛繽。韻補一「烟」字注。

奉彝執羃，納觶授觴，引滿輒釂，滴瀝受觥。韻補二「觥」字注。

貴交尚信，輕命重氣。義激毫毛，怨成梗概。韻補四「概」字注。

四域來求。北堂書鈔一四六。

〔一〕「崖」，書鈔一五八作「岸」。
〔二〕「陔」，類聚原作「垠」，今從初學記二八。
〔三〕「根」，類聚原作「陔」，今據初學記二八改。
〔四〕「蒙雪含霜」二句，據初學記二八補。
〔五〕「鳳皇」，初學記二八作「鳳鸞」。
〔六〕「莘」，類聚原作「華」，今從嚴輯本改。按，詩小雅魚藻「魚在在藻，有頒其首」、「魚在在藻，有莘其尾」，「頒首莘尾」語出此。
〔七〕「衆媛侍側」二句，據御覽三八一補。
〔八〕「雪」，御覽三八一作「濡」。
〔九〕「含丹吮素」二句，據書鈔一三五、御覽三八一補。
〔一〇〕「玄髮曜粉」二句，據書鈔一三五補於此。
〔一一〕「插」，書鈔一三五作「建」，御覽三八一作「掖」。
〔一二〕「袿裾紛緋」二句，據御覽三八一補。「袿裾」，影宋本御覽原作「圭衣」，今從鮑刻本御覽。
〔一三〕「妖服初工」二句，據韻補二「紗」字注補。
〔一四〕「眄風」，韻補二「紗」字注作「盱風」，孔本書鈔一〇七作「儀鳳」，陳本書鈔作「彩鳳」。
〔一五〕「飄乎猋發」，孔本書鈔一〇七作「翩乎炎發」，陳本書鈔作「手如迴雪」。

〔一六〕「修」，編珠二作「蔱」。

〔一七〕「赴」，書鈔一〇七作「墜」。

〔一八〕「褉」，宋書禮志作「除」，書鈔一五五作「禳」。

〔一九〕「國子水嬉」，類聚原作「國于水游」，宋書禮志作「國子水嬉」，書鈔一三一、一五五、韻補一「嬉」字注同，今據改。

〔二〇〕「工祝掩渚」二句，據韻補一「詞」字注補。

〔二一〕「帷」，書鈔一三二、御覽七〇〇並作「幄」。

〔二二〕「帳」，書鈔一三二、御覽七〇〇並作「帷」。

〔二三〕「日暮宴罷」二句，據初學記四補。「宴罷」，編珠二作「罷朝」。

〔二四〕「鶴」，御覽七〇二作「鵠」。

〔二五〕「如」，文選注作「似」。

〔二六〕「長罼掩壑」二句，嚴輯本據御覽八三二補入於此，今從之。

〔二七〕「録」，韻補五「剥」字注作「籙」。

〔二八〕「勤」，孔本書鈔原作「動」，據陳本書鈔改。錢鍾書管錐篇云，此本老子六章「綿綿若存，用之不勤」。勤，盡竭也。又云，上文「疏鹽」之「疏」當作「流」。

〔二九〕「湯」，陳本書鈔作「内」。按，此條疑是賦之注文。

〔三〇〕「絳」字上或下疑有脱文。

〔三一〕「組」，初學記二六作「綦」。

〔三二〕「麗妙」，書鈔一一二作「妙麗」。

〔三三〕「熟」，嚴輯本作「潤」。

〔三四〕「鶩」，影宋本御覽原作「鶩」，鮑刻本作「鶩」。按，此條御覽入鶩類，今從鮑刻本。

〔三五〕「齊魯」，御覽原無此「魯」字，據書鈔九六補。

〔三六〕「王」，書鈔九六作「皇」。

〔三七〕「扉」，書鈔九六作「扇」。

遂志賦

幸遇明后，因志東傾。披此豐草，乃命小生。生之小矣，何兹云當？牧馬于路，役車低昂。愴悢惻切〔一〕，我獨西行。去峻溪之鴻洞，觀日月於朝陽〔二〕。釋叢棘之餘刺，踐檟林之柔芳。皦玉粲以曜目，榮日華以舒光。信此山之多靈，何神分之煌煌！聊且遊觀，周歷高岑。仰攀高枝，側身遺陰。磷磷礀礀，以廣其心。伊天皇之樹葉，必結根於仁方。梢吴夷於東隅，掣叛臣乎南荆。戢干戈於内庫，我馬縶而不行。揚洪恩於無涯，聽頌聲之洋洋。四寓莫以無爲〔三〕，玄道穆以普將。翼儁乂於上列，退仄陋於下場。襲初服之蕪薉，託蓬廬以遊翔。豈放言而云爾？乃旦夕之可忘。藝文類聚二六。

〔一〕「愴悢」，類聚原誤「愴恨」，今從張輯本改。文選班彪北征賦：「心愴悢以傷懷。」五臣李周翰注：「愴悢，憂悲貌。」

〔二〕「日月」，類聚原作「日日」，今從張輯本改。

〔三〕「莫」，張輯本作「尊」，嚴輯本作「奠」。按，當作「莫」。莫，通漠，有清静之義。莊子知北遊：「澹而静乎，漠而清乎。」是也。張、嚴各所改非。

清慮賦

結東阿之扶桑，接西雷乎燭龍。〔入鐐碧之間〔一〕，出水精之都。〕上青腰之山，蹈琳珉之塗。玉樹翠葉，上棲金烏。初學記二七。文選一三謝惠連雪賦李善注。太平御覽八〇八。

錯華玉以茨屋，駢雄黄以爲墀。紛以瑶蕊，糅以玉夷。初學記二七。太平御覽一八五。

〔後〕布瑇瑁之席〔二〕，〔前〕設觜蠵之牀〔三〕，馮玫瑶之几〔四〕，對精金之盤。北堂書鈔一三三兩引。太平御覽七〇六、七〇九、八〇七、八〇九。

□虞氏之爨，加火珠之甑，炊嘉禾之米，和蓂莢之飯。北堂書鈔一四四。

仰秤木韭，俯拔廉薑。太平御覽九七四。

瀹鳳卵。玉燭寶典二。

乃生氣雹之班輿。北堂書鈔一四〇。

〔一〕「入鐐碧之間」二句，據御覽八〇八補。

〔二〕「後」，書鈔原無此字，據御覽八〇七補。

〔三〕「前」，書鈔原無此字，據御覽八〇七補。「牀」，書鈔一作「筵」，御覽七〇九、又八〇七同。

〔四〕「玫」，御覽八〇九作「文」。

瓜賦 并序

楨在曹植座〔一〕，厨人進瓜，植命爲賦，促立成。其辭曰〔二〕：初學記一〇。太平御覽九七八。

〔含金精之流芳〔三〕，冠衆瓜而作珍。〕三星在隅〔四〕，温風節暮。枕翹於藤〔五〕，流美遠布。黄花炳曄，潛實獨著。豐細異形，圓方殊務。揚暉發藻，九采雜糅。厥初作苦，終然允甘。應時湫熟，含蘭吐芳。藍皮密理，素肌丹瓤。乃命圃師，貢其最良。投諸清流，一浮一藏。〔更布象牙之席〔六〕，薰玳瑁之筵，憑彤玉之几，酌縹碧之樽。〕析以金刀〔七〕，四剖三離。承之以雕盤，冪之以纖絺。甘逾蜜房〔八〕，冷亞冰圭〔九〕。藝文類聚八七兩引。文選二〇顏延年皇太子釋奠會作詩李善注。初學記一〇、又二八引三條。太平御覽三四六、九七八。事類賦二七引兩條。

〔一〕「楨」，初學記無此字，據御覽補。

〔二〕此條初學記作「劉楨瓜賦序」。按，文中直呼曹植姓名，不類劉楨口氣，恐非原序。此文又見於書鈔一〇二及御覽六〇〇所引文士傳，疑初是史家記事之文，後輾轉鈔引乃以爲序耳。

〔三〕「含金精之流芳」二句，據御覽九七八補。按，上下當有脱文。

〔四〕「星」，類聚原作「心」，據初學記二八改。按，句出詩唐風綢繆。

〔五〕「枕翹於藤」，類聚原作「杭翹放藤」，據初學記二八改。張、嚴二輯本並同初學記。

〔六〕「更布象牙之席」四句，據初學記一〇補。「更」字原無，據文選注補。「布」，文選注作「鋪」。

〔七〕「析」，類聚原作「折」，初學記二八、御覽三四六並作「析」，今據改。又事類賦作「斫」。

〔八〕「逾」，御覽九七八、事類賦並作「侔」。

〔九〕「亞」，御覽九七八、事類賦並作「甚」。

文

諫曹植書〔一〕

家丞邢顒，北土之彦。少秉高節，玄静澹泊，言少理多，真雅士也。楨誠不足同貫斯人，並列左右。而楨禮遇殊特，顒反疎簡，私懼觀者將謂君侯習近不肖，禮賢不足，採庶子之春華，忘家丞之秋實。爲上招謗，其罪不小，以此反側。魏志邢顒傳。

〔一〕此題張輯本作「諫平原侯植書」，今從嚴輯本。詳見本書所附七子年譜建安十九年劉楨譜。

與曹植書

明使君始垂哀憐〔一〕，意眷日崇。譬之疾病〔二〕，乃使炎農分藥，歧伯下鍼，疾雖未除，就没無恨。何者？以其天醫至神，而榮魄自盡也。太平御覽七三九。

〔二〕「哀憐」，御覽原作「憐哀」，今從張、嚴二輯本乙轉。

〔三〕「疾病」，影宋本御覽原無「病」字，今從鮑刻本。張、嚴二輯本並同鮑刻。

與臨菑侯書

肅以素秋則落〔一〕。文選二四潘尼贈陸機出爲吴王郎中令詩、又二五劉琨重贈盧諶詩、又三五張協七命李善注。

〔一〕此文嚴輯本附於上篇與曹植書文後，然原書引此二文題既相異，未敢遽斷其必同出於一書，今姑依文選注所引之題另立之。

答曹丕借廓落帶書〔一〕

楨聞荆山之璞，曜元后之寶；隨侯之珠，燭衆士之好〔二〕；南垠之金，登窈窕之首；鼲貂之尾〔三〕，綴侍臣之幘〔四〕：此四寶者，伏朽石之下，潛汙泥之中，而揚光千載之上，發彩疇昔之外，亦皆未能初自接於至尊也。夫尊者所服，卑者所修也；貴者所御，賤者所先也。故夏屋初成而大匠先立其下，嘉禾始熟而農夫先嘗其粒。恨楨所帶，無他妙飾，若實殊異，尚可納也〔五〕。魏志王粲傳注引典略。太平御覽六八七、六八八、六九六。事類賦一二。

〔一〕典略曰：「文帝嘗賜楨廓落帶，其後師死，欲借取以爲像，因書嘲楨云：『夫物因人爲貴。故在賤者之手，不御至尊之側。今雖取之，勿嫌其不反也。』楨答曰云云。楨辭旨巧妙皆如是，由是特爲諸公子所親愛。」張輯本題作「答太子書」，今從嚴輯本。

〔二〕「士」，御覽六九六作「女」。

〔三〕「饌貂」，御覽六八八作「貂饌」，又六八七作「貂蟬」，又六九六作「饌鼯」。

〔四〕「綴」，御覽六八八作「挂」，事類賦同。

〔五〕「尚」，御覽六九五作「上」。

處士國文甫碑

先生執乾靈之貞資〔一〕，稟神祇之正性。咳笑則孝悌之端著，匍匐則清節之兆見。齠齔以及成人，體無懈容，口無愆辭，兢兢業業，小心思忌〔二〕。勤讓同儔，敬事長老，雖周之欒正子春，漢之江都董相，其飭躬力行，無以尚之。是以長安師其仁，朋友欽其義，閨門推其慈〔三〕，宗屬懷其惠。既乃潛身窮巖，遊心載籍，薄世名也。初海内之亂，不視膳羞十有餘年。憂思泣血〔四〕，不勝其哀，形銷氣竭，以建安十七年四月卒。于時龍德逸民，黄髮實叟，綴文通儒，有方彦士，莫不拊心長號，如喪同生。咸以爲誄所以昭行也，銘所以旌德也。古之君子，既没而令問不亡者，由斯二者也。銘曰：懿矣先生，天授德度。外清内白，如玉之素。逍遥九皋，方回是慕。不計治萃，名與殊路。知我者希，韞櫝未酤。喪過乎哀，遘疾不悟。早世永頽，違此榮祚。咨爾末徒，聿修歎故。藝文類聚三七。

〔一〕「資」，嚴輯本作「潔」。
〔二〕「思」，張、嚴二輯本作「畏」。
〔三〕「推」，張、嚴二輯本作「稱」。
〔四〕「思」，嚴輯本作「心」。

失題文　四則

雲師灑路，雷公警蹕。北堂書鈔一六。

潤八青。北堂書鈔六。

孔氏卓卓，信含異氣，筆墨之性，殆不可勝。文心雕龍風骨篇。

文之體指實强弱〔一〕，使其辭已盡而勢有餘，天下一人耳，不可得也〔二〕。文心雕龍定勢篇。

〔二〕「指」，楊明照先生校注云，疑爲「勢」之誤。「實」下，似脱一「有」字。

〔三〕按，南齊書陸厥傳載厥與沈約書云：「劉楨奏書，大明體勢之致。」此條及上條皆言文章之體勢氣性，疑是陸厥所稱之「奏書」中語。

附録

附録一　建安七子佚文存目考

孔　融

上章謝大中大夫

任昉文章緣起：「上章：孔融上章謝大中大夫。」此謝恩章，今亡。

論郗鴻豫書

經進東坡文集事略欒全先生文集叙：「孔北海志大而論高，……其論盛孝章、郗鴻豫書，慨然有烈丈夫之風。」按，融之與曹公論盛孝章書見於本集，其論郗鴻豫書今亡。後漢書本傳載曹操與融書曰：「昔國家東遷，文舉盛歎鴻豫『名實相副，綜達經學，出於鄭玄，又明司馬法』……」又載融答書曰：

「融與鴻豫州里比郡，知之最早。雖嘗陳其功美，欲以厚於見私，信於爲國，……郗爲故吏，融所推進。」據此，知融於建安初嘗稱美郗慮而薦之於朝廷，其論郗鴻豫書或爲此而作。然則上引曹操書「文舉盛歎鴻豫」以下文字，當出自此書之中。

孝廉論

劉勰文心雕龍論説篇：「至如張衡譏世，韻似俳説，孔融孝廉，但談嘲戲，曹植辨道，體同書鈔，言不持正，論如其已。」今孔融孝廉論亡。

楊四公讚

經進東坡文集事略孔北海讚序：「予觀公所作楊四公讚，歎曰……乃作孔北海讚。」注：「楊震，子秉，孫賜，曾孫彪。自震至彪，四世爲太尉，故謂之四公。」按，太平御覽卷五八八引李充翰林論曰：「容象圖而讚立，宜使辭簡而義正。孔融之讚楊公，亦其美也。」所稱「孔融之讚楊公」，即指楊四公讚，又知其文屬圖讚一類。

□□陳□碑

劉勰文心雕龍誄碑篇：「自後漢以來，碑碣雲起。……孔融所創，有慕伯喈，張、陳兩文，辨給足采，亦其亞也。」按，劉勰所説之「張文」，當是衛尉張儉碑，已載本集，而「陳文」今亡，亦未詳碑主之官職、名字。

陳琳

博陵王宫俠曲

吴兢樂府古題要解下："「博陵王宫俠曲，右見陳琳集。」樂府詩集卷六七雜曲歌辭遊俠篇解題亦曰："「魏陳琳、晉張華又有博陵王宫俠曲。」按，張華博陵王宫俠曲二首載樂府詩集，陳琳此作亡。

武獵賦

古文苑卷七王粲羽獵賦章樵注引摯虞文章流别論："「建安中，魏文帝從武帝出獵，賦（校獵），命陳琳、王粲、應瑒、劉楨並作。琳爲武獵，粲爲羽獵，瑒爲西狩，楨爲大閲，凡此各有所長，粲其最也。」按，曹丕校獵賦見藝文類聚卷六六、初學記卷二二、太平御覽卷三三九引，王粲羽獵賦、應瑒西狩賦各存本集，陳琳武獵賦、劉楨大閲賦今俱亡。

與臧洪書

又與臧洪書

范曄後漢書臧洪傳："袁紹圍臧洪，「歷年不下，使洪邑人陳琳以書譬洪，示其禍福，責以恩義」。李賢注引獻帝春秋曰："「紹使琳爲書八條，責以恩義，告喻使降也。」是琳受紹命，曾作書與洪。又魏志臧洪傳載洪答書有云："「前日不遺，比辱雅貺，述叙禍福，公私切至。……捐棄紙筆，一無所答。」又云：「重獲來命，援引古今，紛紜六紙，雖欲不言，焉得已哉。」（按，又見後漢書臧洪傳，文字稍略。）據此，知琳作書與洪，先後計兩通：其一即所謂「示其禍福」者，洪不答；其二則「援引古今，紛紜六紙」，亦即獻帝春秋所謂「爲書八條，責以恩義」者。此二書今並亡，惟其第二書，在洪答書中時有稱引，可見大略。

爲曹洪與魏文帝書其一

文選卷四一載陳琳爲曹洪與魏文帝書，其書云：「十一月五日，洪白：前初破賊，情奓意奢，説事頗過其實。得九月二十日書，讀之喜笑，把玩無厭，亦欲令陳琳作報。」按，此書已入本集。繹其辭，知前此洪别有一書與曹丕，即所謂「説事頗過其實」者。又據「亦欲令陳琳作報」一語推知，其亦爲陳琳捉刀甚明，今亡。

王　粲

七哀詩又三首

古文苑卷八王粲七哀詩題下章樵注：「粲集七哀詩六首，其二入選。」是知宋人所見王粲集中有七哀詩六首。今本分别從文選、古文苑中輯存三首，其餘三首皆亡。

登歌安世詩

沈約宋書樂志一：明帝太和初，「繆襲奏：『自魏國初建，故侍中王粲所作登哥安世詩，專以思詠神靈及説神靈鑒享之意。』……王粲所造安世詩，今亡」。

感丘賦

全晉文卷一〇二載陸雲與兄平原書，其論王粲文云：「登樓賦無乃煩，感丘賦、弔夷齊辭不爲偉。」

按，登樓賦、弔夷齊文已存於本集，感丘賦今亡。

述征賦

愁霖賦

喜霽賦

全晉文卷一〇二陸雲與兄平原書：「視仲宣賦集，初、述征、登樓前即甚佳，其餘平平，不得言情處。……愁霖、喜霽，殊自委頓，恐此都自易勝。」按，初征賦已存本集，述征、愁霖、喜霽三賦，今俱亡。又文選卷三一江淹雜體詩李善注曰：「王仲宣有愁霖賦。」則此篇唐人猶及見焉。

爲劉表答審配書

古文苑卷一〇王粲爲劉表與袁尚書：「又得賢兄貴弟顯雍及審別駕書。」章樵注曰：「審配爲冀州別駕，有書貽表，粲亦爲修書答之。不見答顯雍書。」按，據此意，章氏曾目見王粲爲劉表答審配書，則宋本王粲集中當有此書。今亡。

去伐論

劉勰文心雕龍論説篇：「詳觀蘭若之才性，仲宣之去代（當作「伐」），叔夜之辨聲，太初之本玄（當作

「無」)，輔嗣之兩例，平叔之二論，並師心獨見，鋒穎精密，蓋人倫(當作「論」)之英也。」按，隋書經籍志考證曰：「馬國翰曰：『隋、唐志載王粲去伐論集三卷，今佚。考藝文類聚引去伐論一篇，題袁宏，書名同而撰人異。按隋、唐志均無宏撰去伐論之目，以題稱去伐論集，繹之當是王粲著論，後賢多有擬議，一併附入歟？』按魏志本傳『著詩賦論議垂六十篇』，去伐論當在其中。」今亦亡。

徐幹

玄猿賦

漏巵賦

橘賦

曹丕典論論文：「王粲長於辭賦，徐幹時有齊氣，然粲之匹也。……幹之玄猿、漏巵、圓扇、橘賦，雖張、蔡不過也。」按典論所稱幹之四賦，今但存圓扇賦佚文四句，已存其本集，其餘三篇均亡。

限王公以下奴婢田宅議

唐晉書李重傳：「時太中大夫恬和表陳便宜，稱漢孔光、魏徐幹等議，使王公已下制奴婢限數，及禁百姓賣田宅。中書啟可，屬主者爲條制。重奏曰：『……至於奴婢私產，則實皆未嘗曲爲之立限也。……今如和所陳而稱光、幹之議，此皆衰世踰侈，當時之患。』」按，孔光奏議見漢書哀帝紀及食貨志。徐幹議，今亡。

仲雍哀辭

行女哀辭

太平御覽卷五九六引摯虞文章流别論：「建安中，文帝、臨菑侯各失稚子，命徐幹、劉楨等爲之哀辭。」又文心雕龍哀弔篇：「建安哀辭，惟偉長差善，行女一篇，時有惻怛。」按，幹之行女哀辭當曹氏兄弟各失稚子時奉命而作。考藝文類聚卷三四引曹植行女哀辭序云：「行女生於季秋而終於首夏。」又引其仲雍哀辭序云：「曹喈字仲雍，魏太子之中子也，三月生而五月亡。」知曹植稚子行女與曹丕稚子仲雍均於同時亡歿，與文章流别論所言相合。然則徐幹必另有仲雍哀辭無疑。劉楨與徐幹同，亦當有此二哀辭，今俱亡。

阮瑀

爲魏文帝作舒告

任昉文章緣起：「告：魏阮瑀爲魏文帝作舒告。」此舒告今亡。

立齊桓公神堂議

北堂書鈔卷六九引魏武褒賞令：「别部司馬付其衡請立齊桓公神堂，令使記室阮瑀議之。」此議今亡。

爲魏武與韓遂書

魏志王粲傳注引典略：「太祖嘗使阮瑀作書與韓遂，時太祖適近出，瑀隨從。因於馬上具草，書成呈之。太祖擥筆欲有所定，而竟不能增損。」又同傳裴松之注：「典略載太祖初征荆州，使瑀作書與劉備，及征馬超，又使瑀作書與韓遂，此二書今俱存。」按，本集輯存爲魏武與劉備書佚文二句，蓋征荆州時作，其爲魏武與韓遂書劉宋人猶及見，今亡。

應　瑒

喜霽賦

初學記卷二注云：「後漢應瑒、魏文帝、繆襲、晉傅玄、陸雲，並有喜霽賦。」知瑒此賦唐時猶存，今亡。

傷夭賦

庾子山集卷一有傷心賦，爲信自傷子女夭折而作。其序有云：「至若曹子建、王仲宣、傅長虞、應德璉、劉（當作「鈕」）韜之母、任延（當作「咸」）之親，書翰傷切，文辭哀痛，千悲萬恨，何可勝言。」按，曹植有慰子賦、金瓠哀辭、行女哀辭等，王粲有傷夭賦，任咸妻有孤女澤蘭哀辭（以上見藝文類聚卷三四），傅咸有遂登芒賦（見類聚卷四〇），鈕韜母有與虞定夫人薦環夫人書（見類聚卷一八），諸文均言傷夭之事，所謂「書翰傷切，文辭哀痛」者也。據庾信所言則應瑒當有同類之作，惜其文不傳，題亦無考，今姑依王粲賦題擬之。

文論

劉勰文心雕龍序志篇：「詳觀近代之論文者多矣，至于魏文述典，陳思序書，應瑒文論，陸機文賦，仲治流别，弘範翰林，各照隅隙，鮮觀衢路；或臧否當時之才，或銓品前修之文，或泛舉雅俗之旨，或撮題篇章之意。」又云：「應論華而疏略。」按，本集輯存文質論一篇，或以爲即是劉勰所稱之「文論」。黄侃文心雕龍札記云此論但「泛言文質之宜，似非文論」，且其與劉勰所撮舉諸家論文之旨無一相合，應瑒當别有文論一篇，今亡。

劉楨

大閱賦

考見陳琳武獵賦條下。

仲雍哀辭

行女哀辭

考見徐幹同題條下。

附録二　建安七子雜著彙編

英雄記

〔魏〕王粲撰　〔清〕黄奭輯

曹操

曹操與劉備密言，備泄之於袁紹，紹知操有圖己之意〔一〕。操自咋其舌流血，以失言戒後世。藝文一七。又御覽三六七。

建安中，曹操於南皮攻袁譚，斬之。操作鼓吹，自稱萬歲，於馬上舞〔二〕。十二年，攻烏桓蹋頓，一戰，斬蹋頓首，繫馬鞍，於馬上抃舞。御覽五七四。又水經大遼水注引「曹操於是擊馬鞍〔三〕，於馬上作十片」。語有脱誤。

曹操進軍至江上，欲從赤壁渡江。無船，作竹椑，使部曲乘之。從漢水來下，出大江，注浦口。未即渡，周瑜又夜密使輕舸百艘〔四〕，燒椑。操乃夜走。御覽七七一。

曹公赤壁之敗，至雲夢大澤，遇大霧，迷道。書鈔一五一。又初學記卷二引無「之」字，「至」

作「行」，「澤」下有「中」字，「迷道」作「迷失道路」。

建安七年，鄴中大飢，米一斛二萬錢〔五〕。御覽三五。

〔一〕「圖已」，影宋本御覽作「圖國」。

〔二〕影宋本御覽三〇五引此條止于「於馬上舞」，「舞」下有「也」字。

〔三〕「擊」，影印永樂大典本水經注作「繫」，是也。又下句「十片」，據御覽所引，蓋「舞」字之誤。

〔四〕「輕舸」，影宋本御覽作「輕船走舸」。

〔五〕「米一斛」，影宋本御覽作「芋一畝」。

曹純

純字子和，年十四而喪父，與同産兄仁别居。承父業，富於財，僮僕人客以百數。純綱紀督御，不失其理，鄉里咸以爲能。好學問，敬愛學士，學士多歸焉，由是爲遠近所稱。年十八，爲黄門侍郎。二十，從太祖到襄邑募兵，遂常從征戰。魏志曹仁傳注。又藝文四八引「曹純字子和，年十六，爲黄門侍郎」。又御覽二三一引同藝文。又三八四引「曹純字子和，年十四，喪父，業富於財，使人僮僕以百數，純綱紀督御之，不失其理。好樂學問，愛敬學士，學士多歸焉，由是爲遠近所稱。年十六，爲黄門郎」。案「太祖」二字係後人所改，粲時不得稱太祖，當稱曹公〔一〕。

〔一〕「案『太祖』二字係後人所改」云云，按，隋書經籍志上云：「漢書英雄記十卷，王粲等撰。」然則，其中不全是王粲一人之作。僅就曹操而言，今諸書所引，或稱曹公，或稱太祖，或直呼曹操，頗不相一，蓋作者不同之故，非後人改王粲文也。

周毖　伍瓊

毖字仲遠，武威人。瓊字德瑜，汝南人。魏志董卓傳注。又後漢書董卓傳注引無「汝南人」三字。

橋瑁

瑁字元偉〔一〕，玄族子。先爲兗州刺史，甚有威惠。魏志武帝紀注。又後漢書袁紹傳注引「瑁」上「玄」上並有「橋」字。

〔一〕「元偉」，後漢書袁紹傳注引作「元瑋」。

董卓

卓父君雅，由微官爲潁川綸氏尉。有三子：長子擢，字孟高，早卒；次即卓；卓弟旻，字叔穎。魏志董卓傳注。

卓數討羌、胡，前後百餘戰。同上。

河南中部掾閔貢，扶帝及陳留王上至雒舍止。帝獨乘一馬，陳留王與貢共乘一馬，從雒舍南行。公卿百官奉迎於北芒阪下，故太尉崔烈在前導。卓將步騎數千來迎，烈呵使避。卓罵烈曰：「晝夜三百里來，何云避，我不能斷卿頭邪？」前見帝，曰：「陛下令常侍小黄門作亂乃爾，以取禍敗，爲負不小邪！」又趨陳留王，曰：「我董卓也，從我抱來。」乃於貢抱中取王。同上。下又注云：「英雄記曰：『一本云王不就卓抱，卓與王併馬而行也。』」

董卓謂王允曰：「欲得一快司隸校尉，誰可作者？」允曰：「唯有蓋勳元固，京兆耳。」卓曰：「此明智有餘，不可假以雄職。」御覽二五〇。

董卓攻得李旻、張安，畢圭苑中，生烹之（一）。二人臨入鼎，相謂曰：「不同日生，乃同日烹。」御覽六四五。

董卓在顯陽苑，請官僚共議，欲有廢立，謂袁紹曰：「劉氏之種，不足復遺。」袁紹曰：「漢家君天下四百許年，恩澤深渥，兆民戴之，恐衆不從公議。」卓曰：「天下之事，豈不在我？我令爲之，誰敢不從！」紹曰：「天下健者，不唯董公！」紹請立觀之。」橫刀長揖而去，坐中皆驚愕。時卓新至，見紹大家，故不敢害之。後漢書袁紹傳注引「紹揖卓去，坐中驚愕。

卓新至，見紹大家，故不敢害」。卓於是遂策廢皇太后，遷之永安宮，其夜崩。廢皇帝史侯爲弘農王，立陳留王爲皇帝。卓聞東方州郡謀欲舉兵，恐其以弘農王爲主。乃置王閣上，薦之以棘，召王太傅責問之曰：「弘農王病困，何故不白？」遂遣兵，迫守太醫致藥，即日，弘農王及妃唐氏皆薨。御覽九二。

卓侍妾懷抱中子，皆封侯，弄以金紫。孫女名白，時尚未笄，封爲渭陽君。於郿城東起壇，從廣二丈餘，高五六尺，使白乘軒金華青蓋車，都尉、中郎將、刺史二千石在郿者，各令乘軒簪筆，爲白導從，之壇上，使兄子璜爲使者，授印綬。魏志董卓傳注。又御覽二〇二引「董卓孫女名白，於郿城」，下無「東」字，「白乘」下無「軒」字，末有「也」字。

郿去長安二百六十里。同上。

時有謡言曰：「千里艸，何青青，十日卜，猶不生。」又作董逃之歌。又有道士書布爲「吕」字以示卓，卓不知其爲吕布也。卓當入會，陳列步騎，自營至宮，朝服導引其中。馬躓不前，卓心怪欲止。布勸使行，乃衷甲而入。卓既死，當時日月清淨，微風不起，旻、璜等及宗族老弱悉在郿，皆還，爲其群下所斫射。卓母年九十，走至塢門曰：「乞脱我死！」即斬首。袁氏門生故吏，改殯諸袁死於郿者，斂聚董氏屍于其側而焚之。暴卓屍于市。卓素肥，膏流浸地，草爲之丹。守屍吏暝以爲大炷，置卓臍中以爲燈，光明達旦，如是積日。後卓故部曲收所燒者灰，並以一棺棺之，葬於郿。卓塢中金有二三萬斤，銀八九萬斤，珠玉錦綺奇玩雜物皆山崇阜積，不可知數。魏志董卓傳注。又後漢書董卓傳注引作「有道士書布以爲『吕』字，將以示卓，卓不知其爲吕布也」。又引「卓母年九十，走至塢門曰：『乞脱我死！』即時斬首」。又藝文八三引作「董卓郿塢有金二三萬斤」。御覽八一一、事類賦金引同御覽，並無「郿」字。

昔大人見臨洮而銅人鑄，臨洮生卓而銅人毁；世有卓而大亂作，大亂作而卓身滅，抑有以也。魏志董卓論注。

京師謡歌咸言「河臘叢進」，獻帝臘日生也。風俗通曰「烏臘烏臘」。案逆臣董卓，滔天虐民，窮凶極惡。關東舉兵欲共誅之，轉相顧望，莫肯先進，處處停兵，數十萬若烏臘蟲相隨，横取之矣。後漢書五行志一注。

太祖作董卓歌辭云〔二〕：「德行不虧缺，變故自難常。鄭康成行酒，伏地氣絶；郭景圖命盡於園桑。」魏志袁紹傳注。按歌辭不合董卓，疑有誤。

〔一〕「畢圭苑」，原本作「畢生范」。黄氏校云：「『生』疑『於』字之訛，鮑刻本『生』作『圭』，『范』作『苑』。」則鮑刻本作「畢圭苑」。按，後漢書靈帝紀「光和三年作罼圭、靈昆苑」，又後漢書董卓傳「卓自屯畢圭苑中」，「罼」即「畢」之異體，是「畢圭苑」爲地名，鮑刻本不誤。影宋本御覽亦作「畢圭苑」，今據改，並刪黄氏校語。

〔三〕「董卓」，疑原作「董逃」。按鄭樵通志樂略載董逃歌有二：一前漢人作，古辭猶存，見樂府詩集相和歌辭清調曲，言上五嶽，求長生不死之術；二後漢遊童作，董卓以爲諷己，故命改「逃」爲「安」，事見後漢書五行志一。據曹操此歌辭意，其所擬者當屬前者，蓋後人改「董逃」爲「董卓」。

何苗

苗，太后之同母兄，先嫁朱氏之子。語有脱誤。進部曲將吴匡，素怨苗不與進同心，又疑其與宦官通謀，乃令軍中曰：「殺大將軍者，車騎也。」遂引兵與卓弟旻共攻殺苗於朱爵闕下。魏志董卓傳注。

卓欲震威，侍御史擾龍宗詣卓白事，不解劍，立撾殺之，京師震動。發何苗棺，出其屍，枝解節棄於道邊。又收苗母舞陽君，殺之，棄屍於苑枳落中，不復收斂。同上。

李傕　郭汜

傕，北地人。汜，張掖人，一名多。魏志董卓傳注。又後漢書董卓傳注引「傕，北地人」。

李傕等相攻戰〔一〕，長安中盜賊不禁，白日虜掠。是時，穀一斛五十萬，豆麥二萬〔二〕，人相食啖，白骨委積，臭穢滿路。御覽三五。又書鈔一五六陳禹謨補引「李傕」至「人相食」。

〔一〕「攻」，影宋本御覽作「次」。

〔二〕「穀一斛五十萬，豆麥二萬」，孔廣陶本書鈔作「穀一斛五千萬，豆麥一斛二十萬」。

楊奉　韓暹

備劉備誘奉與相見，因於坐上執之。暹失奉勢孤，時欲走還并州，爲杼秋屯帥張宣所邀殺。魏志董卓傳注。

丁原

原字建陽，本出自寒家，爲人粗略有武勇，善騎射。爲南縣吏〔一〕，受使不辭難，有警急，追寇虜輒在其前。裁知書，少有吏用。魏志吕布傳注。又後漢書董卓傳注引至「輒在前」止，無「本出自寒家」句，「勇」上無「武」字，「射」上無「騎」字，無「爲南縣吏」四字，「辭」下無「難」字，無末七字。

〔一〕「南縣」，盧弼三國志集解云：「『南』字上下疑有脱文，兩漢地志無南縣。」按，南縣，謂所在地南面之縣。魏志崔琰傳注引司馬彪九州春秋云：孔融「直到所治城，城潰，融不得入，轉至南縣」是也。

呂布

郭汜在城北，布開城門將兵就汜，言「且卻兵，但身決勝負」。汜、布乃獨共對戰。布以矛刺中汜，汜後騎遂前救汜，汜、布遂各兩罷。魏志呂布傳注。

諸書，布以四月二十三日殺卓，六月一日敗走。時又無閏，不及六旬〔一〕。同上。

呂布刺殺董卓，與李傕戰，敗，乃將數百騎，以卓頭繫馬鞍，走出武關。御覽三五八。

王允誅董卓，卓部曲將李傕、郭汜不自安，遂合謀攻圍長安。城陷，呂布奔走。布駐馬青瑣門外，招允曰：「公可以去乎？」允曰：「若國家社稷之靈，上安國家，吾之願也。如其不獲，則奉身以死之。」御覽四一七。

布自以有功於袁氏，輕傲紹下諸將，以爲擅相署置，不足貴也。布求還洛，紹假布司隸校尉。外言當遣，内欲殺布。明日當發，紹遣甲士三十人，辭以送布。布使止於帳側，僞使人於帳中鼓箏。紹兵卧，布無何出帳去，而兵不覺。夜半兵起，亂砍布牀被，謂爲已死。明日，紹訊問，知布尚在，乃閉城門。布遂引去。魏志呂布傳注。又後漢書臧洪傳注引，自「布求還洛」，止於「帳側」，上無「布使」二字，「謂」下無「爲」字〔二〕，「明日」作「明旦」。

呂布詣袁紹。紹患布，欲殺之。遣三十六兵被鎧迎布，使著帳邊卧。布知之，使於帳中鼓箏。諸兵卧，布出帳去，兵不覺也。藝文四四。按與魏志呂布傳注、後漢書臧洪傳注所引不同。

呂布詣袁紹，紹患之。布不自安，因求還洛陽，紹聽之。承制使領司隸校尉，遣壯士送布而陰殺之。布疑其圖己，乃使人鼓箏於帳中，潛自遁出。夜中兵起，而布已亡。紹聞，懼爲患，募追之，皆莫敢近，遂復歸。御覽五七六。按所引又與藝文各别。

布見備，甚敬之，謂備曰：「我與卿同邊地人也。布見關東起兵，欲誅董卓。布殺卓東出，關東諸將無安布者，皆欲殺布耳。」請備於帳中坐婦牀上，令婦向拜，酌酒飲食，名備爲弟。備見布語言無常，外然之而内不説。魏志張邈傳注。

布初入徐州，書與袁術。術報書曰：「昔董卓作亂，破壞王室，禍害術門户。術舉兵關東，未能屠裂卓。將軍誅卓，送其頭首，爲術掃滅讎耻，使術明目於當世，死生不愧，其功一也。昔將金元休向兖州，甫詣封丘，爲曹操逆所拒破，流離迸走，幾至滅亡。將軍破兖州，術復明目於遐邇，其功二也。術生年已來，不聞天下有劉備，備乃舉兵與術對戰。

術憑將軍威靈，得以破備，其功三也。將軍有三大功在術，術雖不敏，奉以生死。將軍連年攻戰，軍糧苦少，今送米二十萬斛，迎逢道路，非直此止，當駱驛復致。若兵器戰具，它所乏少，大小唯命。」布得書大喜，遂造下邳。魏志張邈傳注。

布水陸東下，軍到下邳西四十里。備中郎將丹楊許耽夜遣司馬章誑來詣布，言：「張益德與下邳相曹豹共爭，益德殺豹，城中大亂，不相信。丹楊兵有千人屯西白門城內，聞將軍來東，大小踴躍，如復更生。將軍兵向城西門，丹楊軍便開門內將軍矣。」布遂夜進，晨到城下。天明，丹楊兵悉開門內布兵。布於門上坐，步騎放火，大破益德兵，獲備妻子軍資及部曲將吏士家口。同上。

建安元年六月夜半時，布將河內郝萌反，將兵入布所治下邳府，詣廳事閤外，同聲大呼攻閤，閤堅不得入。布不知反者爲誰，直牽婦，科頭袒衣，相將從溷上排壁出，詣都督高順營，直排順門入。順問：「將軍有所隱不？」布言：「河內兒聲。」順言：「此郝萌也。」順即嚴兵入府，弓弩並射萌衆，萌衆亂走，天明還故營。萌將曹性反萌，與對戰。萌刺傷性，性斫萌一臂。順斫萌首，牀輿性，送詣布。布問性，言：「萌受袁術謀。」「謀者悉誰？」性言：「陳宮同謀。」時宮在坐上，面赤，傍人悉覺之。布以宮大將，不問也。性言：「萌常以此問，性言呂將軍大將有神，不可擊也，不意萌狂惑不止。」布謂性曰：「卿健兒也！」善養視之。創愈，使安撫萌故營，領其衆。同上。

初，天子在河東，有手筆版書召布來迎。布軍無畜積，不能自致，遣使上書。朝廷以布爲平東將軍，封平陶侯。使人於山陽界，亡失文字，太祖又手書厚加慰勞布，説起迎天子，當平定天下意，並詔書購捕公孫瓚、袁術、韓暹、楊奉等。布大喜，復遣使上書於天子曰：「臣本當迎大駕，知曹操忠孝，奉迎都許。臣前與操交兵，今操保傅陛下，臣爲外將，欲以兵自隨，恐有嫌疑，是以待罪徐州，進退未敢自寧。」答太祖曰：「布獲罪之人，分爲誅首，手命慰勞，厚見褒獎。重見購捕袁術等詔書，布當以命爲效。」太祖更遣奉車都尉王則爲使者，齎詔書，又封平東將軍印綬來拜布。太祖又手書與布曰：「山陽屯送將軍所失大封，國家無好金，孤自取家好金更相爲作印，國家無紫綬，自取所帶紫綬以籍心。將軍所使不良。袁術稱天子，將軍止之〔三〕，而使不通章。朝廷信將軍，使復重上，以相明忠誠。」布乃遣登奉章謝恩，並以一好綬答太祖。同上。

布令韓暹、楊奉取劉備地麥，以爲軍資。御覽八三八。

袁術遣將紀靈率步騎三萬攻劉備〔四〕。呂布遣人招備，並請靈等饗飲，謂靈曰：「布性不喜合鬭，但喜解鬭耳。」乃令植戟於營門，彎弓曰：「諸君觀布射戟小支，中者，當解兵；不中，留決鬭。」布一發中戟支，遂罷兵。御覽七四六。又書鈔一二四：「劉備屯小沛，袁術遣將紀靈攻備。呂布曰：「布不喜合鬭〔五〕，但喜解鬭耳。」令門候於營門中舉一隻戟〔六〕，布言〔七〕：『諸君觀布射戟小支，一發中者，諸君當解去〔八〕，不中者，可留決鬭〔九〕。』布舉弓射戟，正中小支。」

布後又與暹、奉二軍向壽春，水陸並進，所過虜略。到鍾離，大獲而還。既渡淮北，留書與術曰：「足下恃軍彊盛，常言猛將武士欲相吞滅，每抑止之耳。布雖無勇，虎步淮南，一時之間，足下鼠竄壽春，無出頭者。猛將武士，爲悉何在？足下喜爲大言以誣天下，天下之人安可盡誣？古者兵交，使在其間，造策者非布先唱也。相去不遠，可復相聞。」布渡畢，術自將步騎五千揚兵淮上，布騎皆於水北大咍笑之而還。時有東海蕭建爲琅邪相，治莒，保城自守，不與布通。布與建書曰：「天下舉兵，本以誅董卓耳。布殺卓，來詣關東，欲求兵西迎大駕，光復洛京，諸將自還相攻，莫肯念國。布，五原人也，去徐州五千餘里〔一〇〕，乃在天西北角，今不不字有誤來共爭天東南之地。莒與下邳相去不遠，宜當共通。君如自遂以爲郡郡作帝，縣縣自王也！昔樂毅攻齊，呼吸下齊七十餘城，唯莒、即墨二城不下，所以然者，中有田單故也。布雖非樂毅，君亦非田單，可取布書與智者詳共議之。」建得書，即遣主簿齎牋上禮，貢良馬五匹。建尋爲臧霸所襲破，得建資實。布聞之，自將步騎向莒。高順諫曰：「將軍躬殺董卓，威震夷狄，端坐顧盼，遠近自然畏服，不宜輕自出軍；如或不捷，損名非小。」布不從。霸畏布抄暴，果登城拒守。布不能拔，引還下邳。霸後復與布和。魏志張邈傳注。

呂布將兵向莒。臧霸等畏布，登城上以藥箭亂射〔二〕，中人馬。布不能拔，引還下邳。書鈔一二五陳禹謨補。

呂布使陳登詣曹操，求徐州牧，不得。登還，布怒，拔戟斫几曰：「吾所求無獲，但爲卿父子所賣耳！」登不爲動容，徐對曰：「登見曹公，言『養將軍譬如養虎，當飽其肉，不飽則將噬人』。公曰：『不如卿言。譬如養鷹，飢則爲用，飽則颺去。』其言如此。」布意乃解。御覽三五二。又書鈔一二四陳禹謨補引「呂布使陳登詣曹操，求徐州牧，不得。登還，布怒，拔戟斫几曰：『卿父勸吾協同曹公，絶婚公路，今吾所求無一獲，而卿父子並顯重，但爲卿所賣耳。』」

布遣許汜、王楷告急於術。術曰：「布不與我女，理當自敗，何爲復來相聞邪？」汜、楷曰：「明上今不救布，爲自敗耳。布破，明上亦破也。」術時僭號，故呼爲明上。術乃嚴兵爲布作聲援。又文選任彦昇奏彈曹景宗注引「袁術嚴兵爲呂布作聲援」。布恐術爲女不至，故不遣兵救也，以綿纏女身，縛著馬上，夜自送女出與術，與太祖守兵相觸，格射不得過，復還城。又御覽八一九引「呂布爲曹公所攻，甚急，乃求救於袁術。術先求布女」，下即接「布恐術爲女不至」云云。布欲令陳宮、高順守城，自將騎斷太祖糧道。布妻謂曰：「將軍自出斷曹公糧道是也。宮、順素不和，將軍一出，宮、順必不同心共守城也，如有蹉跌，將軍當於何自立乎？願將軍諦計之，無爲宮等所誤也。妾昔在長安，已爲將軍所棄，賴得龐舒私藏妾身耳。今不須顧妾也。」布得妻言，愁悶不能自決。魏志張邈傳注。此兩「太祖」亦非當日原文，疑裴氏採入傳時所改。

曹公擒吕布，布顧劉備曰：「玄德，卿爲上坐客，我爲降虜，繩縛我急，獨不可一言耶？」操曰：「縛虎不得不急。」曹公欲緩之，備曰：「不可！公不見布事丁建陽、董太師乎？」操頷之〔三〕。布目備曰：「大耳兒最叵信！」藝文一七。又御覽八九二引「曹公擒吕布，顧劉備曰：『玄德，卿爲坐上客，我爲降虜。繩縛我急，獨不可一言邪？』操曰：『縛餓虎不得不急。』乃命緩縛布」。又事類賦虎引同御覽，「顧」上有「布」字。

布謂太祖曰：「布待諸將厚也，諸將臨急，皆叛布耳。」太祖曰：「卿背妻，愛諸將婦，何以爲厚？」布默然。魏志張邈傳注。

〔二〕此條疑非王粲所作英雄記本文。按，魏志董卓傳「卓死後六旬，布亦敗」，文下裴注「臣松之案英雄記曰諸書」云云，細審其中「時又無閏，不及六旬」二句，當是英雄記爲駁正魏志傳文而發；且王粲爲漢末人，其叙漢末事，必不能引諸書以正史實，故此條其作者應在晉陳壽之後，亦可證英雄記非盡王粲一人作也。

〔三〕「謂」字上黃校云：「『牀』下無『被』字。」標點本後漢書臧洪傳注「牀」下有「被」字，故删去此校語。

〔三〕「止」，盧弼三國志集解引陳景雲説云，當作「上」。

〔四〕「袁術」上，影宋本御覽四九六有「吕布字奉先，劉備屯小沛」十字。又「攻劉備」下有「備求救於布，布率騎千餘馳赴之」十三字。

〔五〕「喜」，原本作「善」，據陳禹謨本書鈔改；「吕布曰」下孔廣陶本書鈔作「不好鬭好解鬭」，「吕布」上有「久之」二字。

〔六〕「令門侯」三字及「隻」字，孔本書鈔無。

〔七〕「布言」，孔本書鈔無「布」字。

〔八〕「諸君」，原本作「諸軍」，據孔本書鈔改。

〔九〕「決鬬」，孔本書鈔無「決」字。

〔一〇〕「五」，盧弼三國志集解謂當是「三」字之訛。

〔一一〕「登」，原本作「發」，今據孔本書鈔改。

〔一二〕「操頷之」，原本脱此三字，今據影宋本藝文補。又「頷」，影宋本原作「憾」，汪紹楹校云：明本作「頷」。按，後漢書吕布傳此句作「操頷之」，李賢注引杜預注左傳曰：「頷，摇頭也。」正與明本類聚合。今據改。御覽三六六引作「領」，亦非。

李叔節

李叔節與弟進先共在乘氏城中。呂布詣乘氏城下，叔節從城中出，詣布。進先不肯出，爲叔節殺數頭肥牛，提數十石酒，作萬枚胡餅，先持勞客。御覽八六〇。

張楊

楊及部曲諸將，皆受傕、汜購募，共圖布。布聞之，謂楊曰：「布，卿州里也。卿殺布，於卿弱。不如賣布，可極得汜、傕爵寵。」楊於是外許汜、傕，內實保護布。汜、傕患之，更下大封詔書，以布爲潁川太守。魏志呂布傳注。

楊性仁和，無威刑。下人謀反，發覺，對之涕泣，輒原不問。魏志張楊傳注。

高順

順爲人清白有威嚴，不飲酒，不受饋遺。所將七百餘兵，號爲千人，鎧甲鬭具皆精練齊整，每所攻擊無不破者，名爲陷陣營。順每諫布，言：「凡破家亡國，非無忠臣明智者也，但患不見用耳。將軍舉動，不肯詳思，輒喜言誤，誤不可數也。」布知其忠，然不能用。

布從郝萌反後，更疏順。以魏續有外內之親，悉奪順所將兵以與續。及當攻戰，故令順將續所領兵，順亦終無恨意。魏志張邈傳注。又後漢書呂布傳注引「順爲人不飲酒，不受饋。所將七百餘兵，號爲千人，名陷陣營。布後疏順，奪順所將兵，亦無恨意」。

臧洪

袁紹以臧洪爲東郡太守，時曹操圍張超於雍丘。洪始聞超被圍，乃徒跣號泣，並勒所領，將赴其難。從紹請兵，而紹竟不聽之。超城遂陷，張氏族滅。洪由是怨紹，絶不與通。紹增兵急攻洪。城中糧盡，厨米三升，使爲薄糜，遍頒衆；又殺其愛妾以食兵將，咸流涕無能仰視。男女七八千，相枕而死，莫有離叛。城陷，生執洪。紹謂曰：「臧洪，何相負若是！今日服未？」洪據地瞋目曰：「諸袁事漢，四世五公，可謂受恩。今王室衰弱，無輔翼之意，而欲因際會，觖望非冀。惜洪力劣，不能推刃爲天下報仇，何爲服乎？」紹乃命殺之。洪邑人陳容在坐，見洪當死，起謂紹曰：「將軍今舉大事，欲爲天下除暴，而先誅忠義，豈合天意？」紹慚，遣人牽出，謂曰：「汝非臧洪儔歟？空復爾爲。」容顧曰：「夫仁義豈有常所？蹈之則君子，背之則小人。今日寧與臧洪同日死，不與將軍同日生！」遂復見殺。在紹坐者，無不歎息。御覽四二二。又四一八引無首十一字，於「雍丘」下即接「臧洪從袁紹請兵，將赴其難，紹不聽之」，「族」下無「滅」字，「不」上無「絶」字，無「城中糧盡」至「又」十六字，無「咸」字，「流涕」下無「無能仰視」至「而死」十三字，「紹謂曰」作「紹問」，「瞋目」作「瞑目」，「衰弱」作「微弱」，無「無輔翼」至「而欲」七字，「劣」作「弱」，下作「不能爲天下推刃報仇」，「乃命」無「乃」字，「舉」上無「今」字，「大事」下無「欲爲天下除暴」句，「遣人」作「使人」，「汝非臧洪儔歟」無「非」，「歟」二字，下並同。

公孫瓚

公孫瓚字伯珪，爲上計吏。郡太守劉基爲事被徵，伯珪御車到洛陽，身執徒養。基將徙日南，伯珪具豚米於北邙上祭先人，觴醊，祝曰：「昔爲人子，今爲人臣，當詣日南，多瘴氣，恐或不還，與先人辭於此。」再拜，慷慨而起，觀者莫不歔欷。在道得赦，俱還。御覽四二二。又五二六引無「字伯珪爲」四字，「基」作「其」，下作「以事犯法，檻車徵，伯珪襟衣平幘，御車到洛陽」，無「身執徒養」四字，「基將徙」作「其當徙」，「北邙」作「墓」，「祭先」下無「人」字，「觴」上有「舉」字，「日南」下重「日南」二字，「而起」下作「其時州里人在京師者，送行見之，及觀者莫不歔欷」。又六八七引「公孫瓚字伯珪，上計吏。郡太守劉基以事公車徵，伯珪襟衣平幘，御車洛陽，身執徒養」。

公孫伯珪追討叛胡邱力居等於管子城，伯珪力戰，兵乏食，馬盡，煮弩楯啖食之。御覽三五七。

公孫瓚與諸屬郡縣〔一〕，每至節會，屠牛作脯〔二〕，每酒一觴，致脯一豆。書鈔一四五陳禹謨補。

公孫瓚與破虜校尉鄒靖俱追胡，靖爲所圍，瓚迴師奔救，胡即破散，解靖之圍。乘勝窮追，日入之後，把炬逐北。御覽八七〇。

瓚每與虜戰，常乘白馬，追不虚發，數獲戎捷。虜相告云：「當避白馬。」因虜所忌，簡其白馬數千匹，選騎射之士，號爲「白馬義從」。一曰胡夷健者常乘白馬，瓚有健騎數千，多乘白馬，故以號焉。魏志袁紹傳注。

公孫瓚每聞邊警〔三〕，輒厲色作氣如赴仇。嘗乘白馬〔四〕，又白馬數十匹，選騎射之士，號爲「白馬義從」，以爲左右翼。胡甚畏之〔五〕，相告曰：「當避白馬長史。」御覽八九七。又事類賦馬引「常乘白馬」下作「又選數十白馬，爲騎射之士」。餘俱同。又藝文九三引「仇」作「讎」，「嘗」作「常」，又下有「揀」字，至「胡甚畏之」止。又書鈔一一七引「公孫瓚常與健騎數十人皆乘白馬，以爲左右翼，自號『白馬義從』」。

公孫瓚除遼東屬國長史，連接邊寇。每有警，輒厲色憤怒如赴讎，敵望塵奔，繼之夜戰。虜識瓚聲，憚其勇，莫敢犯之。御覽四三七。

幽州歲歲不登，人相食。有蝗旱之災，人始知採稆〔六〕，以棗椹爲糧。穀一石十萬錢。

公孫伯珪開置屯田，稍稍得自供給。御覽三五。又書鈔一五六引「五穀不登〔七〕，民人以桑椹爲糧」。

瓚統内外，衣冠子弟有材秀者，必抑使困在窮苦之地。或問其故，答曰：「今取衣冠家子弟及善士富貴之，皆自以爲職當得之，不謝人善也。」所寵遇驕恣者，類多庸兒，若故卜數師劉緯臺、販繒李移子、賈人樂何當等三人，與之定兄弟之誓，自號爲伯，謂三人者爲仲叔季，富皆巨億，或取其女以配己子，常稱古者曲周、灌嬰之屬以譬也。魏志公孫瓚傳注。

公孫瓚擊青州黄巾賊，大破之。還屯廣宗，改易守令，冀州長吏無不望風響應，開門受之。紹自往征瓚，合戰於界橋南二十里。瓚步兵三萬餘人爲方陳，騎爲兩翼，左右各五千餘匹，白馬義從爲中堅，亦分作兩校，左射右，右射左，旌旗鎧甲，光照天地。紹令麴義以八百兵爲先登，彊弩千張夾承之。紹自以步兵數萬結陳於後。義久在涼州，曉習羌鬭，兵皆驍鋭。瓚見其兵少，便放騎欲陵蹈之。義兵皆伏楯下不動，未至數十步，乃同時俱起，揚塵大叫，直前衝突，彊弩雷發，所中必倒，臨陳斬瓚所署冀州刺史嚴綱甲首千餘級。瓚軍敗績，步騎奔走，不復還營。義追至界橋，瓚殿兵還戰橋上，義復破之，遂到瓚營，拔其牙門，營中餘衆皆復散走。紹在後，未到橋十數里，下馬發鞍，見瓚已破，不爲設備，惟帳下彊弩數十張，大戟士百餘人自隨。瓚部迸騎二千餘匹卒至，便圍紹數重，弓矢雨下。

別駕從事田豐扶紹欲卻入空垣，紹以兜鍪撲地曰：「大丈夫當前鬬死，而入牆間，豈可得活乎？」彊弩乃亂發，多所殺傷。瓚騎不知是紹，亦稍引卻。會麴義來迎，乃散去。魏志袁紹傳注。又水經淇水注引「公孫瓚擊青州黄巾賊，大破之，還屯廣宗。袁本初自往征瓚，合戰於界橋南二十里。紹將麴義破瓚於界城橋，斬瓚冀州刺史嚴綱，又破瓚殿兵於橋上」。又御覽七三引同水經注。又御覽三五六引：「袁紹爲公孫瓚所圍，别駕田豐扶紹入空垣，紹脱兜鍪抵地云：『丈夫當前鬬死，而反逃入牆間，豈可得活。』」

初平四年，天子使太傅馬日磾、太僕趙岐和解關東。岐别詣河北，紹出迎於百里上，拜奉帝命。岐住紹營，移書告瓚。瓚遣使具與紹書曰：「趙太僕以周召之德，銜命來徵，宣揚朝恩，示以和睦，曠若開雲見日，何喜如之？昔賈復、寇恂亦争士卒，欲相危害，遇光武之寬，親俱陛見，同輿共出，時人以爲榮。自省邊鄙，得與將軍共同此福，此誠將軍之眷，而瓚之幸也。」魏志袁紹傳注。

先是有童謡曰：「燕南垂，趙北際，中央不合大如礪，惟有此中可避世。」瓚以易當之，乃築京固守。瓚别將有爲敵所圍，義不救也。其言曰：「救一人，使後將恃救不力戰，今不救此，後將當念在自勉。」是以袁紹始北擊之時，瓚南界上别營自度守則不能自固，又知必不見救，是以或自殺其將帥，或爲紹兵所破，遂令紹軍徑至其門。魏志公孫瓚傳注。

瓚諸將家家各有高樓，樓以千計。瓚作鐵門，居樓上，屏去左右，婢妾侍側，汲上文書。同上。

袁紹分部攻者掘地爲道，穿穴其樓下，稍稍施木柱之，度足達半，便燒所施之柱，樓輒傾倒。同上。

〔一〕「諸屬郡縣」，孔本書鈔一作「諸屬城都縣」。

〔二〕「脯」下，孔本書鈔有「邯鄲曰『子亦聞大漢相安昌侯也』」十三字。

〔三〕「警」，原誤作「驚」，據影宋本藝文、御覽及事類賦馬改。

〔四〕「嘗」，影宋本御覽作「常」。

〔五〕「胡」下，事類賦馬有「人」字。

〔六〕「人」上，影宋本御覽及孔本書鈔並有「民」字。

〔七〕孔本書鈔無「五」字。

關靖

關靖字士起，太原人。本酷吏也，諂而無大謀，特爲瓚所信幸。魏志公孫瓚傳注。

袁紹

袁紹父成，字文開，名壯健，貴戚權豪自大將軍梁冀以下，皆與交結恩好，言無不從，故京師諺曰：「事不諧，詣文開〔一〕。」御覽三八六。又魏志袁紹傳注引無「袁紹父」三字，「壯健」上無「名」字，下有「有部分」三字，「交結恩好」祇「結好」二字，「諺」上有「爲作」二字。京師諺曰：『事不諧，詣文開。』」引：「袁紹父成，字文開，貴盛自梁冀以下，皆與交，言無不從。京師諺曰：『事不諧，詣文開。』」又御覽四九六

紹生而父死，二公愛之。幼使爲郎，弱冠除濮陽長，有清名。遭母喪，服竟，又追行父服，凡在冢廬六年。禮畢，隱居洛陽，不妄通賓客，非海内知名，不得相見。又好遊俠，與張孟卓、何伯求、吴子卿、許子遠、伍德瑜等皆爲奔走之友。不應辟命。中常侍趙忠謂諸黄門曰：「袁本初坐作聲價，不應呼召而養死士，不知其兒欲何所爲乎？」紹叔父隗聞之，責數紹曰：「汝且破我家！」紹於是乃起應大將軍之命。魏志袁紹傳注。又後漢書袁紹傳注引「凡在冢廬六年」。又引「不妄通賓客」至「奔走之友」，唯無「伍德瑜」三字。又御覽四〇五引：「袁紹居雒陽西北陬，不妄通賓客，非海内知名，不得相見。」又四〇九引：「袁紹不妄通賓客，好遊俠，與張孟卓、何伯求、吴子卿、許子遠、伍德瑜等皆奔走之友，不應辟命。」

袁紹生而孤，幼爲郎。容貌端正，威儀進止，動見仿效。弱冠除服長〔二〕，有清能名。

御覽三八九。末七字鮑刻本作「除復陽長有清能名」。

袁紹有姿貌威容，愛士養名。既累世台司，賓客所歸，加以傾心折節，莫不爭赴其庭，士無貴賤，與之抗禮。御覽四七五。

袁紹辟大將軍府，不得已起從命。舉高第，遷侍御史。弟術，爲尚書。紹不欲爲臺下〔三〕，告疾求退。御覽二二七。

董卓謂袁紹曰：「皇帝沖闇，非萬機之主。陳留王猶勝，今欲立之。」紹勃然曰：「天下健者，豈惟董公！」橫刀長揖徑出，懸節於東門，而奔冀州。書鈔一一三。又御覽三四五引「皇帝」至「立之」作「劉氏種不足復遺」，餘並同，「東門」作「上東門」。

是時年號初平，紹字本初，自以爲年與字合，必能克平禍亂。魏志袁紹傳注。

紹既破瓚，引軍南到薄落津，方與賓客諸將共會，聞魏郡兵反，與黑山賊于毒共覆鄴城，遂殺太守栗成。賊十餘部，衆數萬人，聚會鄴中。坐上諸客有家在鄴者，皆憂怖失色，或起啼泣，紹容貌不變，自若也。賊陶升者，故内黃小史也，又後漢書袁紹傳注引「升故爲内黃小史」。有善心，獨將部衆踰西城入，閉守州門，不内他賊，以車載紹家及諸衣冠在州内者，身自扞衛，送到斥丘乃還。紹到，遂屯斥丘，以陶升爲建義中郎將。乃引軍入朝歌鹿場山蒼巖谷討于毒，圍攻五日，破之，斬毒及長安所署冀州牧壺壽。遂尋山北行，薄擊諸賊左髭丈八等，皆斬之。又擊劉石、青牛角、黄龍、左校、郭大賢、李大目、于氏根等，皆屠其屯壁，奔走得脱，斬首數萬級。紹復還屯鄴。魏志袁紹傳注。

紹遣使即拜烏丸三王爲單于，皆安車、華蓋、羽旄、黄屋、左纛。版文曰：「使持節大將軍督幽、青、并領冀州牧邟鄉侯紹〔四〕，承制詔遼東屬國率衆王頒下、烏丸遼西率衆王蹋頓、右北平率衆王汗盧維，維乃祖募義遷善，款塞内附，北捍玁狁，東拒濊貊，世守北陲，爲百姓保障，雖時侵犯王略，命將徂征厥罪，率不旋時，悔愆變改，方之外夷，最又聰惠者也。始有千夫長、百夫長以相統領，用能悉乃心，克有勳力於國家，稍受王侯之命。自我王室多故，公孫瓚作難，殘夷厥土之君，以侮天慢主，是以四海之内，並執干戈以衛社稷。三王奮氣裔土，忿姦憂國，控弦與漢兵爲表裏，誠甚忠孝，朝所嘉焉。然而虎兕長蛇，相隨塞路，王官爵命，否而無聞。夫有勳不賞，俾勤者怠。今遣行謁者楊林，齎單于璽綬車服，以對爾勞。其各綏静部落，教以謹慎，無使作凶作慝。世復爾祀位，長爲百蠻長。厥有咎有不臧者，泯於爾禄，而喪於乃庸，可不勉乎！烏丸單于都護部衆，左右單于受其節度，他如故事。」魏志烏桓傳注。

〔一〕此條後漢書袁紹傳注引作：「成字文開，與梁冀結好，言無不從，京師諺曰：『事不諧，問文開。』」亦可證御覽所引「名壯健」之「名」字，當衍。

〔二〕「服」，影宋本御覽作「復陽」二字。按「復陽」即「濮陽」，亦作「服陽」，原本當脱「陽」字。

〔三〕「紹」，原誤作「詔」，據影宋本御覽改。

〔四〕「祁」，原本仍魏志誤作「阮」，據後漢書袁紹傳改。

袁遺

袁遺字伯業。後漢書袁紹傳注。

紹後用遺爲揚州刺史，爲袁術所敗。太祖稱：「長大而能勤學者，唯吾與袁伯業耳。」語在文帝典論。〔一〕魏志武帝紀注。

〔一〕按，王粲卒于建安二十二年，時曹丕典論猶未成書。此亦是英雄記非粲一人所作之證。

袁術

紹從弟術，字公路，汝南汝陽人也。後漢書袁紹傳注。

麴義

袁紹討公孫瓚，先令麴義領精兵八百，强弩千張，以爲前登。瓚輕其兵少，縱騎騰之。義兵伏楯下，一時同發，瓚軍大敗。御覽三五七。又三四八引至「前登」，「討」作「擊」。

麴義後恃功而驕恣，紹乃殺之。魏志袁紹傳注。

逢紀

逢紀説紹曰：「將軍舉大事而仰人資給，不據一州，無以自全。」紹答云：「冀州兵彊，吾士飢乏，設不能辦，無所容立。」紀曰：「可與公孫瓚相聞，導使來南，擊取冀州。公孫必至而馥懼矣，因使説利害，爲陳禍福，馥必遜讓。於此之際，可據其位。」紹從其言而瓚果來。魏志袁紹傳注。

紀字元圖。初，紹去董卓出奔，與許攸及紀俱詣冀州，紹以紀聰達有計策，甚親信之，與共舉事。後審配任用，與紀不睦。或有讒配於紹，紹問紀，紀稱：「配天性烈直，古人之節，不宜疑之。」紹曰：「君不惡之邪？」紀答曰：「先日所争者私情，今所陳者國事。」紹善之，卒不廢配。配由是更與紀爲親善。同上。又後漢書袁紹傳注引至「甚親信之」，無「出奔」

二字。又荀彧傳注同，「信」上無「親」字。

審配

審配任用，與紀不睦。辛評、郭圖皆比於譚。後漢書袁紹傳注。

袁尚使審配守鄴。曹操進軍攻鄴，審配將馮禮爲内應，開突門内操兵三百餘人。配覺之，從城上以大石擊門，門閉，入者皆死。操乃鑿塹，圍迴四十里。初令淺，示若可越。配望見，笑而不出。操令一夜濬之，廣深二丈，決漳水灌之。自五月至八月，城中餓死者過半。尚聞鄴急，將兵萬餘人還救，操逆擊，破之。尚走，依曲漳爲營，操復圍之。尚懼，遣陰夔、陳琳請降，不聽。尚還走藍口〔一〕，操復進，急圍之。尚將馬迎等臨陣降〔二〕，衆大潰。尚奔中山，盡收其輜重，得尚印綬、節鉞及衣物，以示城中，城中崩沮。審配命士卒曰：「堅守死戰，操軍疲矣，幽州方至，何憂無主！」以其兄子榮爲東門校尉。榮夜開門内操兵，配猶拒戰。城陷，生獲配。操意活之，配意氣壯烈，終無撓辭，見者莫不歎息，遂斬之。御覽三一七。又書鈔一一八引：「袁尚使審配守鄴。曹操進軍攻鄴。配將馮禮叛〔三〕，爲内應，開突門内操兵三百餘人。配覺之，從城上以大石擊突中栅門，栅門閉，入者皆死没。」

袁尚使審配守鄴，曹操攻之。操出行圍，配伏弩射之，幾中。及城陷，生獲配，操謂曰：「吾近行圍，弩何多也？」配曰：「猶恨其少！」操曰：「即忠於袁氏，不得不爾。」志欲活之。配意氣壯烈，終無撓辭，遂斬之。御覽四三八。又三四八引「袁尚使審配守鄴城。曹操進軍攻鄴，生獲配，謂曰：『吾近行圍，弩何多也？』配曰：『猶恨其少。』」

〔一〕「藍口」，原作「藍田」，後漢書袁紹傳作「藍口」，今據改。

〔二〕「馬迎」，後漢書、魏志袁紹傳並作「馬延」。

〔三〕「馮禮」，原作「馬禮」，據孔本書鈔改。

郭圖

譚、尚戰於外門，譚軍敗奔北。郭圖説譚曰：「今將軍國小兵少，糧匱勢弱，顯甫之來，久則不敵。愚以爲可呼曹公來擊顯甫。曹公至，必先攻鄴，顯甫還救。將軍引兵而西，自鄴以北皆可虜得。若顯甫軍破，其兵奔亡，又可斂取以拒曹公。曹公遠僑而來，糧餉不繼，必自逃去。比此之際，趙國以北皆我之有。亦足與曹公爲對矣。不然，不諧。」譚始不納，後遂從之。問圖：「誰可使？」圖答：「辛佐治可。」譚遂遣毗詣太祖。魏志辛毗傳注。

韓珩

袁譚既死，弟熙、尚爲其將焦觸、張南所攻，奔遼西烏桓。觸自號幽州刺史，陳兵數萬，殺白馬，盟曰：「違命者斬！」各以次歃，至别駕代郡韓珩，曰：「吾受袁公父子厚恩〔一〕，今其破亡，智不能救，勇不能死，北面曹氏，所不能爲也。」一坐爲珩失色。觸曰：「舉大事，當立大義，事之濟否，不待一人，可卒珩志，以厲事君。」曹操聞珩節，甚高之，屢辟，不至。御覽四二二。

〔一〕「子」上，原脱「父」字，據影宋本御覽補。

陳瑀

陳温字元悌，汝南人。先爲揚州刺史，自病死。袁紹遣袁遺領州，敗散，奔沛國，爲兵所殺。袁術更用陳瑀爲揚州。瑀字公瑋，下邳人。瑀既領州，而術敗於封丘，南向壽春，瑀拒術不納。術退保陰陵，更合軍攻瑀，瑀懼，走歸下邳。魏志袁術傳注。

韓馥

馥字文節，潁川人，七字又見後漢書董卓傳注。爲御史中丞。董卓舉爲冀州牧。于時冀州民人殷盛，兵糧優足。袁紹之在勃海，馥恐其興兵，遣數部從事守之，不得動搖。東郡太守橋瑁詐作京師三公移書與州郡，陳卓罪惡，云：「見逼迫，無以自救，企望義兵，解國患難。」馥得移，請諸從事問曰：「今當助袁氏邪？助董卓邪？」治中從事劉子惠曰：「今興兵爲國，何謂袁、董！」馥自知言短而有慚色。子惠復言：「兵者凶事，不可爲首。今宜往視他州，有發動者然後和之。冀州於他州不爲弱也，他人功未有在冀州之右者也。」馥然之。馥乃作書與紹，道卓之惡，聽其舉兵。魏志武帝紀注。

冀州刺史韓馥問諸從事曰：「馥有何長何短？」治中劉子曰〔一〕：「前勞賜有餘肉百觔，賣之，一州調度，奢儉不復在是，猶可勞賜勤勞吏士，賣之示狹〔二〕。」御覽八六三。

袁紹使張景明、郭公則、高元才等説韓馥，使讓冀州。魏志臧洪傳注。又後漢書郡國志注引「冀州」下有「與紹」二字。

〔一〕「子」下，當脱「惠」字。

〔二〕「狹」，影宋本御覽作「儉」。

劉子惠

劉子惠，中山人。兖州刺史劉岱與其書，道「卓無道，天下所共攻，死在旦暮，不足爲憂。但卓死之後，當復回師討文節。擁强兵，何凶逆寧可得置」。封書與馥，馥得此大懼，歸咎子惠，欲斬之。别駕從事耿武等排閤伏子惠上，願並見斬。得不死，作徒，被赭衣，掃除宫門外。後漢書袁紹傳注。

趙浮

紹在朝歌清水口，浮等從後來，船數百艘，衆萬餘人，整兵駭鼓過紹營，紹甚惡之。浮等到，謂馥曰：「袁本初軍無斗糧，各欲離散，旬日之間，必土崩瓦解。將軍但閉户高枕，何憂何懼？」後漢書袁紹傳注。

耿武　閔純

耿武字文成。閔純字伯典。後袁紹至，馥從事十餘人棄馥去，唯恐在後。獨武、純杖刀拒，兵不能禁。紹後令田豐殺此二人。後漢書袁紹傳注。

朱漢

紹以河内朱漢爲都官從事。漢先時爲馥所不禮，内懷怨恨。且欲邀迎紹意，擅發城郭兵圍守馥第，拔刃登屋。馥走上樓。收得馥大兒，搥折兩脚。紹亦立收漢，殺之。馥猶憂怖，故報紹索去。魏志袁紹傳注。又後漢書袁紹傳注引同。

王匡

匡字公節，泰山人。輕財好施，以任俠聞。辟大將軍何進府進符使。匡於徐州發彊弩五百西詣京師〔一〕，會進敗，匡還州里。起家，拜河内太守。魏志武帝紀注。又後漢書獻帝紀注引「匡字公節，泰山人。輕財好施，以任俠聞，爲袁紹河内太守」。又董卓傳注引至「以任俠聞」。又袁紹傳注引「王匡字公節，泰山人也」。又書鈔一一二五引「匡」上有「王」字，「使」上無「符」字，「州」作「鄉」，無末七字。又御覽三四八引「匡」上有「王」字，「使」上無「進符」二字，「州」作「鄉」，下無「里」字。又四七七引「鄉」下有「里」字，俱無末七字。

〔一〕「徐州」，盧弼三國志集解謂當爲「兖州」之誤。按，書鈔、御覽引此亦作「徐州」。

孔伷

伷字公緒，陳留人。魏志武帝紀注。又後漢書董卓傳注引「伷字公緒」。又袁紹傳注引「伷」上有「孔」字，「人」下有「也」字。

劉虞

虞爲博平令，治正推平，高尚純樸，境内無盜賊，災害不生。時鄰縣接壤，蝗蟲爲害，至博平界，飛過不入。魏志公孫瓚傳注。

虞讓太尉，因薦衛尉趙謨、益州牧劉焉、豫州牧黄琬、南陽太守羊續，並任爲公。同上。

幽州刺史劉虞，食不重肴，藍縷繩履。書鈔三八、一三六。又御覽二五八引「肴」作「餚」，「履」作「屨」。

虞之見殺，故常山相孫瑾、掾張逸、張瓚等忠義奮發，相與就虞，罵瓚極口，然後同死。魏志公孫瓚傳注。

劉岱

岱孝悌仁恕，以虛己受人。吴志劉繇傳注。

劉翊

劉翊字子相，潁川人。遷陳留太守，出關數百里，見士大夫病亡道次，翊以馬易棺，脱衣殮之。又逢知故困餓於路，不忍委去，因殺所駕牛以救之。衆人止之，翊曰：「視没不救，非志士。」遂俱餓死。御覽四一九。

劉表

州界群寇既盡，表乃開立學官，博求儒士，使綦毋闓、宋忠等撰定五經章句，謂之後定。魏志劉表傳注。

張羡

張羡，南陽人。先作零陵、桂陽長，甚得江、湘間心，然性屈彊不順。表薄其爲人，不甚禮也。羨由是懷恨，遂叛表焉。魏志劉表傳注。又後漢書劉表傳注引「長」作「守」，無末「焉」字。

劉焉

劉焉起兵，不與天下討董卓，保州自守。犍爲太守任岐自稱將軍，與從事陳超舉兵擊焉，焉擊破之。董卓使司徒趙謙將兵向州。説校尉賈龍，使引兵還擊焉，焉出青羌與戰，故能破殺。岐、龍等皆蜀郡人。蜀志劉焉傳注。

範父焉，爲益州牧。董卓所徵發皆不至，收範兄弟三人，鎖械於郿塢，爲陰獄以繫之。同上。

範從長安亡之馬騰營，從焉求兵。焉使校尉孫肇將兵往助之，敗於長安。同上。

劉璋

焉死，子璋代爲刺史。會長安拜潁川扈瑁爲刺史，入漢中。荆州别駕劉闔，璋將沈彌、婁發、甘寧反，擊璋不勝，走入荆州。璋使趙韙進攻荆州，屯朐䏰。蜀志劉焉傳注。

先是南陽、三輔人流入益州數萬家，收以爲兵，名曰「東州兵」。璋性寬柔，無威略，東州人侵暴舊民，璋不能禁，政令多闕，益州頗怨。趙韙素得人心，璋委任之。韙因民怨謀叛，乃厚賂荆州請和，陰結州中大姓，與俱起兵，還擊璋。蜀郡、廣漢、犍爲皆應韙。璋馳入成都城守，東州人畏韙，咸同心並力助璋，皆殊死戰，遂破反者，進攻韙於江州。韙將龐樂、李異反，殺韙軍，斬韙。蜀志劉璋傳注。

龐羲

龐羲與璋有舊，又免璋諸子於難，故璋厚德羲，以羲爲巴西太守，遂專權勢。蜀志劉璋傳注。

劉備

靈帝末年，備嘗在京師，復與曹公俱還沛國，募召合衆。會靈帝崩，天下大亂，備亦起軍，從討董卓。蜀志先主傳注。

備留張飛守下邳，引兵與袁術戰於淮陰石亭，更有勝負。陶謙故將曹豹在下邳，張飛欲殺之。豹衆堅營自守，使人招呂布。布取下邳，張飛敗走。備聞之，引兵還，比至下邳，兵潰。收散卒東取廣陵，與袁術戰，又敗。同上。

備軍在廣陵，飢餓困蹴，吏士大小自相啖食，窮餓侵逼，欲還小沛，遂使吏請降布。布令備還州，併勢擊術，具刺史車馬童僕，發遣備妻子部曲家屬於泗水上，祖道相樂。同上。

建安三年春，布使人齎金欲詣河内買馬，爲備兵所鈔。布由是遣中郎將高順、北地太守張遼等攻備。九月，遂破沛城。備單身走，獲其妻息。十月，曹公自征布，備於梁國界中與曹公相遇，遂隨公俱東征。同上。

表病，上備領荆州刺史。同上。

孫堅

劉表將吕公將兵緣山向堅〔一〕，堅輕騎尋山討公。公兵下石，中堅頭，應時腦出物故。吴志孫堅傳注。

堅以初平四年正月七日死。同上。

〔一〕「吕公」，後漢書劉表傳注引作「吕介」，下諸「公」字同。又「兵下石」作「下兵射」。

胡軫

初，堅討董卓到梁縣之陽人。卓亦遣兵步騎五千迎之，陳郡太守胡軫爲大督護，吕布爲騎督，其餘步騎將校都督者甚衆。軫字文才，性急，預宣言曰：「今此行也，要當斬一青綬乃整齊耳。」諸將聞而惡之。軍到廣成，去陽人城數十里。日暮，士馬疲極，當止宿，又本受卓節度，宿廣成。秣馬飲食，以夜進兵，投曉攻城。諸將惡憚軫，欲賊敗其事，布等宣言：「陽人城中賊已走，當追尋之，不然失之矣。」便夜進軍。城中守備甚設，不可掩襲。於是吏士飢渴，人馬甚疲，且夜至，又無塹壘。釋甲休息，而布又宣言相驚，云「城中賊出來」。軍衆擾亂奔走，皆棄甲，失鞍馬。行十餘里，定無賊〔一〕，會天明，便還，拾取兵器，欲進攻城。城守已固，穿塹已深，軫等不能攻而還。吴志孫堅傳注。

〔一〕盧弼三國志集解引周壽易説，謂「定無賊」三字詞意不足，疑「定」上有「驚」字。

張咨

咨字子儀，潁川人，亦知名。吴志孫堅傳注。又後漢書袁術傳注引「儀」作「議」，無末三字。

周瑜

周瑜鎮江夏。曹操欲從赤壁渡江南，無船，乘簰從漢水下，住浦口，未即渡。瑜夜密使輕船走舸百數艘〔一〕，艘有五十人移棹，人持炬火。火燃，則迴船走去，去復還燒者，須臾燒數千簰。火大起，光上照天，操夜去。藝文八〇。又御覽八六八引「簰」作「箄」，「從漢」作「沿漢」，「住」作「至」，「百數艘」無「數」字，「移」作「拖」，「持炬火」下有「持火者數千人，立於船上，以萃於箄，至乃放火」十八字，「走去」下無「去復還燒者」五字，「火大起」無「大」字，「夜去」上有「乃」字。又八七引「周瑜敗曹操於赤壁，密使輕船走舸百餘艘〔二〕，艘有五十人拖棹，人持炬火」。

〔一〕「數」，影宋本藝文作「所」。

〔二〕「百餘」，原本作「百户」，黄氏校云：「『百户』，『户』字誤，鮑刻本無『户』字。」今據影宋本御覽改正，並删黄氏校語。

孔文舉

孔文舉爲東萊賊所攻，城欲破，其治中左承祖以官棗賦與戰士。御覽九六五。又事類賦棗引「其」上有「而」字，「賦」下無「與」字。

向栩

向栩字甫興，性卓詭不倫，恒讀老子，狀如學道。又似狂生，好被髮，著幓頭。常於竈北坐板牀上，如是積久，板乃有膝踝足指之處。御覽七三九。又三七三引「向栩坐板牀，有兩踝處，入板中三寸許〔一〕」。又書鈔一三三引「向栩常坐梨牀上」。

向栩爲性卓詭不凡，好讀老子，狀如學道。又復似狂，居嘗竈北坐，被髮，喜長嘯。人客從就，輒伏不視。人有於栩前獨拜，栩不答。御覽三九二。

尚栩先人尚子平〔二〕，有道術，爲縣功曹。休歸，自入山擔薪，賣以食飲〔三〕。御覽二六四。又文選嵇叔夜與山巨源絕交書注引無首四字〔四〕。又孔德璋北山移文注引同。李周翰曰：「尚長字子平，王莽時司徒王邑薦之，固辭，後遂入山隱也。」又於北山移文下云：「尚長字子平，男女嫁娶訖，便隱而不出。」按尚子平西漢末東漢初人，此蓋因尚栩而類及之〔五〕。

〔一〕「三寸」，影宋本御覽作「二寸」。

〔二〕「栩」下，黄氏校云：「原訛作『相』」，影宋本御覽不誤，故删黄氏校語。

〔三〕「食飲」二字原本互乙，據影宋本御覽及文選四三注改。

〔四〕「四字」下，黄校云「『飲』作『供』」，又下句「引同」下云「『食』上有『飲』」。文選四三注引均作

「賣以供食飲」，黄校誤，今删此二校語。

〔五〕此條原本列于「尚子平」名下。按「尚子平」，後漢書八三逸民傳作「向子平」，向栩既爲向子平之後，則此尚栩即爲上條之向栩。今删去「尚子平」條目，併入向栩名下。

閻忠

涼州賊王國等起兵，共劫忠爲主，統三十六部，號車騎將軍。忠感慨發病而死。魏志賈詡傳注。又後漢書皇甫嵩傳注引無「共」字，末作「忠感慨發病死」。又董卓傳注截引。

涼茂

茂名在八友中。魏志涼茂傳注。

張儉

先是張儉等相與作衣冠糺彈，彈中人相調言：「我彈中誠有八俊、八乂，猶古之八元、八凱也。」世説新語品藻篇注。又後漢書郡國志「會稽郡鄮烏傷」下注引英雄交争記云：「初平三年，分縣南鄉爲長山縣。」按所引疑即漢末英雄記。又御覽七一六引「在尊者前，宜各具一手巾，不宜借人巾用」。此條不知何屬，並附録於末。

補遺

董卓廢少帝，自公卿已下，莫不卑下於卓，唯京兆尹蓋勳長揖争禮，見者皆爲失色。太平御覽二五二。

董常大會賓客〔一〕，誘降反者以鑊之。會者戰慄，亡失匕箸。太平御覽七六〇。

董卓少嘗遊羌中，與豪帥相結。後更歸耕於野，諸豪帥有來從之者，卓乃爲殺耕牛，與之共宴樂。太平御覽九〇〇。

吕布詣董卓，卓常拔戟擲之，言布亂其私室。太平御覽三五二。

魏太祖討吕布於濮陽。布有别屯在濮西。太祖夜襲，比明破之。未及還，會布救兵至，三面挑戰。太祖募陷陳，典韋先占，將應募。韋左手持十餘戟，大呼走起，所抵無不應手倒者。北堂書鈔一一八。

袁尚、熙俱入，未及坐，康叱公擒之〔二〕，坐於凍地。尚謂康曰：「未死之間，寒不可忍。」北堂書鈔一五六。

成瑨爲南陽太守，善用士也。北堂書鈔七七。

成瑨爲南陽太守，用岑晊爲功曹，褒善詘惡。北堂書鈔三四。

變化無方。北堂書鈔一三。

〔四〕「常」，疑是「卓」之誤。

〔三〕「公」，據後漢書袁紹傳當作「伏兵」二字。

中論

〔魏〕徐幹著

治學第一

昔之君子成德立行，身没而名不朽，其故何哉？學也。學也者，所以疏神達思，怡情理性，聖人之上務也。民之初載，其矇未知〔一〕，譬如宵在於玄室〔二〕，有所求而不見〔三〕，白日照焉，則群物斯辨矣。學者，心之白日也。故先王立教官，掌教國子，教以六德，曰智、仁、聖、義、中、和；教以六行，曰孝、友、睦、婣、任、恤；教以六藝，曰禮、樂、射、御、書、數。三教備而人道畢矣。學猶飾也，器不飾則無以爲美觀，人不學則無以有懿德。有懿德，故可以經人倫；爲美觀，故可以供神明。故書曰：「若作梓材，既勤樸斲，惟其塗丹雘。」夫聽黄鍾之聲，然後知擊缶之細；視衮龍之文，然後知被褐之陋；涉庠序之教，然後知不學之困。故學者如登山焉，動而益高；如寤寐焉，久而愈足。顧所由來，則杳然其遠，以其難而懈之，誤且非矣。詩云：「高山仰止。景行行止。」好學之謂也。倚立而思遠〔四〕，不如速行之必至也；矯首而徇飛，不如脩翼之必獲也〔五〕；孤居而願智，不如務學之必達也〔六〕。故君子心不苟願，必以求學；身不苟動，必以從師；言不苟出，必以博聞。是以情性合人，而德音相繼也。孔子曰：「弗學何以行？弗思何以得？小子勉之。斯可謂人師矣〔七〕。」馬雖有逸足而不閑輿，則不爲良駿；人雖有美質而不習道，則不爲君子，故學者求習道也。若有似乎晝采，玄黄之色既著，而純皓之體斯亡，敝而不渝，孰知其素歟？子夏曰：「日習則學不忘，自勉則身不墮，亟聞天下之大言則志益廣。」故君子之於學也，其不懈，猶上天之動，猶日月之行，終身亹亹，没而後已。故雖有其才，而無其志，亦不能興其功也。志者，學之帥也〔八〕；才者，學之徒也。學者不患才之不贍，而患志之不立。是以爲之者億兆，而成之者無幾。故君子必立其志。易曰：「君子以自强不息。」大樂之成，非取乎一音；嘉膳之和，非取乎一味；聖人之德，非取乎一道，故曰學者所以總群道也。群道統乎己心，群言一乎己口，唯所用之。故出則元亨，處則利貞，默則立象，語則成文。述千載之上，若共一時，論殊俗之類，若與同室，度幽明之故，若見其情，原治亂之漸，若指已效。故詩曰：「學有緝熙于光明。」其此之謂也。夫獨思則滯而不通，獨爲則困而不就。人心必有明焉〔九〕，必有悟焉，如火得風而炎熾，如水赴下而流速。故太昊觀天地而畫八卦，燧人察時令而鑽火〔一〇〕，帝軒聞鳳鳴而調律，倉頡視鳥跡而作書。斯大聖之學乎神明，而發乎物類也。賢者不能學於遠，乃學於近，故以聖人爲師。昔顔淵之學聖人也，聞一以知十，子貢聞一以知二，斯皆觸類而長之，篤思而聞之者也。非唯賢者學於聖人，聖人亦相因而學也。孔子因於文武，文武因於成湯，成湯因於夏后，夏后因於堯舜，故六籍者，群聖相因之書也。其人雖亡，其道猶存。今之學者勤心以取之，亦足以到昭明而成博達矣〔一一〕。凡學者，大義爲先，物名爲後，大義舉而物名從之。然鄙儒之博學也，務於物名，詳於器械，務於詁訓，摘其章句而不能統其大義之所極，以獲先王之心。此無異乎女史誦詩，内豎傳令也。故使學者勞思慮而不知道，費日月而無成功。故君子必擇師焉。

〔一〕「知」，郝經續後漢書六九中引作「祛」。

〔二〕「宵」，原本作「寶」，續後漢書引作「宵」，與太平御覽六〇七引「夜」義合，又與下文「白日照焉，則群物斯辨矣」，文義相接，據改。

〔三〕「有所求而不見」，御覽六〇七引作「所求不得」，續後漢書引同，唯「得」字作「獲」。

〔四〕「倚」，錢培名中論札記（下稱「札記」）謂原訛「倦」，據意林改。
〔五〕「脩翼」，札記謂原訛「循雌」，據意林改，與御覽六〇七引合。
〔六〕「務」，札記謂意林作「積」。
〔七〕「人師」，原作「師人」，據俞樾諸子平議補録（下稱「平議」）説改。
〔八〕「帥」，原作「師」，據平議説改。
〔九〕「明」，續後漢書引作「困」。
〔一〇〕「時令」，續後漢書引作「辰心」。
〔一一〕「到」，札記謂疑當作「致」或「至」。

法象第二

夫法象立，所以爲君子。法象者，莫先乎正容貌，慎威儀。是故先王之制禮也，爲冕服采章以旌之，爲佩玉鳴璜以聲之，欲其尊也，欲其莊也，焉可懈慢也？夫容貌者，人之符表也。符表正，故情性治，情性治，故仁義存，仁義存，故盛德著，盛德著，故可以爲法象，斯謂之君子矣。君子者，無尺土之封，而萬民尊之；無刑罰之威，而萬民畏之；無羽籥之樂，而萬民樂之；無爵禄之賞，而萬民懷之。其所以致之者一也。故孔子曰：「君子威而不猛，泰而不驕。」詩云：「敬爾威儀，惟民之則。」若夫墮其威儀，恍其瞻視〔一〕，忽其辭令〔二〕，而望民之則我者，未之有也。莫之則者，則慢之者至矣〔三〕。小人見慢〔四〕，而致怨乎人，患己之卑，而不知其所以然〔五〕，哀哉！故書曰：「惟聖罔念，作狂；惟狂克念，作聖。」人性之所簡也，存乎幽微；人情之所忽也，存乎孤獨。夫幽微者，顯之原也；孤獨者，見之端也。胡可簡也？胡可忽也？是故君子敬孤獨而慎幽微，雖在隱蔽〔六〕，鬼神不得見其隙也。詩云：「肅肅兔罝，施於中林。」處獨之謂也。又有顛沛而不可亂者，則成王、季路其人也。昔者，成王將崩，體被冕服，然後發顧命之辭；季路遭亂，結纓而後死白刃之難。夫以崩亡之困〔七〕，白刃之難，猶不忘敬，況於遊宴乎？故詩曰：「就其深矣，方之舟之。就其淺矣，泳之游之。」言必濟也。君子口無戲謔之言，言必有防；身無戲謔之行，行必有檢。〔言必有防〔八〕，行必有檢，〕雖妻妾不可得而黷也〔九〕，雖朋友不可得而狎也。是以不愠怒而德行行於閨門〔一〇〕，不諫諭而風聲化乎鄉黨。傳稱「大人正己，而物自正」者，蓋此之謂也。徒以匹夫之居猶然〔一一〕，況得意而行於天下者乎〔一二〕？唐堯之帝允恭克讓〔一三〕，而光被四表；成湯不敢怠遑，而奄有九域；文王祗畏，而造彼區夏。易曰：「觀盥而不薦，有孚顒若。」言下觀而化也。禍敗之由也，則有媟慢以爲階〔一四〕，可無慎乎？昔宋閔碎首於棊局〔一五〕，陳靈被禍於戲言〔一六〕，閻邴造逆於相詬，子公生弑於嘗黿，是故君子居身也謙，在敵也讓，臨下也莊，奉上也敬。四者備而怨咎不作，福祿從之。詩云：「靖恭爾位，正直是與。神之聽之，式穀以汝。」故君子之交人也，歡而不媟，和而不同，好而不佞詐，學而不虛行，易親而難媚，多怨而寡非〔一七〕，故無絶交，無畔朋。書曰：「慎始而敬終〔一八〕，終以不困。」夫禮也者，人之急也，可終身蹈〔一九〕，而不可須臾離忘也〔二〇〕。須臾離，則慆慢之行臻焉；須臾忘，則慆慢之心生焉，況無禮而可以終始乎？夫禮也者，敬之經也；敬也者，禮之情也。無敬無以行禮，無禮無以節敬，道不偏廢，相須而行。是故能盡敬以從禮者，謂之成人。過則生亂，亂則災及其身。昔晉惠公以慢瑞而無嗣〔二一〕，文公以肅命而興國〔二二〕，郤犨以傲享徵亡，冀缺以敬妻受服，子圍以大明昭亂〔二三〕，薳罷以既醉保禄，良霄以鶉奔喪家，子展以草蟲昌族。君子感凶德之如彼，見吉德之如此。故立必磬折，坐必抱鼓〔二四〕，周旋中規，折旋中矩，視不離乎結襘之間，言不越乎表著之位，聲氣可範，精神可愛，俯仰可宗，揖讓可貴，述作有方，動靜有常，帥禮不荒，故爲萬夫之望也。

〔一〕「恍」，札記謂，群書治要作「慌」。

〔二〕「忽」，札記謂，治要作「輕」。

〔三〕「則」，札記謂，治要「則」下有「必」字。

〔四〕「小人見慢」，札記謂，原作「小人皆慢也」，據治要改。

〔五〕「知」，札記謂，治要作「思」。

〔六〕「蔽」，札記謂，治要作「翳」。

〔七〕「崩亡」，龍溪精舍本作「彌留」，續後漢書引同。

〔八〕「言必有防」二句，原脱，據治要補。

〔九〕「雖」上原有「故」字，據治要删。

〔一〇〕「德行行」，札記謂，治要「德」作「教」，無上「行」字。今按，續後漢書引與治要同。

〔一一〕「徒以」，札記謂，原脱「徒」字，據治要補。

〔一二〕「意」，札記謂，治要作「志」。

〔一三〕「唐堯之帝」，札記謂，句上治要有「故」字。今按，四部叢刊本同治要，而無「堯之」二字。

〔一四〕「有媟慢」，平議謂，「有」字衍，「禍敗之由也，則媟慢以爲階」，猶繫辭傳曰：「亂之所生也，則言語以爲階。」

〔一五〕「宋閔」，原作「宋敏」，據續後漢書引改。按，此所引宋閔公事，見公羊傳莊公十二年。

〔一六〕「禍」，續後漢書引作「矢」。

〔一七〕「恕」，原作「怨」，據龍溪精舍本、續後漢書引改。

〔一八〕「敬」下原脱「終」字，據續後漢書引補，與左傳襄公二十五年引書文合。

〔一九〕「蹈」，續後漢書引作「思」。

〔二〇〕「離忘」，原脱「忘」字，據續後漢書引補，由下文「須臾離」、「須臾忘」相承可證。

〔二一〕「瑞」，原作「端」，據續後漢書引改。按，此所引晉惠公執玉不敬事，見左傳僖公十一年。

〔二二〕「興」，續後漢書引作「典」。

〔二三〕「子圍」，原作「子圉」，據續後漢書引改。按，左傳昭公元年載楚公子圍賦大明首章，叔向知其不終，即是其事。

〔二四〕「坐」，疑當作「拱」。韓詩外傳一：「立則磬折，拱則抱鼓。」説苑修文篇同韓詩外傳，尚書大傳亦云：「拱則抱鼓。」皆其證。

脩本第三

民心莫不有治道〔一〕，至乎用之則異矣〔二〕。或用乎己〔三〕，或用乎人。用乎己者，謂之務本；用乎人者，謂之近末〔四〕。君子之治之也〔五〕，先務其本，故德建而怨寡；小人之治之也，先近其末，故功廢而讐多。孔子之制春秋也，詳内而略外，急己而寬人。故於魯也，小惡必書；於衆國也，大惡始筆。夫見人而不自見者謂之矇，聞人而不自聞者謂之聵，慮人而不自慮者謂之瞀。故明莫大乎自見〔六〕，聰莫大乎自聞，睿莫大乎自慮：此三者舉之甚輕，行之甚邇，而人莫之知也〔七〕。故知者舉甚輕之事，以任天下之重，行甚邇之路，以窮天下之遠。故德彌高而基彌固〔八〕，勝彌衆而愛彌廣〔九〕。易曰：「復亨，出入无疾，朋來无咎。」其斯之謂歟？君子之於己也，無事而不懼焉：我之有善，懼人之未吾好也；我之有不善，懼人之必吾惡也〔一〇〕；見人之善，懼我之不能脩也；見人之不善，懼我之必若彼也。故其嚮道，止則隅坐，行則驂乘，上懸乎冠緌，下繫乎帶佩，晝也與之遊，夜也與之息，此盤銘之謂「日新」。易曰：「日新之謂盛德。」孔子曰：「弟子勉之，汝毋自舍。人猶舍汝，況自舍乎？人違汝其遠矣。」故君子不恤年之將衰〔一一〕，而憂志之有倦。不寢道焉，不宿義焉，言而不行，斯寢道矣，行而不時，斯宿義矣〔一二〕。夫行異乎言，言之錯也，無周於智〔一三〕；言異乎行，行之錯也，有傷於仁。是故君子務以行前言也〔一四〕。民之過在於哀死而不愛生，悔往而不慎來〔一五〕，喜語乎已然，好爭乎遂事，墮於今日而懈於後旬，如斯以及於老。故野人之事，不勝其悔，君子之悔，不勝其事。孔子謂子張曰〔一六〕：「師，吾欲聞彼，將以改此也，聞彼而不改此〔一七〕，雖聞何益？」故書舉穆公之誓，善變也；春秋書衛北宮括伐秦，善攝也。夫珠之含礫，瑾之挾瑕，斯其性與？良工爲之以純其性，若夫素然〔一八〕。故觀二物之既純，而知仁德之可粹也。優者取多焉，劣者取少焉，在人而已，孰禁我哉？乘扁舟而濟者，其身也安；粹大道而動者，其業也美。故詩曰：「追琢其章，金玉其相。勉勉我王，綱紀四方。」先民有言，明出乎幽，著生乎微。故宋井之霜，以基昇正之寒；黄蘆之萌，以兆大中之暑，事亦如之。故君子脩德，始乎笄丱，終乎鮐背，創乎夷原，成乎喬嶽。

易曰：「升元亨，用見大人，勿恤，南征吉。」積小致大之謂也。小人朝爲而夕求其成，坐施而立望其反〔一九〕，行一日之善，而求終身之譽〔二〇〕，譽不至則曰善無益矣，遂疑聖人之言，背先王之教，存其舊術，順其常好，是以身辱名賤，而不免爲人役也〔二一〕。孔子曰：「小人何以壽爲？一日之不能善矣久，惡惡之甚也。」蓋人有大惑而不能自知者，舍有而思無也，舍易而求難也。身之與家，我之有也，治之誠易，而不肯爲也；人之與國，我所無也，治之誠難，而願之也。雖曰「吾有術，吾有術〔二二〕」，誰信之歟？故懷疾者，人不使爲醫；行穢者，人不使畫法，以無驗也。子思曰：「能勝其心，於勝人乎何有？不能勝其心，如勝人何？」故一尺之錦，足以見其巧；一仞之身，足以見其治，是以君子慎其寡也。道之於人也，甚簡且易耳。其脩之也，非若採金攻玉之涉歷艱難也〔二三〕，非若求盈司利之競逐囂煩也。不要而遘，不徵而盛，四時嘿而成〔二四〕，不言而信；德配乎天地，功侔乎四時，名參乎日月，此虞舜、大禹之所以由匹夫登帝位，解布衣被文采者也。故古語曰「至德之貴，何往不遂？至德之榮，何往不成？後之君子，雖不及行，亦將至之」云耳。琴瑟鳴，不爲無聽而失其調；仁義行，不爲無人而滅其道，故絃絶而宮商亡，身死而仁義廢。曾子曰：「士任重而道遠。仁以爲己任，不亦重乎？死而後已，不亦遠乎？」夫路不險，則無以知馬之良；任不重，則無以知人之德〔二五〕。君子自强其所重〔二六〕，以取福；小人日安其所輕，以取禍。或曰：「斯道豈信哉？」曰：「何爲其不信也？」世之治也，行善者獲福，爲惡者得禍。及其亂也，行善者不獲福，爲惡者不得禍，變數也。知者不以變數疑常道，故循福之所自來，防禍之所由至也。遇不遇，非我也，其時也。夫施吉報凶謂之命，施凶報吉謂之幸，守其所志而已矣。易曰：「君子以致命遂志。」然行善而獲福猶多〔三七〕，爲惡而不得禍猶少，總夫二者，豈可舍多而從少也？曾子曰：「人而好善，福雖未至，禍其遠矣；人而不好善，禍雖未至，福其遠矣。」故詩曰：「習習谷風，惟山崔巍。何木不死，何草不萎。」言盛陽布德之月，草木猶有枯落而與時謬者，況人事之應報乎？故以歲之有凶穰而荒其稼穡者，非良農也；以利之有盈縮而棄其資貨者，非良賈也；以行之有禍福而改其善道者，非良士也。詩云：「顒顒卬卬，如珪如璋，令聞令望。愷悌君子，四方爲綱。」舉珪璋以喻其德，貴不變也。

〔一〕「民心莫不有治道」，札記謂，原本「民」作「人」，「治」作「理」，蓋本唐世避諱字，今治要作「民」、作「治」，又經後人改正矣。
〔二〕「乎」，札記謂治要作「於」。
〔三〕「或用乎己」，札記謂治要此句與下「或用乎人」句互倒。

〔四〕「近」，札記謂治要作「追」，下同。

〔五〕「君子之治之也」，札記謂原作「君子之理也」，從治要，下「小人之治之也」句同。

〔六〕「乎」，札記謂治要作「於」，下二句「乎」字同。

〔七〕「人」，札記謂原脱此字，據治要補。

〔八〕「德」，治要作「位」。

〔九〕「愛」，治要作「受」，近是。

〔一〇〕「必」，札記謂原訛「未」，據治要改。

〔一一〕「衰」，札記謂意林作「暮」。

〔一二〕「不宿義焉」至「斯宿義矣」，札記謂原脱「焉言而不行斯寢道矣行而不時斯宿義」十六字，據治要補。

〔一三〕「無周於智」，平議謂「周」當作「害」，篆書相似而誤。此謂行異於言則可，言異於行則不可，故一則曰「無害於智」，一則曰「有傷於仁」，而承之曰「君子務以行前言也」，即先行其言之意。

〔一四〕「君子」下治要有「之」字。

〔一五〕「民之過」至「不慎來」，札記謂，原作「人之過在於哀死而不在於哀生在於悔往而不在於懷來」，文義不屬，據治要删正。

〔一六〕「謂子張」，札記謂治要作「撫其心」；又云「孔子」上疑有脱文。

〔一七〕「不」下，治要有「以」字。
〔一八〕「夫素」，平議謂疑作「太素」，列子天瑞篇曰：「太素者，質之始也。」
〔一九〕「反」，札記謂治要作「及」。
〔二〇〕「求」，札記謂治要作「問」。
〔二一〕「不免」，札記謂治要作「永」。
〔二二〕「吾有術」，四部叢刊本、龍溪精舍本皆無此三字，與上句不疊。
〔二三〕「非若」，御覽四百三引作「不如」。
〔二四〕「四時嘿而成」，平議謂此句文義不倫，疑當作「不行而成」，「行」誤爲「時」，涉下文而誤「不」爲「四」，乃又加「嘿」字而成文耳。
〔二五〕「德」，札記謂意林作「材」。
〔二六〕「自」，札記謂以下「小人」句推之，疑當作「日」。
〔二七〕「獲」上原有「不」字，據平議説删。

虚道第四

人之爲德，其猶器歟〔一〕？器虚則物注，滿則止焉。故君子常虚其心志，恭其容貌，不以逸群之才，加乎衆人之上，視彼猶賢，自視猶不足也〔二〕。故人願告之而不厭，誨之而不倦〔三〕。易曰：「君子以虚受人。」詩曰：「彼姝者子，何以告之？」君子之於善道也，大則大識之，小則小識之。善無大小，咸載於心，然後舉而行之。我之所有，既不可奪，而我之所無，又取於人，是以功常前人，而人後之也。故夫才敏過人，未足貴也；博辯過人，未足貴也；勇決過人，未足貴也。君子之所貴者，遷善懼其不及，改惡恐其有餘。故孔子曰：「顔氏之子，其殆庶幾乎？有不善未嘗不知，知之未嘗復行。」夫惡猶疾也，攻之則益悛〔四〕，不攻則日甚。故君子之相求也〔五〕，非特興善也，將以攻惡也。惡不廢則善不興，自然之道也。易曰：「比之匪人〔六〕，不利君子貞，大往小來。」陰長陽消之謂也。先民有言，人之所難者二：樂攻其惡者難〔七〕，以惡告人者難。夫惟君子，然後能爲己之所難，能致人之所難〔八〕。既能其所難也，猶恐舉人惡之輕，而舍己惡之重。君子患其如此也，故反之復之，鑽之核之，然後彼之所懷者竭，始盡知己惡之重矣。既知己惡之重者，而不能取彼，又將舍己，况拒之者乎？夫酒食，人之所愛者也，而人相見莫不進焉。不吝於所愛者，以彼之嗜之也。使嗜忠言甚於酒食〔九〕，人豈其愛之乎〔一〇〕？故忠言之不出，以未有嗜之者也。詩云：「匪言不能，胡斯畏忌。」目也者〔一一〕，能遠察天際，而不能近見其眥，心亦如之。君子誠知心之似目也，是以務鑒於人，以觀得失。故視不過垣牆之裏而見邦國之表，聽不過閾槷之内而聞千里之外，因人之耳目也〔一二〕。人之耳目盡爲我用，則我之聰明無敵於天下矣。是謂人一之，我萬之，人塞之，我通之。故知其高不可爲圓，其廣不可爲方。先王之禮，左史記事，右史記言，師瞽誦詩，庶僚箴誨，器用載銘，筵席書戒，月考其爲，歲會其行，所以自供正也。昔衛武公年過九十，猶夙夜不怠，思聞訓道，命其群臣曰：「無謂我老耄而舍我，必朝夕交戒〔一三〕。」又作抑詩以自儆也。衛人誦其德，爲賦淇澳，且曰睿聖〔一四〕。凡興國之君，未有不然者也〔一五〕。故易曰：「君子以恐懼脩省。」下愚反此道也，以爲己既仁矣，智矣，神矣，明矣，兼此四者，何求乎衆人？是以辜罪昭著，腥德發聞，百姓傷心，鬼神怨痛，曾不自聞，愈休如也。若有告之者，則曰「斯事也，徒生乎子心，出乎子口」。於是刑焉，戮焉，辱焉，禍焉，不能免〔一六〕，則曰「與我異德故也，未達我道故也」，又安足責？是己之非，遂初之繆，至於身危國亡，可痛矣夫〔一七〕！詩曰：「誨爾諄諄，聽之藐藐〔一八〕。匪用爲教，覆用爲虐。」蓋聞舜之在鄉黨也，非家饋而户贈之也，人莫不稱善焉；象之在鄉黨也，非家奪而户掠之也，人莫不稱惡焉。由此觀之，人無賢愚，見善則譽之，見惡則謗之，此人情也，未必有私愛也，未必有私憎也。今夫立身不爲人之所譽，而爲人之所謗者，未盡爲善之理也。盡爲善之理，將若舜焉。人雖與舜不同，其敢謗之乎？故語稱：「救寒莫如重裘，止謗莫如脩身，療暑莫如親水。」〔一九〕信矣哉！

〔一〕「猶器」，札記謂「器」上有「虚」字，據治要删。今按，野客叢書卷一七引此文亦有「虚」字，似不當删。

〔二〕「不足」，札記謂治要作「不肖」。

〔三〕「故人願」至「而不倦」，札記謂原脱「而不厭誨之」五字，據治要補。

〔四〕「益悛」，札記謂「益」上治要有「日」字。

〔五〕「君子之相求」，札記謂原脱「之」字，據治要補；意林「求」作「見」。

〔六〕「比」，今易否卦作「否」。

〔七〕「攻」，四部叢刊本作「知」，治要同。

〔八〕「致人之所難」，札記謂原作「到人之所難致」，據治要删正。

〔九〕「使嗜忠言甚於酒食」，札記謂原作「使嗜者甚於酒食」，據治要改。

〔一〇〕「人豈其愛之乎」，札記謂原脱「其」、「乎」二字，據治要補。

〔一一〕「目也者」至「近見其眥」，札記謂原脱「天際」二字及「眥」字；注：一本作「能遠察天際而不能近見其背」，「背」即「眥」之誤。今據治要補正。

〔一二〕「人之耳目」，札記謂原脱「之耳目」三字，據治要補。

〔一三〕「必朝夕交戒」，札記謂句末治要有「我」字。

〔一四〕「且」，平議謂乃「目」字之誤。

〔一五〕「未」，札記謂原訛「求」，以意改。

〔一六〕「不能免」，札記謂三字治要作「不然」二字。

〔一七〕「夫」，札記謂治要作「已」。

〔一八〕「之」，札記謂抑詩作「我」。

〔一九〕「親水」，札記謂原訛「親冰」，據意林改；又謂意林此句引在「救寒」上，於文義次序爲合。

貴驗第五

事莫貴乎有驗，言莫棄乎無徵。言之未有益也，不言未有損也。水之寒也，火之熱也，石金之堅剛也，此數物未嘗有言〔一〕，而人莫不知其然者，信著乎其體也。使吾所行之信，若彼數物，而誰其疑我哉？今不信吾所行，而怨人之不信己，猶教人執鬼縛魅，而怨人之不得也，惑亦甚矣！孔子曰：「欲人之信己也，則微言而篤行之。」篤行之則用日久，用日久則事著明，事著明則有目者莫不見也，有耳者莫不聞也。其可誣哉〔二〕？故根深而枝葉茂，行久而名譽遠，易曰：「恒亨无咎，利貞。」言久於其道也。伊尹放太甲，展季覆寒女，商、魯之民不稱淫篡焉。何則？積之於素也。故染不積則人不觀其色，行不積則人不信其事。子思曰〔三〕：「同言而信，信在言前也；同令而化，化在令外也。」謗言也，皆緣類而作〔四〕，倚事而興，加其似者也。誰謂華岱之不高，江漢之不長與？君子脩德，亦高而長之，將何患矣？故求己而不求諸人，非自强也，見其所存之富耳。子思曰：「事自名也，聲自呼也，貌自眩也，物自處也，人自官也，無非自己者。」故怨人之謂壅，怨己之謂通。通也，知所悔；壅也，遂所誤。遂所誤也，親戚離之；知所悔也，疏遠附之。疏遠附也，常安樂；親戚離也，常危懼。自生民以來未有不然者也。殷紂爲天子而稱獨夫，仲尼爲匹夫而稱素王，盡此類也。故善釣者不易淵而殉魚〔五〕，君子不降席而追道，治乎八尺之中，而德化光矣。古之人訶曰：「相彼玄鳥，止于陵阪。仁道在近，求之無遠。」人情也莫不惡謗，而卒不免乎謗。其故何也？非愛致力而不已之也〔六〕，已之之術反也。謗之爲名也，逃之而愈至，距之而愈來，訟之而愈多。明乎此，則君子不足爲也；闇乎此，則小人不足得也。帝舜屢省，禹拜昌言，明乎此者也；厲王蒙戮，吴起刺之，闇乎此者也。夫人也〔七〕，皆書名前策，著形列圖，或爲世法，或爲世戒，可不慎歟〔八〕？曾子曰：「或言予之善，予惟恐其聞；或言予之不善，惟恐過而見予之鄙色焉。」故君子服過也，非徒飾其辭而已。誠發乎中心，形乎容貌，其愛之也深，其更之也速，如追兔惟恐不逮。故有進業，無退功，詩曰：「相彼脊令，載飛載鳴。我日斯邁，而月斯征。」遷善不懈之謂也。夫聞過而不改，謂之喪心；思過而不改，謂之失體。失體喪心之人，禍亂之所及也，君子舍旃。周書有言：「人毋鑒於水，鑒於人也。」鑒也者，可以察形；言也者，可以知德。小人恥其面之不及子都也，君子恥其行之不如堯舜也〔九〕，故小人尚明鑒〔一〇〕，君子尚至言。至言也，非賢友則無取之，故君子必求賢友也。詩曰：「伐木丁丁，鳥鳴嚶嚶。出自幽谷，遷于喬木。」言朋友之義，務在切直，以升於善道者也。故君子不友不如己者，非羞彼而大我也。不如己者，須己而植者也，然則扶人不暇，將誰相我哉？吾之僨也，亦無日矣。故墳庳則水縱〔一一〕，友邪則己僻也，是以君子慎取友也〔一二〕。孔子曰：「居而得賢友，福之次也。」夫賢者言足聽，貌足象，行足法，加乎善奬人之美，而好攝人之過，其不隱也如影，其不諱也如響。故我之憚之，若嚴君在堂，而神明處室矣。雖欲爲不善，其敢乎？故求益者之居遊也，必近所畏而遠所易。詩云：「無棄爾輔，員于爾輻。屢顧爾僕，不輸爾載。」親賢求助之謂也。

〔一一〕「此」，札記謂治要作「彼」。

〔一二〕「哉」，札記謂，治要作「乎」。

〔一三〕「子思曰」至「化在令外也」，札記謂按後漢書宣秉王良傳論曰：「語曰：『同言而信，則信在言前；同令而行，則誠在令外。』」章懷注：「此皆子思子累德篇之言。」意林及御覽三九〇、又四三〇引子思子與中論同，並無二「也」字，今子思子已逸，未知孰正。

〔四〕「皆」，平議謂乃「者」字之誤。今按，據評議説則「者」當屬上句讀。

〔五〕「故善釣者」句，札記謂御覽八三四引作「善釣不易抵而得魚」。今按，「抵」當作「坻」。

〔六〕「愛」，札記謂治要作「智」。

〔七〕「夫人也」，札記謂原脱此三字，據治要補。

〔八〕「歟」，札記謂原訛「之」，據治要改。

〔九〕「堯舜」，札記謂，御覽八一引作「舜禹」。今按，意林、續後漢書引同御覽八一，御覽三六五引與此原本合。

〔一〇〕「尚」，札記謂意林作「貴」。

〔一一〕「故墳庫則水縱」，札記謂原作「僨庫則縱多」，據治要改。

〔一二〕「取」，札記謂治要作「所」。

貴言第六

君子必貴其言，貴其言則尊其身，尊其身則重其道，重其道所以立其教。言費則身賤，身賤則道輕，道輕則教廢。故君子非其人則弗與之言，若與之言，必以其方：農夫則以稼穡，百工則以技巧，商賈則以貴賤，府史則以官守，大夫及士則以法制，儒生則以學業。故易曰：「艮其輔，言有序。」不失事，中之謂也。若夫父慈子孝，姑愛婦順，兄友弟恭，夫敬妻聽，朋友必信，師長必教，有司日月慮知乎州閭矣〔一〕。雖庸人，則亦循循然與之言此可也。過此而往，則不可也。故君子之與人言也，使辭足以達其知慮之所至，事足以合其性情之所安，弗過其任而强牽制也。苟過其任而强牽制，則將昏瞀委滯，而遂疑君子以爲欺我也。不則，曰無聞知矣，非故也。明偏而示之以幽，弗能照也；聽寡而告之以微，弗能察也。斯所資於造化者也，雖曰無訟，其如之何？故孔子曰：「可與言而不與之言〔二〕，失人；不可與言而與之言，失言。知者不失人，亦不失言。」夫君子之於言也，所致貴也，雖有夏后之璜，商湯之駟，弗與易也。今以施諸俗士，以爲志誣而弗貴聽也，不亦辱己而傷道乎？是以君子將與人語大本之源，而談性義之極者，必先度其心志，本其器量，視其鋭氣，察其墮衰，然後唱焉以觀其和，導焉以觀其隨。隨和之徵，發乎音聲，形乎視聽，著乎顔色，動乎身體，然後可以發幽而步遠，功察而治微。於是乎闓張以致之，因來以進之，審諭以明之，雜稱以廣之，立準以正之，疏煩以理之，疾而勿迫，徐而勿失，雜而勿結，放而勿逸，欲其自得之也。故大禹善治水，而君子善導人。導人必因其性，治水必因其勢，是以功無敗而言無弃也〔三〕。荀卿曰〔四〕：「禮恭然後可與言道之方，辭順然後可與言道之理，色從然後可與言道之致。有争氣者，勿與辨也。」孔子曰：「惟君子然後能貴其言，貴其色。小人能乎哉？」仲尼、荀卿先後知之。問者曰：「或有周乎上哲之至論，通乎大聖之洪業，而好與俗士辨者，何也？」曰：「以俗士爲必能識之故也。」何以驗之？使彼有金石絲竹之樂，則不奏乎聾者之側；有山龍華蟲之文，則不陳乎瞽者之前：知聾者之不聞也，知瞽者之不見也。於己之心分數明白，至與俗士而獨不然者，知分數者不明也。不明之故何也？夫俗士之牽達人也，猶鶉鳥之欺孺子也。鶉鳥之性善近人，飛不峻也〔五〕，行不速也〔六〕，蹲蹲然似若將可獲也〔七〕，卒至乎不可獲。是孺子之所以跚膝踠足而不以爲弊也〔八〕。俗士之與達人言也，受之雖不肯，拒之則無説，然而有贊焉，有和焉，若將可寤〔九〕，卒至乎不可寤，是達人之所以乾脣竭聲而不舍也〔一〇〕。斯人也，固達之蔽者也，非達之達者也，雖能言之，猶夫俗士而已矣。非惟言也，行亦如之。得其所則尊榮，失其所則賤辱。昔倉梧丙娶妻美〔一一〕，而以與其兄，欲以爲讓也，則不如無讓焉。尾生與婦人期於水邊，水暴至，不去而死，欲以爲信也，則不如無信焉。葉公之黨，其父攘羊，而子證之，欲以爲直也，則不如無直焉。陳仲子不食母兄之食，出居於陵，欲以爲潔也，則不如無潔焉。宗魯受齊豹之謀，死孟縶之難，欲以爲義也，則不如無義焉。故凡道蹈之既難，錯之益不易，是以君子慎諸己，以爲往鑒焉。

〔一〕「慮知」，平議謂「知」衍字，「慮」讀爲「攄」，後人不知「慮」爲「攄」之假字，因下文有「達其知慮」句，妄加「知」字。
〔二〕「不與之言」，今論語衛靈公無「之」字。
〔三〕「功」，原訛「攻」，漢魏叢書本不誤，今回改。
〔四〕「荀卿曰」至「可與言道之致」，札記謂荀子勸學篇三「然」字並作「而」。
〔五〕「峻」，札記謂御覽九二四引作「迅」。
〔六〕「行」，原脱此字，據御覽九二四引補。
〔七〕「若將」，御覽九二四引無「若」字。
〔八〕「卒至乎不可獲」至「而不以爲弊也」三句，御覽引作「故孺子逐之不已」。
〔九〕「若將可寤」二句，札記謂御覽引作「似將可悟，終難可移」。
〔一〇〕「乾脣竭聲」，札記謂御覽引作「緩脣鳴聲」。
〔一一〕「倉梧丙」，札記謂按淮南子氾論訓作「倉梧繞」，家語作「嬈」，説苑建本論但云蒼梧之弟，此云倉梧丙，未知何據。孫詒讓札迻云：「案『丙』與『繞』、『嬈』形聲並遠，疑當作『內』。」

藝紀第七

藝之興也，其由民心之有智乎？造藝者將以有理乎？民生而心知物，知物而欲作，欲作而事繁，事繁而莫之能理也。故聖人因智以造藝，因藝以立事，二者近在乎身，而遠在乎物。藝者，所以旌智飾能，統事御群也，聖人之所不能已也〔一〕。藝者，以事成德者也〔二〕；德者，以道率身者也。藝者德之枝葉也，德者人之根幹也。斯二物者，不偏行，不獨立。木無枝葉則不能豐其根幹，故謂之瘣；人無藝則不能成其德，故謂之野。若欲爲夫君子，必兼之乎？先王之欲人之爲君子也，故立保氏掌教六藝：一曰五禮，二曰六樂，三曰五射，四曰五御，五曰六書，六曰九數；教六儀：一曰祭祀之容，二曰賓客之容，三曰朝廷之容，四曰喪紀之容，五曰軍旅之容，六曰車馬之容。大胥掌學士之版，春入學，舍采合萬舞〔三〕，秋班學合聲，諷誦講習，不解於時〔四〕。故詩曰：「菁菁者莪，在彼中阿。既見君子，樂且有儀。」美育群材〔五〕，其猶人之於藝乎？既脩其質，且加其文，文質著然後體全，體全然後可登乎清廟，而可羞乎王公。故君子非仁不立，非義不行，非藝不治，非容不莊，四者無愆，而聖賢之器就矣。易曰：「富有之謂大業。」其斯之謂歟？君子者，表裏稱而本末度者也。故言貌稱乎心志，藝能度乎德行，美在其中，而暢於四支，純粹内實，光輝外著。孔子曰：「君子恥有其服而無其容，恥有其容而無其辭，恥有其辭而無其行。」故賓玉之山〔六〕，土木必潤；盛德之士，文藝必衆。昔在周公，嘗猶豫於斯矣。孔子稱：「安上治民，莫善於禮；移風易俗〔七〕，莫善於樂。」存乎六藝者，其末節也〔八〕，謂夫陳籩豆，置尊俎，執羽籥，擊鐘磬，升降趨翔，屈伸俯仰之數也，非禮樂之本也。禮樂之本也者，其德音乎？詩云：「我有嘉賓，德音孔昭。視民不恌，君子是則是效。我有旨酒，嘉賓式宴以敖。」此禮樂之所貴也。故恭恪廉讓，藝之情也；中和平直，藝之實也；齊敏不匱，藝之華也；威儀孔時，藝之飾也。通乎群藝之情實者，可與論道；識乎群藝之華飾者，可與講事。事者，有司之職也；道者，君子之業也。先王之賤藝者，蓋賤有司也。君子兼之則貴也。故孔子曰：「志於道，據於德，依於仁，游於藝。」藝者，心之使也，仁之聲也，義之象也。故禮以考敬，樂以敦愛，射以平志，御以和心，書以綴事，數以理煩。敬考則民不慢，愛敦則群生悅，志平則怨尤亡，心和則離德睦，事綴則法戒明，煩理則物不悖，六者雖殊，其致一也。其道則君子專之，其事則有司共之，此藝之大體也。

〔一〕「聖人之所不能已也」，漢魏叢書本注：一本作：「聖人無所不能也。」

〔二〕「以」上，札記謂原衍「所」字，依下句例删。

〔三〕「舍采合萬舞」，按，此用周禮春官大胥職文，作「舍采合舞」，無「萬」字。

〔四〕「解」，通「懈」。

〔五〕「群材」，龍溪精舍本作「人材」。

〔六〕「賓」，四部叢刊本、龍溪精舍本作「寶」。
〔七〕「移風易俗」二句，今孝經與上「安上治民」二句互倒。
〔八〕「其」上原有「著」字，據平議説删。

覈辯第八

俗士之所謂辯者，非辯也。非辯而謂之辯者，蓋聞辯之名，而不知辯之實，故目之妄也。俗之所謂辯者，利口者也。彼利口者，苟美其聲氣，繁其辭令，如激風之至，如暴雨之集，不論是非之性，不識曲直之理，期於不窮，務於必勝。以故淺識而好奇者，見其如此也，固以爲辯，不知木訥而達道者，雖口屈而心不服也。夫辯者，求服人心也，非屈人口也。故辯之爲言别也，爲其善分别事類，而明處之也，非謂言辭切給〔一〕，而以陵蓋人也〔二〕，故傳稱春秋「微而顯，婉而辯」者。然則，辯之言必約，以至不煩而諭，疾徐應節，不犯禮教，足以相稱；樂盡人之辭，善致人之志，使論者各盡得其願，而與之得解；其稱也無其名，其理也不獨顯，若此則可謂辯。故言有拙而辯者焉，有巧而不辯者焉。君子之辯也，欲以明大道之中也，是豈取一坐之勝哉？人心之於是非也，如口於味也。口者非以己之調膳則獨美，而與人調之則不美也。故君子之於道也，在彼猶在己也。苟得其中，則我心悦焉，何擇於彼？苟失其中，則我心不悦焉，何取於此？故其論也，遇人之是則止矣。遇人之是而猶不止，苟言苟辯，則小人也，雖美説，何異乎鵙之好鳴，鐸之喧譁哉？故孔子曰：「小人毁訾以爲辯，絞急以爲智，不遜以爲勇。」斯乃聖人所惡，而小人以爲美，豈不哀哉！夫利口之所以得行乎世也，蓋有由也。且利口者〔三〕，心足以見小數，言足以盡巧辭，給足以應切問，難足以斷俗疑，然而好説而不倦，諜諜如也。夫類族辯物之士者寡，而愚闇不達之人者多，孰知其非乎〔四〕？此其所以無用而不見廢也〔五〕，至賤而不見遺也。先王之法，析言破律、亂名改作者，殺之；行僻而堅、言僞而辯、記醜而博、順非而澤者，亦殺之。爲其疑衆惑民，而潰亂至道也〔六〕。孔子曰：「巧言亂德。」惡似而非者也。

〔一〕「切」，意林作「捷」。

〔二〕「蓋」，札記謂意林作「善」，似誤。

〔三〕「且」，札記謂治要作「夫」。

〔四〕「孰」，原訛「執」，漢魏叢書本不誤，今回改。

〔五〕「所以」，札記謂原脱「以」字，據治要補。

〔六〕「潰」，札記謂治要作「澆」。

智行第九

或問曰：「士或明哲窮理，或志行純篤，二者不可兼，聖人將何取？」對曰：其明哲乎？夫明哲之爲用也，乃能殷民阜利，使萬物無不盡其極者也。聖人之可及，非徒空行也，智也。伏羲作八卦，文王增其辭，斯皆窮神知化，豈徒特行善而已乎？易離象稱：「大人以繼明照於四方。」且大人，聖人也。其餘象皆稱君子，蓋君子通於賢者也。聰明惟聖人能盡之，大才通人有而不能盡也。書美唐堯，「欽明」爲先。驩兜之舉共工，四嶽之薦鯀，堯知其行，衆尚未知信也。若非堯，則裔土多凶族，兆民長愁苦矣。明哲之功也如是，子將何從？或曰：「俱謂賢者耳[一]，何乃以聖人論之？」對曰：賢者亦然。人之行莫大於孝，莫顯於清。曾參之孝，有虞不能易；原憲之清，伯夷不能閒。然不得與游、夏列在四行之科，以其才不如也。仲尼問子貢曰：「汝與回也，孰愈？」對曰：「賜也，何敢望回？回也，聞一以知十；賜也，聞一以知二。」子貢之行不若顏淵遠矣，然而不服其行，服其聞一知十。由此觀之，盛才所以服人也。仲尼亦奇顏淵之有盛才也，故曰：「回也，非助我者也。於吾言，無所不説。」顏淵達於聖人之情，故無窮難之辭，是以能獨獲亹亹之譽，爲七十子之冠。曾參雖質孝，原憲雖體清，仲尼未甚嘆也。或曰：「苟有才智而行不善，則可取乎？」對曰：何子之難喻也！水能勝火，豈一升之水，灌一林之火哉？柴也愚，何嘗自投於井？夫君子仁以博愛，義以除惡，信以立情，禮以自節，聰以自察，明以觀色，謀以行權，智以辨物，豈可無一哉？謂夫多少之間耳。且管仲背君事讐，奢而失禮，使桓公有九合諸侯，一匡天下之功，仲尼稱之曰：「微管仲，吾其被髮左衽矣。」召忽伏節死難，人臣之美義也，仲尼比爲匹夫匹婦之爲諒矣。是故聖人貴才智之特能，立功立事益於世矣。如愆過多，才智少，作亂有餘，而立功不足，仲尼所以避陽貨而誅少正卯也。何謂可取乎？漢高祖數賴張子房權謀，以建帝業。四皓雖美行，而何益夫倒懸？此固不可同日而論矣。或曰：「然則仲尼曰『未知，焉得仁』，乃高仁耶？何謂也？」對曰：仁固大也。然則，仲尼此亦有所激，然非專小智之謂也。若有人相語曰：「彼尚無有一智也，安得乃知爲仁乎？」昔武王崩，成王幼，周公居攝，管、蔡啟殷畔亂，周公誅之。成王不達，周公恐之，天乃雷電風雨，以彰周公之德，然後成王寤。成王非不仁厚於骨肉也，徒以不聰叡之故，助畔亂之人，幾喪周公之功，而墜文武之業。召公見周公之既反政，而猶不知，疑其貪位，周公爲之作君奭，然後悅。夫以召公懷聖之資，而猶若此乎，末業之士，苟失一行，而智略褊短，亦可懼矣！仲尼曰：「可與立，未可與權。」孟軻曰：「子莫執中，執中無權，猶執一也。」仲尼、孟軻可謂達於權智之實者也。殷有三仁：微子介於石不終日，箕子內難而能正其志，比干諫而剖心。君子以微子爲上，箕子次之，比干爲下。故春秋，大夫見殺，皆譏其不能以智自免也。且徐偃王知脩仁義，而不知用武，終以亡國；魯隱公懷讓心，而不知佞僞，終以致殺；宋襄公守節，而不知權，終以見執；晉伯宗好直，而不知時變，終以隕身；叔孫豹好善，而不知擇人，終以凶餓。此皆蹈善而少智之謂也。故大雅貴「既明且哲，以保其身」。夫明哲之士者，威而不慴，困而能通，決嫌定疑，辨物居方，禳禍於忽秒，求福於未萌，見變事則達其機，得經事則循其常，巧言不能推，令色不能移，動作可觀，則出辭爲師表，比諸志行之士，不亦謬乎？

〔一〕「俱」，平議謂乃「且」之誤。

爵禄第十

或問：「古之君子貴爵禄歟？」曰：「然。」「諸子之書，稱爵禄非貴也，資財非富也，何謂乎？」曰：彼遭世之亂，見小人富貴而有是言，非古也。古之制爵禄也，爵以居有德，禄以養有功。功大者其禄厚〔一〕，德遠者其爵尊；功小者其禄薄，德近者其爵卑。是故觀其爵則別其人之德也，見其禄則知其人之功也，不待問之〔二〕。古之君子貴爵禄者，蓋以此也。非以黼黻華乎其身，芻豢之適於其口也；非以美色悅乎其目，鐘鼓之樂乎其耳也。孔子曰：「邦有道，貧且賤焉，恥也。」明王在上，序爵班祿而不以逮也，君子以爲至羞，何賤之有乎？先王將建諸侯而錫爵祿也，必於清廟之中，陳金石之樂，宴賜之禮，宗人擯相，內史作策也。其頌曰：「文王既勤止，我應受之。敷時繹思，我徂維求定。時周之命，於繹思。」由此觀之，爵祿者，先王之所重也，非所輕也。故書曰：「無曠庶官，天工人其代之。」爵祿之賤也，由處之者不宜也，賤其人，斯賤其位矣。其貴也，由處之者宜之也，貴其人，斯貴其位矣。詩云：「君子至止，黻衣繡裳。佩玉鏘鏘，壽考不忘。」黻衣繡裳，君子之所服也。愛其德，故美其服也。暴亂之君〔三〕，非無此服也，而民弗美也。位亦如之。昔周公相王室以君天下，聖德昭聞，王勛宏大。成王封以少昊之墟，地方七百里，錫之山川土田，附庸備物，典策官司，彝器龍旗九旒，祀帝於郊。太公亮武王克商寧亂，王封之爽鳩氏之墟，東至於海，西至於河，南至於穆陵，北至於無棣，五侯九伯，汝實征之，世祚太師，撫寧東夏。當此之時，孰謂富貴不爲榮寵者乎？自時厥後，文武之教衰，黜陟之道廢，諸侯僭恣，大夫世位，爵人不以德，祿人不以功，竊國而貴者有之，竊地而富者有之，姦邪得願，仁賢失志，於是則以富貴相詬病矣。故孔子曰：「邦無道，富且貴焉，恥也。」然則，富貴美惡，存乎其世也。易曰：「聖人之大寶曰位。」何以爲聖人之大寶曰位？位也者，立德之機也。勢也者，行義之杼也。聖人蹈機握杼，織成天地之化〔四〕，使萬物順焉，人倫正焉，六合之内，各充其願〔五〕，其爲大寶不亦宜乎？故聖人以無勢位爲窮，百工以無器用爲困，困則其資亡，窮則其道廢。故孔子栖栖而不居者，蓋憂道廢故也。易曰：「井渫不食，爲我心惻，可用汲。王明，並受其福。」夫登高而建旌，則其所視者廣矣〔六〕；順風而振鐸〔七〕，則其所聞者遠矣。非旌色之益明，鐸聲之益遠也〔八〕，所託者然也。況居富貴之地，而行其政令者也？故舜爲匹夫，猶民也，及其受終於文祖，稱曰「予一人」，則西王母來獻白環。周公之爲諸侯，猶臣也，及其踐明堂之祚，負斧扆而立，則越裳氏來獻白雉。故身不尊則施不光，居不高則化不博。易曰：「豐亨，无咎〔九〕。王假之，勿憂，宜日中。」身尊居高之謂也。斯事也，聖人之所務也。雖然，求之有道，得之有命。舜、禹、孔子可謂求之有道矣。舜、禹得之，孔子不得之，可謂有命矣。非惟聖人，賢者亦然。稷、契、伯益、伊尹、傅説得之者也，顏淵、閔子騫、冉耕、仲弓不得者也。故良農不患疆埸之不修，而患風雨之不節；君子不患道德之不建，而患時世之不遇〔一〇〕。詩曰：「駕彼四牡，四特項領。我瞻四方，蹙蹙靡所騁。」傷道之不遇也。豈一世哉！豈一世哉！

〔一〕「其」字，札記謂據治要補，下句「其」字同。

〔二〕「是故」至「不待問之」三句，札記謂治要上二句下無「也」字，末句下有「也」字，文氣較順。

〔三〕「暴亂之君」，札記謂「君」下原衍「子」字，據治要删。

〔四〕「天地」，意林作「天下」。

〔五〕「充」，原作「竟」，札記據治要改。今按作「竟」義亦可通。

〔六〕「視」，治要作「示」。

〔七〕「振」，札記謂治要作「奮」。今按，意林同治要。

〔八〕「鐸聲之益遠也」，札記謂治要「鐸」上有「非」字，「遠」作「長」。今按，「益遠」，意林作「遠長」。

〔九〕「无咎」，今易豐卦「豐亨」下無此二字。

〔一〇〕「遇」，札記謂意林作「至」。

考僞第十一

仲尼之没，于今數百年矣。其間聖人不作，唐虞之法微，三代之教息，大道陵遲，人倫之中不定。於是惑世盜名之徒，因夫民之離聖教日久也，生邪端，造異術，假先王之遺訓以緣飾之，文同而實違，貌合而情遠，自謂得聖人之真也。各兼説特論，誣謡一世之人，誘以僞成之名，懼以虚至之謗，使人憧憧乎得亡，惙惙而不定，喪其故性而不自知其迷也，咸相與祖述其業而寵狎之。斯術之於斯民也，猶内關之疾也，非有痛癢煩苛於身，情志慧然，不覺疾之已深也。然而期日既至，則血氣暴竭。故内闕之疾，疾之中夭〔二〕，而扁鵲之所甚惡也〔三〕，以盧醫不能别，而遘之者不能攻也。昔楊朱、墨翟、申不害、韓非、田駢、公孫龍，汩亂乎先王之道，譸張乎戰國之世，然非人倫之大患也。何者？術異乎聖人者易辨，而從之者不多也。今爲名者之異乎聖人也微。視之難見，世莫之非也；聽之難聞，世莫之舉也。何則？勤遠以自旌，託之乎疾固；廣求以合衆，託之乎仁愛；枉直以取舉，託之乎隨時；屈道以弭謗，託之乎畏愛；多識流俗之故，麤誦詩書之文，託之乎博文；飾非而言好，無倫而辭察，託之乎通理；居必人才，遊必帝都，託之乎觀風；然而好變易姓名，求之難獲，託之乎能静；卑屈其體，輯柔其顔，託之乎温恭；然而時有距絶，擊斷嚴厲，託之乎獨立；獎育童蒙，訓之以己術，託之乎勤誨；金玉自待，以神其言，託之乎説道：其大抵也。苟可以收名，而不必獲實，則不去也；可以獲實，而不必收名，則不居也。汲汲乎常懼當時之不我尊也，皇皇爾又懼來世之不我尚也。心疾乎内，形勞於外，然其智調足以將之，便巧足以莊之，稱託比類，足以充之，文辭聲氣，足以飾之。是以欲而如讓，躁而如静，幽而如明，跛而如正，考其所由來，則非堯舜之律也，核其所自出，又非仲尼之門也。其回遹而不度，窮涸而無源，不可經方致遠，甄物成化，斯乃巧人之雄也，而僞夫之傑也。然中才之徒，咸拜手而贊之，揚聲以和之，被死而後論其遺烈〔三〕，被害而猶恨己不逮。悲夫！人之陷溺蓋如此乎？孔子曰「不患人之不己知」者，雖語我曰「吾爲善」，吾不信之矣。何者？以其泉不自中涌，而注之者從外來也。苟如此，則處道之心不明，而執義之意不著，雖依先王稱詩書，將何益哉？以此毒天下之民，莫不離本趣末，事以僞成，紛紛擾擾，馳騖不已。其流于世也，至於父盜子名，兄竊弟譽，骨肉相詒，朋友相詐，此大亂之道也。故求名者，聖人至禁也。昔衛公孟多行無禮，取憎於國人，齊豹殺之以爲名，春秋書之曰「盜」。其傳曰：「是故君子動則思禮，行則思義，不爲利回，不爲義疚。或求名而不得，或欲蓋而名章，懲不義也。齊豹爲衛司寇，守嗣大夫，作而不義，其書爲『盜』。邾庶其、莒牟夷、邾黑肱以土地出，求食而已，不求其名，賤而必書。此二物者，所以懲肆而去貪也。若艱難其身，以險危大人，而有名章徹，攻難之士，將奔走之。若竊邑叛君，以徼大利而無名，貪冒之民，將寘力焉。是以春秋書齊豹曰『盜』，三叛人名，以懲不義，數惡無禮，其善志也。」問者曰：「齊豹之殺人以爲己名，故仲尼惡而『盜』之。今爲名者，豈有殺人之罪耶〔四〕？」曰：春秋之中，其殺人者不爲少，然而不盜不已。聖人之善惡也，必權輕重，數衆寡以定之。夫爲名者，使眞僞相冒，是非易位，而民有所化，此邦家之大災也。殺人者，一人之害也，安可相比也？然則，何取於殺人者以書「盜」乎？荀卿亦曰：「盜名不如盜貨。」鄉愿亦無殺人之罪也，而仲尼惡之，何也？以其亂德也。今僞名者之亂德也，豈徒鄉愿之謂乎？萬事雜錯，變數滋生，亂德之道，固非一端而已。書曰：「靜言庸違，象恭滔天。」皆亂德之類也。春秋外傳曰：「姦仁爲佻，姦禮爲羞，姦勇爲賊。」夫仁禮勇，道之美者也。然行之不以其正，則不免乎大惡。故君子之於道也，審其所以守之，慎其所以行之。問者曰：「仲尼惡没世而名不稱，又疾僞名，然則將何執？」曰：是安足怪哉？名者，所以名實也。實立而名從之，非名立而實從之也。故長形立而名之曰長，短形立而名之曰短，非長短之名先立，而長短之形從之也。仲尼之所貴者，名實之名也。貴名，乃所以貴實也。夫名之繫於實也，猶物之繫於時也。物者，春也吐華，夏也布葉，秋也凋零，冬也成實〔五〕，斯無爲而自成者也。若强爲之，則傷其性矣。名亦如之。故僞名者，皆欲傷之者也。人徒知名之爲善，不知僞善者爲不善也。惑甚矣！求名有三：少而求多，遲而求速，無而求有。此三者不僻爲幽昧，離乎正道，則不獲也，固非君子之所能也。君子者能成其心，心成則内定，内定則物不能亂，物不能亂則獨樂其道，獨樂其道則不聞爲聞，不顯爲顯。故禮稱：「君子之道，闇然而日彰。小人之道，的然而日亡。君子之道，淡而不厭，簡而文，温而理，知遠之近，知風之自，知微之顯，可與入德矣。」君子之不可及者，其惟人之所不見乎？夫如是者，豈將反側於亂世，而化庸人之末稱哉？

〔一〕「疾之中夭」，平議謂此四字疑有誤。
〔二〕「扁鵲」，平議謂此二字與下文「遘之者」三字當互易。
〔三〕「後」，札記謂疑當作「復」。
〔四〕「殺人」，原脱「人」字，據平議説補。
〔五〕「物者」至「冬也成實」，札記謂御覽二〇引作「生物者春也，吐華者夏也，布葉者秋也，成實者冬也」。

譴交第十二

民之好交游也，不及聖王之世乎？古之不交游也，將以自求乎？昔聖王之治其民也，任之以九職，糾之以八刑，導之以五禮，訓之以六樂，教之以三物，習之以六容，使民勞而不至於困，逸而不至於荒。當此之時，四海之內，進德脩業，勤事而不暇，詎敢淫心舍力，作爲非務，以害休功者乎？自王公至於列士，莫不成正畏相，厥職有恭，不敢自暇自逸。故春秋外傳曰：「天子大采朝日，與三公九卿祖識地德。日中考政，與百官之政事，師尹惟旅，牧相宣序民事。少采夕月，與太史司載，糾虔天刑。日入，監九御潔奉禘郊之粢盛，而後即安。諸侯朝脩天子之業命，晝考其國職，夕省其典刑，夜警其百工〔一〕，使無慆淫，而後即安。卿大夫朝考其職，晝講其庶政，夕序其業，夜庀其家事，而後即安。士朝而受業，晝而講貫，夕而習復，夜而計過，無憾，而後即安。正歲使有司令於官府，曰：『各脩乃職，考乃法，備乃事，以聽王命。其有不恭，則邦有大刑〔三〕。』」由此觀之，不務交游者，非政之惡也，心存於職業而不遑也。且先王之教，官既不以交游導民，而鄉之考德，又不以交游舉賢。是以不禁其民，而民自舍之。及周之衰，而交游興矣。問者曰：「吾子著書，稱君子之有交，求賢交也，今稱交非古也。然則，古之君子無賢交歟？」曰：「異哉，子之不通於大倫也！」若夫不出户庭，坐於空室之中，雖魑魅魍魎，將不吾覿，而況乎賢人乎？今子不察吾所謂交游之實，而難其名。名有同而實異者矣，名有異而實同者矣，故君子於是倫也，務於其實，而無譏其名。吾稱古之不交游者，不謂嚮屋漏而居也；今之好交游者，非謂長沐雨乎中路者也。古之君子，因王事之閒，則奉贄以見其同僚，及國中之賢者。其於宴樂也，言仁義而不及名利。君子未命者，亦因農事之隙，奉贄以見其鄉黨同志。及夫古之賢者亦然，則何爲其不獲賢交哉？非有釋王事，廢交業，遊遠邦，曠年歲者也。故古之交也近，今之交也遠；古之交也寡，今之交也衆，古之交也爲求賢，今之交也爲名利而已矣。古之立國也，有四民焉：執契脩版圖，奉聖王之法，治禮義之中，謂之士；竭力以盡地利，謂之農夫；審曲直形勢，飭五材以別民器，謂之百工；通四方之珍異以資之，謂之商旅。各世其事，毋遷其業，少而習之，其心安之，則若性然，而功不休也。故其處之也，各從其族，不使相奪，所以一其耳目也。不勤乎四職者，謂之罷民〔三〕，役諸圜土。凡民出入行止，會聚飲食，皆有其節，不得怠荒，以妨生務，以麗罪罰。然則，安有群行方外，而專治交游者乎？是故五家爲比，使之相保，比有長。五比爲閭，使之相受〔四〕，閭有胥。四閭爲族，使之相葬，族有師。五族爲黨，使之相救，黨有正。五黨爲州，使之相賙，州有長。五州爲鄉，使之相賓，鄉有大夫，必有聰明慈惠之人，使各掌其鄉之政教禁令。正月之吉，受法于司徒，退而頒之于其州黨族閭，比之群吏，使各以教其所治之民，以考其德行，察其道藝；以歲時登其夫家〔五〕，察其衆寡。凡民之有德行道藝者，比以告閭，閭以告族，族以告黨，黨以告州，州以告鄉，鄉以告〔六〕。民有罪奇衺者，比以告，亦如之。有善而不以告，謂之蔽賢，蔽賢有罰。有惡而不以告，謂之黨逆，黨逆亦有罰。故民不得有遺善，亦不得有隱惡。鄉大夫三年則大比而興賢能者，鄉老及鄉大夫群吏獻賢能之書於王。王拜受之，登於天府。其爵之命也，各隨其才之所宜，不以大司小，不以輕任重。故書曰：「百僚師師，百工惟時。」此先王取士官人之法也。故其民莫不反本而自求，慎德而積小知，福祚之來，不由於人也。故無交游之事，無請託之端，心澄體靜，恬然自得，咸相率以正道，相厲以誠慤，姦說不興，邪陂自息矣。世之衰矣〔七〕，上無明天子，下無賢諸侯；君不識是非，臣不辨黑白；取士不由於鄉黨，考行不本於閥閱；多助者爲賢才〔八〕，寡助者爲不肖；序爵聽無證之論，班禄采方國之謡。民見其如此者，知富貴可以從衆爲也，知名譽可以虚譁獲也。乃離其父兄，去其邑里，不脩道藝，不治德行，講偶時之説，結比周之黨，汲汲皇皇，無日以處；更相歎揚，迭爲表裏，檮杌生華，憔悴布衣，以欺人主，惑宰相，竊選舉，盜榮寵者，不可勝數也。既獲者，賢己而遂往；羨慕者，並驅而追之，悠悠皆是，孰能不然者乎？桓靈之世，其甚者也。自公卿大夫、州牧郡守，王事不恤，賓客爲務，冠蓋填門，儒服塞道〔九〕，饑不暇餐，倦不獲已，殷殷沄沄，俾夜作晝，下及小司，列城墨綬，莫不相商以得人〔一〇〕，自矜以下士，星言夙駕，送往迎來，亭傳常滿，吏卒傳問〔一一〕，炬火夜行，閽寺不閉〔一二〕，把臂捩腕，扣天矢誓，推託恩好，不較輕重，文書委於官曹，繫囚積於囹圄，而不遑省也。詳察其爲也，非欲憂國恤民，謀道講德也，徒營己治私，求勢逐利而已。有策名於朝，而稱門生於富貴之家者，比屋有之。爲師無以教訓〔一三〕，弟子亦不受業，然其於事也，至乎懷丈夫之容，而襲婢妾之態；或奉貨而行賂，以自固結，求志屬託，規圖仕進，然擲目指掌，高談大語。若此之類，言之猶可羞，而行之者不知恥。嗟乎〔一四〕！王教之敗，乃至於斯乎！且夫交游者出也，或身殁於他邦，或長幼而不歸〔一五〕，父母懷煢獨之思，室人抱東山之哀，親戚隔絶，閨門分離，無罪無辜，而亡命是效。古者，行役過時不反，猶作詩刺怨，故四月之篇稱「先祖匪人，胡寧忍予」，又況無君命而自爲之者乎？以此論之，則交游乎外，久而不歸者，非仁人之情也。

〔一〕「夜警其百工」，札記謂周語無「其」字，「警」作「儆」。
〔二〕「正歲使有司」至「則邦有大刑」，札記謂以上三十三字不見外傳，乃周官小宰文，語小異。
〔三〕「罷」，原作「窮」，據平議説改。按，此語本周禮大司寇「以圜土聚教罷民」。
〔四〕「受」，原作「憂」，據札迻説改。今按，此用周禮大司徒文，本作「受」，形近而訛「憂」。
〔五〕「夫家」，原作「大夫」，平議謂當作「夫家」，周官鄉大夫職曰「以歲時登其夫家之衆寡」，即此文所本也；民數篇曰「户口漏於國版，夫家脱於聯伍」，亦用周官「夫家」字可證。今據改。
〔六〕「鄉以告」，札記謂「告」下當有脱文。
〔七〕「矣」，札記謂疑當作「也」字。
〔八〕「多助者爲賢才」二句，意林作：「多助者則謂賢才，少愛者則謂不肖。」
〔九〕「儒服塞道」，類聚二一作「服膺盈道」。
〔一〇〕「相商」，平議謂當作「相高」。
〔一一〕「傳問」，札記謂類聚引作「侍門」。
〔一二〕「閉」，札記謂類聚引作「闞」。

〔一三〕「爲師無以教訓」，札記謂原作「爲師而無以教」，據治要改。

〔一四〕「嗟乎」至「乃至於斯乎」，札記謂此十一字類聚引在「東山之哀」句下，「斯」作「此」，其下云：「林宗之時，所謂交遊者也，輕位不仕者則有巢許之高，廢職待客者則有優遊之美，是以各眩其名，而忘天下之亂也。」疑今本有脱簡，而類聚所引或不免顛倒删節，今姑仍原本而附著於此。

〔一五〕「長幼」，龍溪精舍本作「幼長」。

曆數第十三

昔者，聖王之造曆數也，察紀律之行，觀運機之動，原星辰之迭中，寤晷景之長短，於是營儀以準之，立表以測之，下漏以考之，布算以追之。然後元首齊乎上，中朔正乎下，寒暑順序，四時不忒。夫曆數者，先王以憲殺生之期，而詔作事之節也，使萬國之民不失其業者也。昔少皥氏之衰也，九黎亂德，民神雜揉，不可方物。顓頊受之，乃命南正重司天以屬神，北正黎司地以屬民，使復舊常，毋相侵黷。其後三苗復九黎之德，堯復育重、黎之後不忘舊者，使復典教之。故書曰：「乃命羲和，欽若昊天，曆象日月星辰，敬授民時。」於是陰陽調和，災厲不作，休徵時至，嘉生蕃育，民人樂康，鬼神降福。舜禹受之，循而勿失也。及夏德之衰，而羲和湎淫，廢時亂日。湯武革命，始作曆明時，敬順天數。故周禮太史之職：「正歲年以序事，頒之於官府及都鄙，頒告朔於邦國。」於是分至啟閉之日，人君親登觀臺以望氣，而書雲物爲備者也。故周德既衰，百度墮替，而曆數失紀。故魯文公元年閏三月，春秋譏之，其傳曰：「非禮也。先王之正時也，履端於始，舉正於中，歸餘於終。履端於始，序則不愆。舉正於中，民則不惑。歸餘於終，事則不悖。」又哀公十二年：「十二月，螽。」季孫問諸仲尼，仲尼曰：『丘聞之也[一]，火伏而後蟄者畢[二]。今火猶西流，司曆過也。』」言火未伏，明非立冬之日。自是之後，戰國搆兵，更相吞滅，專以爭強攻取爲務，是以曆數廢而莫脩，浸用乖繆。大漢之興，海內新定，先王之禮法尚多有所缺，故因秦之制，以十月爲歲首，曆用顓頊。孝武皇帝恢復王度，率由舊章，招五經之儒，徵術數之士，使議定漢曆。及更用鄧平所治，元起太初，然後分至啟閉，不失其節，弦望晦朔，可得而驗。成、哀之間，劉歆用平術而廣之，以爲三統曆，比之衆家，最爲備悉。至孝章皇帝，年曆疎闊，不及天時，及更用四分曆舊法，元起庚辰。至靈帝，四分曆猶復後天半日，於是會稽都尉劉洪，更造乾象曆以追日月星辰之行。考之天文，於今爲密。會宮車宴駕，京師大亂，事不施行。惜哉！上觀前化，下迄於今，帝王興作，未有奉贊天時以經人事者也。故孔子制春秋，書人事而因以天時，以明二物相須而成也。故人君不在分至啟閉，則不書其時月，蓋刺怠慢也。夫曆數者，聖人之所以測靈耀之賾，而窮玄妙之情也，非天下之至精，孰能致思焉？今麤論數家舊法，綴之於篇，庶爲後之達者存損益之數云耳。

〔二〕「丘聞之也」，「丘」原作「某」，乃避孔子諱。漢魏叢書本作「丘」，與左傳文合，據改。札記謂今左傳無「也」字。

〔三〕「伏」，原作「復」，據左傳文改。下「言火未伏」句，亦可證「復」當作「伏」。

夭壽第十四

或問：「孔子稱『仁者壽』，而顔淵早夭；『積善之家，必有餘慶』，而比干、子胥身陷大禍。豈聖人之言不信，而欺後人耶？」故司空潁川荀爽論之，以爲古人有言「死而不朽」，謂「太上有立德，其次有立功，其次有立言」，其身殁矣，其道猶存，故謂之不朽。夫形體者，人之精魄也；德義令聞者，精魄之榮華也。君子愛其形體，故以成其德義也。夫形體固自朽弊消亡之物，壽與不壽，不過數十歲；德義立與不立，差數千歲，豈可同日言也哉！顔淵時有百年之人，今寧復知其姓名耶？詩云：「萬有千歲，眉壽無有害。」人豈有萬壽千歲者？皆令德之謂也。由此觀之，「仁者壽」豈不信哉？傳曰：「所好有甚於生者，所惡有甚於死者。」比干、子胥，皆重義輕死者也，以其所輕，獲其所重，求仁得仁，可謂慶矣。槌鐘擊磬，所以發其聲也；煮鬯燒薰，所以揚其芬也。賢者之窮厄戮辱，此搥擊之意也；其死亡陷溺，此燒煮之類也〔一〕。北海孫翺以爲死生有命，非他人之所致也。若積善有慶，行仁得壽，乃教化之義，誘人而納於善之理也〔二〕。若曰積善不得報，行仁者凶，則愚惑之民，將走于惡以反天常〔三〕。故曰：「民可使由之，不可使知之。」「身體髮膚，受之父母，不敢毁傷，孝之至也」，若夫求名之徒，殘疾厥體，冒厄危戮〔四〕，以徇其名，則曾參不爲也。子胥違君而適讐國，以雪其恥，與父報讐，悖人臣之禮，長畔弑之原；又不深見二主之異量，至於懸首不化，斯乃凶之大者，何慶之爲？

幹以爲二論皆非其理也，故作辨夭壽，云：幹聞先民稱「所惡於知者爲鑿也」，不其然乎？是以君子之爲論也，必原事類之宜而循理焉。故曰説成而不可間也，義立而不可亂也。若無二難者，苟既違本，而死又不以其實。夫聖人之言，廣矣大矣，變化云爲，固不可以一概齊也。今將妄舉其目，以明其非。夫壽有三：有王澤之壽，有聲聞之壽，有行仁之壽。書曰：「五福，一曰壽。」此王澤之壽也。詩云：「其德不爽，壽考不忘。」此聲聞之壽也。孔子曰：「仁者壽。」此行仁之壽也。孔子云爾者，以仁者壽，利養萬物，萬物亦受利矣，故必壽也。荀氏以死而不朽爲壽，則書何故曰「在昔殷王中宗〔五〕，嚴恭寅畏天命，自度治民祗懼，不敢荒寧。肆中宗之享國，七十有五年。其在高宗，寔舊勞於外〔六〕，爰暨小人，作其即位，乃或亮陰，三年不言。惟言乃雍〔七〕，不敢荒寧，嘉靖殷國〔八〕。至於小大，無時或怨。肆高宗之享國，五十有九年。其在祖甲，不義惟王，舊爲小人。作其即位，爰知小人之依，能保惠庶民〔九〕，不侮鰥寡。肆祖甲之享國，三十有三年。自時厥後立王，生則逸，不知稼穡之艱難，不知小人之勞苦〔一〇〕，惟躭樂是從〔一一〕。自時厥後，亦罔或克壽，或十年，或七八年，或五六年，或三四年」者〔一二〕，周公不知夭壽之意乎？故言聲聞之壽者，不可同於聲聞，是以達人必參之也。孫氏專以王教之義也，惡愚惑之民將反天常。孔子何故曰「有殺身以成仁，無求生以害仁」，又曰「自古皆有死，民無信不立，欲使知，去食而必死也」？昔者仲尼乃欲民不仁不信乎？夫聖人之教，乃爲明允君子，豈徒爲愚惑之民哉？愚惑之民，威以斧鉞之戮，懲以刀墨之刑，遷之他邑，而流於裔土，猶或不悛，況以言乎？故曰：「惟上智與下愚不移。」然則荀、孫之義皆失其情，亦可知也。昔者帝嚳已前尚矣，唐虞三代，厥事可得略乎聞。自堯至於武王，自稷至於周、召，皆仁人也。君臣之數不爲少矣，考其年壽不爲夭矣。斯非「仁者壽」之驗耶？又七十子豈殘酷者哉？顧其仁有優劣耳。其夭者惟顏回，據一顏回而多疑其餘，無異以一鉤之金，權於一車之羽，云金輕於羽也。天道迂闊，闇昧難明，聖人取大略以爲成法，亦安能委曲，不失毫芒，無差跌乎？且夫信無過於四時，而春或不華，夏或隕霜，秋或雨雪，冬或無冰，豈復以爲難哉？

所謂禍者，已欲違之，而反觸之者也。比干、子胥，已知其必然而樂爲焉，天何罪焉？天雖欲福人，亦不能以手臂引人而亡之〔三〕，非所謂無慶也。苟令以此設難，而解以槌擊燒薰〔四〕，於事無施。孫氏譏比干、子胥，亦非其理也。殷有三仁，比干居一，何必啟手然後爲德？子胥雖有讐君之過，猶有觀心知仁，懸首不化，固臣之節也。且夫賢人之道者，同歸而殊途，一致而百慮，或見危而授命，或望善而遐舉，或被髮而狂歌，或三黜而不去，或辭聘而山棲，或忍辱而俯就，豈得責以聖人也哉？於戲！通節之士，實關斯事，其審之云耳。

〔一〕「燒煮」，龍溪精舍本作「煮燒」。
〔二〕「誘人而納於善之理也」，文選五四辯道論注作「誘民於善路耳」。
〔三〕「走于惡」，漢魏叢書本注：一作「移其性」。
〔四〕「厄」，平議謂當作「犯」。
〔五〕「在昔」，龍溪精舍本作「昔在」，與今尚書無逸文合。
〔六〕「寔」，龍溪精舍本作「時」，與今尚書無逸文合。
〔七〕「惟言乃雍」，今尚書無逸作「其惟不言言乃雍」，此略「其」字與「不言」二字。
〔八〕「國」，龍溪精舍本作「邦」，與今尚書無逸文合。

〔九〕「惠」下，今尚書無逸有「于」字。

〔一〇〕「不知小人之勞苦」，今尚書無逸作「不聞小人之苦」。

〔一一〕「是」，龍溪精舍本作「之」，與今尚書無逸文合。

〔一二〕「三四」，札記謂今無逸經作「四三」。

〔一三〕「亡之」，平議謂疑當作「與之」，「與」作「与」，故誤爲「亡」。

〔一四〕「燒薰」，龍溪精舍本作「煮燒」。

務本第十五

人君之大患也，莫大於詳於小事，而略於大道，察於近物〔一〕，而闇於遠圖〔二〕。故自古及今，未有如此而不亂也，未有如此而不亡也。夫詳於小事而察於近物者，謂耳聽乎絲竹歌謠之和，目視乎琱琢采色之章〔三〕，口給乎辯慧切對之辭，心通乎短言小說之文，手習乎射御書數之巧，體騖乎俯仰折旋之容〔四〕。凡此數者〔五〕，觀之足以盡人之心，學之足以動人之志〔六〕。且先王之末教也，非有小才小智則亦不能爲也。是故能爲之者，莫不自悅乎其事，而無取於人，以人皆不能故也〔七〕。夫居南面之尊〔八〕，秉生殺之權者，其勢固足以勝人也〔九〕。而加之以勝人之能〔一〇〕，懷是己之心〔一一〕，誰敢犯之者乎？以匹夫行之猶莫之敢規也，而況於人君哉〔一二〕？故罪惡若山而已不見也，謗聲若雷而已不聞也，豈不甚矣乎！夫小事者味甘，而大道者醇淡；近物者易驗，而遠數者難效，非大明君子，則不能兼通者也。故皆惑於所甘，而不能至乎所淡；眩於所易，而不能反於所難〔一三〕。是以治君世寡，而亂君世多也。故人君之所務者，其在大道遠數乎？大道遠數者，爲仁足以覆幬群生〔一四〕，惠足以撫養百姓，明足以照見四方，智足以統理萬物，權足以變應無端〔一五〕，義足以阜生財用，威足以禁遏姦非，武足以平定禍亂；詳於聽受，而審於官人，達於興廢之原〔一六〕，通於安危之分，如此則君道畢矣。夫人君非無治爲也，失所先後故也。道有本末，事有輕重，聖人之異乎人者無他焉，蓋如此而已矣。魯桓公容貌美麗，且多技藝，然而無君才大智〔一七〕，不能以禮防正其母，使與齊侯淫亂不絶，驅馳道路。故詩刺之曰：「倚嗟名兮，美目清兮，儀既成兮。終日射侯，不出正兮，展我甥兮。」下及昭公，亦善有容儀之習，以亟其朝晉也，自郊勞至於贈賄，禮無違者。然而，不恤國政：政在大夫，弗能取也；子家羈賢，而不能用也；奸大國之明禁，淩虐小國，利人之難，而不知其私；公室四分，民食其他，思莫在於公，不圖其終，卒有出奔之禍。春秋書而絶之曰：「公孫於齊，次於陽州。」故春秋外傳曰：「國君者〔一八〕，服寵以爲美，安民以爲樂，聽德以爲聰，致遠以爲明。」又詩陳文王之德曰：「惟此文王，帝度其心。貊其德音〔一九〕，其德克明。克明克類，克長克君。王此大邦，克順克比。比于文王，其德靡悔。既受帝祉，施于孫子。」心能制義曰度，德政應和曰貊，照監四方曰明，施勤無私曰類，教誨不倦曰長，賞慶刑威曰君，慈和偏服曰順〔二〇〕，擇善而從曰比，經緯天地曰文。如此則爲九德之美，何技藝之尚哉？今使人君視如離婁，聰如師曠〔二一〕，御如王良，射如夷羿，書如史籀，計如隸首，走追駟馬，力折門鍵〔二二〕，有此六者，可謂善於有司之職矣，何益於治乎？無此六者，可謂乏於有司之職矣，何增於亂乎？必以廢仁義，妨道德〔二三〕。何則？小器弗能兼容，治亂既不繫於此〔二四〕，而中才之人所好也〔二五〕。昔路豐舒〔二六〕、晉智伯瑶之亡〔二七〕，皆怙其三才，恃其五賢，而以不仁之故也。故人君多技藝，好小智，而不通於大道者〔二八〕，適足以距諫者之説而鉗忠直之口也〔二九〕，衹足以追亡國之迹而背安家之軌也。不其然耶？不其然耶？

〔一〕「於」，札記謂原訛「其」，據治要改，與後文合。

〔二〕「圖」，札記謂治要作「數」，與後文合。今按龍溪精舍本同原本，下文凡「遠數」二字皆作「遠圖」。

〔三〕「視」，札記謂治要作「明」。

〔四〕「鶩」，札記謂治要作「比」，又「折」作「般」。

〔五〕「數」，札記謂原脱此字，據治要補。

〔六〕「動」，札記謂治要作「勤」，又「志」作「思」。

〔七〕「以人皆不能故也」，札記謂治要作「皆以不能故也」。

〔八〕「夫居」，札記謂治要「夫」下有「君」字，似與「居」字形近而衍。

〔九〕「也」，札記謂治要作「矣」。

〔一〇〕「加之」，札記謂原脱「之」字，據治要補。

〔一一〕「是」，治要作「足」。

〔一二〕「況於人君」，札記謂原脱「於」字，據治要補。

〔一三〕「反」，札記謂治要作「及」。

〔一四〕「爲」，札記謂治要作「謂」。

〔一五〕「變應」，札記謂治要倒。

〔一六〕「興廢」，治要作「廢興」。

〔一七〕「君」，龍溪精舍本作「宏」。

〔一八〕「國君者」，札記謂楚語作「臣聞國君」，無「者」字。

〔一九〕「惟此文王」至「貊其德音」，札記謂按皇矣詩本作「維此王季」，樂記及昭二十八年左氏傳引並作「惟此文王」。正義曰：「『惟此王季』，左傳言『唯此文王』者，經涉亂離，師有異讀，後人因即存之，不敢追改，王肅及韓詩亦作『文王』。」以下文推之，中論當本左傳，然左傳作「莫其德音」，而此作「貊」，則仍與毛詩同也。

〔一〇〕「慈和」，札記謂左傳此二字倒。

〔一一〕「聽」，札記謂治要作「聽」。

〔一二〕「折」，札迻謂當作「扚」，或作「招」，淮南子道應訓「孔子勁扚國門之關」，許注云：「扚，引也。」又主術訓云「孔子力招城關」，高注云：「招，舉也。」「扚」、「招」與「折」形並相近。

〔一三〕「道德」，札記謂治要「德」下有「矣」。

〔一四〕「既」，札記謂治要作「又」。

〔一五〕「所好」，札記謂原脱「所」字，據治要補。

〔一六〕「路」，札記謂治要作「潞」。

〔一七〕「智伯瑶之亡」，札記謂原訛作「知其亡也」，據治要改。

〔一八〕「道」，札記謂原訛「倫」，據治要改。

〔一九〕「適」，治要作「祇」。

審大臣第十六

帝者昧旦而視朝廷〔一〕，南面而聽天下，將與誰爲之？豈非群公卿士歟？故大臣不可以不得其人也。大臣者，君之股肱耳目也，所以視聽也，所以行事也。先王知其如是也，故博求聰明睿哲君子，措諸上位，執邦之政令焉〔二〕。執政聰明叡哲〔三〕，則其事舉；其事舉，則百僚莫不任其職〔四〕；百僚莫不任其職，則庶事莫不致其治〔五〕；庶事莫不致其治，則九牧之民莫不得其所。故書曰：「元首明哉，股肱良哉，庶事康哉。」故大臣者，治萬邦之重器也，不可以衆譽著也，人主所宜親察也。衆譽者可以聞斯人而已，故堯之聞舜也以衆譽，及其任之者，則以心之所自見。又有不因衆譽而獲大賢，其文王乎？畋於渭水邊〔六〕，道遇姜太公，皤然皓首，方秉竿而釣〔七〕。文王召而與之言，則帝王之佐也。乃載之歸，以爲太師。姜太公當此時，貧且賤矣，年又老矣，非有貴顯之舉也。其言誠當乎賢君之心，其術誠合乎致平之道。文王之識也，灼然若披雲而見日，霍然若開霧而觀天〔八〕。斯豈假之於衆人哉？非惟聖然也，霸者亦有之。昔齊桓公夙出，甯戚方爲旅人，宿乎大車之下，擊牛角而歌，歌聲悲激，其辭有疾於世。桓公知其非常人也，召而與之言，乃立功之士也。於是舉而用之，使知國政。凡明君之用人也，未有不悟乎己心，而徒因衆譽也。用人而因衆譽焉，斯不欲爲治也，將以爲名也。然則，見之不自知，而以衆譽爲驗也，此所謂效衆譽也，非所謂效得賢能也。苟以衆譽爲賢能，則伯鯀無羽山之難，而唐虞無九載之費矣。聖人知衆譽之或是或非，故其用人也，則亦或因或獨，不以一驗爲也，況乎舉非四嶽也？世非有唐虞也，大道寢矣，邪説行矣，臣已詐矣，民已惑矣〔九〕。非有獨見之明，專任衆人之譽，不以己察，不以事考，亦何由獲大賢哉？且大賢在陋巷也，固非流俗之所識也。何則？大賢爲行也〔一〇〕，裒然不自見，儡然若無能，不與時争是非，不與俗辯曲直，不矜名，不辭謗，不求譽，其味至淡，其觀至拙。夫如是則何以異乎人哉？其異乎人者，謂心統乎群理而不繆，智周乎萬物而不過，變故暴至而不惑，真僞叢萃而不迷。故其得志，則邦家治以和〔一一〕，社稷安以固，兆民受其慶〔一二〕，群生賴其澤〔一三〕。八極之内同爲一，斯誠非流俗之所豫知也。不然，安得赫赫之譽哉？其赫赫之譽者，皆形乎流俗之觀，而曲同乎流俗之聽也。君子固不然矣。昔管夷吾嘗三戰而皆北，人皆謂之無勇；與之分財，取多，人皆謂之不廉；不死子糾之難，人皆謂之背義。若時無鮑叔之舉，霸君之聽，休功不立於世，盛名不垂於後，則長爲賤丈夫矣。魯人見仲尼之好讓而不争也，亦謂之無能，爲之謡曰：「素韠羔裘，求之無尤。羔裘素韠，求之無戾。」夫以聖人之德，昭明顯融，高宏博厚，宜其易知也，且猶若此，而況賢者乎？以斯論之，則時俗之所不譽者，未必爲非也；其所譽者，未必爲是也。故詩曰：「山有扶蘇，隰有荷華。不見子都，乃見狂且。」言所謂好者非好，醜者非醜，亦由亂之所致也。治世則不然矣。叔世之君，生乎亂，求大臣，置宰相，而信流俗之説，故不免乎國風之譏也。而欲與之興天和，致時雍，遏禍亂，弭妖災，無異策穿蹄之乘，而登太行之險，亦必顛躓矣。故書曰：「股肱墮哉，萬事隳哉。」此之謂也。然則，君子不爲時俗之所稱〔一四〕，曰孝悌忠信之稱也，則有之矣，治國致平之稱，則未之有也。其稱也，無以加乎習訓詁之儒也。夫治國致平之術，不兩得其人〔一五〕，則不能相通也。其人又寡矣，寡不稱衆，將誰使辨之？故君子不遇其時，則不如流俗之士聲名章徹也。非徒如此，又爲流俗之士所裁制焉。高下之分，貴賤之賈，一由彼口，是以没齒窮年，不免於匹夫。昔荀卿生乎戰國之際，而有叡哲之才，祖述堯舜，憲章文武，宗師仲尼，明撥亂之道，然而列國之君，以爲迂闊不達時變，終莫之肯用也。至於遊説之士，謂其邪術〔一六〕，率其徒黨，而名震乎諸侯，所如之國，靡不盡禮郊迎，擁篲先驅，受賞爵爲上客者，不可勝數也。故名實之不相當也，其所從來尚矣〔一七〕，何世無之？天下有道，然後斯物廢矣。

〔一〕「朝廷」，治要無「廷」字。
〔二〕「執邦之政令焉」，札記謂句首治要有「使」字。
〔三〕「聰明叡哲」，札記謂原脱此四字，據治要補。
〔四〕「則百僚莫不任其職」二句，札記謂原並脱「莫不」二字，據治要補。
〔五〕「庶事莫不致其治」，札記謂原脱「莫不」二字，據治要補。

〔六〕「畋於渭水邊」二句，札記謂初學記二引作「文王遇姜公於渭陽」，御覽四、又一三引同，又八三四引「陽」作「濱」，初學記六引作「文王遇太公於渭濱」。

〔七〕「方秉竿而釣」，札記謂初學記二、御覽一三引「秉」作「執」，初學記六引作「持竿垂釣」。

〔八〕「文王之識也」至「開霧而觀天」，札記謂初學記二、御覽一五並引作「文王得之，灼若祛雲而見白日，霍若開霧而覩青山」，御覽四引作「若披雲見白日」，初學記六、御覽八三四並引作「文王得之，灼若祛雲而見日，霍若開霧而觀山」，合參諸本，是首句當作「文王得之」，後二句兩「然」字皆衍，「天」字當作「山」，無可疑者。以原本文義可通，姑仍其舊。

〔九〕「惑」，原訛「或」，漢魏叢書本不誤。今回改。

〔一〇〕「賢」下，初學記一七引有「之」字。

〔一一〕「邦家」，龍溪精舍本作「邦國」，與初學記一七引同。

〔一二〕「慶」，初學記一七引作「福」。

〔一三〕「澤」，初學記一七引作「祚」。

〔一四〕「稱」下，札記謂似有脱字。

〔一五〕「兩」，龍溪精舍本作「多」。

〔一六〕「謂其邪術」，札記謂「謂」字當誤，原注：一作「講其邪術」。

〔一七〕「尚」，札記謂原注：一作「久」。

慎所從第十七

夫人之所常稱曰：「明君舍己而從人，故其國治以安；闇君違人而專己，故其國亂以危。」乃一隅之偏説也，非大道之至論也。凡安危之勢，治亂之分，在乎知所從，不在乎必從人也。人君莫不有從人，然或危而不安者，失所從也；莫不有違人，然或治而不亂者，得所違也。若夫明君之所親任也，皆貞良聰智；其言也，皆德義忠信，故從之則安，不從則危。闇君之所親任也，皆佞邪愚惑；其言也，皆姦回諂諛，從之安得治，不從之安得亂乎？昔齊桓公從管仲而安，二世從趙高而危，帝舜違四凶而治，殷紂違三仁而亂〔一〕。故不知所從，而好從人，不知所違，而好違人，其敗一也。孔子曰：「知不可由，斯知所由矣。」夫言或似是而非實，或似美而敗事，或似順而違道：此三者非至明之君不能察也。燕昭王使樂毅伐齊，取七十餘城，莒與即墨未拔。昭王卒，惠王爲太子，時與毅不平。即墨守者田單，縱反間於燕，使宣言曰：「王已死，城之不拔者二耳。樂毅與新王有隙，懼誅而不敢歸，外以伐齊爲名，實欲因齊人未附，故且緩即墨以待其事。齊人所懼，惟恐他將之來，即墨殘矣。」惠王以爲然，使騎劫代之，大爲田單所破。此則似是而非實者也。燕相子之有寵於王，欲專國政，人爲之言於燕王噲，曰：「人謂堯賢者，以其讓天下於許由也。

許由不受，有讓天下之名，而實不失天下。今王以國讓於相子之，子之必不敢受，是堯與王同行也。」燕噲從之，其國大亂。此則似美而敗事者也。齊景公欲廢太子陽生，而立庶子荼，謂大夫陳乞曰：「吾欲立荼如何？」乞曰：「所樂乎爲君者，欲立則立之，不欲立則不立。君欲立之，則臣請立之。」於是立荼。此則似順而違道者也。且夫言畫施於當時，事效在於後日。後日遲至，而當時速決也。故今巧者常勝，拙者常負，其勢然也。此謂中主之聽也。至於闇君，則不察辭之巧拙也，二策並陳，而從其致己之欲者；明君不察辭之巧拙也，二策並陳，而從其致己之福者。故高祖、光武，能收群策之所長，棄群策之所短，以得四海之内，而立皇帝之號也。吴王夫差、楚懷、襄王，棄伍員、屈平之良謀，收宰嚭、上官之諛言，以失江漢之地，而喪宗廟之主。此二帝三王者，亦有從人，亦有違人，然而成敗殊馳，興廢異門者，見策與不見策耳。不知從人甚易，而見策甚難，夷考其驗，斯爲甚矣。

問曰：「夫人莫不好生而惡死，好樂而惡憂。然觀其舉措也，或去生而就死，或去樂而就憂，將好惡與人異乎？」曰：「非好惡與人異也，乃所以求生與求樂者失其道也，譬如迷者，欲南而反北也。」今略舉一驗以言之。昔項羽既敗，爲漢兵所追，乃謂其餘騎曰：「吾起兵至今八年，身經七十餘戰，所擊者服，遂霸天下。今而困於此，此天亡我，非戰之罪也。」斯皆存亡所由，欲南反北者也。夫攻戰，王者之末事也，非所以取天下也。王者之取天下也，有大本，有仁智之謂也。仁則萬國懷之，智則英雄歸之。御萬國，總英雄，以臨四海，其誰與爭？若夫攻城必拔，野戰必克，將帥之事也。羽以小人之器，闇於帝王之教，謂取天下一由攻戰，矜勇有力，詐虐無親，貪嗇專利，功勤不賞，有一范增既不能用，又從而疑之，至令憤氣傷心，疽發而死；豪傑背叛，謀士違離，以至困窮，身爲之虜，然猶不知所以失之，反嗔目潰圍，斬將取旗，以明非戰之罪，何其謬之甚歟！高祖數其十罪，蓋其大略耳。若夫纖介之失，世所不聞，其可數哉？且亂君之未亡也，人不敢諫，及其亡也，人莫能窮，是以至死而不寤，亦何足怪哉！

〔二〕「亂」，龍溪精舍本作「亡」。

亡國第十八

凡亡國之君，其朝未嘗無致治之臣也，其府未嘗無先王之書也，然而不免乎亡者，何也？其賢不用，其法不行也。苟書法而不行其事，爵賢而不用其道，則法無異乎路説〔一〕，而賢無異乎木主也。昔桀奔南巢，紂踣於京，厲流於彘，幽滅於戲。當是時也，三后之典尚在，良謀之臣猶存也。下及春秋之世，楚有伍舉、左史倚相、右尹子革、白公子張，而靈王喪師；衛有太叔儀、公子鱄、蘧伯玉、史鰌，而獻公出奔；晉有趙宣孟〔二〕、范武子、太史董狐，而靈公被殺〔三〕；魯有子家羈、叔孫婼，而昭公野死；齊有晏平仲、南史氏，而莊公不免弒〔四〕；虞、虢有宫之奇、舟之僑，而二公絶祀。由是觀之，苟不用賢，雖有無益也。然此數國者，皆先君舊臣，世禄之士，非遠求也。乃有遠求而不用之者：昔齊桓公立稷下之官〔五〕，設大夫之號，招致賢人而尊寵之，自孟軻之徒皆遊於齊；楚春申君亦好賓客，敬待豪傑，四方並集，食客盈館，且聘荀卿，置諸蘭陵，然齊不益强，黄歇遇難，不用故也。夫遠求賢而不用之，何哉？賢者之爲物也，非若美嬪麗妾之可觀於目也，非若端冕帶裳之可加於身也〔六〕，非若嘉肴庶羞之可實於口也。將以言策，策不用，雖多亦奚以爲？若欲備百僚之名，而不問道德之實，則莫若鑄金爲人而列於朝也，且無食禄之費矣。然彼亦知有馬必待乘之而後致遠〔七〕，有醫必待使之而後愈疾〔八〕。至於有賢，則不知必待用之而後興治者，何哉？賢者難知歟？何以遠求之易知歟？何以不能用也？豈爲寡不足用，欲先益之歟？此又惑之甚也。賢者稱於人也，非以力也。力者必須多，而知者不待衆也。故王卒七萬，而輔佐六卿也。故舜有臣五人而天下治，周有亂臣十人而四海服。此非用寡之驗歟？且六國之君，雖不用賢，及其致人也，猶脩禮盡意，不敢侮慢也。至於王莽，既不能用，及其致之也〔九〕，尚不能言。莽之爲人也，内實姦邪，外慕古義，亦聘求名儒，徵命術士，政煩教虐，無以致之，於是脅之以峻刑，威之以重戮，賢者恐懼，莫敢不至，徒張設虚名，以夸海内，莽亦卒以滅亡。且莽之爵人〔一〇〕，其實因之也。因人者，非必著之桎梏而置之囹圄之謂也〔一一〕，拘係之，愁憂之之謂也。使在朝之人，欲進則不得陳其謀，欲退則不得安其身，是則以綸組爲繩索，以印佩爲鉗鐵也〔一二〕。小人雖樂之，君子則以爲辱矣〔一三〕。故明主之得賢也，得其心也，非謂得其軀也。苟得其軀而不論其心也，斯與籠鳥檻獸無以異也〔一四〕，則賢者之於我也，亦猶怨讐也，豈爲我用哉？雖日班萬鍾之禄〔一五〕，將何益歟？故苟得其心，萬里猶近；苟失其心，同衾爲遠。今不脩所以得賢者之心，而務脩所以執賢者之身〔一六〕，至於社稷顛覆，宗廟廢絶，豈不哀哉！荀子曰〔一七〕：「人主之患，不在乎言不用賢，而在乎誠不用賢。言用賢者口也，卻賢者行也〔一八〕。口行相反，而欲賢者之進〔一九〕，不肖之退，不亦難乎？夫照蟬者〔二〇〕，務明其火，振其樹而已。火不明，雖振其樹無益也。人主有能明其德者，則天下其歸之〔二一〕，若蟬之歸火也。」善哉言乎〔二二〕！昔伊尹在田畝之中，以樂堯舜之道，聞成湯作興，而自夏如商；太公避紂之惡，居於東海之濱，聞文王作興，亦自商如周；其次則甯戚如齊，百里奚入秦，范蠡如越，樂毅遊燕，故人君苟脩其道義，昭其德音，慎其威儀，審其教令，刑無頗僻〔二三〕，獄無放殘，仁愛普殷，惠澤流播，百官樂職，萬民得所，則賢者仰之如天地，愛之如親戚〔二四〕，樂之如塤篪，歆之如蘭芳。故其歸我也，猶決壅導滯〔二五〕，注之大壑，何不至之有〔二六〕？ 苟麤穢暴虐，馨香不登〔二七〕；讒邪在側，佞媚充朝；殺戮不辜，刑罰濫害；宫室崇侈〔二八〕，妻妾無度；撞鐘舞女，淫樂日縱；賦稅繁多〔二九〕，財力匱竭；百姓凍餓，死莩盈野〔三〇〕；矜己自得，諫者被誅；内外震駭〔三一〕，遠近怨悲，則賢者之視我，容貌也如魍魎，臺殿也如狴犴〔三二〕，采服也如衰絰〔三三〕，絃歌也如號哭〔三四〕，酒醴也如滫滌〔三五〕，肴饌也如糞土，從事舉錯，每無一善，彼之惡我也如是，其肯至哉？ 今不務明其義，而徒設其祿，可以獲小人，難以得君子。君子者，行不媮合〔三六〕，立不易方，不以天下枉道，不以樂生害仁，安可以祿誘哉？ 雖強搏執之而不獲已〔三七〕，亦杜口佯愚，苟免不暇。國之安危將何賴焉？ 故詩曰：「威儀卒迷，善人載尸。」此之謂也。

〔一〕「則法無異乎路説」二句，札記謂二「乎」字治要並作「於」。

〔二〕「孟」，札記謂原訛「子」，據治要改。

〔三〕「殺」，札記謂治要作「弑」。

〔四〕「弑」，札記謂原脱此字，據治要補。

〔五〕「桓公」，札記謂當作「宣公」。

〔六〕「端冕」，龍溪精舍本作「冠冕」。

〔七〕「而後致遠」，札記謂治要作「然後遠行」。

〔八〕「使」，札記謂原譌「行」，據治要改，與意林合。
〔九〕「致之」，札記謂原脱「之」字，據治要補。
〔一〇〕「人」下，札記謂治要有「也」字。
〔一一〕「著」下治要無「之」字。
〔一二〕「以印佩爲鉗鐵」，漢魏叢書本注：一本作「以印綬爲鉗鐵也」。
〔一三〕「矣」，札記謂原脱此字，據治要補。
〔一四〕「無以」，札記謂治要作「未有」。
〔一五〕「雖曰」，札記謂「曰」原譌「曰」，據治要改，治要「雖曰」倒。
〔一六〕「脩」，原作「循」。據治要改。
〔一七〕「荀子」，札記謂治要「荀」作「孫」。
〔一八〕「言用賢者口也」二句，札記謂原脱「用」字，「卻」作「知」，並據治要改，與荀子合。
〔一九〕「而欲賢者之進」二句，札記謂原作「而欲賢者進，不肖者退」，據治要改，荀子本作「而欲賢者之至，不肖者之退也」。
〔二〇〕「照」，札記謂荀子作「耀」。
〔二一〕「其歸之」，札記謂荀子無「其」字。
〔二二〕「乎」，札記謂治要作「也」。

〔二三〕「僻」，治要作「類」。

〔二四〕「親戚」，札記謂治要作「其親」。

〔二五〕「滯」下，札記謂原衍「水」字，據治要刪。

〔二六〕「有」下，札記謂治要有「乎」字。

〔二七〕「馨香」，治要作「香馨」。

〔二八〕「宮室」，治要作「宮館」。

〔二九〕「賦」，札記謂治要作「征」。

〔三〇〕「死莩」，札記謂治要作「怨喪」。

〔三一〕「駭」，札記謂治要作「騷」。

〔三二〕「犴」，札記謂治要作「牢」。

〔三三〕「経」，札記謂原訛「經」，治要亦誤，今正。

〔三四〕「絃歌」，治要作「歌樂」。

〔三五〕「滌」，平議謂疑「浚」字之誤，國語晉語「少浚於豕牢而得文王」，韋注：「浚，便也。」滌浚連文，猶言便溺也。

〔三六〕「婾」，札記謂治要作「苟」。

〔三七〕「搏」，札記謂治要作「縛」，義較優。

賞罰第十九

政之大綱有二。二者何也？賞罰之謂也。人君明乎賞罰之道，則治不難矣。夫賞罰者，不在乎必重〔一〕，而在於必行。必行則雖不重而民肅〔二〕，不行則雖重而民怠，故先王務賞罰之必行也〔三〕。書曰：「爾無不信，朕不食言。爾不從誓言〔四〕，予則孥戮汝，罔有攸赦。」天生烝民，其性一也。刻肌虧體，所同惡也；被文垂藻，所同好也。此二者常存，而民不治其身，有由然也：當賞者不賞，當罰者不罰。夫當賞者不賞，則爲善者失其本望，而疑其所行；當罰者不罰，則爲惡者輕其國法，而怙其所守。苟如是也，雖日用斧鉞於市，而民不去惡矣；日錫爵禄於朝，而民不興善矣。是以聖人不敢以親戚之恩而廢刑罰，不敢以怨讐之忿而廢慶賞〔五〕。夫何故哉？將以有救也。故司馬法曰：「賞罰不踰時，欲使民速見善惡之報也。」踰時且猶不可，而況廢之者乎？賞罰不可以疏，亦不可以數。數則所及者多，疏則所漏者多。賞罰不可以重，亦不可以輕。賞輕則民不勸，罰輕則民亡懼〔六〕，賞重則民儌倖，罰重則民無聊〔七〕。故先王明恕以聽之〔八〕，思中以平之，而不失其節也〔九〕。故書曰：「罔非在中，察辭於差。」夫賞罰之於萬民，猶轡策之於駟馬也。轡策不調〔一〇〕，非徒遲速之分也，至於覆車而摧轅。賞罰之不明也，則非徒治亂之分也，至於滅國而喪身，可不慎乎！可不慎乎！故詩云：「執轡如組，兩驂如舞。」言善御之可以爲國也。

〔一〕「乎」，札記謂治要作「於」，御覽六三六引同。
〔二〕「肅」，龍溪精舍本作「勤」。
〔三〕「也」，札記謂原脱此字，據治要補。
〔四〕「爾」，札記謂御覽作「汝」。
〔五〕「廢」，札記據治要改作「留」。今按，據下文「踰時且猶不可，而況廢之者乎」，則以作「廢」爲是，因回改。
〔六〕「亡」，札記謂治要作「不」。
〔七〕「則民無聊」，札記謂原注：一作「民不聊生」。
〔八〕「故先王明恕以聽之」，札記謂「王」原訛「生」，「恕」原訛「庶」，「聽」原訛「德」，並據治要改。
〔九〕「也」，札記謂原脱此字，據治要補。
〔一〇〕「不」上，札記謂治要有「之」字。

民數第二十

治平在庶功興，庶功興在事役均，事役均在民數周，民數周爲國之本也。故先王周知其萬民衆寡之數，乃分九職焉。九職既分，則劬勞者可見，怠惰者可聞也。然而事役不均者，未之有也。事役既均，故民盡其心〔一〕，而人竭其力，然而庶功不興者未之有也。庶功既興，故國家殷富，大小不匱，百姓休和，下無怨疚焉。然而治不平者，未之有也。故曰水有源〔二〕，治有本，道者審乎本而已矣。周禮：「孟冬，司寇獻民數於王，王拜而受之，登於天府，内史、司會、冢宰貳之。」其重之如是也。今之爲政者，未知恤已矣，譬由無田而欲樹藝也，雖有良農，安所措其彊力乎？是以先王制六鄉、六遂之法，所以維持其民，而爲之綱目也。使其鄰比相保相受〔三〕，刑罰慶賞相延相及，故出入存亡，臧否順逆，可得而知矣。如是姦無所竄，罪人斯得。迨及亂君之爲政也，户口漏於國版，夫家脱於聯伍，避役者有之〔四〕，棄捐者有之，浮食者有之，於是姦心競生，僞端並作矣。小則盗竊，大則攻劫，嚴刑峻法不能救也。故民數者，庶事之所自出也，莫不取正焉，以分田里，以令貢賦，以造器用，以制禄食，以起田役，以作軍旅，國以之建典，家以之立度。五禮用修，九刑用措者，其惟審民數乎？

〔一〕「心」，原訛作「力」，據四部叢刊本、龍溪精舍本改。又「民」，通典三作「上」。

〔二〕「源」，札記謂原注：一作「泉」。今按，通典三亦作「泉」。

〔三〕「受」，原作「愛」，札迻謂此用禮大司徒及族師職文，「愛」，當作「受」。今據改。

〔四〕「避役者有之」，札記謂原注：一作「逋逃者有之」。

逸文

天地之間，含氣而生者，莫知乎人。人情之至痛，莫過乎喪親。夫創巨者其日久，痛甚者其愈遲。故聖王制三年之服，所以稱情而立文〔一〕，爲至痛極也。自天子至於庶人，莫不由之，帝王相傳，未有知其所從來者。及孝文皇帝，天姿謙讓，務從簡易，其將弃萬國，乃顧臣子，令弗行久喪，已葬則除之，將以省煩勞而寬群下也。觀其詔文，唯欲施乎己而已，非爲漢室創制喪禮，而傳之於來世也。後人遂奉而行焉，莫之分理。至乎顯宗，聖德欽明，深照孝文一時之制〔二〕，又惟先王之禮之不可以久違，是以世祖徂崩，則斬衰三年。孝明既没，朝之大臣徒以己之私意，忖度嗣君之必貪速除也。檢之以太宗遺詔，不惟孝子之心哀慕未歇，故令聖王之迹陵遲而莫遵。短喪之制，遂行而不除，斯誠可悼之甚者也！滕文公小國之君耳，加之生周之末世，禮教不行，猶能改前之失，咨問於孟軻，而服喪三年，豈況大漢配天之主？而廢三年之喪，豈不惜哉！且作法於仁，其弊猶薄，道隆於己，歷世則廢，況以不仁之作，宣之於海内，而望家有慈孝，民德歸厚，不亦難乎？詩曰：「爾之教矣，民胥效矣。」聖主若以遊宴之間，超然遠思，覽周公之舊章，咨顯宗之故事，感蓼莪之篤行，惡素冠之所刺，發復古之德音，改太宗之權令，事行之後，永爲典式，傳示萬代，不刊之道也。案此即復三年喪篇。

昔之聖王制爲禮法，貴有常尊，賤有等差，君子小人，各司分職。故下無僭上之愆，「僭」原訛「潛」，今正。而人役財力，能相供足也。往昔海内富民及工商之家，資財巨萬，役使奴婢，多者以百數，少者以十數，斯豈先王制禮之意哉？夫國有四民，不相干黷，士者勞心，工農商者勞力。勞心之謂君子，勞力之謂小人。君子者治人，小人者治於人，治於人者食人，治人者食於人，百王之達義也。今夫無德而居富之民，宜治於人，且食人者也。役使奴婢，不勞筋力，目喻頤指，從容垂拱，雖懷忠信之士，讀聖哲之書，端委執笏，列在朝位者，何以加之？且今之君子尚多貧匱，家無奴婢，即其有者，「即」原訛「既」，以意改。不足供事，妻子勤勞，躬自爨烹，其故何也？皆由罔利之人與之競逐，又有紆青拖紫，並兼之門，使之然也。夫物有所盈則有所縮，聖人知其如此，故裒多益寡，稱物平施，動爲之防，不使過度，是以治可致也。爲國而令廉讓，君子不足如此，而使貪人有餘如彼，非所以辨尊卑，等貴賤，賤財利，尚道德也。今太守、令、長得稱君者，以慶賞刑威咸自己出也。

民畜奴婢，或至數百，慶賞刑威，亦自己出，則與郡縣長史又何以異？夫奴婢雖賤，俱含五常，本帝王良民，而使編户小人爲己役，哀窮失所，猶無告訴，豈不枉哉？今自斗食佐史以上，至諸侯王，皆治民人者也，宜畜奴婢。農工商及給趨走使令者，皆勞力躬作，治於人者也，宜不得畜。昔孝哀皇帝即位，師丹輔政，建議令畜田宅奴婢者有限。時丁、傅用事，董賢貴寵，皆不樂之，事遂廢覆。夫師丹之徒，皆前朝知名大臣，患疾並兼之家，建納忠信，爲國設禁，然爲邪臣所抑，卒不施行，豈況布衣之士，而欲唱議立制，不亦遠乎！案此即制役篇。以上二篇並見群書治要〔三〕。

〔一〕「所以」，按，禮記三年問此二字在「立文」下。

〔二〕「照」，疑當作「鑒」。

〔三〕按，以上二文今均依四部叢刊本群書治要勘正，不一一出校。

毛詩義問

〔魏〕劉楨撰　〔清〕馬國翰輯

鄘

蝃蝀在東

夫妻失禮則虹氣盛〔一〕，有赤色在上者，陰乘陽氣也。虞世南北堂書鈔卷一百五十一。

鄭

抑釋掤忌

掤所以覆矢也，謂箭筒蓋也〔二〕。北堂書鈔卷一百二十六。太平御覽卷三百五十。

魏

有縣貆兮

貉子曰貆〔三〕。貆形狀與貉類異〔四〕，世人皆名貆。徐堅初學記卷二十九。

唐

蟋蟀在堂

蟋蟀食蠅而化成。太平御覽卷九百四十九。

秦

鴥彼晨風

晨風，今之鷂。歐陽詢藝文類聚卷九十一。

陳

衡門之下

横一木作門，而上無屋，謂之衡門。藝文類聚卷六十三。

檜

鄶在豫州外方之北，北鄰於虢，都滎之南〔五〕，左濟右洛，居（陽、鄭）兩水之間，食溱、洧焉。酈道元水經注卷二十二引劉楨。

豳

一之日于貉

狐之類，貉、貒、狸也。初學記卷二十九引連「貉子曰貆」，余蕭客古經解鈎沈取屬此句，從之。貉子似貍。初學記卷二十九。羅願爾雅翼卷二十二。

六月食鬱及薁

鬱其樹高五六尺，其實大如李，正赤，食之甜〔六〕。詩七月孔穎達正義。

蠨蛸在户

蠨蛸，長脚蜘蛛也。太平御覽卷九百四十八。

小雅

弁彼鸒斯

有鶋烏、雅烏、楚烏也。初學記卷三十。

商頌

亦有和羹

鉶羹，有菜、鹽、豉其中，菜爲其形象，可食，因以鉶爲名。初學記卷二十六。太平御覽卷八百六十一。

〔一〕「妻」，原作「婦」，孔本書鈔作「妻」，陳本書鈔同，今據改。

〔二〕「也」，原脱此字，據孔本書鈔補，並删去小注「太平御覽卷三百五十」下「引蓋下有也字」六字。

〔三〕「子」，原誤作「小」，據中華書局排印本初學記改。

〔四〕「形」，原脱此字，又「與」訛「如」，據排印本初學記補正。

〔五〕「都」，原作「鄶」，據王先謙校刊本水經注改。都，謂鄶之國都也。

〔六〕按，原本將正義所引本草文，及孔穎達按語，誤作毛詩義問佚文採録於此下，今删去。

附録三　建安七子著作考

孔　融

春秋雜議難五卷

隋書經籍志一：「梁有春秋雜議難五卷，漢少府孔融撰。亡。」

曾樸補後漢書藝文志並考二：「案太山都尉孔宙碑云：『少習家訓，治嚴氏春秋。』孔褒碑云：『治家業春秋。』孔謙碣亦云：『治家業，修春秋。』據此則融祖、父皆治公羊春秋。漢人重家法，融即從業治左氏，不容反而攻之也。然隋志列於左氏類，未敢臆斷。」

舊唐書經籍志上：「春秋雜議五卷。」

新唐書藝文志一：「雜議難五卷。」

按，兩唐志並失書撰人，又舊唐志「議」下脱「難」字。

孔融集十卷

後漢書孔融傳：「魏文帝深好融文辭，每歎曰：『揚、班儔也。』募天下有上融文章者輒賞以金帛。所著詩、頌、碑文、論議、六言、策文、表、檄、教令、書記凡二十五篇。」

隋書經籍志四：「後漢少府孔融集九卷。梁十卷，録一卷。」

按，魏志荀攸傳注引荀氏家傳曰：「（荀）祈與孔融論肉刑，（荀）愔與孔融論聖人優劣，並在融集。」是知晉宋人所見之融集，有他人論難之作附入其間。

舊唐書經籍志下：「孔融集十卷。」

新唐書藝文志四：「孔融集十卷。」

四庫全書總目一四八：「孔北海集一卷，漢孔融撰。案魏文帝典論論文稱：『孔氏卓卓，信含異氣，筆墨之性，殆不可勝。』後漢書融本傳亦曰：『魏文帝深好融文辭，歎曰「揚、班儔也」，募天下有上融文章者，輒賞以金帛。所著詩、頌、碑文、論議、六言、策文、表檄、教令、書記凡二十五篇。』隋書經籍志載漢少府孔融集九卷，注曰：『梁十卷，録一卷。』則較本傳所記已多增益。新、舊唐志皆作十卷，蓋猶梁時之舊本。宋史始不著録，則其集當佚於宋時。此本乃明人所掇拾，凡表一篇、疏一篇、上書三篇、奏事二篇、議一篇、對一篇、教一篇、書十六篇、碑銘一篇、論四篇、詩六篇，共三十七篇。其聖人優劣論蓋一文而偶存兩條，編次者遂析爲兩篇，實三十六篇也。張溥百三家集，亦載是集，而較此本少再告高密令教、告高密縣僚屬一篇。大抵捃拾史傳、類書，多斷簡殘章，首尾不具，不但非隋、唐之舊，即蘇軾孔北海贊序稱『讀其所作楊氏四公贊』，今本亦無之，則宋人所及見者，今已不具矣。然人既國器，文亦鴻寶，雖闕佚之餘，彌可珍也。其六言詩之名，見於本傳，今所傳三章，詞多凡近，又皆盛稱曹操功德，斷以融之生平，可信其義不出此；即使舊本有之，亦必黄初間購求遺文，贋託融作以頌曹操，未可定爲真本也。流傳既久，姑仍舊本録之，而糾其訛於此。集中詩文，多有箋釋本事者，不知何人所作。奏疏之類，皆附綴篇末；書教之類，則夾注篇題之下，體例自相違異。今悉夾注篇題之下，俾畫一焉。」

按，「孔氏卓卓」云云，係文心雕龍風骨篇所引劉楨語，館臣以爲出曹丕典論論文，當誤。又蘇軾嘗稱「常恨」孔融文「不見其全」，見經進東坡文集事略樂全先生文集叙，則孔融集在北宋時蓋已亡佚。又館臣斷今存融之六言詩三章爲贋託，其論未確，徐公持同志已加駁正，詳見其建安七子詩文繫年考證。

馮惟訥詩紀輯存融離合作郡姓名詩一首、雜詩二首、臨終詩一首、六言詩三首、失題詩一首，共五篇八首。其失題詩乃截取李白贈劉都使詩中四句而誤指融作，實四篇七首。

張溥百三家集輯孔少府集一卷，分表、疏、上書、對、教、書、論、議、碑、詩九類編次，有薦禰衡表、崇國防疏、薦謝該上書、上漢帝書、奏宜準古王畿制書、上三府所辟故吏事、奏馬賢事、東海王祭禮對、告高密縣立鄭公鄉教、修鄭公宅教、告昌安縣教、下高密卹鄧子然教、答王脩教、與曹操論盛孝章書、與曹操論酒禁書、啁曹操討烏桓書、報曹操書、答虞翻書、與韋休甫書、與王朗書、與張紘書、喻邴原書、與

邴原書、與諸卿書、與宗從弟書、與許博士書、汝潁優劣論、聖人優劣論、周武王漢高祖論、馬日磾不宜加禮議、肉刑議、衛尉張儉碑、離合作郡姓名字詩、雜詩二首、臨終詩、六言詩三首、失題，共四十一篇。其與韋休甫書及聖人優劣論皆一文兩存，張氏遂各析爲兩篇，馬賢奏事係馬融文而誤入，失題詩與詩紀同誤，實三十七篇。又奏宜準古王畿制書、上三府所辟稱故吏事、奏馬賢事三篇皆有其目而無其文。

嚴可均全後漢文輯孔融文一卷，有上書薦謝該、上書請準古王畿制、上書、上三府所辟稱故吏事、薦禰衡疏、崇國防疏、馬日磾不宜加禮議、肉刑議、南陽王馮東海王祇祭禮對、告高密相立鄭公鄉教、繕治鄭公宅教、教高密令、告昌安縣教、答王脩舉孝廉讓邴原教、重答王脩、喻邴原舉有道書、遺問邴原書、與王朗書、遺張紘書、又遺張紘書、答虞仲翔書、與韋休甫書、與宗從弟書、與諸卿書、與許博士書、與曹公書薦邊讓、與曹公書論盛孝章、與曹公書、與曹公嘲征烏桓、難曹公表制酒禁書、又書、報曹公書、答路粹書、周武王漢高祖論、聖人優劣論、汝潁優劣論、肉刑論、同歲論、衛尉張儉碑銘。其報曹公書與答路粹書同屬一篇，而嚴氏析之爲二，實三十八篇。

陳　琳

陳琳集十卷

隋書經籍志四：「後漢丞相軍謀掾陳琳集三卷。梁十卷，録一卷。」

舊唐書經籍志下：「陳琳集十卷。」

新唐書藝文志四：「陳琳集十卷。」

崇文總目五：「陳琳文集九卷。」

吴棫韻補卷首書目：「陳琳魏人，有文集九卷。在建安諸子中，字學最深，大荒賦幾三千言，用韻極奇古，尤爲難知。」

陳振孫直齋書録解題一六：「陳孔璋集十卷，魏丞相軍謀掾、廣陵陳琳孔璋撰。案魏志：文帝爲五官中郎將，及平原侯植皆好文學，山陽王粲仲宣、北海徐幹偉長、廣陵陳琳孔璋、陳留阮瑀元瑜、汝南應瑒德璉、東平劉楨公幹，並見友善。自邯鄲淳、繁欽、路粹、丁儀、丁廙、楊脩、荀緯等亦有文采，而不在七人之列，世所謂『建安七子』者也。但自王粲而下纔六人，意子建亦在其間耶？而文帝典論則又以孔融居其首，並粲、琳等謂之七子，植不與焉。今諸家詩文散見於文選及諸類書，其以集傳者，仲宣、子建、孔璋三人而已。余家亦未有仲宣集。」

姚振宗後漢藝文志四云：「按此稱『魏丞相軍謀掾』殊誤，此丞相即曹操也。『魏』當作『漢』。」

宋史藝文志七：「陳琳集十卷。」

文獻通考經籍略：「陳孔璋集十卷。」

按，隋志所稱梁之十卷本，蓋在唐時復出。至宋，琳集轉成二本：一爲館閣所藏之九卷本，吴棫所見者即此本也；一爲私家所藏之十卷本，疑即唐之傳本，其書至南宋時猶存，殆於宋末元初亡佚。

馮惟訥詩紀輯存琳飲馬長城窟行一首、遊覽二首、宴會一首，共三篇四首。

張溥百三家集輯陳記室集一卷，分賦、上書、書、牋、檄、版文、設難、樂府、詩九類編次。有武軍賦、神武賦、止欲賦、神女賦、大暑賦、瑪瑙勒賦、迷迭賦、柳賦、鸚鵡賦、爲袁紹上漢帝書、爲袁紹與公孫瓚書、更公孫瓚與子書、爲曹洪與世子書、答張紘書、答東阿王牋、爲袁紹檄豫州文、檄吴將校部曲文、爲袁紹拜烏丸三王爲單于版文、應機、飲馬長城窟行、遊覽二首、宴會，共二十二篇。

嚴可均全後漢文輯陳琳文一卷，有大暑賦、止欲賦、武軍賦、神武賦、神女賦、大荒賦、迷迭賦、馬腦勒賦、柳賦、鸚鵡賦、諫何進召外兵、答東阿王牋、更公孫瓚與子書、答張紘書、爲曹洪與魏太子書、爲袁紹檄豫州、檄吴將校部曲文、應機、韋端碑，共十九篇。

王粲

尚書問二卷

隋書經籍志一：「梁有尚書釋問四卷，魏侍中王粲撰。」

舊唐書經籍志上：「尚書釋問四卷，鄭玄注。王粲問，田瓊、韓益正。」

新唐書藝文志一：「釋問四卷，王粲問，田瓊、韓益正。」

舊唐書元行沖傳載行沖所作釋疑云：「自此之後，惟推鄭公（玄）。王粲稱伊、洛已東，淮、漢之北，一人而已，莫不宗焉。咸云先儒多闕，鄭氏道備。粲竊嗟怪，因求其學，得尚書注，退而思之，以盡其意，意皆盡矣。所疑之者，猶未喻焉。凡有兩卷，列於其集。」侯康補三國藝文志一云：「案王粲尚書問，蓋本載粲集中，不别爲書，後田瓊、韓益答其義，因成釋問四卷，隋志但稱王粲撰，似未合。田瓊者，康成弟子，見鄭志。韓益，魏大長秋，見隋志春秋類。」

漢末英雄記十卷

隋書經籍志二：「漢末英雄記八卷，王粲撰，殘缺。梁有十卷。」

舊唐書經籍志上：「漢末英雄記十卷，王粲等撰。」

新唐書藝文志二：「王粲漢書英雄記十卷。」

四庫全書總目六一：「漢末英雄記一卷，舊本題王粲撰。……案粲卒於建安中，其時黄星雖兆，王步未更，不應名書以『漢末』，似後人之所追題。然考粲從軍詩中已稱曹操爲聖君，則儼以魏爲新朝，此名不足怪矣。隋志著録作八卷，注云殘闕，其本久佚。此本乃王世貞雜鈔諸書成之，凡四十四人，大抵取於裴松之三國志注爲多。如水經注載白狼山曹操敲馬鞍作十片事，本習見之書，乃漏而不載。又如築易京本公孫瓚事，乃於瓚外别出一張瓚，以此事屬之，不知據何誤本，尤疏舛之甚矣。」

姚振宗後漢藝文志二云：「按續漢郡國志『會稽郡』注引英雄交争記，言初平三年事，似即此書本名英雄交争記，後人省『交争』字，加『漢末』字；又其中不盡王粲一人之作，故舊唐志題『王粲等撰』。」按，姚氏謂世傳英雄記非粲一人所作，甚是。然史通内篇雜述云：「普天率土，人物弘多，求其行事，罕能周悉，則有獨舉所知，編爲短部，若戴逵竹林名士、王粲漢末英雄、蕭世誠懷舊志、盧子行知己傳。此謂之小録者也。」是則英雄記爲記人之書，與英雄交争記記事者，未必同是一書。

又英雄記梁十卷本，蓋於唐時復出，至宋亡佚。宛委堂本説郛、漢魏叢書及黄氏逸書考均存有輯本，以黄氏所輯最稱精洽。

去伐論集三卷

隋書經籍志三：「梁有去伐論集三卷，王粲撰。亡。」

舊唐書經籍志下：「去伐論集三卷，王粲撰。」

新唐書藝文志三：「王粲去伐論集三卷。」

姚振宗後漢藝文志三云：「馬國翰曰：『隋、唐志載王粲去伐論集三卷，今佚。考藝文類聚引去伐論一篇，題晉袁宏，書名同而撰人異。按隋、唐志均無宏撰去伐論之目，以題稱去伐論集，繹之當是王粲著論，後賢多有擬議，一併附入歟。』按魏志本傳『著詩、賦、論、議垂六十篇』，去伐論當在其中。此三卷，不知集他家爲此論者凡若干篇。」

書數十篇

太平御覽六〇二引金樓子曰：「王仲宣昔在荆州，著書數十篇。荆州壞，盡焚其書。今在者一篇，知名之士咸重之，見虎一毛，不知其斑。」

按，王瑶讀書筆記十則之八云：「魏志本傳言粲『著詩、賦、論、議垂六十篇』，歷久散佚，至梁時完整者即僅存一篇；梁元帝所見者，蓋即登樓賦。故昭明輯選，於擅長辭賦之仲宣，亦僅録登樓一賦也。」姚振宗後漢藝文志三云：「此事餘書不概見，梁元帝必有所據，今無由考見矣。又按粲在荆州所作如文學官志、登樓賦、爲劉荆州諫袁譚書、爲劉荆州與袁尚書之類，梁時所存，實不止一篇，而梁元帝以爲今存一篇者，則所作數十篇皆子書，别爲一種，非詩文之類可知矣。」姚説近是。書，即書論。曹丕典論論文曰「書論宜理」，是也。梁元帝謂粲書今存一篇者，恐指去伐論。隋志既云梁有去伐論集三卷，則粲此論必當爲梁元帝之所見。文心雕龍論説篇又稱粲之去伐論「師心獨見，鋒穎精密，蓋人倫（按，當作「論」）之英」，是則豈袁宏等擬論在先，劉勰又贊譽於後，故梁元帝謂其「知名之士咸重之」歟？

王粲集十一卷

魏志王粲傳：「著詩、賦、論、議垂六十篇。」

隋書經籍志四：「後漢侍中王粲集十一卷。」

按，此云「後漢侍中」，與史實不合，「後漢」當作「魏」。又魏志董卓傳裴松之注引三輔決録注曰：「臨當就國，粲作詩贈（士孫）萌，萌有答，在粲集中。」是知晉宋人所見之粲集，有他人酬答之作附入其間。

舊唐書經籍志下：「王粲集十卷。」

新唐書藝文志四：「王粲集十卷。」

按，北堂書鈔一〇四引王粲集序云：「粲善屬文，舉筆便成。」是隋本粲集尚有序一篇，蓋序與目合一卷，至唐時亡去，故由十一卷而爲十卷。

晁公武郡齋讀書志一七：「王粲集八卷。右後漢王粲仲宣也，高平人，爲魏侍中。粲博學多識，强記善算，屬文舉筆便成，無所改定，時人以爲宿製，正復精意覃思，亦不能加。著詩、賦、論、議垂六十篇。今集有八十一首。按唐藝文志粲集十卷，今亡兩卷，其詩文反多於史所記二十餘篇，與曹植集同。」

宋史藝文志七：「王粲集八卷。」

按，顏氏家訓勉學篇云：「吾初入鄴，與博陵崔文彦交遊，嘗説王粲集中難鄭玄尚書事。崔轉爲諸儒道之，始將發口，懸見排蹙，云：『文集只有詩賦銘誄，豈當論經書事乎？且先儒之中，未聞有王粲也。』崔笑而退，竟不以粲集示之。」王應麟困學紀聞二云：「顏氏家訓云王粲集中難鄭玄尚書事，今僅見於唐元行沖釋疑。釋疑稱凡有二卷，列於其集。」是知北朝本及唐本粲集皆載有尚書問二卷，至宋代始從本集中析出，粲集由唐之十卷本而成八卷本，故晁氏有「今亡兩卷」云。又其餘八卷，疑亦非隋、唐之舊。古文苑世傳得之經龕中唐人所藏，而其所録王粲之大暑、浮淮、羽獵諸賦，實據藝文類聚、初學記湊集而成，皆非完篇。又王粲原有贈楊德祖詩，見古文苑章樵注引摯虞文章流别，顏氏家訓文章篇亦引此詩佚文二句，而章氏則云「贈楊脩詩今亡」。要之王粲詩文在唐、宋間已多散佚，宋本八卷當是捃摭殘賸，輯而爲集，而此本蓋至宋末亦復亡佚不存矣。馮惟訥詩紀輯存粲太廟頌三首、俞兒舞歌四首、贈蔡子篤一首、贈士孫文始一首、贈文叔良一首、思親詩一首、公讌詩一首、從軍詩五首、詠史詩一首、雜詩一首、雜詩四首、七哀詩三首，共十二篇二十六首，其太廟頌當入於文，實十一篇二十三首。

張溥百三家集輯王侍中集一卷，分賦、書、檄、七、記、論、連珠、贊、銘、祭文、樂府、詩十二類編次，有遊海賦、登樓賦、浮淮賦、初征賦、羽獵賦、思友賦、傷夭賦、出婦賦、寡婦賦、神女賦、閑邪賦、大暑賦、酒賦、馬瑙勒賦、車渠椀賦、迷迭賦、柳賦、槐賦、白鶴賦、鸚鵡賦、鶡賦、鶯賦、爲劉荆州與袁譚書、爲劉荆州與袁尚書、爲荀彧與孫權檄、七釋、荆州文學記、務本論、三輔論、難鍾荀太平論、儒吏論、爵論、安身論、務本論略、儒吏論略、連珠四首、正考父贊、反金人贊、刀銘、硯銘、蕤賓鍾銘、鍾簴銘、弔夷齊文、太廟頌三首、俞兒舞歌四首、贈蔡子篤、贈士孫文始、贈文叔良、思親詩、雜詩、雜詩四首、七哀詩三首、詠史詩、公讌詩、從軍詩五首，共五十六篇，其務本論、儒吏論、爵論皆因殘文二存，遂各析爲兩篇，實五十三篇。

嚴可均全後漢文輯存王粲文二卷，有大暑賦、游海賦、浮淮賦、閑邪賦、出婦賦、傷夭賦、思友賦、寡婦賦、初征賦、登樓賦、羽獵賦、酒賦、神女賦、投壺賦序、圍碁賦序、彈碁賦序、迷迭賦、瑪瑙勒賦、車渠椀賦、槐賦、柳賦、白鶴賦、鶡賦、鸚鵡賦、鶯賦、爲劉荆州諫袁譚書、爲劉荆州與袁尚書、爲荀彧與孫權檄、七釋、顯廟頌、靈壽杖頌、正考父贊、反金人贊、難鍾荀太平論、爵論、儒吏論、三輔論、安身論、務本論、荆州文學記官志、倣連珠、蕤賓鍾銘、無射鍾銘、硯銘、刀銘、弔夷齊文，共四十六篇。其荆州文學記官志中羼入御覽六〇八所引文心雕龍宗經篇一節文字，宜删；又投壺、圍碁、彈碁三賦序當同出於彈碁賦序，嚴氏因御覽引題之誤分而爲三，實四十四篇。

徐幹

中論六卷

隋書經籍志三：「徐氏中論六卷，魏太子文學徐幹撰，梁目一卷。」

馬總意林五：「中論六卷，徐偉長作，任氏注。」

按，嚴可均全三國文云：「案中論此序，徐幹同時人作，舊無名氏。意林『中論六卷任氏注』，任嘏與幹同時，多著述，疑此序文及注皆任嘏作，不敢定之。」姚振宗隋書經籍志考證二四云：「案中論舊序末云：『故追述其事，麄舉其顯露易知之數，沈冥幽微、深奥廣遠者，遺之精通君子，將自贊明之也。』此數語，則爲注其書者之所作，可知也。」

舊唐書經籍志下：「徐氏中論六卷，徐幹撰。」

新唐書藝文志三：「徐氏中論六卷，徐幹。」

崇文總目三：「中論六卷，徐幹撰。」

晁公武郡齋讀書志十：「中論二卷。右後漢徐幹偉長撰。幹，鄴下七子之一也。曾子固嘗序其書，略曰：『始見館閣有中論二十篇，以爲盡於此，及觀貞觀政要，太宗稱「嘗見幹中論復三年喪篇」，而今書闕此篇。因考之魏志，見文帝稱「幹著中論二十餘篇」，於是知館閣本非全書也。』幹篤行體道，不耽世榮，魏太祖特旌命之，辭疾不就，後以爲上艾長，又以疾不行。夫漢承秦滅學之後，百氏雜家與聖人之道並傳，學者罕能自得於治心養性之方、去就語默之際，況於魏之濁世哉！幹獨能考論六藝，其所得於内，又能信而充之，逡巡濁世，有去就顯晦之大節，可不謂賢乎？今此本亦止二十篇，中分上下兩卷。按崇文總目六卷，不知何人合之。李獻民云『别本有復三年、制役二篇』，乃知子固時尚未亡，特不之見爾。」

陳振孫直齋書録解題九：「中論二卷，漢五官將文學北海徐幹偉長撰。唐志六卷，今本二十篇，有序而無名氏，蓋同時人所作。」

宋史藝文志四：「徐幹中論十卷。」

文獻通考經籍略：「中論二篇。」

四庫全書總目九一：「中論二卷，漢徐幹撰。幹字偉長，北海劇人。建安中爲司空軍謀祭酒掾屬，五官將文學，事蹟附見魏志王粲傳，故相沿稱爲魏人。然幹殁後三四年，魏乃受禪，不得遽以帝統予魏。陳壽作史，託始曹操，稱爲太祖，遂併其僚屬均入魏志，非其實也。是書隋、唐志皆作六卷，隋志又注云：『梁目一卷。』崇文總目亦作六卷，而晁公武讀書志、陳振孫書録解題並作二卷，與今本合，則宋人所併矣。書凡二十篇，大都闡發義理，原本經訓，而歸之於聖賢之道，故前史皆列之儒家。曾鞏校書序云：『始見館閣中論二十篇，及觀貞觀政要太宗稱「嘗見幹中論復三年喪篇」，今書獨闕，又考之魏志，文帝稱「幹著中論二十餘篇」，乃知館閣本非全書。』而晁公武又稱『李獻民所見别本，實有復三年、制役二篇』。李獻民者，李淑之字，嘗撰邯鄲書目者也。是其書在宋仁宗時尚未盡殘闕，鞏特據不全本著之於録，相沿既久，所謂别本者不可復見，於是二篇遂佚不存。又書前有原序一篇，不題名字，陳振孫以爲幹同時人所作。今驗其文，頗類漢人體格，知振孫所言爲不誣。惟魏志稱幹卒於建安二十二年，而序乃作於二十三年二月，與史頗異，傳寫必有一訛，今亦莫考其孰是矣。」

按，關於徐幹之卒年當在建安二十三年，詳見七子年譜。中論今有漢魏叢書本、四部叢刊影印明黄省曾本、胡維新兩京遺編本、小萬卷樓校刊本、鄭氏龍溪精舍本。小萬卷樓本錢培名據漢魏叢書本校以群書治要、意林及唐、宋類書，作札記二卷，並依治要補復三年喪、制役逸文二篇，最稱完善。

徐幹集五卷

隋書經籍志四：「魏太子文學徐幹集五卷。梁有録一卷，亡。」

按，北堂書鈔九八引徐幹集序云：「幹聰識博聞，操翰成章。」蓋隋本幹集有序一篇。

舊唐書經籍志下：「徐幹集五卷。」

新唐書藝文志四：「徐幹集五卷。」

馮惟訥詩紀輯存幹答劉公幹詩一首、情詩一首、室思一首、雜詩五首、爲挽船士與新娶妻别一首，共五篇九首。

嚴可均全後漢文輯徐幹文一卷，有齊都賦、西征賦、序征賦、哀别賦、嘉夢賦序、冠賦、團扇賦、車渠椀賦、七喻及失題文一則共十篇。其冠賦實係齊都賦之佚文而誤立，實九篇。

阮瑀

阮瑀集五卷

隋書經籍志四：「後漢丞相倉曹屬阮瑀集五卷。梁有録一卷，亡。」

舊唐書經籍志下：「阮瑀集五卷。」

新唐書藝文志四：「阮瑀集五卷。」

馮惟訥詩紀輯存瑀駕出北郭門行一首、琴歌一首、詠史二首、雜詩二首、七哀詩一首、隱士一首、苦雨一首、失題一首、公讌一首、怨詩一首，共十篇十二首。

張溥百三家集輯阮元瑜集一卷，分賦、論、書、牋、文、詩六類編次，有鸚鵡賦、止欲賦、筝賦、紀征賦、文質論、爲曹公作書與孫權、爲武帝與劉備書、謝太祖牋、弔伯夷文、駕出北郭門、琴歌、詠史二首、雜詩二首、七哀詩、隱士、苦雨、失題、公讌、怨詩，共十九篇。

嚴可均全後漢文輯阮瑀文一卷，有紀征賦、止欲賦、筝賦、鸚鵡賦、謝曹公牋、爲曹公作書與孫權、爲曹公與劉備書、文質論、弔伯夷，共九篇。

應瑒

應瑒集五卷

魏志王粲傳：「（瑒）著文賦數十篇。」

隋書經籍志四：「魏太子文學應瑒集一卷。梁有五卷，録一卷，亡。」

舊唐書經籍志下：「應瑒集二卷。」

新唐書藝文志四：「應瑒集二卷。」

馮惟訥詩紀輯存瑒報趙淑麗一首、公讌詩一首、五官中郎將建章臺集詩一首、别詩二首、鬬雞一首，共五篇六首。

張溥百三家集輯應德璉休璉合集一卷，分賦、書、論、雜文、詩五類編次，瑒有慜驥賦、迷迭賦、靈河賦、正情賦、征賦、馳射賦、鸚鵡賦、愁霖賦、西狩賦、東渠椀賦、楊柳賦、報龐惠恭書、文質論、弈勢、檄文、報趙淑麗、公讌、侍五官中郎將建章臺集詩、别詩二首、鬬雞，共二十篇。

嚴可均全後漢文輯應瑒文一卷，有愁霖賦、靈河賦、正情賦、撰征賦、西征賦、西狩賦、馳射賦、校獵賦、神女賦、車渠椀賦、竦迷迭賦、楊柳賦、鸚鵡賦、慜驥賦、表、報龐惠恭書、釋賓、文質論、弈勢，共十九篇。

劉楨

毛詩義問十卷

隋書經籍志一：「毛詩義問十卷，魏太子文學劉楨撰。」

按，姚振宗後漢藝文志一云：「按建安二十二年文帝始立爲太子，楨於是年卒，此稱太子文學，或終於是官，或從後追題。」徐幹、應瑒二人，隋志皆同稱其爲太子文學，與楨同。

舊唐書經籍志上：「毛詩義問十卷，劉楨撰。」

新唐書藝文志一：「劉楨義問十卷。」

按，毛詩義問蓋亡於宋，馬國翰玉函山房輯佚書存有輯本。

劉楨集四卷

魏志王粲傳：「（楨）著文賦數十篇。」

隋書經籍志四：「魏太子文學劉楨集四卷。録一卷。」

舊唐書經籍志下：「劉楨集二卷。」

新唐書藝文志四：「劉楨集二卷。」

馮惟訥詩紀輯存楨公讌詩一首、贈五官中郎將四首、贈徐幹一首、贈從弟三首、雜詩一首、鬬雞一首、射鳶一首、失題二首，共八篇十四首。

張溥百三家集輯劉公幹集一卷，分賦、書、碑、詩四類編次，有魯都賦、大暑賦、遂志賦、黎陽山賦、瓜賦、清慮賦、諫平原侯植書、又書、答太子書、又書、處士國文甫碑、公讌詩、贈五官中郎將四首、贈徐幹、贈從弟三首、雜詩、鬬雞、射鳶、失題二首，共十九篇。

嚴可均全後漢文輯劉楨文一卷，有大暑賦、黎陽山賦、魯都賦、遂志賦、清慮賦、瓜賦、與曹植書、諫曹植書、答魏太子丕借廓落帶書、處士國文甫碑，共十篇。

鄴中集　魏太子曹丕撰。

按，文選四二載魏文帝與吴質書曰：「昔年疾疫，親故多離其災。徐、陳、應、劉，一時俱逝。……何圖數年之間，零落略盡，言之傷心。頃撰其遺文，都爲一集，觀其姓名，已爲鬼録。」下文復就徐幹、應瑒、陳琳、劉楨、阮瑀、王粲六人之文，依次加以評述。又云：「諸子但爲未及古人，自一時之儁也。」是曹丕所撰並總爲一集者，乃六人之文耳。答吴質書作於建安二十四年，時曹丕爲魏太子。又文選卷三〇有謝靈運擬魏太子鄴中集詩八首，分擬曹丕、王粲、陳琳、徐幹、劉楨、應瑒、阮瑀、曹植八人之詩各一首。其序有云：「歲月不居，零落將盡，撰文懷人，感往增愴。」李善注即以上引與吴質書「撰其遺文，郤（都）爲一集」實之。是又知曹丕所撰之集，稱曰鄴中集，除六人外，尚收有曹丕、曹植兄弟之作。又唐釋皎然詩式一「鄴中集」條下，有「鄴中七子，陳王最高。劉楨辭氣偏，王（按，指陳王）得其中」云云，然則，此鄴中集豈唐人猶見及耶？而其「七子」之稱，有曹植而無孔融，與曹丕典論論文異。

附録四　建安七子年譜

漢桓帝永興元年癸巳（一五三）

孔融生。

後漢書孔融傳：「下獄棄市。時年五十六。」後漢書獻帝紀：建安十三年（二〇八）秋，「八月壬子，曹操殺太中大夫孔融」。由此推之，融當生於是年。又本集載融與曹公論盛孝章書云：「五十之年，忽焉已至。公爲始滿，融又過二。」曹操生於永壽元年（一五五），推融之生年，與後漢書所載正合。

融字文舉，魯國人，孔子二十世孫。

見後漢書孔融傳。世説新語言語篇注引續漢書同，惟「二十世」誤「二十四世」。按，本集有離合作郡姓名字詩一首，石林詩話卷中謂：「此篇離合『魯國孔融文舉』六字。」後漢書郡國志，魯國屬豫州。其地在今山東省曲阜縣。

七世祖霸，治尚書，爲元帝師，號褒成君。

後漢書孔融傳：「七世祖霸，爲元帝師，位至侍中。」按，霸子光，漢書有孔光傳載霸事蹟，略云：霸字次儒，世習尚書，宣帝時爲太中大夫，以選授太子經，遷詹事，高密相。元帝即位，以師賜爵關内侯，號褒成君，給事中。霸爲人謙退，不好權勢，上欲致霸相位，霸讓。薨，謚曰烈君。

高祖父尚，鉅鹿太守。

見魏志崔琰傳，又世説新語言語篇注引續漢書。其事蹟無考。

父宙，字季將，治嚴氏春秋，官至泰山都尉。

後漢書孔融傳：「父宙，泰山都尉。」隸釋卷七載泰山都尉孔宙碑：「君諱宙，字季將，孔子十九世之孫也。天姿醇嘏，齊聖達道。少習家訓，治嚴氏春秋。」

兄褒，字文禮。治春秋，爲豫州從事。

金石萃編卷一四載豫州從事孔褒碑，碑文後引授堂金石題跋云：「碑剥缺，文字皆不續屬，惟首行載『君諱褒，字文禮，孔子廿世之孫，泰山都尉之元子』。碑内有『業春秋，篇籍靡遺』字，又有『（缺）爵固辭』字。蓋文禮少傳世學，而不以榮位自繫。今考史晨孔廟後碑所云『處士孔褒文禮』，是其徵也。」

兄謙，字德讓，修春秋經，爲郡諸曹史。

隸釋卷六載孔謙碣：「孔謙字德讓者，宣尼公廿世孫，都尉君之子也。幼體蘭石自然之姿，長膺清妙孝友之行，祖述家業，修春秋經，升堂講誦，深究聖指。弱冠而仕，歷郡諸曹史。年廿四，永興二年七月，遭疾不禄。」按，金石萃編卷九載孔謙碣作「年卅四」。

融行第六。

後漢書孔融傳注引融家傳：「兄弟七人，融第六。」融之兄弟，除褒、謙二人，餘皆無考。

鄭玄二十七歲。（據後漢書鄭玄傳。）

蔡邕二十一歲。（據王先謙後漢書集解。）

張紘二歲。（據盧弼三國志集解。）

永興二年甲午（一五四）

孔融二歲。兄謙卒。

見隸釋卷六孔謙碣。

永壽元年乙未（一五五）

孔融三歲。

曹操生。（據魏志武帝紀。）

永壽二年丙申（一五六）

孔融四歲，有與諸兄分梨事，始爲宗族所奇。

後漢書孔融傳注引融家傳：「幼有自然之性。年四歲時，每與諸兄共食梨，融輒引小者。大人問其故，答曰：『我小兒，法當取小者。』由是宗族奇之。」按，世説新語言語篇注、太平御覽卷三八五並引融别傳同。事又見藝文類聚卷八六引文士傳。

永壽三年丁酉（一五七）

孔融五歲。

陳琳生於是年前後。

陳琳生年無確考。吴志張昭傳載：「（昭）少好學，善隸書，從白侯子安受左氏春秋，博覽衆書，與琅邪趙昱、東海王朗俱發名友善。弱冠察孝廉，不就，與朗共論舊君諱事，州里才士陳琳等皆稱善之。」按，張昭卒於吴嘉禾五年（二三六），年八十一，其生年爲漢桓帝永壽二年（一五六）。「弱冠察孝廉」，在靈帝熹平四年（一七五）。時陳琳既以「州里才士」而「稱善」昭，推其生年當不晚於桓帝延熹三年（一六〇）。又後漢書臧洪傳載，袁紹兵圍臧洪，「使洪邑人陳琳以書譬洪」，洪答書曰：「足下當見久圍不解，救兵未至，感婚姻之義，推平生之好，以爲屈節而守生，勝守義而傾覆也。」又見魏志臧洪傳。是陳琳與臧洪係姻親舊好，二人年齒亦當相若。據後漢書臧洪傳，漢靈帝熹平三年（一七四）「洪年十五，以父功拜童子郎」，則洪爲延熹三年（一六〇）生。參以吴志張昭傳記琳之事，琳或生於是年前後。

琳，字孔璋，廣陵射陽人。

曹丕典論論文謂「廣陵陳琳孔璋」，魏志王粲傳亦云：「廣陵陳琳，字孔璋。」言籍貫但舉郡名，而不明邑采。按，魏志臧洪傳云：「臧洪字子源，廣陵射陽人也。」又云「紹令洪邑人陳琳書與洪」。是知陳琳與臧洪同邑，亦廣陵射陽人也。後漢書郡國志，廣陵郡射陽屬徐州。其地在今江蘇省寶應縣東南。陳琳家世不詳。

延熹元年戊戌（一五八）

孔融六歲。

陳琳約二歲。

延熹二年己亥（一五九）

孔融七歲。

陳琳約三歲。

延熹三年庚子（一六〇）

孔融八歲。

陳琳約四歲。

延熹四年辛丑（一六一）

孔融九歲。

陳琳約五歲。

延熹五年壬寅（一六二）

孔融十歲，隨父到洛陽，造訪李膺，以言辭敏捷，爲膺稱歎。

後漢書孔融傳：「融幼有異才。年十歲，隨父詣京師。時河南尹李膺以簡重自居，不妄接士賓客，敕外自非當世名人及與通家，皆不得白。融欲觀其人，故造膺門。語門者曰：『我是李君通家子弟。』門者言之。膺請融，問曰：『高明祖父嘗與僕有恩舊乎？』融曰：『然。先君孔子與君先人李老君同德比義，而相師友，則融與君累世通家。』衆坐莫不歎息。太中大夫陳煒後至，坐中以告煒。煒曰：『夫人小而聰了，大未必奇。』融應聲曰：『觀君所言，將不早惠乎？』膺大笑曰：『高明必爲偉器。』」李賢注：「膺，潁川襄城人。融家傳曰：『聞漢中李公清節直亮，意慕之，遂造公門。』李固，漢中人，爲太尉，與此傳不同也。」按，桓帝紀，建和元年（一四七）前太尉李固下獄死，時融未生，不及見之，當以本傳爲是。此事亦見世説新語言語篇注引融别傳，又魏志崔琰傳注引續漢書，袁宏後漢紀卷三〇謂融時「年十餘歲」。

太平御覽卷四六三引范曄後漢書曰：「李膺爲河南尹，恃才倨傲，誡守門者：『非吾通家子孫不得輒通。』融年十二，入洛，欲以觀其人。乃謂守門者曰：『吾與李君通家子孫耳。』守門者告膺，膺呼召，問曰：『卿與吾有何所故？』融曰：『臣先君孔子，與公老君同德比義，則臣與公累代通家也。』膺大悦。引坐，謂曰：『卿欲食乎？』融曰：『須食。』膺曰：『教卿爲客之禮，主人問食，但讓不須。』融曰：『不然。教君爲主之禮，但置於食，不須問客。』膺慚，乃歎曰：『吾將老死，不見卿富貴也。』融曰：『公殊未死。』膺曰：『如何？』融曰：『鳥之將死，其鳴也哀；人之將死，其言也善。向來公言未有善也，故知未死。』膺甚奇之。後與膺談論百家經史，應答如流，膺不能下之。」按，此條較今本范曄後漢書事有增出，疑出他家後漢書。

陳琳約六歲。

延熹六年癸卯（一六三）

孔融十一歲。父宙卒，融哀慕毁瘠，州里稱其孝。

後漢書孔融傳：「年十三，喪父，哀悴過毁，扶而後起，州里歸其孝。」又見袁宏後漢紀卷三〇。按，泰山都尉孔宙碑稱：「宙年六十一，延熹六年正月乙未卒。」是宙卒時融年十一，而傳云十三，疑誤。今從碑。

陳琳約七歲。

荀彧生。（據魏志荀彧傳。）

延熹七年甲辰（一六四）

孔融十二歲，融遇盛憲，結爲兄弟。

太平御覽卷五四三、北堂書鈔卷八五引會稽典録曰：「盛憲字孝章，初爲臺郎，嘗出遊，逢一童子，容貌非常。憲怪而問之，是魯國孔融，時年十餘歲。憲下車執融手，載以歸舍。與融談宴，知其不凡，便結爲兄弟。因升堂見親，憲自爲壽以賀母。母曰：『何賀？』憲曰：『母昔有憲，憲今有弟，家國所賴，以是賀耳。』融果以英才煒艷冠世。」「初爲臺郎」二句，據御覽卷四〇九補。此事暫繫於本年。

陳琳約八歲。

延熹八年乙巳（一六五）

孔融十三歲。

陳琳約九歲。

延熹九年丙午（一六六）

黨錮事起。司隸校尉李膺等二百餘人受誣爲黨人，並被捕下獄。（據後漢書桓帝紀、黨錮傳。）

孔融十四歲。

陳琳約十歲。

永康元年丁未（一六七）

大赦天下，解除黨錮，李膺等二百餘人皆歸田里，書名三府，禁錮終身。（據後漢書桓帝紀、黨錮傳。）

孔融十五歲。

陳琳約十一歲。

阮瑀生於是年前後。

阮瑀生年無確考。魏志王粲傳謂：「瑀少受學於蔡邕。」按，後漢書蔡邕傳，光和元年（一七八）邕獲罪徙朔方，赦還，旋被誣謗訕朝廷，遂亡命江海，積十二年，於中平六年（一八九）方强應董卓之辟，還署祭酒；未久復遇喪亂，連年播越，初平三年（一九二）死於獄中。自光和元年至初平三年，邕自顧奔命於不暇，諒無收授門徒之事。是阮瑀之就蔡邕學，當在光和元年之前。今推其極，假設在光和元年，時瑀又不小於十歲，則其生年當不晚於建寧二年（一六九）。又王粲傳云：「瑀以（建安）十七年（二一二）卒。」瑀卒未久，曹丕作有寡婦賦。文選卷一六潘岳寡婦賦注引曹丕寡婦賦序稱：「陳留阮元瑜與余有舊，薄命早亡」云，由「早亡」，知阮瑀以盛年謝世，卒時年歲蓋不超過五十，推其生年當不早於延熹六年（一六三）。要之，阮瑀少於陳琳而略長於徐幹。

瑀字元瑜，陳留尉氏人。

晉書阮籍傳：「阮籍字嗣宗，陳留尉氏人也。父瑀，魏丞相掾，知名於世。」後漢書郡國志，陳留尉氏屬兖州。其地在今河南省尉氏縣。阮瑀家世未詳。

漢靈帝建寧元年戊申（一六八）

孔融十六歲。

陳琳約十二歲。

阮瑀約二歲。

建寧二年己酉（一六九）

孔融十七歲，救張儉，由是名震遠近。

後漢書孔融傳：「山陽張儉爲中常侍侯覽所怨，覽爲刊章下州郡，以名捕儉。儉與融兄褒有舊，亡抵於褒，不遇。時融年十六，儉少之而不告。融見其有窘色，謂曰：『兄雖在外，吾獨不能爲君主邪？』因留舍之。後事泄，國相以下，密就掩捕，儉得出走，遂併收褒、融送獄。二人未知所坐。融曰：『保納舍藏者，融也，當坐之。』褒曰：『彼來求我，非弟之過，請甘其罪。』吏問其母，母曰：『家事任長，妾當其辜。』一門爭死，郡縣疑不能決，乃上讞之。詔書竟坐褒焉。融由是顯名，與平原陶丘洪、陳留邊讓齊聲稱。州郡禮命，皆不就。」按，後漢書宦者侯覽傳：「建寧二年，張儉舉奏覽貪侈奢縱，「覽遂誣儉爲鈎黨，及故長樂少府李膺、太僕杜密等，皆夷滅之」。後漢書黨錮夏馥傳：「（馥）與范滂、張儉等俱被誣陷，詔下州郡，捕爲黨魁。」又范滂傳「建寧二年，遂大誅黨人，詔下急捕滂等」，與靈帝紀載建寧二年十月侯覽諷有司奏李膺等皆爲鈎黨下獄時間相合。是張儉之被追捕確在本年無疑，時融年十七，而融傳云「十六」，誤。魏志崔琰傳注引續漢書載融救張儉事與融傳同，惟「一門争死」作「兄弟争死」，又不言融母與其事。末云：「融由是名震遠近，與平原陶丘洪、陳留邊讓，並以俊秀，爲後進冠蓋。融持論經理不及讓等，而逸才宏博過之。」

陳琳約十三歲。

阮瑀約三歲。

建寧三年庚戌（一七〇）

孔融十八歲。

陳琳約十四歲。

阮瑀約四歲。

建寧四年辛亥（一七一）

孔融十九歲。

陳琳約十五歲。

阮瑀約五歲。

徐幹生。

無名氏中論序:「(幹)年四十八,建安二十三年春二月,遭厲疾,大命殞頽。」由建安二十三年(二一八)上推四十八年,幹當生於是年。按,此序爲徐幹同時人作,嚴可均疑其是任嘏。

幹字偉長,北海劇人。

中論序:「世有雅達君子者,姓徐名幹,字偉長,北海劇人也。其先業以清亮臧否爲家,世濟其美,不隕其德,至君之身十世矣。」後漢書郡國志,北海國劇縣屬青州。其地在今山東省昌樂縣東。

熹平元年壬子(一七二)

孔融二十歲。

陳琳約十六歲。

阮瑀約六歲。

徐幹二歲。

熹平二年癸丑(一七三)

孔融二十一歲。

陳琳約十七歲。

阮瑀約七歲。

徐幹三歲。

禰衡生。（據後漢書文苑禰衡傳。）

熹平三年甲寅（一七四）

孔融二十二歲。

陳琳約十八歲。

阮瑀約八歲。

徐幹四歲。

熹平四年乙卯（一七五）

孔融二十三歲。

陳琳約十九歲。

張昭與王朗共論舊君諱事，琳稱善之。

吴志張昭傳：張昭字子布，彭城人，「少好學，善隸書，從白侯子安受左氏春秋，博覽衆書。與琅邪趙昱、東海王朗俱發名友善。弱冠察孝廉，不就，與朗共論舊君諱事，州里才士陳琳等皆稱善之」。

按，彭城、琅邪、東海與廣陵同屬於徐州，故稱「州里」。昭舉孝廉在是年。見永壽三年譜。

阮瑀約九歲。

徐幹五歲。

劉楨生於是年前後。

劉楨生年無確考。按，謝靈運擬魏太子鄴中集詩八首劉楨詩代叙楨之生平事歷云：「貧居晏里閈，少小長東平。河兖當衝要，淪飄薄許京。」許京，獻帝遷都於許，乃有此稱。是楨之「飄薄許京」，當在建安元年獻帝遷許以後。又本集載遂志賦，其云：「幸遇明后，因志東傾。披此豐草，乃命小生。生之小矣，何兹云當？牧馬於路，役車低昂。愴恨惻切，我獨西行。去峻溪之鴻洞，觀日月於朝陽。釋叢棘之餘刺，踐檟林之柔芳。」明后，謂曹操。據賦意可知，曹操於東征之際，嘗入兖州東平，有招劉楨來歸之事。考魏志武帝紀，惟初平三年，操領兖州牧，曾進擊黄巾於壽張東，壽張屬東平國，此賦所云「因志東傾」，蓋謂此也。時楨年在少小，故又有「生之小矣，何兹云當」云。下文「牧馬於路」數句，則自叙西行入許事，當是謝詩「淪飄薄許京」之所指，在建安元年之後，與「乃命小生」事相隔已三年以上。今合參楨賦、謝詩，於劉楨早年事蹟，大略推測如下：楨少長於鄉里，初平三年曹操嘗命其來歸，以年少小未就；及之獻帝東遷後，乃獨自西行至許，入於曹操府中。古人二十以下稱「小」，今假設初平三年（一九二），劉楨爲十八歲，則其生年或在熹平四年（一七五）前後，晚於徐幹，而略早於王粲。

楨字公幹，東平寧陽人。

世説新語言語篇注引典略：「劉楨字公幹，東平寧陽人也。」後漢書郡國志，東平國寧陽縣屬兗州。其地在今山東省寧陽縣南。

父梁，字曼山，漢宗室子孫，有文才，終野王令。

魏志王粲傳注引文士傳：「楨父名梁，字曼山，一名恭。少有清才，以文學見貴，終野王令。」按，「一名恭」，太平御覽卷四八五引作「一名岑」，與後漢書文苑傳合。文苑傳云：「梁字曼山，一名岑，東平寧陽人也。梁宗室子孫，而少孤貧，賣書於市以自資。」又云：「桓帝時舉孝廉，除北新城長。……後爲野王令，未行。光和中，病卒。孫楨，亦以文才知名。」此云楨爲梁之孫，與文士傳謂楨爲梁之子不合。今姑從文士傳。

應瑒或生於是年前後。

應瑒生年無確考。按，謝靈運擬魏太子鄴中集詩八首應瑒詩叙瑒之經歷云：「天下昔未定，託身早得所。官渡厠一卒，烏林預艱阻。」「官渡」句，謂瑒參與建安五年官渡之戰。據詩意，前此瑒已「託身」於曹操，官渡戰時，其年蓋不小於二十五歲，則當生於熹平五年（一七六）以前。文選卷四二曹丕與吴質書「仲宣續自善於辭賦」下，李善注曰：「言仲宣最少，續彼衆賢。」李善以爲在「七子」中王粲最爲少小，諒有所據，則應瑒當長於王粲。又建安時人言鄴下文士，常以應瑒與劉楨並稱，或曰「應劉」，或曰「劉應」，豈二人非止以名位相侔，亦且年齒相若故邪？然瑒之生年别無其他綫索可尋，姑暫與劉楨同置於此。

瑒字德璉，汝南南頓人。

瑒之祖父奉，後漢書有傳，謂奉「汝南南頓人」。「元和郡縣圖志卷八「河南道陳州南頓縣」下，云：「高陽丘在縣南四十里。應瑒，南頓人，兄弟俱有名，自比高陽才子，故號高陽丘也。」後漢書郡國志，汝南郡南頓縣屬豫州。其地在今河南省項縣西。

瑒祖父奉，字世叔，官至司隸校尉。

魏志王粲傳注引華嶠漢書曰：「瑒祖奉，字世叔。才敏善諷誦，故世稱『應世叔讀書，五行俱下』。著後序十餘篇，爲世儒者。延熹中，至司隸校尉。」其事蹟詳見後漢書應奉傳。

伯父劭，字仲遠，官至泰山太守。父珣，字季瑜，司空掾。

魏志王粲傳注引華嶠漢書曰：「（奉）子劭字仲遠，亦博學多識，尤好事。諸所撰述風俗通等，凡百餘篇，辭雖不典，世服其博聞。」又引續漢書曰：「劭又著中漢輯叙、漢官儀及禮儀故事，凡十一種，百三十六卷。朝廷制度，百官儀式，所以不亡者，由劭記之。官至泰山太守。劭弟珣，字季瑜，司空掾，即瑒之父。」按後漢書應奉傳附劭傳，建安二年，詔拜劭爲袁紹軍謀校尉，後卒於鄴。珣，事蹟不詳。

弟璩，字休璉，亦以文才稱，官至侍中。

魏志王粲傳：「瑒弟璩，璩子貞，咸以文章顯。璩官至侍中。」注引文章叙録曰：「璩字休璉，博學好屬文，善爲書記。文、明帝世，歷官散騎常侍。齊王即位，稍遷侍中、大將軍長史。曹爽秉政，多違法度，璩爲詩以諷焉。其言雖頗諧合，多切時要，世共傳之。復爲侍中，典著作。嘉平四年卒，追贈衞尉。」魏志方技傳朱建平傳謂璩卒年六十三。

楊修生。（據魏志陳思王植傳注引典略，及後漢書楊震傳附修傳注引續漢書。）

熹平五年丙辰（一七六）

孔融二十四歲。

陳琳約二十歲。

阮瑀約十歲。嘗就學蔡邕，邕歎爲「奇才」。

太平御覽卷三八五引文士傳曰：「阮瑀少有俊才，應機捷麗，就蔡邕學，歎曰：『童子奇才，朗朗無雙！』」文選卷四二阮瑀爲曹公作書與孫權注引魏志曰：「阮瑀字元瑜，宏才卓逸，不群於俗。」「宏才」二句，不見於今魏志。

徐幹六歲。

劉楨約二歲。

應瑒約二歲。

熹平六年丁巳（一七七）

孔融二十五歲。

陳琳約二十一歲。

阮瑀約十一歲。

徐幹七歲。

劉楨約三歲。

應瑒約三歲。

王粲生。

魏志王粲傳：「（建安）二十二年春，道病卒，時年四十一。」據此推知，粲在是年生。

粲字仲宣，山陽高平人。

見魏志王粲傳。後漢書郡國志，山陽郡高平縣屬兗州。其地在今山東省鄒縣西南。

曾祖父龔，字伯宗，有高名於天下，爲太尉。

魏志王粲傳注引張璠漢紀：「龔字伯宗，有高名於天下。順帝時爲太尉。」後漢書王龔傳略云：龔世爲豪族。初舉孝廉，稍遷青州刺史，歷尚書、司隸校尉、南陽太守，徵爲太僕，轉太常，遷司空。拜太尉，深疾宦官專權，上書極言其狀，在位五年，以病卒於家。

祖父暢，字叔茂，名在八俊，爲司空。

魏志王粲傳注引張璠漢紀：「暢字叔茂，名在八俊。靈帝時爲司空，以水災免，而李膺亦免歸故郡，二人以直道不容當時。天下以暢、膺爲高士，諸危言危行之徒皆推宗之，願涉其流，惟恐不及。

會連有災異，而言事者皆言三公非其人，宜因其變，以暢、膺代之，則禎祥必至。由是宦豎深怨之，膺誅死而暢遂廢，終于家。」後漢書王龔傳附暢傳略云：「暢初舉孝廉，四遷尚書令，歷齊相、司隸校尉、漁陽太守，所在以嚴明爲稱。太尉陳蕃薦暢清方公正，復爲尚書，拜南陽太守，奮厲威猛，豪黨有釁穢者，莫不糾發。徵爲長樂衛尉，建寧元年遷司空，免，明年卒於家。」

父謙，爲大將軍何進長史。

王謙，史無傳。魏志王粲傳但云：「父謙，爲大將軍何進長史。」亦見於後漢書王龔傳附暢傳。曹植王仲宣誄叙粲父事蹟云：「伊君顯考，奕葉佐時。入管機密，朝政以治。出臨朔岱，庶績咸熙。」按，「入管機密」，漢制，尚書令掌機密。又，「出臨朔岱」，岱，即岱山，亦稱泰山。東漢兗州有泰山郡，岱山在其西北，見後漢書郡國志三，故此稱泰山郡爲「朔岱」。謙爲大將軍何進長史，事在中平年間，蓋其前曾入尚書省掌機密，又出爲泰山郡太守耳。

光和元年戊午（一七八）

孔融二十六歲。

陳琳約二十二歲。

阮瑀約十二歲。

徐幹八歲。

劉楨約四歲。

應瑒約四歲。
王粲二歲。
吴質生。（據文選卷四〇吴質答魏太子牋。）
光和二年己未（一七九）
孔融二十七歲。
陳琳約二十三歲。
阮瑀約十三歲。
徐幹九歲。
劉楨約五歲。
應瑒約五歲。
王粲三歲。
光和三年庚申（一八〇）
孔融二十八歲，辟司徒楊賜府。
事見後漢書孔融傳。年月不詳。按，後漢書靈帝紀，光和二年「十二月，光禄勳楊賜爲司徒」。融之辟司徒府，當在楊賜爲司徒後，或在是年初。

陳琳約二十四歲。
阮瑀約十四歲。
徐幹十歲。
劉楨約六歲。
應瑒約六歲。
王粲四歲。
光和四年辛酉(一八一)
孔融二十九歲。
陳琳約二十五歲。
阮瑀約十五歲。
徐幹十一歲。
劉楨約七歲。
應瑒約七歲。
王粲五歲。
光和五年壬戌(一八二)

孔融三十歲。詔公卿以謡言舉刺史與二千石官，時宦官親屬雖貪濁，皆不敢問，惟融多舉發之。

後漢書孔融傳：「時隱覈官僚之貪濁者，將加貶黜，融多舉中官親族。尚書畏迫内寵，召掾屬詰責之。融陳對罪惡，言無阿撓。」

後漢書劉陶傳：「光和五年，詔公卿以謡言舉刺史、二千石爲民蠹害者。時太尉許馘、司空張濟承望内官，受取貨賂，其宦者子弟賓客，雖貪汙穢濁，皆不敢問，而虚糾邊遠小郡清修有惠化者二十六人。吏人詣闕陳訴，（陳）耽與議郎曹操上言：『公卿所舉，率黨其私，所謂放鴟梟而囚鸞鳳。』」

按，靈帝紀，陳耽於是年三月免司徒，融等舉中官事當在春季。

陳琳約二十六歲。

阮瑀約十六歲。

徐幹十二歲。

劉楨約八歲。

應瑒約八歲。

王粲六歲。

光和六年癸亥（一八三）

孔融三十一歲。

陳琳約二十七歲。

阮瑀約十七歲。

徐幹十三歲。

劉楨約九歲，已能誦論語、詩、論，及篇賦數萬言。

太平御覽卷三八五引文士傳：「劉楨字公幹，少以才學知名。年八九歲，能誦論語、詩、論，及篇賦數萬言。警悟辯捷，所問應聲而答當，其辭氣鋒烈，莫有折者。」

應瑒約九歲。

王粲七歲。

荀緯生。（據魏志王粲傳注引荀勗文章叙録。）

中平元年甲子（一八四）

孔融三十二歲。辟豫州刺史王允從事，未就。

後漢書王允傳：「王允字子師，太原祁人也。……中平元年，黄巾賊起，特選拜豫州刺史。辟荀爽、孔融等爲從事。」唐晉書江統傳載東海王越與統書曰：「昔王子師作豫州，未下車辟荀慈明，下車辟孔文舉。」又見北堂書鈔卷七三引江氏家傳。按，事當在是年二月之後。王允爲豫州刺史不一月，爲中常侍張讓所中傷，下獄；會赦，還復刺史，旬日間，復以它罪被捕入獄，是冬十二月大赦。見靈帝紀。而允獨不在宥，至明年乃得解釋。而王允傳謂張讓「以事中允。明年，遂傳下獄」。「明年」二字，疑是衍文。然則，融雖辟爲豫州從事，實因王允下獄而未就。

何進爲大將軍，融受楊賜遣奉謁賀進；進既拜，辟融爲掾。時，融有重名，爲世人矚目。

後漢書孔融傳：「河南尹何進當遷爲大將，楊賜遣融奉謁賀進，不時通，融即奪謁還府，投劾而去。河南官屬恥之，私遣劍客欲追殺融。客有言於進曰：『孔文舉有重名，將軍若造怨此人，則四方之士引領而去矣。不如因而禮之，可以示廣於天下。』進然之，既拜而辟融。」時融爲大將軍何進掾，見下引文士傳。融傳注引融家傳：「客言於進曰：『孔文舉於時英雄特傑，譬諸物類，猶衆星之有北辰，百穀之有黍稷，天下莫不屬目也。』」按，據靈帝紀，何進以河南尹爲大將軍在是年三月，時楊賜爲太尉。

融慕邊讓才名，與王朗並修刺候之。

世説新語言語篇注引文士傳：「邊讓字文禮，陳留人，才儁辯逸。大將軍何進聞其名，召署令史，以禮見之。讓占對閒雅，聲氣如流，坐客皆慕之。讓出就曹，時孔融、王朗等並前爲掾，共書刺從讓，讓平衡與交接。」又見後漢書文苑邊讓傳，文字略異。按，邊讓傳載議郎蔡邕薦讓於何進書有云：「伏惟幕府初開，博選精英，……竊見令史陳留邊讓，天授逸才，聰明賢智。」知融等與讓交接在是年。

陳琳約二十八歲。

魏志王粲傳云：「琳前爲何進主簿。」按，其爲主簿年月不詳，蓋於時已與王朗等入於大將軍府矣。

阮瑀約十八歲。

徐幹十四歲，已誦文數十萬言，始讀五經。

中論序：「（幹）未志乎學，蓋已誦文數十萬言矣。年十四，始讀五經，發憤忘食，下帷專思，以夜繼日。父恐其得疾，常禁止之。」

劉楨約十歲。

應瑒約十歲。

王粲八歲。

中平二年乙丑（一八五）

孔融三十三歲，舉高第，爲侍御史。與中丞趙舍不合，託病歸家。後辟司空掾。

見後漢書孔融傳。按，後漢書集解引惠棟説謂：「百官表云中丞内領侍御史，融爲舍屬，與舍不合，故歸也。」又司空當是楊賜。據靈帝紀，是年九月特進楊賜爲司空，十月庚寅賜卒，則融爲司空掾僅一月耳。

陳琳約二十九歲。

阮瑀約十九歲。
徐幹十五歲。
劉楨約十一歲。
應瑒約十一歲。
王粲九歲。

中平三年丙寅(一八六)

孔融三十四歲，拜北軍中侯，在職三日，遷虎賁中郎將。

見後漢書孔融傳。「北軍中侯」原作「中軍侯」，今從魏志崔琰傳注引續漢書。按，楊晨三國會要卷一二引晉范汪曰：「漢、魏名臣爲州郡吏者，雖違適不同，多爲舊君齊衰三月。」公府掾屬當與州郡吏同。融既爲楊賜故吏，賜卒，宜服喪三月，始可拜北軍中侯，故繫此事於是年。

陳琳約三十歲。
阮瑀約二十歲。
徐幹十六歲。
劉楨約十二歲。
應瑒約十二歲。

王粲十歲。

中平四年丁卯（一八七）

孔融三十五歲。

陳琳約三十一歲。

阮瑀約二十一歲。

徐幹十七歲。

劉楨約十三歲。

應瑒約十三歲。

王粲十一歲。

曹丕生。（據魏志文帝紀。）

中平五年戊辰（一八八）

孔融三十六歲。

陳琳約三十二歲。

阮瑀約二十一歲。

徐幹十八歲。

劉楨約十四歲。

應瑒約十四歲。

王粲十二歲。何進欲擇王謙二子爲婚，謙不許。

魏志王粲傳：「（粲）父謙，爲大將軍何進長史。進以謙名公之胄，欲與爲婚，見其二子使擇焉。謙弗許。」按，粲字仲宣，則其行次可知，二子中似有粲在。此事年月無考，何進以中平元年爲大將軍，六年爲宦官所殺，當在此五六年間，今暫繫於是年。是時，粲當隨其父在洛陽。

中平六年己巳（一八九）

孔融三十七歲，以忤董卓旨，轉爲議郎。

後漢書孔融傳：「會董卓廢立，融每因對答，輒有匡正之言。以忤卓旨，轉爲議郎。」靈帝紀中平六年：「九月甲戌，董卓廢帝爲弘農王。」又獻帝紀：「九月甲戌，即皇帝位。」

陳琳約三十三歲，勸何進毋召外兵，進以不聽取禍。琳避難冀州。

魏志王粲傳：「琳前爲何進主簿。進欲誅諸宦官，太后不聽，進乃召四方猛將，並使引兵向京城，欲以劫恐太后。琳諫進曰：『……今將軍總皇威，握兵要，龍驤虎步，高下在心；以此行事，無異於鼓洪爐以燎毛髮。……大兵合聚，强者爲雄，所謂倒持干戈，授人以柄；功必不成，祇爲亂階。』進不納其言，竟以取禍。琳避難冀州。」琳諫召外兵事，又見後漢書何進傳。按，通鑑置此於是年七月。琳避難冀州，蓋在何進敗亡未久。

阮瑀約二十三歲。

徐幹十九歲，已博覽群籍，能下筆成章；病時俗迷昏，遂閉户不出，以讀書自娱。

中論序：「（幹）未至弱冠，學五經悉載於口，博覽傳記，言則成章，操翰成文矣。此時靈帝之末年也。國典墮廢，冠族子弟結黨權門，交援求名，競相尚爵號。君病俗迷昏，遂閉户自守，不與之群，以六籍自娱而已。」

劉楨約十五歲。

應瑒約十五歲。

王粲十三歲。

漢獻帝初平元年庚午（一九〇）

孔融三十八歲，爲北海相。迎擊黄巾張饒，敗保朱虚縣。

後漢書孔融傳：「時黄巾寇數州，而北海最爲賊衝，卓乃諷三府同舉融爲北海相。」魏志崔琰傳注引續漢書謂：融遷「北海相，時年三十八」。袁宏後漢紀卷三〇云：「年二十八，爲北海太守。」按，此「二十八」當是「三十八」之誤。張角率黄巾軍起事，在中平元年，見後漢書靈帝紀。孔融傳又云：「融到郡，收合士民，起兵講武，馳檄飛翰，引謀州郡。賊張饒等群輩二十萬衆從冀州還，融逆擊，爲饒所敗，乃收散兵保朱虚縣。」又見袁宏後漢紀卷三〇，惟文字略異，「張饒」作「張餘」。

稍後，融招集吏民，復置城邑，立學校，表顯儒術，薦擧賢士。又特爲鄭玄立一鄉，稱「鄭公鄉」。

後漢書孔融傳：「稍復鳩集吏民爲黄巾所誤者男女四萬餘人，更置城邑，立學校，表顯儒術，薦擧賢良鄭玄、彭璆、邴原等。郡人甄子然、臨孝存知名早卒，融恨不及之，乃命配食縣社。其餘雖一介之善，莫不加禮焉。郡人無後及四方游士有死亡者，皆爲棺具而斂葬之。」袁宏後漢紀卷三〇：「（融）稱詔誘使吏民設置城邑，崇學校庠序，擧賢貢士，表顯耆儒，以彭璆爲方正，邴原爲有道，王脩爲孝廉。告高密縣爲鄭玄特立鄉，名曰「鄭公鄉」。又國人無後及四方遊士有死亡，皆爲棺木而殯葬之；使甄子然臨配食縣社，其禮賢如此。」又見魏志崔琰傳注引續漢書。

後漢書鄭玄傳：「鄭玄字康成，北海高密人也。……國相孔融深敬於玄，屣履造門。告高密縣爲玄特立一鄉，曰：『……鄭君好學，實懷明德。……今鄭君鄉宜曰「鄭公鄉」。……可廣開門衢，令容高車，號爲「通德門」。』」告高密縣立鄭公鄉教已入本集。按，鄭玄生於永建二年（一二七），年六十喪父，服滿當在初平元年。時董卓遷都長安，擧玄爲趙相，道斷未至，會黄巾入青州，玄乃避地徐州。故融造門立鄉事，當在是年玄之徐州前。

魏志邴原傳：「邴原字根矩，北海朱虚人也。少與管寧俱以操尚稱，州府辟命皆不就。黄巾起，原將家屬入海，住鬱洲山中。時孔融爲北海相，擧原有道。」又注引原别傳曰：「時魯國孔融在郡，教選計當任公卿之才，乃以鄭玄爲計掾，彭璆爲計吏，原爲計佐。融有所愛一人，常盛嗟歎之。後恚望，欲殺之，朝吏皆請。時其人亦在坐，叩頭流血，而融意不解。原獨不爲請。融謂原曰：『衆皆請而君獨不？』原對曰：『明府於某，本不薄也，常言歲終當舉之，此所謂「吾一子」也。如是，朝吏受恩未有在某前者矣，而今乃欲殺之。明府愛之，則引而方之於子，憎之，則推之欲危其身。原愚，不知明府以何愛之，以何惡之？』融曰：『某生于微門，吾成就其兄弟，拔擢而用之；某今孤負恩施。夫善則進之，惡則誅之，固君道也。往者應仲遠爲泰山太守，舉一孝廉，旬月之閒而殺之。夫君人者，厚薄何常之有！』原對曰：『仲遠舉孝廉，殺之，其義焉在？夫孝廉，國之俊選也。舉之若是，則殺之非也；若殺之是，則舉之非也。詩云：「彼己之子，不遂其媾。」蓋譏之也。語云：「愛之欲其生，惡之欲其死。既欲其生，又欲其死，是惑也。」仲遠之惑甚矣。明府奚取焉？』融乃大笑曰：『吾直戲耳！』原又曰：『君子於其言，出乎身，加乎民；言行，君子之樞機也。安有欲殺人而可以爲戲者哉？』融無以答。是時漢朝陵遲，政以賄成，原乃將家人入鬱洲山中。郡舉有道，融書喻原曰：……原遂到遼東。……後原欲歸鄉里，止於三山。孔融書曰：……原於是遂復反還。」按，融之二書皆載本集。原後爲五官將長史，從曹操征吴，卒。

魏志王脩傳：「王脩字叔治，北海營陵人也。……初平中，北海（按，當脱「相」字）孔融召以爲主簿，守高密令。……舉孝廉，脩讓邴原，融不聽。時天下亂，遂不行。頃之，郡中有反者。脩聞融有難，夜往奔融。賊初發，融謂左右曰：『能冒難來，唯王脩耳！』言終而脩至。復署功曹。時膠東多賊寇，復令脩守膠東令。……融每有難，脩雖休歸在家，無不至。融常賴脩以免。」按，融集載答王脩二教，據裴松之注，當作於是時。建安十八年，脩爲大司農郎中令，病卒官。

陳琳約三十四歲。

阮瑀約二十四歲。

徐幹二十歲，避亂海表。

中論序：「于時董卓作亂，幼主西遷，奸雄滿野，天下無主。聖人之道息，邪僞之事興，營利之士得譽，守貞之賢不彰，故令君譽聞不振於華夏，玉帛安車不至於門。考其德行文藝，實帝王之佐也。道之不行，豈不惜哉！　君避地海表。」按，魏志武帝紀初平元年二月：「（董）卓聞兵起，乃徙天子都長安。」謝靈運擬魏太子鄴中集詩八首徐幹詩代敍幹之生平云：「伊昔家臨菑，提攜弄齊瑟。置酒飲膠東，淹留憩高密。」文選卷四〇楊脩答臨菑侯牋李善注亦謂：「偉長淹留高密。」膠東、高密皆近海之地，中論序「海表」即指此。蓋徐幹舊居臨菑，以戰亂迭起，臨菑牢落，故往避之。黄節謝康樂詩注以爲「膠東、高密，謂昔從曹植於臨菑時也」，殊誤。

劉楨約十六歲。

應瑒約十六歲，因世亂而漂泊他鄉。

謝靈運擬魏太子鄴中集詩八首應瑒詩，其序稱瑒云：「汝潁之士，流離世故，頗有飄薄之歎。」其詩云：「嗷嗷雲中雁，舉翮自委羽。求涼弱水湄，違寒長沙渚。顧我梁川時，緩步集潁許。一旦逢世難，淪薄恒羈旅。」五臣劉良注曰：「世難，謂漢末遭亂。……言我逢亂漂迫，爲客於荆州也。」按，詩中「長沙渚」與「弱水湄」對舉，喻南北漂泊，居無定所，似非實指。

王粲十四歲，徙長安。蔡邕見而奇之，稱粲有異才，載數車書與粲。

文選卷五六曹植王仲宣誄：「皇家不造，宗室隕顛。宰臣專制，帝用西遷。君乃羈旅，離此阻艱。」即指徙長安事。按，魏志董卓傳，是年二月，相國董卓聞山東兵起，乃焚燒洛陽宫室，刼遷獻帝都長安。

魏志王粲傳：「獻帝西遷，粲徙長安，左中郎將蔡邕見而奇之。時邕才學顯著，貴重朝廷，常車騎填巷，賓客盈坐。聞粲在門，倒屣迎之。粲至，年既幼弱，容狀短小，一坐盡驚。邕曰：『此王公孫也，有異才，吾不如也。吾家書籍文章，盡當與之。』」按，後漢書蔡邕傳，邕於是年拜左中郎將，從獻帝至長安。粲登門造邕，當在初至長安時。

魏志鍾會傳注引博物記：「蔡邕有書近萬卷，末年載數車書與粲。」按，後漢書列女董祀妻傳載蔡琰謂曹操曰：「昔亡父賜書四千許卷，流離塗炭，罔有存者。」疑蔡邕萬卷藏書，除留予其女四千餘卷，其餘盡入王粲。博物記又云：「王粲與族兄凱俱避地荆州，……凱生業。粲亡後，相國掾魏諷謀反，粲子與焉，既被誅，邕所與書悉入業。業字長緒，位至謁者僕射。子宏字正宗，司隸校尉。宏，弼之兄也。」是則王弼爲粲之嗣孫。張湛列子序亦謂：「正宗、輔嗣（弼）皆好集文籍，先並得仲宣家書，幾將萬卷。」則蔡邕書展轉而歸於王弼，盧弼三國志集解云：「輔嗣博覽閎通，淵源授受，有自來矣。」

應璩生。（據魏志王粲傳及方技傳。）

初平二年辛未（一九一）

孔融三十九歲，出屯都昌，爲管亥所圍，遣太史慈求救於劉備。鄭玄子益恩爲救融遇害。

後漢書孔融傳：「時黄巾復來侵暴，融乃出屯都昌，爲賊管亥所圍。融逼急，乃遣東萊太史慈求救於平原相劉備。備驚曰：『孔北海乃復知天下有劉備邪？』即遣兵三千救之，賊乃散走。」

吴志太史慈傳略云：太史慈，字子義，東萊黄人也。爲郡守劾州章，由是知名，避事遼東。北海相孔融聞而奇之，數遣人訊其母，並致餉遺。時融以黄巾寇暴，出屯都昌，爲管亥所圍。慈從遼東還，母謂慈曰：「汝與孔北海未嘗相見，至汝行後，贍恤殷勤，過於故舊，今爲賊所圍，汝宜赴之。」慈單步見融，因求兵出斫賊。融不聽，欲待外救，未有至者，而圍日偪。融欲告急平原相劉備，城中無由得出，慈自請求行。融曰：「今賊圍甚密，衆人皆言不可，卿意雖壯，無乃實難乎？」慈對曰：「昔府君傾意於老母，老母感遇，遣慈赴府君之急，固以慈有可取，而來必有益也。今衆人言不可，慈亦言不可，豈府君愛顧之義，老母遣慈之意邪？事已急矣，願府君無疑。」融乃然之。慈遂突圍到平原説備。備斂容答曰：「孔北海知世間有劉備邪！」即遣精兵三千隨慈。融既得濟，益奇貴慈，曰：「卿吾之少友也。」事畢，還啟其母，母曰：「我喜汝有以報孔北海也。」慈後歸孫策，爲建昌都尉，孫權統事，委以南方之事，年四十一，建安十一年卒。

太平御覽卷三六二引鄭玄別傳：「玄一子，名益字益恩（按，當從後漢書作「益恩」）。年二十三，相國（按，當「國相」之倒）孔府君舉孝廉。府君以多寇，屯都昌，爲賊管亥所圍。乃令從家將兵奔救，遇賊見害，時年二十七也。」按，後漢書鄭玄傳：「玄唯有一子益恩，孔融在北海，舉爲孝廉；及融爲黄巾所圍，益恩赴難隕身。」然玄傳又載玄戒子益恩書云：「入此歲來，已七十矣。」玄七十歲，爲建安元年，作書戒其子益恩，知其時子益恩猶在。范書記事前後乖迕若此。

陳琳約三十五歲。袁紹使琳典文章。

魏志王粲傳：「琳避難冀州，袁紹使典文章。」又見文選卷四〇陳琳答東阿王牋注引文章志，「典文章」作「典密事」。按，魏志武帝紀及袁紹傳，紹於是年七月領冀州牧，使琳典文章蓋在其時。

阮瑀約二十五歲。

徐幹二十一歲。

劉楨約十七歲。

應瑒約十七歲。

王粲十五歲。

初平三年壬申（一九二）

孔融四十歲，始與禰衡交友。

後漢書文苑禰衡傳：「禰衡字正平，平原般人也。少有才辯，而尚氣剛傲，好矯時慢物。……衡始弱冠，而融年四十，遂與爲交友。」按，孔融於建安元年（一九六）上書薦禰衡云「處士平原禰衡，年二十四」，知是年衡正二十，與傳所記年歲合。

世説新語言語篇注引文士傳：「衡不知先所出，逸才飄舉，少與孔融作爾汝之交。時衡未滿二十，融已五十，敬衡才秀，共結殷勤，不能相違。」「五十」當作「四十」。又略見初學記卷一八、太平御覽卷四〇九引張隱文士傳。「共結殷勤」初學記作「忘年殷勤」。

因常遇兵禍，融不能保郭四境，棄郡而徙徐州。

魏志崔琰傳注引司馬彪九州春秋：「幽州精兵亂，至徐州，卒到城下，舉國皆恐。融直出説之，令無異志。遂與别校謀夜覆幽州，幽州軍敗，悉有其衆。無幾時，還復叛亡。黄巾將至，融大飲醇酒，躬自上馬，禦之淶水之上。寇令上部與融相拒，兩翼徑涉水，直到所治城。城潰，融不得入，轉至南縣，左右稍叛。連年傾覆，事無所濟，遂不能保郭四境，棄郡而去，後徙徐州。」按，據通鑑，初平三年春，公孫瓚兵三萬，其鋒甚鋭，被袁紹敗於界橋，餘衆皆散走。此所云「幽州精兵亂」，蓋指公孫瓚南下之散兵。又同年四月，青州黄巾攻兖州，爲曹操戰敗退走，或其餘部退入北海，而與孔融相拒耳。

徐州刺史陶謙與孔融等守相共奏記於朱儁，推儁爲太師，因移檄州郡，欲以同討李傕等，迎奉獻帝，以儁推辭，遂罷。

後漢書朱儁傳：「及董卓被誅，傕、汜作亂，儁猶在中牟。陶謙以儁名臣，數有戰功，可委以大事，乃與諸豪桀共推儁爲太師，因移檄牧伯，同討李傕等，奉迎天子。乃奏記於儁曰：『徐州刺史陶謙、……北海相孔融、沛相袁忠、太山太守應劭、汝南太守徐璆、前九江太守服虔、博士鄭玄等，敢言之行車騎將軍河南尹莫府：國家既遭董卓，重以李傕、郭汜之禍，……謙等並共諮諏，議消國難。……故相率厲，簡選精悍，堪能深入，直指咸陽，多持資糧，足支半歲，謹同心腹，委之元帥。』會李傕用太尉周忠、尚書賈詡策，徵儁入朝。……遂辭謙議而就傕徵，復爲太僕，謙等遂罷。」獻帝紀初平三年：「夏四月辛巳，誅董卓。」

是年蔡邕下獄死。融與蔡邕素善，邕卒後，常思念其人。

後漢書蔡邕傳：「及（董）卓被誅，邕在司徒王允坐，殊不意言之而歎，有動於色。允勃然叱之，……即付廷尉治罪。……邕遂死獄中。」

後漢書孔融傳：「（融）與蔡邕素善，邕卒後，有虎賁士貌類於邕，融每酒酣，引與同坐，曰：『雖無老成人，且有典型。』」

陳琳約三十六歲。

阮瑀約二十六歲，爲其師蔡邕立廟。

明嘉靖尉氏縣志卷四：「蔡相公廟在縣西四十里燕子陂，其斷碑上截猶存，云：『蔡邕赴洛，其徒阮瑀等餞之於此，繾綣不能别者累日。邕既歿，復相與追慕之，立廟焉。』」按，不知此碑作於何時。

後漢書蔡邕傳，邕，陳留圉人。（按，圉縣舊城在今河南杞縣南，與尉氏縣比鄰。）邕死，「搢紳諸儒莫不流涕。……兗州陳留閒皆畫像而頌焉」。以此推之，其門徒在鄉里爲邕立廟，事或不虛。

徐幹二十二歲。

劉楨約十八歲。

應瑒約十八歲。

王粲十六歲，司徒辟，詔除黄門侍郎，皆不就。

魏志王粲傳：「年十七，司徒辟，詔除黄門侍郎，以西京擾亂，皆不就。」此「年十七」當是「年十六」之誤，説見下。西京，謂長安也。盧弼三國志集解云：「時司徒爲淳于嘉。」按，後漢書獻帝紀，初平三年九月淳于嘉方爲司徒，時粲已離長安至荆州，司徒當是王允。

粲與王凱、士孫萌等離長安往荆州襄陽避亂，依劉表。有七哀詩「西京亂無象」。

魏志王粲傳：「年十七，……以西京擾亂，……乃之荆州依劉表。」魏志鍾會傳注引博物記：「王粲與族兄凱俱避地荆州。」按，本集載初征賦有叙其避亂荆州事云：「違世難以迴折兮，超遥集乎蠻楚。逢屯否而底滯兮，忽長幼以羈旅。」粲似舉家南遷。本集又載贈士孫文始詩云：「天降喪亂，靡國不夷。我暨我友，自彼京師。宗守盪失，越用遁違。遷于荆楚，在漳之湄。」可知粲與士孫文始同時由長安之荆州。文選卷二三此詩題下李善注引三輔決録趙岐（當作「摯虞」）注曰：「士孫孺子名萌，字文始。少有才學，年十五，能屬文。初董卓之誅也，父瑞知王允必敗，京師不可居，乃命萌將家屬至荊州依劉表。去無幾，果爲李傕等所殺。」考後漢書獻帝紀及王允傳，允於初平三年六月甲子被李傕等所殺，王粲、士孫萌離長安必在此之前。又本集載七哀詩，其一：「西京亂無象，豺虎方遘患。復棄中國去，遠身適荊蠻。親戚對我悲，朋友相追攀。」敍往荊州避亂，初離長安時事。據後漢書獻帝紀及董卓傳，傕等於初平三年五月合圍長安城，八日城陷，六月戊午傕等入城，放兵虜掠。繹詩意，粲離長安已在城陷之後。是年粲十六歲，而粲傳稱「年十七，……乃之荊州依劉表」，似誤。太平御覽卷二〇九引魏書敍此事，「年十七」作「年十八」，「八」當是「六」之敗體。士孫萌，史無傳，元和姓纂謂：「瑞生萌，字文始，儀郎、灌（按，當作「濬」，形近而訛）津亭侯，生賢、穎。」

魏志劉表傳：表「山陽高平人」。又注引謝承後漢書曰：「表受學於同郡王暢。」是粲以同里世交故往依之。荊州原治武陵漢壽，表爲荊州刺史徙治襄陽。太平御覽卷一八〇引襄沔記曰：「繁欽宅、王粲宅並在襄陽，井臺猶存。」文選卷五六曹植王仲宣誄李善注引盛弘之荊州記曰：「襄陽城西南有徐元直宅，其西北八里方（万）山，山北際河水，山下有王仲宣宅，故東阿王誄云：『振冠南嶽，濯纓清川。』」又杜甫一室詩云：「應同王粲宅，留井峴山前。」師尹注：「昔王粲依劉表，卜居峴山下，後人呼爲『王粲宅』，宅前有井，呼爲『仲宣井』。」此稱王粲宅在峴山，與盛弘之所言不同。按峴山在襄陽南，萬山則在襄陽西北，核之曹植誄文，似以杜詩説爲正。

張華博物志卷六：「初，粲與族兄凱避地荊州依劉表。表有女，表愛粲才，欲以妻之，嫌其形陋用

（疑當作通）率，乃謂曰：『君才過人而體貌躁，非女婿才。』凱有風貌，乃妻凱，生葉（當作業），即女所生。」此下魏志鍾會傳注引博物記有「業，即劉表外孫也」七字。

曹植生。（據魏志陳思王植傳。）

初平四年癸酉（一九三）

孔融四十一歲。

陳琳約三十七歲。

阮瑀約二十七歲。

徐幹二十三歲。

劉楨約十九歲。

應瑒約十九歲。

王粲十七歲。

興平元年甲戌（一九四）

孔融四十二歲，與徐州牧陶謙謀迎天子還洛陽，未果。勸劉備領徐州牧。

袁宏後漢紀卷二七：「（興平元年夏四月），徐州牧陶謙、北海相孔融謀迎天子還洛陽，會曹操襲徐州而止。」蜀志先主傳：「謙表先主爲豫州刺史，屯小沛。謙病篤，謂別駕麋竺曰：『非劉備不能安此州也。』謙死，竺率州人迎先主，先主未敢當。……曰：『袁公路近在壽春，此君四世五公，海内所歸，君可以州與之。』……北海相孔融謂先主曰：『袁公路豈憂國忘家者邪？冢中枯骨，何足介意。今日之事，百姓與能，天與不取，悔不可追。』先主遂領徐州。」魏志武帝紀：興平元年：「陶謙死，劉備代之。」

陳琳約三十八歲。

阮瑀約二十八歲。

徐幹二十四歲。

劉楨約二十歲。

應瑒約二十歲。

王粲十八歲，作贈文叔良詩。

詩載本集，其云：「翩翩者鴻，率彼江濱。君子于征，爰聘西鄰。」文選卷二三李善注此詩曰：「詳其詩意，似聘蜀結好劉璋也。」詩又云：「董褐荷名，胡寧不師？」用董褐説晉退軍以解國難事，勉文叔良。按，後漢書及蜀志劉焉傳，興平元年劉焉卒，詔劉璋領益州牧，璋以趙韙爲征東中郎將，率衆擊劉表，詩所指蓋此。文穎字叔良，南陽人，爲荆州從事，事劉表，建安中爲甘陵丞，著有漢書注。見顔師古漢書叙例。

興平二年乙亥（一九五）

孔融四十三歲，自徐州還北海，領青州刺史。時袁紹、曹操强盛，左丞祖勸融有所結納，融不聽而殺之。

魏志崔琰傳注引司馬彪九州春秋：「（融）後徙徐州，以北海相自還領青州刺史，治郡北陲。欲附山東，外接遼東，得戎馬之利，建樹根本，孤立一隅，不與共也。于時曹、袁、公孫共相首尾，戰士不滿數百，穀不至萬斛。王子法、劉孔慈凶辯小才，信爲腹心。左丞祖、劉義遜清雋之士，備在坐席而已，言此民望，不可失也。丞祖勸融自託彊國，融不聽而殺之。義遜棄去。」

後漢書孔融傳：「時袁、曹方盛，而融無所協附。左丞祖者，稱有意謀，勸融有所結納。融知紹、操終圖漢室，不欲與同，故怒而殺之。融負其高氣，志在靖難，而才疎意廣，迄無成功。在郡六年，劉備表領青州刺史。」按，融自初平元年（一九〇）到郡至今年，首尾實五年，而此云六年，疑融初受命出守北海在中平六年（一八九）末，故虚出一年。

鄭玄在徐州，融頻請其返郡，作繕治鄭公宅教。

太平廣記卷一六四引殷芸小説：「鄭玄在徐州，孔文舉時爲北海相，欲其返郡，敦請懇惻，使人繼踵。又教曰：『鄭公久遊南夏，今艱難稍平，儻有歸來之思。無寓人於室，毁傷其藩垣林木，必繕治牆宇，以俟還。』」

陳琳約三十九歲。

阮瑀約二十九歲。

徐幹二十五歲。

劉楨約二十一歲。

應瑒約二十一歲。

王粲十九歲。

建安元年丙子（一九六）

孔融四十四歲。鄭玄由徐州歸里，融告僚屬可稱玄爲鄭君。

太平廣記卷一六四引殷芸小説：「及（玄）歸，融告僚屬曰：『昔周人尊師，謂之尚父。今可咸曰鄭君，不得稱名也。』」後漢書鄭玄傳：「（玄）建安元年自徐州還高密。」其時，融蓋亦回北海。

融爲袁譚所攻，城陷，妻子爲譚所虜。

後漢書孔融傳：「建安元年，爲袁譚所攻，自春至夏，戰士所餘裁數百人，流矢雨集，戈矛内接。融隱几讀書，談笑自若。城夜陷，乃奔東山，妻子爲譚所虜。」又見魏志崔琰傳注引司馬彪九州春秋，文有小異。

袁宏後漢紀卷三〇：「劉備表融領青州刺史，年餘爲群賊所攻，不能自守。」此謂「爲群賊所攻」，與融傳及九州春秋「爲袁譚所攻」不同。按，後漢書袁紹傳載，興平二年，譚「出爲青州刺史」。魏志袁紹傳注引九州春秋曰：「譚始至青州，……其土自河而西，蓋不過平原而已。遂北排田楷，東攻孔融，曜兵海隅，……」則當以融傳所言爲是。魏志崔琰傳注引張璠漢紀：「融在郡八年，僅以身免。」按，融在北海郡實七年，而此云八年，蓋亦以中平六年末始受命時起算，故虚出一年。

按，今將可確認爲融在北海之行事而難定其年者，附誌於後：

北堂書鈔卷一四四引孔融别傳：「漢末天下荒亂，融每食，奉饘一盛，魚一首以祭。」

藝文類聚卷八五引秦子：「孔文舉爲北海相，有遭父喪，哭泣墓側，色無憔悴，文舉殺之。又有母病瘥，思食新麥，家無，乃盜鄰熟麥而進之。文舉聞之，特賞曰：『無有來謝，勿復盜也。』盜而不見罪者，以爲勤於母飢；哭而見殺者，以爲形慈而實否。」又見御覽卷四九九引。

吴志是儀傳：「是儀字子羽，北海營陵人也。本姓氏，初爲縣吏，後仕郡。郡相孔融嘲儀，言『氏』字『民』無上，可改爲『是』，乃遂改焉。」

吴志吴主傳注引吴録：「(孫)邵字長緒，北海人，長八尺。爲孔融功曹，融稱曰：『廊廟才也。』」

魏志崔琰傳注引司馬彪九州春秋：「融在北海，自以智能優贍，溢才命世，當時豪俊皆不能及。亦自許大志，且欲舉軍曜甲，與群賢要功，自於海岱結殖根本，不肯碌碌如平居郡守，事方伯、赴期會而已。然其所任用，好奇取異，皆輕剽之才。至于稽古之士，謬爲恭敬，禮之雖備，不與論國事也。高密鄭玄，稱之鄭公，執子孫禮。及高談教令，盈溢官曹，辭氣温雅，可玩而誦。論事考實，難可悉行。但能張磔網羅，其自理甚疏。租賦少稽，一朝殺五部督郵。姦民污吏，猾亂朝市，亦不能治。」

融徵爲將作大匠。作六言詩三首。

後漢書孔融傳：「及獻帝都許，徵融爲將作大匠。」魏志崔琰傳注引續漢書：「建安元年，徵還爲將作大匠。」通鑑卷六二云：「曹操與融有舊，徵爲將作大匠。」按，是年獻帝自長安還洛陽，以洛陽殘破，曹操遷獻帝都許。六言詩三首載本集。徐公持建安七子詩文繫年考證云：「其所詠述，皆中平、初平、興平間事，蓋漢末顛殞播亂史實之回顧也。而其回顧至『從洛到許』爲止，可知作此三詩時，漢帝方由洛陽移都於許。」

融薦郗慮，有論郗鴻豫書。

後漢書孔融傳載曹操與融書云：「……昔國家東遷，文舉盛歎鴻豫名實相副，綜達經學，出於鄭玄，又明司馬法，鴻豫亦稱文舉奇逸博聞，誠怪今者與始相違。……」又載融答書云：「……融與鴻豫州里比郡，知之最早。雖嘗陳其功美，欲以厚於見私，信於爲國，……郗爲故吏，融所推進。……」細味二書，蓋獻帝東遷之際，融曾薦引郗慮於曹操。其論郗鴻豫書，見建安七子佚文存目考。郗慮字鴻豫，山陽高平人，少受學於鄭玄。建安十三年，由光禄勳遷御史大夫。

融愛禰衡才，上疏薦之；又數稱述於曹操，操受衡辱，怒而遣之送劉表。

後漢書文苑禰衡傳：「（衡）興平中，避難荆州。建安初，來遊許下。……是時許都新建，賢士大夫四方來集。……唯善魯國孔融及弘農楊脩。常稱曰：『大兒孔文舉，小兒楊德祖。餘子碌碌，莫足數也。』融亦深愛其才。……上疏薦之曰：『……竊見處士平原禰衡，年二十四，字正平，淑質貞亮，英才卓礫。初涉藝文，升堂覩奥，目所一見，輒誦於口，耳所暫聞，不忘於心。……使衡立朝，必有可觀。……』融既愛衡才，數稱述於曹操。操欲見之，而衡素相輕疾，自稱狂病，不肯往，而數有恣言。操懷忿，而以其才名，不欲殺之。（按，下叙衡擊鼓辱操事，略。）孔融退而數之曰：『正平大雅，固當爾邪？』因宣操區區之意。衡許往。融復見操，説衡狂疾，今求得自謝。操喜，敕門者有客便通，待之極晏。（按，下叙衡營門駡操事，略。）操怒，謂融曰：『禰衡豎子，孤殺之猶雀鼠耳。顧此人素有虚名，遠近將謂孤不能容之，今送與劉表，視當何如。』於是遣人騎送之。」又略見魏志荀彧傳注引平原禰衡傳、張衡文士傳及世説新語言語篇注引文士傳，文字各有異同。世説新語言語篇：「禰衡被魏武謫爲鼓吏，正月半試鼓，衡揚枹爲『漁陽摻撾』，淵淵有金石聲，四坐爲之改容。孔融曰：『禰衡罪同胥靡，不能發明王之夢。』魏武慚而赦之。」

陳琳約四十歲，受命袁紹作書與臧洪，勸其降紹。

後漢書臧洪傳：「（洪）徙爲東郡太守，都東武陽。時曹操圍張超於雍丘，甚危急。……洪始聞超圍，乃徒跣號泣，並勒所領，將赴其難。自以衆弱，從紹請兵，而紹竟不聽之，超城遂陷，張氏族滅。洪由是怨紹，絶不與通。紹興兵圍之，歷年不下，使洪邑人陳琳以書譬洪，示其禍福，責以恩義。」又見魏志臧洪傳。按，魏志武帝紀，興平二年十二月，雍丘潰，操滅張氏之族，而此傳有「紹興兵圍之歷年不下」之語，則陳琳作書勸洪降事，或在是年。

阮瑀約三十歲。

徐幹二十六歲，復歸臨菑，幽居隱迹，不應州郡禮命。

中論序：「君避地海表，自歸舊都。州郡牧守禮命，踧踖連武，欲致之。君以爲縱横之世，乃先聖之所厄困也，豈况吾徒哉？有譏孟軻不度其量，擬聖行道，傳食諸侯；深美顏淵、荀卿之行，故絶迹山谷，幽居研幾，用思深妙。以發疾疚，潛伏延年。」按，舊都，蓋指青州治所臨菑。幹自海表還舊都，年月不詳，今暫置於此。

劉楨約二十二歲。

應瑒約二十二歲。

王粲二十歲，仍在荆州襄陽，遇張仲景。

皇甫謐針灸甲乙經序：「仲景見侍中王仲宣，時年二十餘，謂曰：『君有病，四十當眉落，眉落半年而死。』令服五石湯可免。仲宣嫌其言忤，受湯勿服。居三日，見仲宣，謂曰：『服湯否？』曰：『已服。』仲景曰：『色候固非服湯之診。君何輕命也！』仲宣猶不言。後二十年，果眉落，後一百八十七日而死，終如其言。」太平御覽卷七二二引何顒别傳亦載其事，文稍略，「年二十餘」作「年十七」，「四十當眉落」作「三十當眉落」。按，張仲景名機，南陽人，舉孝廉，官至長沙太守，建安中著傷寒論二十一篇，今傳。

士孫萌受封澮津亭侯，臨當就國，粲作詩以贈。

贈士孫文始詩載本集。魏志董卓傳注引三輔決録注：「（士孫）瑞字君榮，扶風人，世爲學門。……天子都許，追論瑞功，封子萌澮津亭侯。萌字文始，亦有才學，與王粲善。臨當就國，粲作詩以贈萌，萌有答，在粲集中。」

建安二年丁丑（一九七）

孔融四十五歲，奉使持節至鄴，拜袁紹爲大將軍。

後漢書袁紹傳：「（建安）二年，使將作大匠孔融持節拜紹大將軍，錫弓矢節鉞，虎賁百人，兼督冀、青、幽、并四州。」注引獻帝春秋曰：「使將作大匠孔融持節之鄴，拜太尉紹爲大將軍，改封鄴侯。」

曹操奏收楊彪，融力勸操無殺無辜，操不得已，放之出獄。

後漢書楊震傳附彪傳：「時袁術僭亂，操託彪與術婚姻，誣以欲圖廢置，奏收下獄，劾以大逆。將作大匠孔融聞之，不及朝服，往見操曰：『楊公四世清德，海内所瞻。周書父子兄弟罪不相及，況以袁氏歸罪楊公。……』操曰：『此國家之意。』融曰：『……今横殺無辜，則海内觀聽，誰不解體！孔融魯國男子，明日便當拂衣而去，不復朝矣。』操不得已，遂理出彪。」又見魏志崔琰傳注引續漢書、太平御覽卷四二八引孔融别傳、袁宏後漢紀卷二九。後漢書獻帝紀建安二年：「春，袁術自稱天子。」後漢紀置收楊彪事於建安三年，似誤。

魏志滿寵傳：「寵爲許令，「故太尉楊彪收付縣獄，尚書令荀彧、少府孔融等並屬寵：『但當受辭，勿加考掠。』寵一無所報，考訊如法。數日，求見太祖，言之曰：『楊彪考訊無他辭語。……此人有名海内，若罪不明，必大失民望。……』太祖即日赦出彪。初，彧、融聞考掠彪，皆怒，及因此得了，更善寵」。

融遷少府。

後漢書孔融傳：「徵爲將作大匠，遷少府。每朝會訪對，融則引正定議，公卿大夫皆隸名而已。」後漢書荀悦傳：「獻帝頗好文學，悦與彧及少府孔融侍講禁中，旦夕談論。」

融議馬日磾不宜加禮。

後漢書孔融傳：「初，太傅馬日磾奉使山東，及至淮南，數有意於袁術。術輕侮之，遂奪取其節，求去又不聽，因欲逼爲軍帥。日磾深自恨，遂嘔血而斃。及喪還，朝廷議欲加禮。融乃獨議曰：『日磾以上公之尊，秉髦節之使，銜命直指，寧輯東夏，而曲媚姦臣，爲所牽率，章表署用，輒使首名，附下罔上，姦以事君。……聖上哀矜舊臣，未忍追案，不宜加禮。』朝廷從之。」袁宏後漢紀卷二九：「建安二年秋七月，……於是馬日磾喪還京師，將欲加禮，少府孔融議曰：……」通鑑則置此事於本年九月至十一月間。

張儉或卒於是年，融作衛尉張儉碑。

本集載衛尉張儉碑銘，其云：「（儉）復以衛尉徵，明詔嚴切敕州，乃不得已而就之。惜乎！不登泰階，以尹天下，致皇代於隆熙。」後漢書黨錮張儉傳：「建安初，徵爲衛尉，不得已而起。儉見曹氏世德已萌，乃闔門懸車，不豫政事。歲餘卒于許下。年八十四。」

陳琳約四十一歲。

阮瑀約三十一歲。

徐幹二十七歲。

劉楨約二十三歲。

應瑒約二十三歲。

王粲二十一歲。

建安三年戊寅(一九八)

孔融四十六歲，上書薦謝該。

後漢書儒林謝該傳：「建安中，……(該)仕爲公車司馬令，以父母老，託疾去官，欲歸鄉里，會荆州道斷不得去。少府孔融上書薦之曰：『……今尚父鷹揚，方叔翰飛，王師電鷙，群凶破殄，始有櫜弓臥鼓之次，宜得名儒，典綜禮紀。……今該實卓然比跡前列，間以父母老疾，棄官欲歸，道路險塞，無由自致。……臣愚以爲可推録所在，召該令還。……』書奏，詔即徵還，拜議郎。」按，魏志武帝紀，建安三年曹操圍張繡於穰，五月，劉表救繡，屯安衆守險，謝該傳「荆州道斷」、薦書「道路險塞」，蓋謂此也。該字文儀，南陽章陵人，善明春秋左氏，爲世名儒，河東樂詳條左氏疑滯數十事以問，該皆爲通釋之，名爲謝氏釋，行於世。以壽終。

張紘受孫策遣，奉章至許，融親善之。

吴志張紘傳：「建安四年，策遣紘奉章至許宫，留爲侍御史。少府孔融等皆與親善。」按，「四年」

當作「三年」，説見通鑑考異。紘字子綱，廣陵人，孫策表爲正議校尉，後以侍御史出爲會稽東部都尉，孫權統事，以紘爲長史。紘建計宜出都秣陵，權從之。還吳迎家，道病卒。隋書經籍志著録集一卷。

融作與王朗書。

魏志王朗傳：「太祖表徵之，朗自曲阿展轉江海，積年乃至。」裴松之注曰：「朗被徵未至。孔融與朗書曰：『世路隔塞，情問斷絶，感懷增思。……曹公輔政，思賢並立。策書屢下，殷勤款至。……』」又引漢晉春秋曰：「建安三年，太祖表徵朗，策遣之。」朗字景興，本名嚴，東海郯人。徐州刺史陶謙察朗茂才，拜爲會稽太守，與孫策戰，敗歸策。曹操徵拜諫議大夫。魏國既建，歷少府、奉常、大理。文帝代漢，爲司空。明帝即位，轉爲司徒。著易、春秋、孝經、周官傳，太和二年卒。隋書經籍志著録集三十四卷。

袁紹欲使曹操誅孔融，操拒絶之。

魏志武帝紀建安三年注引魏書曰：「袁紹宿與太尉楊彪、大長秋梁紹、少府孔融有隙，欲使公以他過誅之。公曰：『當今天下土崩瓦解，雄豪並起，……此上下相疑之秋也，雖以無嫌待之，猶懼未信；如有所除，則誰不自危？……』紹以爲公外託公議，内實離異，深懷怨望。」

陳琳約四十二歲。

阮瑀約三十二歲，爲司空軍謀祭酒，管記室，或在是年。

魏志王粲傳：「建安中都護曹洪欲使掌書記，瑀終不爲屈。太祖並以琳、瑀爲司空軍謀祭酒，管記室。」注：「臣松之案魚氏典略、摯虞文章志並云瑀建安初辭疾避役，不爲曹洪屈。得太祖召，即投杖而起。」按，太平御覽卷二四九引典略：「瑀以才自護。曹洪聞其有才，欲使報答書記，瑀不肯，榜笞瑀，瑀終不屈。洪以語曹公。公知其無病，使人呼瑀。瑀終惶怖，詣門。公見之，謂曰：『卿不肯爲洪，且爲我作之。』瑀曰：『諾。』遂爲記室。」則較裴松之所引爲詳。又文選卷四二阮瑀爲曹公作書與孫權注引魏志曰：「太祖爲司空，召爲軍謀祭酒，又管記室，書檄多爲瑀所作。」按，軍謀祭酒，即軍師祭酒，史避晉諱改，見楊晨三國會要卷九。考魏志武帝紀，建安三年初置軍師祭酒，阮瑀召爲此職或在是年。本集載謝曹公牋「一得披玄雲，望白日，惟力是務，敢有二心」，蓋爲此時之所作。

徐幹二十八歲。

劉楨約二十四歲。

應瑒約二十四歲。

王粲二十二歲，作三輔論。

本集載三輔論云：「……(湘潛)先生稱曰：『蓋聞戎不可動，兵不可揚。今劉牧建德垂芳，名烈既彰矣，曷乃稱兵舉衆，殘我波靈？』(江濱)逸老曰：『是何言與？天生五材，金作明威。長沙不軌，敢作亂違。我牧睹其然，乃赫爾發憤，且上征下戰，去暴舉順。……』」按，後漢書劉表傳，建安三年，長沙太守張羨率零陵、桂陽三郡畔表，表遣兵攻圍，破羨，平之。論所云「長沙不軌，敢作亂違」，當指長沙太守張羨畔表事，則三輔論爲是年所作。

禰衡爲黄祖所殺，年二十六。（據後漢書文苑禰衡傳。）

建安四年己卯（一九九）

孔融四十七歲，與桓典上書薦趙岐。

後漢書趙岐傳：「曹操時爲司空，舉（岐）以自代。光禄勳桓典、少府孔融上書薦之。於是就拜岐爲太常。」後漢紀卷二九：「（建安四年）二月，司空曹操讓位於太僕趙岐，不聽。」趙岐字邠卿，初名嘉，字臺卿，京兆長陵人。延熹初，以忤宦官逃難四方，後擢并州刺史，坐黨事免，復拜議郎，遷太僕，拜太常。著孟子章句十四卷、三輔決録七卷。建安六年卒，年九十餘。

融作肉刑議，又作肉刑論。

議與論皆載本集。後漢書孔融傳：「時論者多欲復肉刑。融乃建議曰……朝廷善之，卒不改焉。」後漢紀卷三〇：「初，潁川陳紀論復肉刑書曰：『惟敬五刑，以成三德。易著劓刵滅趾之法，所以輔政助教，懲惡息殺也。且殺人償死，合於古制，至於傷人，或殘毀其體，而才翦毛髮，非其理也。若用古刑，使淫者下蠶室，盜者刖其足，永無淫放穿窬之姦矣。』融難之曰……曹公將復肉刑，以衆議不同，乃止。」晉書刑法志：「漢時天下將亂，百姓有土崩之勢，刑罰不足以懲惡，於是名儒大才故遼東太守崔寔、大司農鄭玄、大鴻臚陳紀之徒，咸以爲宜復行肉刑。漢朝既不議其事，故無所用。及魏武帝匡輔漢室，尚書令荀彧博訪百官，復欲申之。」後漢書校補引柳從辰曰：「融因當時百官論多附彧，故特引正定議也。」按，陳紀於獻帝西遷長安時出爲平原相，此後一直流寓徐州，及至建安三年十二月吕布敗亡，曹操方禮用之，拜大鴻臚。見後漢書陳紀傳及通鑑。又古文苑卷一九載後漢鴻臚陳君碑云：「（紀）年七十有一，建安四年六月卒。」是孔融與陳紀論難肉刑當在是年六月前。魏志荀攸傳注引荀氏家傳謂：「祈與孔融論肉刑，並在融集。」論與議蓋一時所作。

袁紹攻許，曹操與相拒，融謂荀彧曰紹兵强，殆難勝之。

後漢書荀彧傳：「五年，袁紹率大衆以攻許，操與相距。紹甲兵甚盛，議者咸懷惶懼。少府孔融謂彧曰：『袁紹地廣兵彊，田豐、許攸智計之士爲其謀，審配、逢紀盡忠之臣任其事，顔良、文醜勇冠三軍，統其兵，殆難克乎？』彧曰：『紹兵雖多而法不整，田豐剛而犯上，許攸貪而不正，審配專而無謀，逢紀果而自用，顔良、文醜匹夫之勇，可一戰而擒也。』後皆如彧之籌。」又見魏志荀彧傳，唯置此事於建安三年與五年之間。袁宏後漢紀卷二九亦載之，謂在四年十二月曹操拒袁紹於官渡，而通鑑則又以爲是本年七月事，今從之。

融作崇國防疏。

疏載本集。後漢書孔融傳：「是時荆州牧劉表不供職貢，多行僭僞，遂乃郊祀天地，擬斥乘輿。詔書班下其事。融上疏曰：『竊聞領荆州牧劉表桀逆放恣，所爲不軌，至乃郊祭天地，擬斥社稷。雖昬僭惡極，罪不容誅，至於國體，宜且諱之。……臣愚以爲宜隱郊祀之事，以崇國防。』」按，融傳叙此事在復議肉刑與「五年，南陽王馮、東海王祇薨」之間，則崇國防疏蓋是年之所作。

陳琳約四十三歲。袁紹使更公孫瓚與子書。

後漢書公孫瓚傳：「建安三年，袁紹復大攻瓚。瓚遣子續請救於黑山諸帥，……四年春，黑山賊帥張燕與續率兵十萬，三道來救瓚。未及至，瓚乃密使行人齎書告續曰……」李賢注：「獻帝春秋『候者得書，紹使陳琳易其詞』，即此書。」又見魏志公孫瓚傳注引獻帝春秋。書載本集。

袁紹攻公孫瓚破易京，琳作武軍賦。

魏志公孫瓚傳：「瓚軍數敗，乃走還易京固守。爲圍塹十重，於塹裏築京，皆高五六丈，爲樓其上，中塹爲京，特高十丈，自居焉。……瓚自知必敗，盡殺其妻子，乃自殺。」後漢書獻帝紀：「建安四年三月，袁紹攻公孫瓚于易京，獲之。」

武軍賦載本集，其序有云：「迴天軍，震雷霆之威，於易水之陽，以討瓚焉。」賦云：「衝鈎競進，熊虎爭先。墮垣百疊，弊樓數千。」又云：「於是炎燧四舉，元戎齊登，探封蛇於窮穴，梟鯨桀而取巨。」是當作於瓚敗之後。

阮瑀約三十三歲。

徐幹二十九歲。

劉楨約二十五歲。

應瑒約二十五歲。

王粲二十三歲。

建安五年庚辰(二〇〇)

孔融四十八歲,作南陽王馮東海王祇祭禮對。

祭禮對載本集。後漢書孔融傳:「五年,南陽王馮、東海王祇薨,帝傷其早殁,欲爲修四時之祭,以訪於融。融對曰……」李賢注:「並獻帝子。」後漢書集解謂:「以融所對『聖恩敦睦』及『同産兄弟』之説證之,實皆帝之諸弟,而靈帝子耳。」

陳琳約四十四歲,爲袁紹作檄豫州書。

檄載本集。按,後漢書袁紹傳叙建安五年事節引此檄,其下緊接云「乃先遣顔良攻曹操别將劉延於白馬,紹自兵至黎陽」。據魏志武帝紀,紹引兵至黎陽在是年二月。

阮瑀約三十四歲。

徐幹三十歲。

劉楨約二十六歲。

應瑒約二十六歲,預官渡之役。

謝靈運擬魏太子鄴中集詩八首應瑒詩叙瑒之經歷云:「天下苦未定,託身早得所。官渡厠一卒,烏林預艱阻。」「官渡」句謂瑒預建安五年官渡之役。按,據謝詩「託身早得所」,蓋瑒早於此已歸附曹操。究在何時，則無考。

王粲二十四歲，作荆州文學記官志。官志載本集。其云：「……（劉表）乃命五業從事宋忠新作文學，延朋徒焉。宣德音以贊之，降嘉禮以勸之，五載之間，道化大行。……」魏志劉表傳注引英雄記云：「州界群寇既盡，表乃開立學官，博求儒士，使綦毋闓、宋忠等撰五經章句，謂之後定。」後漢書劉表傳亦云：「初，荆州人情好擾，加四方駭震，寇賊相扇，處處麋沸。表招誘有方，咸懷兼洽，其姦猾宿賊更爲效用，萬里肅清，大小咸悦而服之。關西、兗、豫學士歸者蓋有千數，表安慰賑贍，皆得資全。遂起學校，博求儒術……」通鑑繫表開學官事於建安元年，諒必有據。官志既云「五年之間，道化大行」，則當作於是年。

鄭玄卒。（據後漢書鄭玄傳。）

建安六年辛巳（二〇一）

孔融四十九歲。

陳琳約四十五歲。

阮瑀約三十五歲。

徐幹三十一歲。

劉楨約二十七歲。

應瑒約二十七歲。

王粲二十五歲，代潘文則作思親詩。

詩載本集。徐公持建安七子詩文繫年考證謂此詩：「代人立言也。詩中有云：『小子之生，遭世罔寧。……五服荒離，四國分争。禍難斯逼，救死于頸。嗟我懷歸，弗克弗逞。』觀此，知潘文則其人經歷，有似於王粲本人，蓋亦同時來荆避亂者也。詩中又有云：『春秋代逝，于兹九齡。緬彼行路，焉托予誠。』是則作詩時潘文則（及粲）在荆州盤桓，已歷九載。……是詩當繫此無疑。」潘文則生平不詳。

建安七年壬午（二〇二）

孔融五十歲。

陳琳約四十六歲，營救崔琰。

魏志崔琰傳：「及（袁）紹卒，二子交争，争欲得琰。琰稱疾固辭，由是獲罪，幽于囹圄，賴陰夔、陳琳營救得免。」按，魏志袁紹傳，建安七年紹死，其子譚、尚有隙，舉兵相攻，陳琳等救崔琰事當在其時。崔琰字季珪，清河東武城人。嘗就學鄭玄，大將軍袁紹辟爲騎都尉。後歸曹操，遷尚書、中尉，被操所殺。

阮瑀約三十六歲。

徐幹三十二歲。

劉楨約二十八歲。是時，從曹操征鄴。

謝靈運擬魏太子鄴中集詩八首劉楨詩云：「廣川無逆流，招納厠群英。北渡黎陽津，南登紀郢城。」按，魏志武帝紀，是年，曹操進軍官渡，袁紹病死，其子譚、尚屯黎陽，九月操征之，譚、尚敗退。「北渡黎陽津」蓋謂此也。又王粲傳注引魏略曰：「河北（按，即冀州）平定，五官將爲世子。（吴）質與劉楨等並在坐席。」操於明年五月進軍鄴，即冀州州治。此亦是劉楨其時隨軍在冀州之證。

應瑒約二十八歲。

王粲二十六歲。

建安八年癸未（二〇三）

孔融五十一歲，贈書與張紘。

吴志張紘傳：「曹公欲令紘輔（孫）權内附，出紘爲會稽東部都尉。」注引吴書曰：「及（權）討江夏，以東部少事，命紘居守，遥領所職。孔融遺紘書曰：『聞大軍西征，足下留鎮。……南北並定，世將無事，叔孫投戈，絳、灌俎豆，亦在今日，但用離析，無緣會面，爲愁歎耳。道直途清，相見豈復難哉？』」吴志吴主傳：「（建安）八年，權西伐黄祖，破其軍。」時黄祖爲江夏太守。

陳琳約四十七歲。

阮瑀約三十七歲。

徐幹三十三歲。

劉楨約二十九歲。

應瑒約二十九歲。

王粲二十七歲，爲劉表分別作書與袁譚、袁尚及審配。

後漢書袁紹傳：「尚圍之急，譚奔平原，而遣潁川辛毗詣曹操請救。劉表以書諫譚曰……又與尚書諫之，並不從。」李賢注：「表二書並見王粲集。」二書皆勸譚、尚二人息戰和好，共對曹操。考魏志武帝紀，事在是年八九月間。

古文苑卷一〇王粲爲劉表與袁尚書「又得賢兄貴弟顯雍及審別駕書」下章樵注云：「審配爲冀州別駕，有書貽表，粲亦爲修書答之。」當與譚、尚二書一時所作。

建安九年甲申（二〇四）

孔融五十二歲，嘲曹操爲其子丕納甄氏。

後漢書孔融傳：「初曹操攻屠鄴城，袁氏婦子多見侵略，而操子丕私納袁熙妻甄氏。融乃與操書，稱『武王伐紂，以妲己賜周公』。操不悟，後問出何經典。對曰：『以今度之，想當然耳。』」又見魏志崔琰傳注、世說新語惑溺篇注並引魏氏春秋。魏志甄皇后傳：「及冀州平，文帝納后於鄴。」後漢書獻帝紀：「（建安）九年八月戊寅，曹操大破袁尚，平冀州，自領冀州牧。」

融上書請準古王畿制，千里寰內不以封建諸侯，曹操疑其論建漸廣，忌憚之。

袁宏後漢紀卷二九：「（建安九年）九月，太中大夫孔融上書曰：『……臣愚以爲千里國內，可略從周官六鄉、六遂之文，分比北郡，皆令屬司隸校尉，以正王賦，以崇帝室。……』帝從之。」按「太中大夫」似當作「少府」。

後漢書孔融傳：「又嘗奏宜準古王畿之制，千里寰内，不以封建諸侯。操疑其所論建漸廣，益憚之。然以融名重天下，外相容忍，而潛忌正議，慮鯁大業。」通鑑卷六五胡注：「周禮，方千里曰國畿，其外方五百里曰侯畿。千里寰内不以封建，則操不可以居鄴矣，故憚之。」

後漢書荀彧傳：「九年，操拔鄴，自領冀州牧。有説操宜復置九州者，以爲冀部所統既廣，則天下易服。操將從之。彧言曰：『今若依古制，是爲冀州所統，悉有河東、馮翊、扶風、西河、幽、并之地也。公前屠鄴城，海内震駭，各懼不得保其土宇，守其兵衆。今若一處被侵，必謂以次見奪，人心易動，若一旦生變，天下未可圖也。……須海内大定，乃議古制，此社稷長久之利也。』操報曰：『微足下之相難，所失多矣！』遂寢九州議。」按，時議欲復置九州，當與孔融上書請準古王畿制爲一時前後之事。又觀荀彧之言，其反對復置九州之意甚明，與孔融之上書貌異而實同，故此二人皆爲曹操所忌而見殺。

魏志崔琰傳注引張璠漢紀：「帝初都許，融以爲宜略依舊制，定王畿，正司隸所部爲千里之封，乃引公卿上書言其義。是時天下草創，曹、袁之權未分，融所建明，不識時務。」此謂孔融上書時間在建安初年，與袁宏、范曄所載不同，疑誤。

融作與曹公論盛孝章書。

文選卷四一載此書，題下注引虞預會稽典録曰：「盛憲字孝章，器量雅偉，舉孝廉，補尚書郎，遷吳郡太守，以疾去官。孫策平定吳、會，誅其英豪。憲素有名，策深忌之。初，憲與少府孔融善，憂其不免禍，乃與曹公書，由是徵爲〔騎〕都尉，詔命未至，果爲權所害。」書中有云：「歲月不居，時節如流，五十之年，忽焉已至。公爲始滿，融又過二。」則決其爲是年所作無疑。

陳琳約四十八歲。袁尚遣琳等乞降，曹操拒絶。

魏志武帝紀建安九年：「夏四月，留曹洪攻鄴，……秋七月，尚還救鄴。……夜遣兵犯圍，公逆擊破走之，遂圍其營。未合，尚懼，遣故豫州刺史陰夔及陳琳乞降，公不許，爲圍益急。」又見後漢書袁紹傳。

阮瑀約三十八歲。

徐幹三十四歲。

劉楨約三十歲。

應瑒約三十歲。

王粲二十八歲。

建安十年乙酉（二〇五）

是年，曹操平定冀州全境，始居鄴。

孔融五十三歲。

陳琳約四十九歲，歸曹操，爲司空軍謀祭酒，管記室。

魏志王粲傳：「袁氏敗，琳歸太祖。太祖謂曰：『卿昔爲本初移書（按，指爲袁紹檄豫州），但可罪狀孤而已，惡惡止其身，何乃上及父祖邪？』琳謝罪，太祖愛其才而不咎。……太祖並以琳、瑀爲司空軍謀祭酒，管記室，軍國書檄，多琳、瑀所作也。」文選卷四四陳琳爲袁紹檄豫州李善注引魏志於「琳謝罪」下有「曰矢在絃上不可不發」九字，北堂書鈔一〇三引獻帝春秋同，惟「不可」作「不得」。按，後漢書獻帝紀，建安九年曹操破袁尚，十年破袁譚。又時爲司空軍謀祭酒管記室者，除琳、瑀，尚有路粹。見魏志王粲傳注引典略。

群書治要卷二六載魏志王粲傳，於「琳謝罪」下小注引文士傳曰：「琳謝曰：『楚、漢未分，蒯通進策於韓信；乾時之戰，管仲肆力於子糾。唯欲效計其主，取禍一時。故跖之客，可使刺由；桀之犬，可使吠堯也。今明公必能追賢於忿後，棄愚於愛前，四方革命，而英豪託心矣。唯明公裁之。』太祖愛才而不咎也。」

魏志王粲傳注引魚豢典略：「琳作諸書及檄，草成呈太祖。太祖先苦頭風，是日疾發，卧讀琳所作，翕然而起曰：『此愈我病。』數加厚賜。」

阮瑀約三十九歲。

徐幹三十五歲。

劉楨約三十一歲。

應瑒約三十一歲，隨曹操北征幽州，作撰征賦。

撰征賦載本集，其云：「奮皇佐之豐烈，將親戎乎幽鄰。飛龍旗以雲曜，披廣路而北巡。……辭曰：烈烈征師，尋遐庭兮。悠悠萬里，臨長城兮。周覽郡邑，思既盈兮。嘉想前哲，遺風聲兮。」皇佐，指司空曹操。按，此賦所詠，蓋爲建安十年曹操北征幽州事。魏志武帝紀，是年四月，故安趙犢、霍奴等殺幽州刺史、涿郡太守，三郡烏丸攻鮮于輔於獷平；八月，曹操征之，斬犢等，乃渡潞河救獷平，烏丸奔走出塞。獷平屬幽州漁陽郡，漁陽郡緊毗冀州北境，故賦稱「幽鄰」、「北巡」；又長城橫貫其境，賦辭乃有「臨長城」之言。末「嘉想前哲」二句，蓋用張堪事。後漢書張堪傳，堪爲漁陽太守，有美政，「視事八年，匈奴不敢犯塞」。蓋時因烏桓被逐出塞，而聯想張堪其事。是則賦意與時事皆相吻合，當瑒從征幽州而有是作。

王粲二十九歲，仍在荆州。

藝文類聚卷八一、太平御覽卷五五九引異苑：「魏武北征蹋頓，升嶺眺矚，見一崗不生百草。王粲曰：『是古冢。此人在世服礜石死，而石生熱，蒸出外，故卉木燋滅。』即令鑿看，果得大墓，有礜石滿塋。仲宣博識强記，皆此類也。一説，粲在荆州，從劉表登彰山見此異。按，魏武之平烏丸，粲猶在荆南，此言爲譎。」今從一説，姑誌於此，以廣見聞。

曹叡生。（據魏志明帝紀裴松之注。）

建安十一年丙戌（二〇六）

孔融五十四歲。
陳琳約五十歲。
阮瑀約四十歲。
徐幹三十六歲。
劉楨約三十二歲。
應瑒約三十二歲。
王粲三十歲。

建安十二年丁亥(二〇七)

孔融五十五歲,作書嘲曹操北征烏桓。

後漢書孔融傳:「後操討烏桓,又嘲之曰:『大將軍遠征,蕭條海外。昔肅慎不貢楛矢,丁零盜蘇武牛羊,可併案也。』」按,北征烏桓事,據魏志武帝紀在建安十二年。

曹操制酒禁,融頻書爭之,辭多侮慢。操外雖寬宏,内不能平。郗慮希旨,以法免融官。

後漢書孔融傳:「時年飢兵興,操表制酒禁,融頻書爭之,多侮慢之辭。既見操雄詐漸著,數不能堪,故發辭偏宕,多致乖忤。……操疑其所論建漸廣,益憚之。然以融名重天下,外相容忍,而潛忌正議,慮鯁大業。山陽郗慮承望風旨,以微法奏免融官。」今存融難曹公禁酒書二篇,載本集。

按，「是年飢兵興」緊承上融嘲曹操征烏桓事，則其難酒禁書當是建安十二年之所作。

魏志崔琰傳注引張璠漢紀：「（融）又天性氣爽，頗推平生之意，狎侮太祖。太祖制酒禁，而融書啁之曰：『天有酒旗之星，地列酒泉之郡，人有旨酒之德，故堯不飲千鍾，無以成其聖。且桀紂以色亡國，今令不禁婚姻也。』太祖外雖寬容，而内不能平。御史大夫郗慮知旨，以法免融官。」又見北堂書鈔卷一四八引孔融別傳。按，融以建安十三年拜太中大夫後被殺，則其免少府事亦在本年。

曹操作書與融，勸其與郗慮和好，融作答。

後漢書孔融傳：「山陽郗慮承望風旨，以微法奏免融官。因顯明讎怨，操故書激厲融曰：『……往聞二君有執法之平，以爲小介，當收舊好；而怨毒漸積，志相危害，聞之憮然，中夜而起。……孤與文舉既非舊好，又於鴻豫亦無恩紀，然願人之相美，不樂人之相傷，是以區區思協歡好。又知二君群小所搆，孤爲人臣，進不能風化海内，退不能建德和人，然撫養戰士，殺身爲國，破浮華交會之徒，計有餘矣。』融報曰：『……融與鴻豫州里比郡，知之最早。雖嘗陳其功美，欲以厚於見私，信於爲國，不求其覆過掩惡，有罪望不坐也。前者黜退，懽欣受之。……知同其愛，訓誨發中。雖懿伯之忌，猶不得念，況恃舊交，而欲自外於賢吏哉？……』」據融答書「前者黜退，懽欣受之」之語，知操、融二人書信往來時，融已被免官矣。

後漢書孔融傳注引虞溥江表傳：「獻帝嘗時見慮及少府孔融。問融曰：『鴻豫何所優長？』融曰：『可與適道，未可與權。』慮舉笏曰：『融昔宰北海，政散人流，其權安在？』」遂與融互相長短，以至不穆。曹操以書和解之。」

陳琳約五十一歲，從征烏桓，作神武賦。

賦載本集。其序云：「建安十二年，大司空武平侯曹公東征烏丸，六軍被介，雲輜萬乘，治兵易水，次於北平。……」賦云：「……旆既軼乎白狼，殿未出乎盧龍。……單鼓未伐，虜已潰崩。克俊馘首，梟其魁雄。……」按，魏志武帝紀，曹操於是年五月至無終，七月引軍出盧龍塞，八月登白狼山，斬蹋頓名王以下。此賦所叙與史相合，當作於平定烏桓之後。

阮瑀約四十一歲，從征烏桓，曹操命瑀議立齊桓公祠。

北堂書鈔卷六九引魏武褒賞令：「别部司馬付（當作「侍」）其衞（當作「衡」）請立齊桓公神堂，令使記室阮瑀議之。」水經注卷二六淄水注云：「桓公冢東山下女水原有桓公祠，侍其衡奏魏武王所立，曰：『近日路次齊郊，瞻望桓公墳壟，在南山之阿，請爲主祀（一作「祠」），爲塊然之主。』」此亦見北堂書鈔卷九四，文字稍略。按，漢制，大將軍營五部，部軍司馬一人，其别營領屬爲别部司馬，出征時置，事訖而罷。是則侍其衡之請立齊桓公祠當隨曹操大軍出征，途次青州齊國之際。檢魏志武帝紀，曹操於建安中並無出征青州之記載，惟邴原傳注引原别傳云「太祖北伐三郡單于，還住昌國」，昌國屬青州齊國，在臨菑西南約一百里，與齊桓公墓相近。蓋曹操戰敗烏桓，由柳城還住昌國，其别部司馬道次臨菑，有請立齊桓公祠事，乃命阮瑀議之，則瑀亦當隨征烏桓。

徐幹三十七歲，應命歸曹操，爲司空軍謀祭酒，或在是年。

中論序：「（幹）以發疾疢，潛伏延年。會上公撥亂，王路始闢，遂力疾應命，從戍征行。」按，上公，謂司空曹操。據本年阮瑀譜，知時曹操曾入青州，幹之應命從征或始於此。又魏志王粲傳：「幹爲司空軍謀祭酒掾屬，五官將文學。」蓋幹一歸曹操，即辟爲司空軍謀祭酒。魏志此文「掾屬」上當脱「丞相」二字。幹爲丞相掾屬爲下年事。

劉楨約三十三歲。

應瑒約三十三歲。

王粲三十一歲。

曹操遣使者用金璧贖回蔡文姬。（據江耦曹操年表引郭沫若説。）

建安十三年戊子（二〇八）

是年，曹操爲丞相。

孔融五十六歲，復拜太中大夫，作上章謝大中大夫。融雖居家失勢，賓客日滿其門。

後漢書孔融傳：「歲餘，復拜太中大夫。……及退閑職，賓客日盈其門。常歎曰：『坐上客恒滿，尊中酒不空，吾無憂矣。』」魏志崔琰傳注引張璠漢紀「及退閑職」作「居家失勢」，「常歎曰」上有「愛才樂酒」一句，餘同。

融上章謝大中大夫，見建安七子佚文存目考。

融終爲曹操所殺，作臨終詩。妻子皆被誅。

後漢書孔融傳：「曹操既積嫌忌，而郗慮復搆成其罪，遂令丞相軍謀祭酒路粹枉狀奏融曰：『少府孔融，昔在北海，見王室不静，而招合徒衆，欲規不軌，云「我大聖之後，而見滅於宋，有天下者，何必卯金刀」。及與孫權使語，謗訕朝廷。又融爲九列，不遵朝儀，秃巾微行，唐突宫掖。又前與白衣禰衡跌蕩放言，云「父之於子，當有何親？論其本意，實爲情欲發耳。子之於母，亦復奚爲？譬如寄物缻中，出則離矣」。既而與衡更相贊揚。衡謂融曰：「仲尼不死。」融答曰：「顔回復生。」大逆不道，宜極重誅。』書奏，下獄棄市。時年五十六。妻子皆被誅。」獻帝紀：建安十三年，「八月壬子，曹操殺太中大夫孔融，夷其族。」按，後漢書札記曰：「融有女，適羊續子上黨太守衜，即晉太傅羊祜之父。晉書祜傳云：『祜前母孔融女，生兄發，官至都督淮北護軍。』」據此，知孔融血脈未絶。本集載臨終詩一首。

袁宏後漢紀卷三〇：「初，操以穀少禁酒，太中大夫孔融以爲不可，與操相覆疏，因以不合意。時中州略平，惟有吴、蜀。融曰：『文德以來之。』操聞之怒，以爲怨誹浮華，乃令軍謀祭酒路粹傅致其罪。」

世説新語言語篇注引魏氏春秋：「融對孫權使有訕謗之言，坐棄市。」又引世語：「魏太祖以歲儉禁酒，融謂『酒以成禮，不宜禁』。由是惑衆，太祖收置法焉。」

魏志崔琰傳：「初，太祖性忌，有所不堪者，魯國孔融、南陽許攸、婁圭，皆以恃舊不虔見誅。」

魏志王脩傳注引魏略：「太祖爲司空，威德日盛，而融故以舊意，書疏倨傲。（脂）習常責融，欲令改節，融不從。會融被誅，當時許中百官先與融親善者，莫敢收恤，而習獨往撫而哭之曰：『文舉，卿捨我死，我當復與誰語者？』哀歎無已。太祖聞之，收習，尋以其事直見原。」

魏志崔琰傳注引魏氏春秋：「融有高名清才，世多哀之。太祖懼遠近之議也，乃令曰：『太中大夫孔融既伏其罪矣，然世人多採其虚名，少於核實，見融浮艷，好作變異，眩其誑詐，不復察其亂俗也。此州（按，當指荆州）人説平原禰衡受傳融論，以爲父母與人無親，譬若缻器，寄盛其中，又言若遭饑饉，而父不肖，寧贍治餘人。融違天反道，敗倫亂理，雖肆市朝，猶恨其晚。更以此事列上，宣示諸軍將校掾屬，皆使聞見。』」

太平寰宇記卷一二三「揚州江都縣」下：「孔融墓在高士塲西北，去州九里。」又卷三「河南道河南府」引戴延之西征記謂，邙山有孔融冢。

後漢書孔融傳云：融「性好學，博涉多該覽」。又云：「性寬容少忌，好士，喜誘益後進。……融聞人之善，若出諸己，言有可採，必演而成之，面告其短，而退稱所長，薦達賢士，多所奬進，知而未言，以爲己過，故海内英俊皆信服之。」

意林卷四引姚信士緯：「孔文舉金性太多，木性不足，背陰向陽，雄倬孤立。」

抱朴子外篇清鑒：「孔融、邊讓，文學邈俗，而並不達事務，所在敗績。」

陳琳約五十二歲。是年，曹操南征劉表，琳從征，預赤壁之役。

本集載神女賦有云：「漢三七之建安，荆野蠢而作仇。贊皇師以南假，濟漢川之清流。」謂琳隨曹操南征劉表。按，魏志武帝紀，是年七月曹操南征劉表，九月進軍江陵，至赤壁，與孫權、劉備戰，年末敗還。陳琳既隨軍南征，自當預赤壁之役。又按，此賦之「漢三七」，乃術數家之言，即所謂「漢有三七之厄」者也，不可據以定南征之年。

阮瑀約四十二歲，爲曹操作書與劉備。

魏志王粲傳裴松之注：「典略載太祖初征荆州，使瑀作書與劉備。」按，典略所載之書，疑即本集中爲魏武與劉備書。

太平御覽卷六〇〇引金樓子：「劉備叛走，曹操使阮瑀爲書與劉備，馬上立成。」按，劉備叛曹操出走，事在建安四年，見魏志武帝紀。又據典略，瑀馬上具草，事在十六年西征韓遂之時，見該年譜。蕭繹所言皆與典略未合，不知其所本，姑録以備考。

瑀從征劉表，預赤壁之役。

本集載紀征賦有云：「惟荆蠻之作讎，將治兵而濟河。遂臨河而就濟，瞻禹蹟之茫茫。」按，此次南征，由鄴而之荆州，須過黄河，故賦有此云。阮瑀預赤壁之役，當與陳琳同。

徐幹三十八歲，辟爲丞相掾屬，從征劉表，預赤壁之役。

幹辟爲丞相掾屬，蓋與劉楨、應瑒同時，詳下。

本集載序征賦有云：「余因兹以從邁兮，聊暢目乎所經。……沿江浦以左轉，涉雲夢之無陂。……擥循環其萬艘，亘千里之長湄。行兼時而易節，迄玄氣之消微。」按，北堂書鈔卷一五一引英雄記有「曹公赤壁之敗，至雲夢大澤」之語，賦之所叙當是赤壁事；又赤壁之敗在是年冬末，故賦有「迄玄氣之消微」云，時令亦合，知時幹征從在軍。

劉楨約三十四歲，辟爲丞相掾屬，從征劉表，預赤壁之役。

魏志王粲傳：「瑒、楨各被太祖辟爲丞相掾屬。」按，武帝紀，建安十三年夏六月曹操以司空爲丞相。此二人辟爲丞相掾屬，蓋在其時。

本集載贈五官中郎將詩四首其二云：「昔我從元后，整駕至南鄉。」文選卷二三李善注此詩曰：「元后，謂曹操也。至南鄉，謂征劉表也。」又遂志賦自叙其經歷云：「捎吴夷於東隅，掣叛臣乎南荆。」捎吴夷，謂征孫權，此蓋指赤壁之戰。掣叛臣，謂征劉表。又謝靈運擬魏太子鄴中集詩八首劉楨詩亦云：「北渡黎陽津，南登紀郢城。」上句當指建安五年攻鄴事，下句則謂是年從征劉表之所經。

應瑒約三十四歲，辟爲丞相掾屬，從征劉表，預赤壁之役。

謝靈運擬魏太子鄴中集詩八首應瑒詩代叙瑒之生平云：「天下苦未定，託身早得所。官渡厠一卒，烏林預艱阻。」烏林，在長江北岸，與赤壁相對，曹軍潰敗於此，知瑒亦預其役。

是年，曹丕亦從征荆州，有述征賦。曹植或亦同行。

藝文類聚卷五九引曹丕述征賦云：「建安之十三年，荆楚傲而弗臣。命元司以簡旅，予願奮武乎南鄴。」則不時從征，當無可疑。又云：「□（四庫本作「經」）南野之舊都，聊弭節而容與。遵往初之舊迹，順歸風以長邁。」南野舊都，指荆州之江陵。則此次返師時，又曾在江陵逗留。曹植求自試表云：「臣昔從先武皇帝，南極（一作「至」）赤岸，……伏見所以行軍用兵之勢，可謂神妙矣。」趙一清三國志補注曰：「赤岸，赤壁也。謂征劉表。赤壁作赤圻，則岸字或圻之誤。」

王粲三十二歲，勸説劉琮歸降曹操。

魏志王粲傳：「表卒。粲勸表子琮，令歸太祖。」裴注：文士傳載粲説琮曰：「僕有愚計，願進之於將軍，可乎？」琮曰：「吾所願聞也。」粲曰：「天下大亂，豪傑並起，在倉卒之際，强弱未分，故人各各有心耳。當此之時，家家欲爲帝王，人人欲爲公侯。觀古今之成敗，能先見事機者，則恒受其福。今將軍自度，何如曹公邪？」琮不能對。粲復曰：「如粲所聞，曹公故人傑也。雄略冠時，智謀出世，摧袁氏於官渡，驅孫權於江外，逐劉備於隴右，破烏丸於白登，其餘梟夷蕩定者，往往如神，不可勝計。今日之事，去就可知也。將軍能聽粲計，卷甲倒戈，應天順命，以歸曹公，曹公必重德將軍。保己全宗，長享福祚，垂之後嗣，此萬全之策也。粲遭亂流離，託命此州，蒙將軍父子重顧，敢不盡言！」琮納其言。魏志武帝紀：建安十三年「九月曹操到新野，琮遂降」。按，文士傳所載，多有誇飾不實之言，未可全信，然曹植王仲宣誄云：「我公奮鉞，耀威南楚。荆人或違，陳戎講武。君乃義發，算我師旅。高尚霸功，投身帝宇。斯言既發，謀夫是與。是與伊何？嚮我明德。投戈編、鄀，稽顙漢北。」則其勸説綜降操事則爲真。又魏志裴潛傳：「裴潛避亂荆州，劉表待以賓禮。潛私謂所親王粲、司馬芝曰：『劉牧非霸王之才，乃欲西伯自處，其敗無日矣。』遂南適長沙。」事當在勸降之前。江陵受封後，粲嘗奉觴賀曹操云：「劉表雍容荆楚，坐觀時變，自以爲西伯可規。士之避亂荆州者，皆海内之儁傑也；表不知所任，故國危而無輔。」與裴潛所見略同，又粲不爲劉表所重，對表早不滿於心，勸降之事不可謂無因。

粲歸降曹操後，隨軍往江陵，道經當陽，登麥城城樓而作登樓賦。又有七哀詩「荆蠻非我鄉」一首。

登樓賦載本集。按，粲所登之樓，文選卷一一李善注此賦引盛弘之荆州記曰：「當陽城樓，王仲宣登之而作賦。」謂在當陽。五臣劉良注曰：「仲宣避難荆州，依劉表，遂登江陵城樓，因懷歸而有此作。」則以爲在江陵。二説均非。水經沮水注云：「沮水又南徑楚昭王墓，東對麥城，故王仲宣之賦登樓云『西接昭丘』是也。」已隱然指所登爲麥城之樓。同書漳水注又云：「漳水又南徑當陽縣，又南徑麥城東，王仲宣登其東南隅，臨漳水而賦之曰：『夾清漳之通浦，倚曲沮之長洲。』是也。」則確然明言粲之所登爲麥城城樓。檢太平寰宇記卷一四六「荆門軍當陽縣」下曰：「麥城，荆州圖副云：故老相傳云是楚昭王所築，王仲宣登其東南隅，故其賦云『挾清漳之通浦，倚曲沮之長洲』。」酈説蓋本荆州圖副，且與粲賦所叙樓之地望相符，今從之。又庾信哀江南賦述江陵陷落，於西魏長安遇見被俘之梁朝士人，有云：「逢赴洛之陸機，見離家之王粲。」陸機，吴亡赴洛陽歸晉，作有赴洛道中詩，是爲降臣。「離家」，據倪璠注，指登樓賦。然則，粲之作登樓賦應與陸機作赴洛詩時身份相同，均屬降臣，不然庾賦以此二人喻梁朝被俘士人，便有擬人不倫之病。登樓賦中粲又以鍾儀、莊舄自況，一爲降俘，一爲去國易主之臣，則粲其時之身份更不言自明矣。查粲生平，符合此種身份者，唯在建安十三年歸降曹操之時。考史，是年九月劉琮降，曹操以江陵有軍實，恐劉備居之，乃將精騎急追之，及於當陽長坂，大獲其人衆輜重，遂進軍江陵。時粲既降操，必當隨軍從行，至長坂軍事行動已基本結束，故得暇於道中登麥城之樓，從容作賦。賦言「向北風而開襟」、「風蕭瑟而並興」，明在秋冬之際，時令正合。曹操至江陵，方依韓嵩品條，擢用荆州名士，而前此，粲以降俘之身，未有授任，前途未卜，既有希求，亦有憂慮，「懼匏瓜之徒懸兮，畏井渫之莫食」，此之謂也。粲自來荆州，首尾迄十六年，與賦「遭紛濁而遷逝兮，漫踰紀以迄今」，亦相符。登樓賦蓋作於是年。又本集載七哀詩「荆蠻非我鄉」一首。其内容與此賦相近，或爲同時之作。

軍至江陵，粲以説劉琮功，辟爲丞相掾，賜爵關内侯。後預赤壁之役。

魏志王粲傳：「太祖辟爲丞相掾，賜爵關内侯。」武帝紀：建安十三年九月「進軍江陵，下令荆州吏民與之更始，乃論荆州服從之功，侯者十五人」。粲之受封蓋在其時。又曹植王仲宣誄云：「我公實嘉，表揚京國。金龜紫綬，以彰勳則。」曹操自新野輕軍追劉備，到襄陽即過，未作稽留。據曹誄，封侯之事曾表奏許京，公文往復須待時日，故粲之受封必在江陵無疑。其後粲隨軍預赤壁之役。

按，粲在荆州十六年，劉表雖愛其才，但不甚重用，故曹植王仲宣誄云：「身窮志達，居鄙行鮮。……潛處蓬室，不干勢權。」然在此時期，粲著述頗豐，除上譜所列諸篇，可考之者尚有贈蔡子篤詩，又太平御覽卷六〇二引金樓子謂粲昔在荆州「著書數十篇」，此數十篇疑是子書，詳見建安七子著作考。又海録碎事卷一九云：「王仲宣流落荆南，多有名士入問詩律，故杜詩云『詩律群公問』。」其所本蓋自杜詩所謂蘇軾注，見分門集注杜工部詩卷二二承沈八丈東美詩，未足可信，姑録以存考。

建安十四年己丑（二〇九）

陳琳約五十三歲，隨軍由赤壁經江陵，還至襄陽，作有神女賦。

說詳本年王粲譜。

阮瑀約四十三歲。

徐幹三十九歲。

劉楨約三十五歲。

十二月，軍由合肥還譙。曹丕夜晏衆賓，楨贈五官中郎將詩四首其一記其事。

楨集載贈五官中郎將詩四首，其一云：「昔我從元后，整駕至南鄉。過彼豐沛都，與君共翺翔。四節相推斥，季冬風且涼。衆賓會廣坐，明鐙熺炎光。……」文選卷二三李善注此詩曰：「豐沛，漢高祖所居，以喻譙也。君，謂五官也。」按，據魏志武帝紀，是年三月軍至譙，七月出肥水軍合肥，十二月由合肥還譙。由「季冬風且涼」句，知在十二月，與軍還譙時相符。

全三國詩卷一載曹丕於譙作詩云：「清夜延貴客，明燭發高光。……穆穆衆君子，和合同樂康。」其所詠與楨詩同。「衆君子」中，疑包括琳、瑀、幹、粲、楨、瑒六人，或亦有曹植在焉。

應瑒約三十五歲，亦由赤壁經江陵還至襄陽，作有神女賦。

說見本年王粲譜。

王粲三十三歲，由赤壁隨軍還，至襄陽，曹操置酒漢濱，粲奉觴賀操，稱其能引用賢俊。

魏志王粲傳：「太祖辟爲丞相掾，賜爵關内侯。太祖置酒漢濱，粲奉觴賀曰：『……明公定冀州之日，下車即繕其甲卒，收其豪傑而用之，以横行天下；及平江、漢，引其賢儁而置之列位，使海内回心，望風而願治，文武並用，英雄畢力，此三王之舉也。』」按，據「及平江、漢」二句，可知粲之奉觴賀操，當在江陵論功封荆州名士之後無疑。又據史及徐幹序征、曹丕述征等賦，赤壁敗後，操引軍出雲夢澤，走華容道，至南郡江陵，又北上襄陽，於十四年三月乃還譙。是則置酒漢濱當是回軍途次襄陽之所爲，蓋在是年正月。通鑑考異謂「操恐劉備據江陵，至襄陽即過，日行三百里，引用名士，皆至江陵後所爲，不得更置酒漢濱」，以疑粲傳記事有誤，其不知此爲回師途中事，未深考耳。

二月，粲與陳琳、應瑒等各作神女賦。

粲諸人神女賦皆各載其本集。陳琳神女賦云：「漢三七之建安，荆野蠢而作仇。贊皇師以南假，濟漢川之清流。感詩人之悠歎，想神女之來遊。」按，賦以隨征荆州起首，點明來漢水因由。神女故事見文選張衡南都賦李善注引韓詩内傳。水經注卷二八沔水注：「沔（漢）水東逕萬山北……

山下水曲之隈，云漢女昔日遊處也。」則是王粲故居所在之處。蓋粲等遊漢水，有感游女之事，乃各擬宋玉神女賦而有是作。琳賦又云：「感仲春又和節，歎鳴雁之噰噰。」知在二月，亦與曹操還襄陽時間相合。又，楊修亦有神女賦，或同時所作。

三月，曹操引軍至譙。粲初征賦有叙其途中事。

魏志武帝紀：「十四年春三月，軍至譙。」蓋由襄陽還。譙，爲曹操故里，後漢屬豫州。粲集載初征賦，首自言避難荆州，其下云：「賴皇華之茂功，清四海之疆宇。超南荆之北境，踐周、豫之末畿。野蕭條而騁望，路周達而平夷。春風穆其和暢兮，庶卉焕以敷蕤。行中國之舊壤，實吾願之所依。」皇華，指曹操。荆州之北境，爲南陽郡。周，指東、西二周之地。秦始皇滅二周，置三川郡，後漢爲司州。周、豫之末畿，指豫州與司州接壤之處。是粲此行與曹操自襄陽北還譙之路線相符。又「春風穆其和暢」云云，時令亦合。知賦之所叙當是途中情景。至於此賦下文「當短景之炎陽」云云，疑是叙入譙以後之事，惜賦遭删殘，難悉其詳。

按，瑀之紀征、幹之序征、粲之初征及丕之述征諸賦，皆叙南征荆州事。諸賦已遭删節，非完篇，然合而觀之，此行往返路線歷歷可辨，或回譙後一時唱和之作。鄴下文人集團以詩賦酬酢、同題唱和爲重要特徵，蓋形成於此時。

七月，曹操引軍自渦入淮。曹丕命粲同作浮淮賦。

魏志武帝紀建安十四年：「三月，軍至譙。作輕舟，治水軍。秋七月，自渦入淮，出肥水，軍合肥。」

曹丕浮淮賦序云：「建安十四年，王師自譙東征，大興水運，泛舟萬艘。時余從行，始入淮口，行泊東山，覩師徒，觀旌帆，赫哉盛矣！……乃作斯賦云。命王粲同作。」粲賦已載本集。

建安十五年庚寅（二一〇）

陳琳約五十四歲。

阮瑀約四十四歲。

徐幹四十歲。

劉楨約三十六歲。

應瑒約三十六歲。

王粲三十四歲。

阮籍生。（據晉書阮籍傳。）

是年冬，作銅雀臺。

建安十六年辛卯（二一一）

是年，曹丕爲五官中郎將，丞相副。曹植爲平原侯。

陳琳約五十五歲，預南皮及鄴中遊宴事，作宴會詩。又作止欲賦。

說見本年阮瑀譜。按，據魏志王粲傳，琳以司空軍謀祭酒徙門下督，其始徙之年未詳，要當在建安十三年曹操爲丞相之後。

阮瑀約四十五歲，五月，與吴質等隨曹丕遊南皮。

魏志王粲傳注引魏略：「（吴）質出爲朝歌長，又遷元城令。其後大軍西征（按，當指建安二十年，西征張魯），太子南在孟津小城，與（吴）質書曰：『……每念昔日南皮之游，誠不可忘。既妙思六經，逍遥百氏，彈棋閒設，終以博弈，高談娱心，哀箏順耳。馳騖北場，旅食南館，浮甘瓜於清泉，沈朱李於寒水。皦日既没，繼以朗月，同乘並載，以游後園，輿輪徐動，賓從無聲，清風夜起，悲笳微吟，樂往哀來，淒然傷懷。……今果分别，各在一方。元瑜長逝，化爲異物，每一念至，何時可言？方今蕤賓紀辰，景風扇物，天氣和暖，衆果具繁。……節同時異，物是人非，我勞如何！……』」按，太平寰宇記卷六五「滄州南皮縣」下曰：「醼友臺在縣東二十五里。魏志云文帝爲五官中郎將與吴質重遊南皮，築此臺醼友。」築醼友臺當是丕書所謂「南皮之游」時所爲。據魏志，建安十六年曹丕爲五官中郎將，十七年阮瑀卒，又據丕書「方今蕤賓紀辰」、「節同時異」等語，知南皮之重遊，當在是年仲夏五月。其時瑀或已爲丞相倉曹掾屬。

又王粲傳裴松之注：「太子即王位（按，當在建安二十五年），又與質書曰：『南皮之游，存者三人，烈祖龍飛，或將或侯。今惟吾子，棲遲下仕，……』」按，「烈祖龍飛」當「烈、丹龍飛」之誤，由文選卷二五傳咸贈何劭王濟詩注引質答文帝牋「曹烈、曹丹，……其龍飛鳳翔，實其分也」可證。曹烈，即曹休字文烈；曹丹，即曹真字子丹。又，南皮，屬渤海郡。曹操於建安十年攻袁譚於南皮，斬之。又「嘗于南皮一日射雉獲六十三頭」，見魏志武帝紀及裴松之注引魏書。是此所謂「南皮之遊」有曹休、曹真參與者，乃建安十年事，與上建安十六年「南皮之遊」，詞同而義别，故太平寰宇記卷六五引魏志謂彼爲「重遊」是也，二者不可混同爲一。宋書謝靈運傳論云：「降及元康，潘、陸特秀，……綴平臺之逸響，採南皮之高韻。遺風餘烈，事極江右。」蓋此遊南皮，及回鄴後又繼續行樂，當此之際，諸文士多有詩文之作，故沈約統稱之「南皮高韻」耳。然則，除曹丕、阮瑀外，陳琳、徐幹、王粲、劉楨、應瑒及曹植等人亦預其事，參見下條譜文。

六月，瑀等六子又陪侍曹丕、曹植兄弟在鄴中宴遊，各有詩作。

初學記卷一〇引魏文帝集曰：「爲太子時，北園及東閣、講堂並賦詩，命王粲、劉楨、阮瑀、應瑒等同作。」按，此當後人編魏文帝集時所加之詩叙。曹丕於建安二十二年爲太子，阮瑀亡於建安十七年，此既云同作者有瑀，則「太子」二字當編集人所追書。今據此詩叙所言，細按諸集，將可定爲此次宴遊所作之篇什，叙列於後：

全三國詩卷一載曹丕善哉行「朝日樂相樂」，題下丁福保注云：「初學記（卷一四）載第一解，題云『於講堂作』。」黄節魏文帝詩注謂「『於講堂作』四字，當指全篇言，不得獨指第一解也」。其一解云：「朝日樂相樂，酣飲不知醉。悲絃激新聲，長笛吐清氣。絃歌感人腸，四坐皆歡悦。寥寥高堂上，涼風入我室。」寫宴飲。又其四解云：「慊慊下白屋，吐握不可失。衆賓飽滿歸，主人苦不悉。」丕以周公自況。曹丕又作有東閣詩，僅存「高山吐慶雲」一句，見文選江淹雜體詩顔特進侍宴詩注引，餘無考。

粲集載公讌詩，其云：「昊天降豐澤，百卉挺葳蕤。涼風撤蒸暑，清雲卻炎暉。高會君子堂，並座蔭華榱。……常聞詩人語，不醉且無歸。……願我賢主人，與天享巍巍。克符周公業，奕世不可追。」文選卷二〇李善注此詩曰：「主人，謂太祖也。」又曰：「此詩侍曹操讌。」誤。由上引曹丕詩可知，此處周公當喻丕也。又曹植文中亦有以周公喻丕者，其娱賓賦云：「欣公子之高義，得芬芳其若蘭。揚仁恩於白屋兮，踰周公之棄餐。」公子指丕，即是其證。然則，粲此詩當侍曹丕讌也。又由詩中「昊天」、「蒸暑」、「炎暉」等詞可知，時在夏六月。琳集載宴會詩：「凱風飄陰雲，白日揚素暉。良友招我遊，高會宴中闈。玄鶴浮清泉，綺樹煥青蕤。」此「凱風」與粲詩「昊天」時令相合。瑒集載侍五官中郎將建章臺集詩，其云：「……公子敬愛客，樂飲不知疲。……爲且極歡情，不醉其無歸。凡百敬爾位，以副饑渴懷。」其意趣與粲詩略同。題所云建章臺，疑即銅雀臺。藝文類聚卷六二載繁欽建章鳳闕賦，其叙建章鳳闕之地理、形制與左思魏都賦説銅雀臺相符，豈建章臺或爲銅雀臺之初名邪？

瑒集又載公讌詩云：「巍巍主人德，嘉會被四方。開館延群士，置酒於新堂。」此「新堂」，指丕集詩叙所謂講堂，蓋與銅雀臺皆新成，故稱。

全三國詩卷二載曹植侍太子坐，其云：「白日曜青春，時雨静飛塵。寒冰辟炎景，涼風飄我身。清醴盈金觴，肴饌縱横陳。齊人進奇樂，歌者出西秦。翩翩我公子，機巧忽若神。」題「太子」當是後來追改，由詩中稱「公子」可證。

瑀集載公讌詩云：「陽春和氣動，賢主以崇仁。布惠綏人物，降愛常所親。上堂相娱樂，中外奉時珍。五味風雨集，杯酌若浮雲。」此「陽春」即上引曹植侍太子坐之「青春」，喻賢主温暖如春，非實指。

按，以上諸篇均寫讌飲，作於東閣或講堂。東閣、講堂似在銅雀臺左近。魏志武帝紀，建安十五年冬作銅雀臺。

又全三國詩卷一載曹丕善哉行「朝遊高臺觀」，丁福保於題下注云：「藝文類聚（卷二八）作『銅雀園詩』。」其詩云：「朝遊高臺觀，夕宴華池陰。大酋奉甘醪，狩人獻嘉禽。」所云「高臺觀」，當指銅雀臺；「華池」，即園中芙蓉池也。

丕又有芙蓉池作詩，其云：「乘輦夜行遊，逍遥步西園。……丹霞夾明月，華星出雲間。……」文選卷四魏都賦張載注：「文昌殿西有銅雀園，園中有魚池。」此詩所云之「西園」即銅雀園，蓋亦魏文帝集詩叙所稱之「北園」，以在鄴城西北故也。

楨集載公讌詩，其云：「永日行遊戲，歡樂猶未央。遺思在玄夜，相與復翱翔。輦車飛素蓋，從者盈路傍。月出照園中，珍木鬱蒼蒼。……芙蓉散其華，菡萏溢金塘。……」

全三國詩卷二載曹植公讌詩云：「公子敬愛客，終宴不知疲。清夜遊西園，飛蓋相追隨。明月澄清影，列宿正參差。秋蘭被長坡，朱華冒緑池。……」黄節曹子建詩注曰：「此詩蓋和魏文帝芙蓉池作。」

按，以上諸篇均作於北園（按，亦即西園），與東閣、講堂作詩並在同時。據謝靈運擬魏太子鄴中集詩八首，預讌而作詩者尚有徐幹，今不見幹有公讌詩，蓋其詩已亡佚不存。

魏志王粲傳：「始文帝爲五官將，及平原侯植皆好文學。粲與北海徐幹字偉長、廣陵陳琳字孔璋、陳留阮瑀字元瑜、汝南應瑒字德璉、東平劉楨字公幹並見友善。」又注引魏略載曹丕與吴質書，其中追憶鄴中遊宴云：「昔日游處，行則同輿，止則接席，何嘗須臾相失！每至觴酌流行，絲竹並奏，酒酣耳熱，仰而賦詩。當此之時，忽然不自知樂也。」可見曹氏兄弟與此六人常行止相隨，詩賦唱和，交往深矣。

是時，曹丕等人又有玄武陂之遊，並以鬬雞騎射取樂。全三國詩卷一有丕于玄武陂作，其云：「兄弟共行遊，驅車出西城。」兄弟，謂丕、植。又云：「菱芡覆緑水，芙蓉發丹榮。」知時亦在盛夏。王粲本集有雜詩五首，其二云：「吉日簡清時，從君出西園。方軌策良馬，並驅厲中原。北臨清漳水，西看柏楊山。回翔遊廣囿，逍遥波水間。」又其三云：「列車自衆駕，相伴緑水湄。幽蘭吐芳烈，芙蓉發紅暉。百鳥何繽翻，振翼群相追。投綱引潛鯉，强弩下高飛。白日已西邁，歡樂忽忘歸。」蓋與丕詩同時所作。按，玄武陂，即玄武池，在鄴西玄武苑内。鄴中記曰：「漳水南有玄武池，次東北五里有鬬雞臺。曹植詩曰：『鬬雞東郊道，走馬長楸間。』」（見顧炎武歷代宅京記卷一二，所引植詩見名都篇。）曹植及應瑒、劉楨皆作有鬬雞詩。植詩云：「遊目極妙伎，清聽厭宫商。

主人寂無爲，衆賓進藥方。長筵坐戲客，鬭雞觀閒房。」瑒詩云：「戚戚懷不樂，無以釋勞勤。兄弟遊戲場，命駕迎衆賓。二部分曹伍，群雞煥以陳。」又太平御覽卷三五三引曹丕詩「行行遊且獵，且獵路南隅」云云，則寫遊獵事。曹植有白馬篇、名都篇，或寫騎射之精，或寫遊宴之歡，蓋亦同時所作。凡此，恐皆爲南皮及鄴中遊宴期間之事。庾信楊柳歌寫曹氏兄弟云：「昔日公子遊南皮，何處相尋玄武陂。駿馬翩翩西北馳，左右彎弓仰月氏。」隋陳良遊俠篇云：「東郊鬭雞罷，南皮射雉歸。」此之謂也。

按，鄴中諸文士，自南皮之遊至鄴都遊宴，其間不足兩月，於時所作詩歌，以群體性唱和爲主，數量衆多，且極具特色，遂將建安文學創作推向高潮。文心雕龍明詩篇云：「建安之初，五言騰踴，文帝、陳思，縱轡以騁節；王、徐、應、劉，望路而争驅；並憐風月，狎池苑，述恩榮，叙酣宴，慷慨以任氣，磊落以使才；造懷指事，不求纖密之巧；驅辭逐貌，惟取昭晳之能，此其所同也。」劉勰所論，正由此一時期詩歌創作切入，以概括建安詩歌總體特徵，藉此亦可明瞭沈約所謂「南皮高韻」之内涵。

受曹丕命，阮瑀與陳琳各作止欲賦，王粲作閑邪賦，應瑒作正情賦，劉楨作清慮賦。

諸賦各載本集，皆經删節，較其體式，頗類陶淵明之閑情賦。陶靖節集載閑情賦序云：「初張衡作定情賦，蔡邕作静情賦，檢逸辭而宗澹泊，始則蕩以思慮，而終歸閑正。將以抑流宕之邪心，諒有助於諷諫。綴文之士，奕代繼作，並因觸類，廣其辭義。」何公焕注：「賦情始楚宋玉，漢司馬相如、平子、伯喈繼之爲定、静之辭。而魏則陳琳、阮瑀作止欲賦，王粲作閑邪賦，應暘（瑒）作正情賦，曹植作靜思賦，晉張華作永懷賦，此靖節所謂奕世繼作，並因觸類，廣其辭義者也。」然則，諸賦之面目由陶淵明閑情賦序而得以概見。藝文類聚卷二三載曹丕戒盈賦，其序云：「避暑東閣，延賓高會，酒酣樂作，悵然懷盈滿之戒，乃作斯賦。」其賦有云：「何今日之延賓，君子紛其集庭。信臨高而增懼，獨處滿而懷愁。願群士之箴規，博納我以良謀。」蓋丕既有此言，諸人應命而有其作。時阮瑀既預其事，又丕賦序中有「避暑東閣」句，知與上條之事同在是年夏天。

按，劉楨有清慮賦，載本集。據題意似亦屬止欲、正情一類。又繁欽有抑檢賦，其殘文云：「翳炎夏之白日，救隆暑之赫曦。」見文選卷二六潘岳在懷縣作詩李善注，當同時所作。

瑀爲曹操作書與孫權。

書載本集。張可禮三曹年譜謂：「書中有『離絶以來，于今三年……昔赤壁之役，燒舡自還，以避惡地』等句。赤壁之戰在建安十三年，至本年爲三年，知書當作於是年。」

七月，隨軍西征馬超，爲曹操作書與韓遂。

魏志王粲傳裴松之注：「又典略載太祖……及征馬超，又使瑀作書與韓遂。」按，武帝紀建安十六年：「是時關中諸將疑繇欲自襲，馬超遂與韓遂、楊秋、李堪、成宜等叛。……秋七月，公西征。」王粲傳注引典略又曰：「太祖嘗使瑀作書與韓遂，時太祖適近出，瑀隨從，因於馬上具草，書成呈之。太祖擥筆欲有所定，而竟不能增損。」按，時曹植亦隨軍西征，見其離思賦序。

道過首陽山，與王粲各作文遥弔伯夷、叔齊。

瑀有弔伯夷文，載本集，其云：「余以王事，適彼洛師。瞻望首陽，敬弔伯夷。」又粲集亦載弔夷齊文，云：「歲旻秋之仲月，從王師以南征。濟河津而長驅，踰芒阜之峥嶸。覽首陽于東隅，見孤竹之遺靈。……望壇宇而遥弔，抑悲古之幽情。」瑀、粲二文内容相同，蓋一時所作。按，太平御覽卷四〇引戴延之西征記：「洛東北去首陽山二十里，山上有伯夷、叔齊祠。」殆此行由鄴而西，道過首陽山而作此二文。盧弼三國志集解謂弔夷齊文作於建安二十年東征孫權時，恐誤。

軍自安定還長安，瑀與王粲各作詠史詩。

瑀、粲二集各有詠史詩一首。其一皆詠三良殉葬秦穆公事，其二爲詠荆軻赴秦庭刺秦王事。據魏志武帝紀，曹操於是年十二月自安定還長安，粲、瑀二人蓋因入秦故地，有感於三良、荆軻事而同詠之。又全三國詩卷二載曹植三良詩一首，余冠英三曹詩選注此詩云：「建安十六年曹植從征馬超曾到關中，這篇詩或許是過秦穆公墓弔古之作。」是唱和者尚有曹植。據粲、瑀所作推之，疑植詩已亡去詠荆軻一篇。

徐幹四十一歲，爲五官將文學，有預鄴中遊宴事。

魏志王粲傳：「幹爲司空軍謀祭酒掾屬，五官將文學。」按，司空軍謀祭酒無掾屬，此傳「掾屬」上疑脱去「丞相」二字。魏志武帝紀：「（建安）十六年春正月，天子命公世子丕爲五官中郎將，置官屬。」晉書閻纘傳：「昔魏文帝之在東宫，徐幹、劉楨爲友，文學相接之道並如氣類。」

幹預鄴中遊宴事，詳本年阮瑀譜。

幹作答劉楨詩。

詩載本集。説見本年劉楨譜。鍾嶸詩品卷下評徐幹詩云：「偉長與公幹往復，雖曰以莛扣鐘，亦能閑雅矣。」蓋指此詩。

後從征馬超，有西征賦。

賦載本集，其云：「奉明辟之渥德，與遊軫而西伐。過京邑以釋駕，觀帝居之舊制。伊吾儕之挺劣，獲載筆而從師。」京邑、帝居，並指洛陽。按，徐幹亡歿以前，凡有西征二次：一在建安十六年西征馬超，一在二十年西征張魯。二十年時幹侍曹植於鄴，未從征，故其隨軍西至洛陽當在是年。

劉楨約三十七歲，爲五官將文學，預鄴中遊宴，作公宴詩，又作鬬雞詩。

後漢書文苑傳劉梁傳注引魏志曰：楨「爲司空軍謀祭酒，五官將文學，與徐幹、陳琳、阮瑀、應瑒俱以文章知名」。此不見於今魏志。

世説新語言語篇注引典略曰：「建安十六年，世子爲五官中郎將，妙選文學，使楨隨侍太子。」知時楨與幹同爲五官將文學。

其預鄴中遊宴，作公讌詩及鬬雞詩事，詳本年阮瑀譜。

楨因失敬被刑，刑竟復爲文學。

魏志王粲傳：「楨以不敬被刑，刑竟署吏。」注引典略曰：「文帝嘗賜楨廓落帶，其後師死，欲借取以爲像，因書嘲楨云：『夫物因人爲貴。故在賤者之手，不御至尊之側。今雖取之，勿嫌其不反也。』楨答(按,文載本集,此略)。楨辭旨巧妙皆如是,由是特爲諸公子所親愛。其後太子嘗請諸文學,酒酣坐歡,命夫人甄氏出拜。坐中衆人咸伏,而楨獨平視。太祖聞之,乃收楨,減死輸作。」

世説新語言語篇注引典略謂,楨平視甄氏事在建安十六年。

水經注卷一六穀水注:「……(聽訟觀)西北華林隸簿,昔劉楨磨石處也。文士傳曰:『文帝之在東宫也,宴諸文學,酒酣,命甄后出拜,坐者咸伏,惟楨平視之。太祖以爲不敬,送徒隸簿。後太祖乘步牽車乘城降,閱簿作,諸徒咸敬,而楨拒,坐磨石,不動。太祖曰:「此非劉楨也!石如何性?」楨曰:「石出荆山玄巖之下,外炳五色之章,内秉堅貞之志,雕之不增文,磨之不加瑩,禀氣貞正,禀性自然。」太祖曰:「名豈虚哉!」復爲文學。』」按,據酈氏所言,則楨在洛陽受刑,而非鄴城。此説存疑。按,楨本集贈五官中郎將詩四首,其二云:「余嬰沈痼疾,竄身清漳濱。」尚書舜典「竄三苗於三危」,孔安國傳曰:「殛、竄、放、流,皆誅也。」據此,則竄身,受刑之謂也。因諱言受刑,故詩「余嬰沈痼疾」,爲假託之辭也。清漳濱在鄴城北,似即楨受刑之處。

世説新語言語篇注引文士傳:「楨性辯捷,所問應聲而答。坐平視甄夫人,配輸作部,使磨石。武帝至尚方觀作者,見楨匡坐正色磨石,武帝問:『石何如?』楨因得喻己自理,跪而對曰:『石出荆山懸巖之巔,外有五色之章,内含卞氏之珍,磨之不加瑩,雕之不增文,禀氣堅貞,受之自然。顧其理枉屈紆繞,而不得申。』帝顧左右大笑,即日赦之。」此所引文士傳楨磨石事,亦見書鈔卷一六〇、類聚卷八三、御覽卷四六四,與水經注引文士傳,文互有異同,當是鈔變。

楨與徐幹互有詩歌贈答。

時，楨有贈徐幹詩二首，載本集。義門讀書記文選二評劉楨詩其二云：「魏志云楨以不敬被刑，刑竟署吏。此詩有『仰視白日』之語，疑此時作也。『步出北寺門』，或楨方輸作於北寺耳。」按，北寺，蓋指鄴城御史臺。參文選魏都賦劉逵注。此言楨收其於北寺，而非輸作時事也。何説稍誤。

幹集載答劉楨詩有云：「陶陶朱夏別，草木昌且繁。」知在夏秋之交。

應瑒約三十七歲，爲平原侯庶子。預鄴中遊宴，作公讌詩、侍五官中郎將建章臺集詩及鬬雞詩。又作正情賦。

魏志王粲傳：「瑒、楨各被太祖辟爲丞相掾屬。瑒轉爲平原侯庶子。」據魏志武帝紀注引魏書，是年正月庚辰，曹植封平原侯，蓋瑒爲平原侯庶子亦在其時。

瑒預鄴中遊宴，作公宴詩、侍五官中郎將建章臺集詩、鬬雞詩，又作正情賦事，詳本年阮瑀譜。

瑒從征馬超，至洛陽，北還鄴，曹植作詩送之。轉爲五官將文學。

全三國詩卷二載曹植送應氏二首。黄節曹子建詩注謂此詩蓋是年從征馬超，道過洛陽時所作。

魏志王粲傳云：「瑒轉爲平原侯庶子，後爲五官將文學。」送應氏其二有「我友之朔方」之語，朔方當指冀州鄴，時曹丕守鄴。蓋應瑒先以平原侯庶子隨軍西征，至洛陽，被命轉爲五官將文學，乃與曹植作別，北上回鄴。應瑒此行，或與五官將文學劉楨受刑有關。

王粲三十五歲。

是年春，粲與曹植遊銅雀園，各作詩互爲唱和。

粲本集載雜詩五首，其一云：「日暮遊西園，冀寫憂思情。曲池揚素波，列樹敷丹榮。上有特棲鳥，懷春向我鳴。褰衽欲從之，路險不得征。徘徊不能去，佇立望爾形。風飈揚塵起，白日忽已冥。迴身入空房，託夢通精誠。人欲天不違，何懼不合併。」文選卷二四曹植贈王粲詩云：「端坐苦愁思，攬衣起西遊。樹木發春華，清池激長流。中有孤鴛鴦，哀鳴求匹儔。我願執此鳥，惜哉無輕舟。欲歸忘故道，顧望但懷愁。悲風鳴我側，羲和逝不留。重陰潤萬物，何懼澤不周。誰令君多念，自使懷百憂。」黄節曹子建詩注曰：「粲詩或爲植而發，植此詩蓋擬粲詩作也。」黄説甚是。按，此二詩皆以鳥喻指對方，共訴願比翼齊飛，攜手爲伴之情，並對此充滿期待。曹植王仲宣誄云：「吾與夫子，義貫丹青。好和琴瑟，分過友生。庶幾遐年，攜手同征。」正近此二詩之意。建安十六年正月，植封爲平原侯，同年七月，與粲一同從曹操西征馬超，則如願以償矣。據上所述，繫此事於是年春。又疑植詩原亦無題，今作贈王粲詩者，恐爲昭明太子所擬。

粲預鄴中遊宴作公宴詩，又作閑邪賦。説見本年阮瑀譜。

粲爲丞相軍謀祭酒，從征馬超。道中作弔夷齊文。又作詠史詩一首。

魏志王粲傳：「後遷軍謀祭酒。」曹植王仲宣誄云：「勳則伊何？勞謙靡已。憂世忘家，殊略卓異。乃署祭酒，與君行止。」皆未詳此事年月。按，建安十六年曹植亦從征馬超，因與王粲同在軍中，故誄文云「與君行止」，則粲署祭酒當在從征之初。又「君」一作「軍」，是「乃署祭酒」二句意謂粲始爲祭酒，即隨軍征行，亦通。

征行途中粲作弔夷齊文，又作詠史詩二首，説見本年阮瑀譜中。

粲有征思賦，叙此西征事。

本集載征思賦殘句云：「在建安之二八，星次步於箕維。」按，箕在析木，漢書律曆志：「析木……中箕七度，小雪，於夏爲十月。」建安十六年十月，曹操軍自長安北征楊秋，圍安定，秋降。此賦當叙其事。

建安十七年壬辰（二一二）

陳琳約五十六歲。

阮瑀約四十六歲，卒。

魏志王粲傳：「瑀以（建安）十七年卒。」據魏志武帝紀，曹操於是年正月引軍還鄴，瑀當卒於鄴。太平御覽卷七四二引搜神記曰：「阮瑀傷于虺嗅其瘡，而雙虺出鼻中。」

徐幹四十二歲。

劉楨約三十八歲。

應瑒約三十八歲。

王粲三十六歲，作阮元瑜誄。又奉曹丕命作寡婦賦。

阮元瑜誄殘文載本集。

文選卷一六潘岳寡婦賦序：「昔阮瑀既歿，魏文悼之，並命知舊作寡婦之賦。」李善注引曹丕寡婦賦序曰：「陳留阮元瑜，與余有舊，薄命早亡。故作斯賦，以叙其妻子悲苦之情，命王粲等並作之。」今存曹丕、王粲及丁廙妻寡婦賦各一首，見藝文類聚卷三四。核之諸賦文意，似作於阮瑀亡年之冬。又粲賦云「指孤孩兮出户」，丁廙妻賦亦謂「抱弱子以自慰」，孤孩弱子，蓋謂阮籍，時年三歲。又粲集有思友賦，其所思之友或即阮瑀，亦爲此時作。

粲從征孫權，至譙爲荀彧作與孫權檄。

後漢書荀彧傳：「十七年，……會（操）南征孫權，表請彧勞軍于譙，因表留彧曰：『……臣今當濟江，奉辭伐罪。……使持節侍中守尚書令萬歲亭侯彧，國之重臣，德洽華夏，既停軍所次，便宜與臣俱進，宣示國命，威懷醜虜。軍禮尚速，不及先請，臣輒留彧，依以爲重。』書奏，帝從之，遂以彧爲侍中、光禄大夫，持節，參丞相軍事。」魏志荀彧傳同。粲爲荀彧與孫權檄殘文載本集，此檄蓋即曹操表所稱「宣示國命，威懷醜虜」者，當作於荀彧來譙勞軍之後。據魏志武帝紀，曹操征孫權在是年十月。

按，其時曹丕、曹植兄弟皆隨軍從征，見張可禮三曹年譜。

建安十八年癸巳（二一三）

是年，曹操封爲魏公，建社稷宗廟。

陳琳約五十七歲，作武獵賦。

說見本年王粲譜。

徐幹四十三歲，作七喻。

說見本年王粲譜。

劉楨約三十九歲，作大閲賦。

說見本年王粲譜。

應瑒約三十九歲，隨軍征吴還，由譙至鄴，道中作愁霖賦、喜霽賦。又作西狩賦。

說見本年王粲譜。

王粲三十七歲，隨軍征吴還，由譙至鄴，道中作愁霖賦、喜霽賦。

魏志武帝紀：「十八年春正月，進軍濡須口，攻破權江西營，獲權都督公孫陽，乃引軍還。……夏四月，至鄴。」按，全三國文卷四載曹丕臨渦賦序云：「上建安十八年至譙，余兄弟從上拜墳墓。」其賦有「春木繁兮發春華」句，知曹操破孫權營後復引軍還譙，四月乃由譙至鄴。又曹丕、曹植、王粲、應瑒四人各有愁霖、雨霽二賦，見建安七子佚文存目考，蓋自譙返鄴，道中所作。

粲與荀攸等勸曹操進魏公，加九錫。

時荀攸等前後兩次上勸進牋，見魏志武帝紀注引魏書，粲以軍謀祭酒、關内侯領銜聯名。按，武帝紀，建安十八年五月丙申，天子策命曹操爲魏公，加九錫，曹操前後三讓，於是荀攸等勸進，至七月乃建社稷宗廟，則勸進之事當在五六月間。

粲作顯廟頌、俞兒舞歌四篇及登歌安世歌。

古文苑卷一二載王粲太廟頌，按，當作「顯廟頌」，蓋唐人避中宗諱而改。章樵注曰：「魏志建安十八年漢天子以十郡封操爲魏公，加九錫，始建社稷宗廟。蓋建廟之始令粲作頌以獻。」

宋書樂志二：「魏俞兒舞歌四篇，魏國初建所用。王粲造。」又晉書樂志上：「閬中有渝水，因其所居，故名曰巴渝舞。舞曲有矛渝本歌曲、安弩渝本歌曲、安臺本歌曲、行辭本歌曲，總四篇。其辭既古，莫能曉其句度。魏初，乃使軍謀祭酒王粲改創其詞。粲問巴渝帥李管、种玉歌曲意，試使歌，聽之，以考校歌曲，而爲之改爲予渝新福歌曲、弩渝新福歌曲、安臺新福歌曲、行辭新福歌曲，行辭以述魏德。」

宋書樂志一：「侍中繆襲又奏：『……自魏國初建，故侍中王粲所作登歌安世詩，專以思詠神靈及說神靈鑒享之意。……』王粲所造安世詩，今亡。」以上諸篇當作於七月前。

曹丕從曹操出獵，作校獵賦，命陳琳、王粲、應瑒、劉楨並作。

曹丕校獵賦，見藝文類聚卷六六、初學記卷二二引。

古文苑卷七王粲羽獵賦章樵注引文章流別論曰：「建安中，魏文帝從武帝出獵，賦，命陳琳、王粲、應瑒、劉楨並作。琳爲武獵，粲爲羽獵，瑒爲西狩，楨爲大閱。凡此各有所長，粲其最也。」諸人之賦，今僅存粲之羽獵、瑒之西狩二篇殘文，餘皆亡佚。按，瑒在西狩賦中已稱曹操爲「魏公」，又云「開九土之舊迹」，當指建安十八年正月詔復禹貢九州事，見後漢書獻帝紀及魏志武帝紀，曹操出獵蓋亦是此年之事。魏承漢制，於十月講武，故西狩賦又有「時霜悽而淹野，寒風肅而川逝」云。

粲拜侍中，與衛覬並典制度，草創朝儀。

魏志王粲傳：「魏國既建，拜侍中。博物多識，問無不對。」魏志武帝紀建安十八年：「十一月，初置尚書、侍中、六卿。」注引魏氏春秋曰：「王粲、杜襲、衛覬、和洽爲侍中。」

魏志杜襲傳：「魏國既建，爲侍中，與王粲、和洽並用。粲彊識博聞，故太祖游觀出入，多得驂乘，至其見敬，不及洽、襲。襲嘗獨見，至于夜半。粲性躁競，起坐曰：『不知公對杜襲道何等也？』洽笑答曰：『天下事豈有盡邪？卿晝侍可矣，悒悒於此，欲兼之乎！』」據初學記卷一二引齊職儀，魏侍中掌儐儀，大駕出則次直侍中護駕，正直侍中負璽陪乘，則粲當是正直侍中。曹植王仲宣誄云：「我王建國，百司儁乂。君以顯舉，乘機省闥。載蟬珥貂，朱衣皓帶。入侍帷幄，出擁華蓋。榮曜當世，芳風晻藹。」即叙粲拜侍中時所受之榮寵。

魏志王粲傳：「時舊儀廢弛，興造制度，粲恒典之。」陳壽評曰：「粲特處常伯之官，興一代之制。」衛覬傳：「魏國既建，拜侍中，與王粲並典制度。」晉書禮志上：「魏氏承漢末大亂，舊章殄滅，命侍中王粲、尚書衛覬草創朝儀。」

魏志王粲傳注引摯虞決疑要注曰：「漢末喪亂，絶無玉珮。魏侍中王粲識舊珮，始復作之。今之玉珮，受法於粲也。」

作難鍾荀太平論。

論載本集。其意以爲「三聖」能致太平，而未嘗廢刑罰，故刑不可棄置不用也。按，魏志陳群傳，魏國既建，曹操議復古肉刑，陳群、鍾繇持此議，王朗及議者多以爲未可行，以軍事未罷，暫寢，時在建安十八年。又見鍾繇傳。王粲此論似與時議復肉刑有關。魏志司馬朗傳：「鍾繇、王粲著論曰：『非聖人不能致太平。』朗以爲『伊、顔之徒雖非聖人，使得數世相承，太平可致』。」是知鍾繇、王粲持論相同，則與粲論題目不合，疑題中「太平」二字爲歐陽詢撰類聚時所加。荀爲何人，亦無考。

奉曹植命，作七釋八首。

七釋八首載本集。文選卷三四曹植七啓序云：「昔枚乘作七發，傅毅作七激，張衡作七辯，崔駰作七依，辭各美麗，余有慕之焉。遂作七啓，並命王粲作焉。」文館詞林所載七啓序末句作「並命王粲等並作焉。」唐鈔文選集注陸善經注此序云：「時王粲作七釋，徐幹作七諭，楊脩作七訓。」按，由七啓末章載玄微子謂「至聞天下穆清，明君莅國」推之，時曹操已爲魏公，則七啓等似作於是年，或稍後。

建安十九年甲午（二一四）

陳琳約五十八歲。

徐幹四十四歲，爲臨菑侯文學。

此事不見魏志王粲傳。晉書鄭袤傳云：「魏武帝初封諸子爲侯，精選賓友，袤與徐幹俱爲臨菑侯文學。」又魏志鄭渾傳注引晉陽秋亦謂袤「初爲臨菑侯文學」，事當可信。魏志陳思王植傳：「十九年，徙封臨菑侯。」

劉楨約四十歲，爲臨菑侯庶子，作書勸曹植不宜於楨禮遇殊特，而疏簡邢顒。

魏志邢顒傳：「是時，太祖諸子高選官屬，令曰：『侯家吏，宜得淵深法度如邢顒輩。』遂以爲平原侯植家丞。顒防閑以禮，無所屈撓，由是不合。庶子劉楨書諫植曰：『……楨誠不足同貫斯人，並列左右。而楨禮遇殊特，顒反疎簡，……採庶子之春華，忘家丞之秋實。爲上招謗，其罪不小，以此反側。』」按，晉書瑯邪王焕傳載尚書令刁協奏「昔魏臨菑侯以邢顒爲家丞，劉楨爲庶子」，謂曹植時爲臨菑侯，與魏志「平原侯植」不同。通鑑置此事於建安十九年，亦謂「臨菑侯曹植」。考魏志所叙邢顒之事歷，似以通鑑所載爲是，今從之。

應瑒約四十歲。

王粲三十八歲，奉曹丕命作槐賦。

賦載本集。藝文類聚卷八八引曹丕槐賦，其序云：「文昌殿中槐樹，盛暑之時，余數遊其下，美而賦之。王粲直登賢門，小閣外亦有槐樹，乃就使賦焉。」按，楊晨三國會要卷七，登賢門在聽政門外，近内朝。則粲必以侍中直登賢門。考粲於建安十八年十一月爲侍中，二十年三月西征張魯，二十一年二月還鄴，二十二年春卒，盛暑之時在鄴者唯十九、二十一兩年。今暫繫此事於是年。又曹植有槐賦，繁欽有槐樹詩，並見初學記卷二八引，似亦同時所作。

建安二十年乙未（二一五）

陳琳約五十九歲，從征張魯，至漢中，代曹洪作書與曹丕。

文選卷四一載陳琳爲曹洪與魏文帝書，題下李善注引文帝集序曰：「上平定漢中，族父都護還書與余，盛稱彼方土地形勢，觀其辭，如(知)陳琳所叙爲也。」其書云：「十一月五日，洪白：前初破賊，情侈意奢，説事頗過其實。得九月二十日書，讀之喜笑，把玩無厭，亦欲令陳琳作報，……」按，陳琳代曹洪作書與曹丕，前後有二：其一即所謂「前初破賊，……説事頗過其實」者，亦文帝集序所云「盛稱彼方土地形勢」者也；其二即爲此書，爲十一月五日作。魏志武帝紀，是年三月曹操西征張魯，七月至陽平，入南鄭，十一月張魯降，十二月自南鄭還，陳琳既代作二書，知其從征在軍。

徐幹四十五歲，與劉楨等奉命各作行女哀辭、仲雍哀辭。

太平御覽卷五九六引摯虞文章流别論：「建安中，文帝、臨菑侯各失稚子，命徐幹、劉楨等爲之哀辭。」徐幹、劉楨各作有行女哀辭及仲雍哀辭，見建安七子佚文存目考。考藝文類聚卷三四引曹植行女哀辭曰：「行女生於季秋，而終於首夏。」同書又引其仲雍哀辭曰：「曹喈字仲雍，魏太子之中子也。三月生而五月亡。」是知行女爲曹植之子，仲雍爲曹丕之子，蓋皆亡歿於同年之夏。又文選卷三〇謝靈運擬魏太子鄴中集詩八首魏太子詩注引曹植行女哀辭中有「家王征蜀漢」之語。「征蜀漢」蓋指是年入巴、漢地區征張魯事。哀辭之作暫繫於是年。

劉楨約四十一歲，作行女哀辭、仲雍哀辭。

説見本年徐幹譜。

應瑒約四十一歲。

王粲三十九歲，作柳賦。

本集載柳賦有云：「昔我君之定武，致天届而徂征。元子從而撫軍，植佳木於兹庭。歷春秋以逾紀，行復出於斯鄉。」元子，指曹丕。古文苑卷七章樵注此賦引曹丕柳賦序曰：「昔建安五年，上與袁紹戰於官渡，時余從行，始植斯柳。自彼迄今十五載矣。感物傷懷，乃作斯賦。」按，魏志武帝紀，官渡之戰在建安五年，至此時正十五年。粲賦當奉教和作。又初學記卷二七引曹丕柳賦有「於是曜靈次乎鶉首」之語，知在五月。

按，陳琳、應瑒並作有柳賦，各載本集，惟其文皆不完具，是否與曹丕、王粲同時所作，殊難臆斷，存疑待考。

粲作爵論。

本集載爵論云：「依律有奪爵之法。……今爵事廢矣，民不知爵者何也。……今誠循爵，則上下不失實，而功勞者勸，得古之道，合漢之法。……」按，魏志武帝紀，建安二十年「冬十月，始置名號侯至五大夫，與舊列侯、關内侯凡六等，以賞軍功」。粲爵論或與時置爵位事有關，今暫置於此。

路粹卒。（據魏志王粲傳注引典略。）

潘勖卒。（據魏志王粲傳注引文章注。）

建安二十一年丙申（二一六）

是年，曹操進封魏王。

陳琳約六十歲，與王粲、劉楨等奉命各作大暑賦。

藝文類聚卷五載繁欽暑賦，又載曹植、劉楨、王粲等大暑賦各一首，初學記卷三引有陳琳大暑賦，據諸賦文意，蓋一時唱和之作。文選卷四〇楊修答臨菑侯牋云：「又嘗親見執事，握牘持筆，有所造作，若成誦在心，借書於手，曾不斯須，少留思慮，仲尼日月，無得踰焉。修之仰望，殆如此矣。是以對鶡而辭，作暑賦彌日不獻。」李善注：「植爲鶡鳥賦，亦命修爲之，而修辭讓；植又作大暑賦，而修亦作之，竟日不敢獻。」按，張可禮三曹年譜，楊修答臨菑侯牋作於建安二十一年，又玉燭寶典卷六引曹植大暑賦序云：「季夏三伏。」（按，傳本曹植集失收）繁欽暑賦亦曰：「暑景未徂，時維六月。」則大暑賦當作於本年六月。

琳從征吴，作檄吴將校部曲文。

檄文載本集，其首云：「年月朔日子，尚書令彧告江東諸將校部曲及孫權宗親中外。」趙銘琴鶴山房遺稿卷五書文選後略云：「此檄年月地理皆多訛繆。以荀彧之名告江東諸將部曲，彧死於建安十七年，而檄舉群氐率服、張魯還降、夏侯淵拜征西將軍等，皆二十、二十一年事。」因斷其爲贋作。徐公持建安七子詩文繫年考證謂「觀檄文所云，皆與史實相合不妄，文選、類聚並以爲琳作，當有所據」，並定此檄作於建安二十一年征吴之際。其説可從。然徐文又疑「（守）尚書令彧」句爲後世羼入，證據稍嫌不足。梁章鉅文選旁證卷三六引姜氏臯説，則謂「彧」當是「攸」之訛，梁氏復旁搜史料證成其說，疑亦非是。據史，荀彧爲漢尚書令，而荀攸則爲魏尚書令，二者不可混同。細玩此檄，其口氣與魏尚書令不類，當出之於漢尚書令。建安十七年，荀彧死後，漢尚書令爲華歆，魏志華歆傳載歆「代荀彧爲尚書令」即是。華歆傳又云：「太祖東征，表歆爲軍師。魏國既建，爲御史大夫。」據後漢書獻帝紀及魏志武帝紀，歆以軍師爲御史大夫在建安二十二年六月，即在曹操東征孫權還軍之後。然則東征孫權時，歆以尚書令兼攝軍師，自當隨軍東赴，故乃有以尚書令之名檄吳將校事。疑檄中「尚書令彧」初作「尚書令華歆」，因「華歆」連讀而訛「或」，後又改爲「彧」耳。

徐幹四十六歲，稱疾避事，著中論。曹植有詩作贈。

魏志王粲傳注引先賢行狀：「幹清玄體道，六行修備，聰識洽聞，操翰成章，輕官忽祿，不耽世榮。建安中，太祖特加旌命，以疾休息。後除上艾長，又以疾不行。」

中論序：「（幹）從戍征行，歷載五六。疾稍沈篤，不堪王事，潛身窮巷，頤志保真，淡泊無爲，惟存正道。環堵之牆，以庇妻子，並日而食，不以爲戚。養浩然之氣，習羨門之術。時人或有聞其如此，而往觀之。或有頗識其真而從之者，君無不容而見之。厲以聲色，度其情志，倡其言論，知可以道長者，則微而誘之，令益者不自覺，而大化陰行。其所匡濟，亦已多矣。君之交也，則不以其短，各取其長，而善之取。故少顯盡己之交，亦無孜孜和愛之好。統聖人中和之業，蹈賢哲守度之行，淵默難測，誠寶偉之器也。君之性，常欲損世之有餘，益俗之不足，見辭人美麗之文，並時而作，曾無闡弘大義，敷散道教，上求聖人之中，下救流俗之昏者，故廢詩賦頌銘贊之文，著中論之書二十二篇。」

文選卷四二曹丕與吴質書：「而偉長獨懷文抱質，恬淡寡欲，有箕山之志，可謂彬彬君子者矣。著中論二十餘篇，成一家之言，辭義典雅，足傳于後，此子爲不朽矣。」又卷四〇吴質答魏太子牋：「至於司馬長卿稱疾避事，以著書爲務，則徐生庶幾矣。」按，中論序有「從戍征行，歷載五六，疾稍沈篤，不堪王事」云云，五六相加爲十一年，而幹於建安十二年始歸附曹操從軍征行，則其託病著書事蓋在二十二年。

文選卷二四載曹植贈徐幹詩有云：「顧念蓬室士，貧賤誠足憐。薇藿弗充虚，皮褐猶不全。忼慨有悲心，興文自成篇。」李善注：「蓬室士，謂徐幹也。」朱緒曾曹集考異卷四云：「興文自成篇，指中論也。」曹植所詠當在徐幹稱疾避事之後。

劉楨約四十二歲，作大暑賦。

說見本年陳琳譜。

應瑒約四十二歲。

王粲四十歲，作從軍詩其一以讚美曹操西征張魯事。又作鸚賦。

魏志武帝紀，建安二十年三月西征張魯，十二月自南鄭還，二十一年春二月還鄴。裴松之注曰：「是行也，侍中王粲作五言詩以美其事曰：『從軍有苦樂，但問所從誰。……』」其節引之詩，即是本集所載從軍詩其一。由詩中「歌舞入鄴城，所願獲無違。晝日處大朝，日暮薄言歸。外參時明政，内不廢家私」等語，知其爲還鄴後所作。

鶡賦載本集，與曹植同作。説參本年陳琳譜。

粲作蕤賓鐘銘及無射鐘銘。

二銘皆載本集。文選卷六左思魏都賦劉逵注：「文昌殿前有鐘簴，其銘曰：『惟魏四年，歲在丙申，龍次大火，五月丙寅作蕤賓鐘，又作無射鐘。』」按，魏四年即建安二十一年。粲集所載二銘並謂二鐘作於建安二十一年九月十七日，日月與鐘簴銘有出入。考魏志方技傳杜夔傳，建安中，夔令种玉鑄鐘，多不如法，數毁改作，鐘簴與鐘銘所記日月不一，豈此之故歟？

六月，作大暑賦。

説見本年陳琳譜。

又奉命作刀銘。

本集載刀銘云：「侍中、關内侯臣粲言：奉命作刀銘。」曹操集載百辟刀令云：「往歲作百辟刀五枚，適成，先以一與五官將，其餘四，吾諸子中有不好武而好文學，將以次與之。」太平御覽卷三四六引曹植寶刀賦序云：「建安中，家父魏王乃命有司造寶刀五枚，三年乃就，以龍、虎、熊、馬、雀爲識。太子得一，余及余弟饒陽侯各得一焉，其餘二枚家王自杖之。」按，魏志武帝紀，建安二十一年「夏五月，天子進公爵爲魏王」。植賦序既稱曹操爲魏王，則賦當作於建安二十一年後。粲銘蓋與植賦同時作。粲卒於明年正月，知其銘當作於是年。參張可禮三曹年譜。

粲從征吳，作從軍詩其二、三、四、五共四首。

魏志王粲傳：「建安二十一年，從征吳。」曹植王仲宣誄云：「嗟彼東夷，憑江阻湖。騷擾邊境，勞我師徒。……君侍華轂，輝輝王塗。」即指從征東吳事。

本集載從軍詩「涼風厲秋節」、「從軍征遐路」、「朝發鄴都橋」、「悠悠涉荒路」四首，文選卷二七李善注從軍詩曰：「建安二十一年，粲從征吳，作此四篇。」

是年，曹植作書與楊修，其言「今世作者」，但舉王粲、陳琳、徐幹、劉楨、應瑒、楊修等六人。

文選卷四二曹植與楊德祖書：「僕少小好爲文章，迄至於今二十有五年矣。然今世作者，可略而言也。昔仲宣獨步於漢南，孔璋鷹揚於河朔，偉長擅名於青土，公幹振藻於海隅，德璉發跡於此魏，足下高視於上京。當此之時，人人自謂握靈蛇之珠，家家自謂抱荆山之玉。吾王於是設天網以該之，頓八紘以掩之，今悉集茲國矣。然此數子，猶復不能飛軒絶跡，一舉千里。以孔璋之才，不閑於辭賦，而多自謂能與司馬長卿同風，譬畫虎不成，反爲狗也。前書嘲之，反作論盛道僕讚其文。」此書未言阮瑀，蓋時瑀已亡歿，故不及之。

文選卷四〇楊修答臨菑侯牋：「若仲宣之擅漢表，陳氏之跨冀域，徐、劉之顯青、豫，應生之發魏國，斯皆然矣。至於修者，聽采風聲，仰德不暇，自周章於省覽，何遑高視哉？」

建安二十二年丁酉(二一七)

王粲四十一歲,卒。

魏志王粲傳:「二十二年春,道病卒,時年四十一。」武帝紀:「二十二年春正月,王軍居巢。」按魏志司馬朗傳,朗於是年到居巢,「軍士大疫,朗躬巡視,致醫藥,遇疾卒」,似粲亦死於此疫癘。

曹植作王仲宣誄,其序云:「建安二十二年正月二十四日戊申,魏故侍中、關内侯王君卒。」誄云:「翩翩孤嗣,號慟崩摧。發軫北魏,遠迄南淮。……喪柩既臻,將反魏京。靈轜迴軌,白驥悲鳴。」知粲之靈柩由其子扶回鄴都。

世説新語傷逝篇:「王仲宣好驢鳴,既葬,文帝臨其喪,顧語同遊曰:『王好驢鳴,可各作一聲以送之。』赴客皆一作驢鳴。」

元和郡縣圖志卷一〇「兗州任城縣」下:「魏王粲墓在縣南五十二里。」

曹植王仲宣誄稱粲曰:「既有令德,材技廣宣。强記洽聞,幽讚微言。文若春華,思若涌泉。發言可詠,下筆成篇。何道不洽,何藝不閑。棊局逞巧,博弈惟賢。」

魏志王粲傳:「(粲)博物多識,問無不對。……粲與人共行,讀道邊碑,人問曰:『卿能闇誦乎?』曰:『能。』因使背而誦之,不失一字。觀人圍棊,局壞,粲爲覆之。棊者不信,以帊蓋局,使更以他局爲之。用相比校,不誤一道。其彊記默識如此。性善算,作算術,略盡其理。善屬文,舉筆便成,無所改定,時人常以爲宿構;然正復精意覃思,亦不能加也。」注引典略云:「粲才既高,辯論應機。鍾繇、王朗等雖名爲魏卿相，至於朝廷奏議，皆閣筆不能措手。」

粲有二子，以預魏諷謀反，被曹丕所殺。

魏志王粲傳：「粲二子，爲魏諷所引，誅。後絶。」注引文章志曰：「太祖時在漢中，聞粲子死，歎曰：『孤若在，不使仲宣無後。』」按，時宋忠之子宗亦預魏諷謀反，伏誅，見蜀志尹默傳注引魏略。

又鍾會傳注引魏氏春秋曰：「文帝既誅粲二子，以業嗣粲。」按，王業爲粲族兄凱之子。

陳琳約六十一歲、劉楨約四十三歲、應瑒約四十三歲，皆卒。

魏志王粲傳：「幹、琳、瑒、楨二十二年卒。」按，此云徐幹卒於二十二年，誤。説見下年徐幹譜。

又王粲傳注引魏略曰：「二十三年，太子又與(吴)質書曰：『……昔年疾疫，親故多離其災，徐、陳、應、劉，一時俱逝，……』」按，魏略所云「二十三年」當作「二十四年」，説見沈玉成、傅璇琮中古文學叢考。魏志文帝紀注引魏書：「帝初在東宫，疫癘大起。時人彫傷，帝深感歎，與素所敬者大理王朗書曰：『……疫癘數起，士人彫落，余獨何人，能全其壽？』」「初在東宫」，謂曹丕始立爲太子，時在今年十月。又武帝紀建安二十三年四月注引魏書載曹操令曰「去冬天降疫癘，民有凋傷」，足證疫癘之起在今年之冬，陳、劉、應三人殆卒於此時或稍後。曹丕所謂「士人彫落」之「士人」，當有此三人在内。

邳州有陳琳墓。明曾益温飛卿詩集箋注卷四過陳琳墓，注：「南畿志：墓在淮安邳州。」鄴城有應瑒、劉楨墓。全唐詩卷一五七孟雲卿鄴城懷古云：「崔嵬長河北，尚見應劉墓。古樹藏龍蛇，荒茅伏孤兔。」

是年十月，以五官中郎將曹丕爲魏太子。丕作典論論文，評孔融等七人之文，「七子」之稱自此始。

文選卷五二曹丕典論論文：「今之文人，魯國孔融文舉、廣陵陳琳孔璋、山陽王粲仲宣、北海徐幹偉長、陳留阮瑀元瑜、汝南應瑒德璉、東平劉楨公幹，斯七子者，於學無所遺，於辭無所假，咸以自騁驥騄於千里，仰齊足而並馳，以此相服，亦良難矣。蓋君子審己以度人，故能免於斯累，而作論文。王粲長於辭賦，徐幹時有齊氣，然粲之匹也。如粲之初征、登樓、槐賦、征思，幹之玄猿、漏卮、圓扇、橘賦，雖張、蔡不過也。然於他文，未能稱是。琳、瑀之章表書記，今之雋也。應瑒和而不壯，劉楨壯而不密。孔融體氣高妙，有過人者，然不能持論，理不勝詞，以至乎雜以嘲戲，及其所善，揚、班儔也。……融等已逝，唯幹著論，成一家言。」按，據藝文類聚卷一六卞蘭贊述太子表，知典論作於曹丕爲太子時，魏志文帝紀「初，帝好文學，以著述爲務，自所勒成垂百篇」，注引魏書曰：「帝初在東宫，疫癘大起，時人彫傷，帝深感歎，與素所敬者大理王朗書曰：『生有七尺之形，死唯一棺之土，唯立德揚名，可以不朽，其次莫如著篇籍。疫癘數起，士人彫落，余獨何人，能全其壽？』故論撰所著典論、詩賦，蓋百餘篇。」可知建安二十二年冬，典論蓋已撰勒成書。此文評論「七子」之文，其末云：「融等已逝，唯幹著論，成一家言。」意謂作此文時，「七子」中孔融等六人已過世，唯有徐幹尚在，其所著之論（按，即指中論，蓋時書名未定，故但稱其爲「論」），成一家之言。

徐幹卒於下年春，則曹丕典論明其爲建安二十二年陳、劉、應三人卒後未久之所作，與魏志所載相合，其於黄初間或續有增訂。

按，七子之稱，當始於曹丕。魏志王粲傳叙粲與幹、琳、瑀、瑒、楨六人事蹟，陳壽評曰：「昔文帝、陳王以公子之尊，博好文采，同聲相應，才士並出，惟粲等六人最見名目。」獨無孔融。後世或有據粲傳，以曹植取代孔融而定七子之名者，如唐釋皎然詩式「鄴中集」條下云：「鄴中七子，陳王最高。」是也。明楊德周編建安七子集亦與皎然同。今人稱建安七子，則多從曹丕説。

建安二十三年戊戌（二一八）

徐幹四十八歲，卒。

中論序：「（幹）年四十八，建安二十三年春二月遭癘疾，大命隕頹。」錢培名中論題識云：「案，原序前言『未至弱冠，言則成章，操翰成文，此靈帝末年也』。據此，漢靈帝末年爲中平六年，幹年蓋十九，是幹生於靈帝建寧四年，至獻帝建安二十三年，年四十八，前後適符。陳振孫謂原序爲同時人作，蓋得其真，可訂陳壽之誤。」

太平寰宇記卷一八「濰州北海」下云：「徐幹墳在州東五十一里，俗呼博士冢。魏志云：『徐幹，北海劇人，卒葬於此。』」

繁欽卒。（據魏志王粲傳注引典略。）

明年，曹丕作書與吴質，追念王粲、陳琳、徐幹、阮瑀、應瑒、劉楨等六人；並將六人遺文結爲一集。

文選卷四二曹丕與吴質書：「……昔年疾疫，親故多離其災，徐、陳、應、劉，一時俱逝，痛可言邪！昔日遊處，行則連輿，止則接席，何曾須臾相失？每至觴酌流行，絲竹並奏，酒酣耳熱，仰而賦詩。當此之時，忽然不自知樂也。謂百年已分，可長共相保，何圖數年之間，零落略盡，言之傷心。頃撰其遺文，都爲一集，觀其姓名，已爲鬼録。追思昔遊，猶在心目，而此諸子，化爲糞壤，可復道哉！觀古今文人，類不護細行，鮮能以名節自立。而偉長獨懷文抱質，恬淡寡欲，有箕山之志，可謂彬彬君子者矣；著中論二十餘篇，成一家之言，辭義典雅，足傳於後，此子爲不朽矣。德璉常斐然有述作之意，其才學足以著書，美志不遂，良可痛惜。間者歷覽諸子之文，對之抆淚，既痛逝者，行自念也。孔璋章表殊健，微爲繁富。公幹有逸氣，但未遒耳；其五言詩之善者，妙絶時人。元瑜書記翩翩，致足樂也。仲宣續自善於辭賦，惜其體弱，不足起其文，至於所善，古人無以遠過。昔伯牙絶絃於鍾期，仲尼覆醢於子路，痛知音之難遇，傷門人之莫逮。諸子但爲未及古人，自一時之儁也。今之存者，已不逮矣，後生可畏，來者難誣，然恐吾與足下不及見也。」按，所謂「都爲一集」，蓋鄴中集也。據謝靈運擬魏太子鄴中集詩，除粲等六人外，有曹丕、曹植，亦入於集中。

再版後記

一九八〇年，我在舊輯本的基礎上整理成新校點本王粲集，交由中華書局出版。此書問世後，曾引起學術界的注意，文學遺産一九八二年第四期刊發吴雲、唐紹忠先生略評新校點本王粲集一文，肯定該書校點工作取得的成績，認爲「是近年來我國古籍整理工作的可喜成果之一」，同時也指出了書中存在的一些問題。這對于初次從事古籍整理工作的人來説，自感意外，又頗受鼓舞。不久，中華書局又來函，囑我繼續整理建安七子集，覺得這是彌補王粲集的缺失，進一步提高整理質量的極好機會，便欣然應命，接受了任務。

我在着手這項工作時，發現舊輯本失收的七子佚文甚多，爲了使七子集更爲詳備，必須突破舊本，重新進行輯集。通過廣泛搜尋，輯得舊本失收的佚文達一百四十多則，約六千餘字，從而使七子集的面貌大爲改觀。其中如陳琳的大荒賦，是陸雲曾爲仿作的名篇，舊本依初學記僅輯存兩句，而今從宋人吴棫韻補中則尋獲八十六句，又據該書卷首書目所言，可知此賦爲三千言的大賦，這對于全面瞭解建安時期辭賦的創作不無參考價值。又如與曹植七啟齊名的王粲七釋，在舊本中只見到少量殘文，而適園叢書本文館詞林卻保存着首尾完具的全篇，將其輯入王粲集，真可説是「完璧歸趙」，物得其所了。他如孔融的上書薦趙臺卿，陳琳的車渠椀賦、悼龜賦、答客難，王粲的詠史詩詠荆軻等，這些埋没已久、前所未聞的篇什被重新發現，也給建安文學研究提供了新資料。在採集七子佚文過程中，當然要花費大量的時間和精力，但我樂此不疲，所憾的是當時未見及逯欽立先生編的先秦漢魏晉南北朝詩，不然，可以省卻不少翻檢之勞。

建安七子集書末的四種附録，其中建安七子佚文存目考將七子詩文作品有目可考而亡其文者，一一加以鈎稽，共得二十四篇，意在補充本集，盡可能揭示出七子的創作全貌。建安七子年譜則是用力最多的一個項目。它廣泛搜集了文獻記載的七子生平事迹資料，經過考訂，按年分人編列，對諸如王粲登樓賦樓址所在與寫作時間，徐幹的卒年、陳琳檄吴將校部曲文是否僞作等有争議的問題，都提出了一得之見。另外，通過編年反映出，從建安十四年起，曹氏兄弟和建安文士開始詩賦酬酢，或同題唱和，鄴下文人集團由此而形成，將建安文學創作推向高潮。這關係到建安文學的分期，是值得引起注意，進行深入探討的。總之，附録所列各項，力圖爲讀者提供經過審核、比較翔實的七子資料，希望對研究建安文學會有幫助。

歲月不居，自建安七子集着手整理迄今，已經有二十多年了。此書在出版過程中曾得到中華書局的熱情支持，時任文編室主任的許逸民先生鼓勵和幫助尤多。書出版後，又蒙曹道衡、沈玉成二先生不棄，專爲撰寫書評（書品一九八九年第三期），奬飾有加。傅璇琮先生也在文章中推許該書，稱其「特別是輯佚工作，更取得優異成績」（書品一九九〇年第二期）。此外，戴燕、徐正英二先生也曾先後發表過相關評論，予以充分肯定。對于師友們的垂愛和奬勉，我始終銘感在心。然而，此書仍然存在着勘理欠精、輯録未備，以及引書有誤等不少問題，爲此而常感不安。希望有朝一日重版時再加修訂，便成了我最大的心願。如今，中華書局決定將其重印，並允許作較大幅度的修改，對我來説，這確實是一件值得高興的好事。

今次再版，除訂正文字、標點、引書等方面的錯誤，又增輯了若干則佚文，還補充了一些必要的校注，對于年譜中的事迹繫年也進行了局部調整。在修訂過程中曾參考了同仁的意見及新出的研究成果，又蒙李忠良先生大力協助，促成此書順利付印，在此一併表示感謝。

俞紹初

二〇〇四年四月

重訂附記

此書幸承讀者垂愛，近年來得以多次再版重印。我年在望八，且一目幾近失明，但仍樂於接受馬婧女史的提議，決定對全書再作一次修訂，也可藉以答謝讀者的厚意。此次修訂，除改正一些文字上的誤植和內容上的錯斷，還在校記中增出不少異文，並將本人平素研習建安文學所得之若干見解，分別採入校記和年譜之中，聊供讀者參考。馬婧女史認真審讀了修訂稿，在規範文字標點和改進目録編排等方面做了大量工作，使全書品質有所提高，謹深表謝忱！

俞紹初

二〇一六年二月